乐都文学丛书

小说卷

远山近水

YUAN SHAN JIN SHUI

茹孝宏　主编

青海人民出版社

图书在版编目（CIP）数据

远山近水：小说卷 / 茹孝宏主编 . -- 西宁：青海
人民出版社，2023. 6
（乐都文学丛书）
ISBN 978-7-225-06408-6

Ⅰ . ①远… Ⅱ . ①茹… Ⅲ . ①中篇小说 — 小说集 —中
国 — 当代②短篇小说 — 小说集 — 中国 — 当代 Ⅳ.
①I247.7

中国版本图书馆 CIP 数据核字（2022）第205993 号

乐都文学丛书

远山近水（小说卷）

茹孝宏　主编

出 版 人　樊原成
出版发行　青海人民出版社有限责任公司
西宁市五四西路71号　邮政编码:810023　电话:（0971）6143426（总编室）
发行热线　（0971）6143516／6137730
网　　址　http://www.qhrmcbs.com
印　　刷　青海德隆文化创意有限责任公司
经　　销　新华书店
开　　本　720mm×1010mm　1/16
印　　张　21.25
字　　数　280 千
版　　次　2023 年 6 月第 1 版　2023 年 6 月第 1 次印刷
书　　号　ISBN 978-7-225-06408-6
定　　价　298.00 元（共五册）

《乐都文学丛书》编委会

序一

梅　卓

南北青山遥携手，滚滚湟流起春潮。

乐都雄踞河湟，扼守甘青要道，是丝绸南路青海道重要地理和文化节点，历史上曾上演过一幕幕风云变幻大剧，文化灿烂辉煌，人文积淀深厚。在一辈辈代表性文化人物的引领与推动下，尊师重教、崇文尚礼逐渐蔚然成风，由此奠定了乐都文化的久远渊源和深厚基础。新中国成立后，历届县委、县政府着力文化建设，"北山赛马、南山射箭"成为极具品牌效应的群众文化现象，文学创作日趋活跃，"青海文化大县"美名广为流传。本世纪初，乐都县成立文联，创办《柳湾》文学季刊，文艺组织和文艺阵地，犹如两团温暖光芒洒向文艺界，暖光所及，广大文学爱好者创作热情被激活、才华得以触发，新人新作渐次涌现。新时代的乐都实现了由县改区的历史性跨越，区委、区政府将文化建设始终置于重要发展地位，给予强力领导和有力扶持。在美好传统孕育的相互砥砺、相互学习、团结和谐、积极向上的创作氛围中，新生创作力量不断加入，全区作家队伍阵容日益壮大，创作中比学赶超之势愈加明显，涓滴泉溪积为静水深流，盛放之花汇成满目春色，文学园地迎来了硕果垂枝、清香漫溢的收获时节。

既是收获，就有必要回顾与总结。回顾是为了展望前路，总结是为了更好发展。

摆在我案头的五卷本"乐都文学丛书"，是一套涵盖小说、散文、诗歌、纪实文学、评论各文学体裁的作品集，作者众多，内容丰富，风格多样，比较全面地呈现了乐都文学的创作队伍结构状况与优秀作品风貌。可以说，这是乐都文学品类齐全、精挑细选、分量重、成色足的收成，是区委宣传部、区文联、区作协献给新时代新征程的深情颂歌，对回顾全区文学发展脉络、激励广大作家投入新时代文学创作，引领意义和传播价值自不必细说。

每一次收获都是一个新的起点。

习近平总书记在文艺工作座谈会讲话中强调指出："文艺工作者应该牢记，创作是自己的中心任务，作品是自己的立身之本，要静下心来、精益求精搞创作，把最好的精神食粮奉献给人民。"衡量一个时代的文艺成就最终要看作品，衡量一个地区的文艺成绩最终也要看作品。乐都区曾是脱贫攻坚主战场，当前正全力推进经济繁荣、创新兴业、品质宜居、绿色秀美、和谐善治、勤政务实"六区"建设，全区上下踔厉奋发、笃行不怠，共同书写了乐都波澜壮阔的时代画卷，新时代的历史大剧正在这片背负荣光、承载梦想的土地澎湃上演。时代召唤文艺工作者从新时代的重大成就和伟大变革中萃取题材、提炼主题，为人民抒写，为人民抒怀，为人民抒情。

这是我们共同的责任。愿我们载梦前行，永不停步，坚信下一个收获就在不远的前方！

是为序。

序二

丁生文

　　湟水河流经西宁，滔滔不绝地向东奔流，在进入大峡至老鸦峡的一片狭长开阔地带，孕育出了一块丰腴之地，这里历史悠久，人文荟萃，这就是河湟文化古都，被誉为"文化大县"的滨水生态新城——乐都区。

　　如果海东是河湟文明的发祥地、核心区，那么乐都则是其核心中的核心。青海著名作家王文泸在《文明边缘地带》谈到乐都人时说："他们有礼貌地待人接物，用干净的语言和人交谈，自觉维护着一些约定俗成的文明规则，从而使得看起来稀松平常的乡村生活因为有了文明的骨架而变得法度井然。"2021年元月，中新网以"耕读传家久，诗书继世长"为题报道了青藏高原"博士村"乐都区瞿昙镇徐家台村。综上所述，"魅力海东，人文乐都"的概括无疑是精准的。

　　尤其值得一提的是，从吴栻、赵廷选、谢善述、萌竹等硕儒名士留存于世的作品来看，他们的创作也代表了历代青海文坛的较高水平。近年来，在区委宣传部主导的《柳湾文艺》期刊的引领下，在乐都文化人的努力下，在乐都崇文传统的激励下，多方筹措资金，出版了《河湟民族文化丛书》《乐都历史文化丛书》《河湟历史文化通览》《河湟花儿大全》《柳湾文丛》《瞿昙文化纵览》《凤山书院》等各类文化图书百余部，破羌轶事、南凉史话、鄯州故事、瞿昙传说等也被乐都作家写成地方史志类小说，创造了高原图书出版之最的记录，形成了被业内人士称为最具发展潜力的"柳湾文学方阵"，其作者的作品先后在《读者》《青年文摘》《大公报》《文艺报》《光明日报》《中国教育报》《上海文学》《北京文学》《星星诗刊》《绿风》《诗选刊》《诗江南》《诗歌月刊》《四川文学》《黄河文学》《文学港》《散文百家》《飞天》《黄河》《散文选刊》《文学自由谈》《时代文学》《青年作家》等大报名刊刊发，其中一些文艺家还先后获得"《飞天》大学生诗苑奖"、青海青年文学奖、青海文艺评论奖、青海省政府文学艺术奖、孙犁散文奖、青海省委宣传部"四个一批"人才及青海省"德艺双馨"文艺工作者称号，作品入选省内外多种重要选本。

为了进一步落实习近平总书记在中国文联十一大、中国作协十大开幕式上的讲话精神，培养"胸中有大义，心里有人民，肩头有责任，笔下有乾坤"的文学队伍，献礼中国共产党第二十次全国代表大会的胜利召开，在区委宣传部、区文联、区作协的努力下，编选出版了这套《乐都文学丛书》。该丛书对改革开放以来乐都文学作品进行了巡览式的选编，以点带面全景式展示了新时期以来乐都作者在诗歌、散文、小说、纪实、评论等方面的创作，并辑纳了外籍作家抒写乐都风物、评论乐都作家作品的诗文；丛书不薄新人爱前贤，征集入选了100多名作家和文学爱好者的500多篇（首）作品，既有耄耋作家的作品，也有后起的90后年轻作家的作品；这些作品雅俗共赏、不拘一格，既有黄钟大吕，也有阳春白雪，既收录了精英知识分子写作，也编辑了业余爱好者的作品。该丛书为总结跨世纪40多年来的乐都文学创作积累了宝贵的文学资源，我们相信它将激励文学才俊竭尽全力投身文学创作，为新时代创作更多更好的文学作品。

文化是一个国家、一个民族的灵魂，文化兴则国运兴，文化强则民族强。故《习近平新时代中国特色社会主义思想学习纲要》鲜明提出"建设具有强大感召力和影响力的中华文化软实力"的重大论断。海东早在 2013 年就绘就了"全面建设河湟文化走廊，着力打造海东文化名区"的文化发展蓝图，号召各级领导"要真正增强发展文化、壮大文化、繁荣文化的紧迫感和责任感，将文化建设融入经济建设的方方面面，把文化'软肋'变为文化'软实力'，把文化资源的潜在优势转化为文化发展的现实优势，力争在文化建设领域异军突起，实现海东文化大发展大繁荣"。

海东撤地设市之后，市委领导也一再要求：要厚植河湟文化，建设文化名市，打造精神高地，为繁荣我市文化事业提供可靠的组织保证，奋力谱写我市文化事业繁荣发展的新篇章。近年来海东市以习近平新时代中国特色社会主义思想为指导，在市委的坚强领导下，提高站位、乘势而上、担当作为，携手谱写美好生活的时代赞歌，不断开创全市各项事业发展新局面，努力把"五个新海东"美好蓝图早日变为现实。乐都区也紧紧围绕推进"四地""五个新海东"建设目标，以经济领域改革为重点，增强高效能服务，全方位扩大改革开放，推动中央和省委、市委各项改革（试点）任务在乐都区落地生根、开花结果，为经济繁荣、创新兴业、品质宜居、绿色秀美、和谐善治、勤政务实"六区"建设注入强劲动力。尤其是在"人文乐都"的抟塑方面，在精神文化的创作方面我们更要凝心聚力、继往开来，我们相信在乐都区广大文艺工作者的共同努力下，"人文乐都"必定会在新的时代再放异彩，乐都文学创作也一定会在千帆竞发的河湟文化重建大潮中更加繁荣昌盛。

是为序。

目 录

小小说

中篇小说

远山近水

李生才

山是痛苦的泪，
水是欢乐的歌。

——藏族格言

小　引

川流不息的顿姆曲河水，穿过山峦和原野，从烟雾蒸腾的帐篷前流过，撒下一路欢声笑语。它为世代生活在这里的藏家人，播下信任与友谊的种子，沟通人们心田里的千埂万渠；它催绽一树树的满枝花蕾，结出饱胀蜜汁的爱情浆果。

每逢夏秋之际的黄金季节，广阔的龙木切草原，天地万物充溢着蓬勃的生机，山川大地飘散出青草的芳香。小河使人沉醉，草原使人向往。可我的同胞啊！你为什么叹息、惆怅？

涓涓滴滴的流水，源自皑皑雪山，流经千山万壑。泥沙沉积，溶解；流水纯净、明亮。苦的高山消融了，泪的河流千涸了。当和煦的春风吹来，我的同胞啊，你心灵的溪水可曾将分隔的田畴溢润？当迷人的牧歌传来，你眼里的太阳可曾暖热冷漠的肝肠？

生活充满阳光，草原一片芬芳。我的同胞啊，难道还有什么迷蒙、彷徨？

忘记刀光剑影，忘记血泪时光。让博大的胸怀容下整个世界，让人类恢复失去的善良与理智。携手起步登程吧！我的同胞，我们跋涉的目标，难道不正是神圣、光明的前方？

1

一只兀鹰抖擞着灰褐色的双翅，悠然自得地盘旋在悬崖峭壁之巅。将根须深扎在岩缝里的一棵针叶松，巍然傲立在岩石顶头，任凭世时的雨打风吹。兀鹰疾速地掠过它的上方，发出尖厉的啸音。断崖下面，一座为生产队改良绵羊群而修建的石圈，刚刚露出一圈轮廓。圈基厚实，圆围宏大，足见修建这座石圈的人们有着长远打算。一条闪烁着绿色光彩的河流，从石圈一侧哗哗流过。沿河流两岸，便是绵延伸展的草原了。正是草原的黄金季节，放眼望去，山明水秀，草青花繁。再加上一群群牛羊的点缀，显得分外美丽、静谧和神奇、辽阔。

突然，"嗖"的一声响，那兀鹰直朝悬崖峭壁俯冲下来。它滑翔疾速，目光如电，那气势够凶猛的。藏族谚语中所说的饿鹰扑食，也的确吓人呢！它发现了什么？落地的羊羔儿，还是殷红的兽尸？原来，在那两尺来高的石圈墙边，一块锯齿形的尚未垒砌上墙的石头上，留下了一团暗红的血污。它看到了，而且嗅着了，想冲下来觅取食物呢！可是，正当它俯冲到离地面二十余公尺时，从石墙边上猛乍乍站起一个人来。他眼疾手快，迅速抽出明光闪闪的腰刀。兀鹰见状陡然一惊，疾扇双翅冲上蓝天，飞过山峦峰巅，消失在一片淡淡的晨霭之中。

"这扁毛畜生，欺人太甚！"那人仰头望着云片飘游的天空，气啾啾地骂了一句，慢慢地将腰刀插入刀鞘内。显然，他是在等待什么人。那年轻而英俊的脸庞上，笼罩着焦急不安的神情，频频举目朝前方眺望。沿顿姆曲河的下游，离石圈两三公里处，几座小山包圈出一片肘弯状的开阔地。坡上扎了几顶黑褐子帐篷。一缕缕蓝灰色的炊烟，飘出天窗，缓慢向上升腾，升腾……他深吸了一口气，仿佛嗅到了那尚未晒干的牛粪块儿燃烧时那种暖熏熏的气息。

羊群漫上了草坪，牛群翻过了山梁。太阳已经老高了，可是，要等的人还不见踪影。他焦急地跺着脚，又沿石圈转了一圈，不禁有些气馁。他想吸支烟，不料在蹲下身去擦火柴的时候，目光又碰到石头上的那一片血污。鲜血早已凝固，呈紫黑色。他心里感到一阵绞痛，默默装起烟和火柴，只管望着那团血污喃喃低语，"尼洛索德，我的好兄弟，你的血不能白流啊！……我们，说啥也要把石圈建起来，把改良绵羊的事儿干到底。"

是的，那冻牛粪块贴稀屎的畜圈，年年修年年垮。就这样凑合着，日子也照样混得过去。可是，这哪像奔四化的样子？畜牧业要发展，牲畜品种要改良，稀里糊涂混日子怎么行？队里组建了绵羊土种选育群，理所当然，为了繁殖、改良一代藏系羊新品种，就该花点代价，淌些汗水。看来。要办件事情，真够难的。为了修这座改良羊群的石圈，下了多大的决心哟！修圈的消息一传开，人们议论纷纷。有的老顽固，干脆质问他这个支部书记："阿吾多杰，看不出来，你这小子心眼儿比筛子底还稠哩！这几年刮风又下雨的，把百姓整苦了，整穷了！上头把牲畜分包到户，就是想让我们休养生息，喘过一口气来，过几天歇心日子。可你偏要折腾我们。什么绵羊改良、棚圈建设，够啦！我倒要问，你小子究竟安的什么心？"

"嗨嗨，那还不是因为绵羊改良群是他放的！"多嘴饶舌的女人们总喜欢把一切事情往私字上拉。这些骚娘们，够可恶哟！

"我们过去没搞这玩意儿，日子不也推过来了？好不容易盼来个好年月，又有人要胡整。唉！上头的政策再好，下头这一帮人胡搞乱搞，有什么办法！"有人摇头晃脑，感慨一大堆。

阿吾多杰微笑着，平心静气地听大家讲。他没有发火，也不急于辩白，反正不让人讲话是不行的。嘴是软的，舌头是扁的，你爱怎么讲就怎么讲。不过，你牢骚发完了，还得去修圈。噢哑，就是这！其实，他看得出来，不愿参加修圈而且牢骚满肚子的人，也就是那么几个货。等他们火力弱了，他才有板有眼地开口："乡亲们，狠话可以说，狠事却不能做。石圈是修定了，这倒不是因为我放了这群改良羊，想图安闲才无偿调用大家的劳动力。我们睁开眼睛看一看，牛羊品种退化到了啥程度？如果连这点儿远见都没有——"

"噢噢，大伙儿都听到了吧？一个多么有远见的支部书记呀！不过，唱得最好听的鸟儿，也掩饰不了觅食时的私心。如果改良羊群的放牧员换了别人，他这份热心究竟还能保留几分呢？"说话的人叫莫什姜措姆①，一个不安心劳动、光凭漂亮的脸蛋迷惑人的女人。随着年龄增长，她自己已感到魅力消失。日子慢慢过得单调、寂寞起来。每逢开会什么的，她总想跟年轻人坐在一起，可是除了皱皱巴巴的老家伙们，谁又愿意跟她这样的人挨挨擦擦？这阵儿坐在措姆身边的人既对她不感兴趣，又对大伙儿争议的问题缺少热情。大热天，把半个脸埋在柔拉②领子里。"哎哎，你怎么不说话呀？人在会场上，心跑到哪儿去了？哈！准跑到哪个浪女人热怀里去了。"措姆推了那人一把，大模大样地叫着。那人慢吞吞地抬起头来，冷眼打量着会议的主持者阿吾多杰，一双阴暗的小眼睛正熠熠闪光。他没有立即开口讲话，只是微微地摇了摇头。他叫白措热。是最近才获释归来的劳改人员。真他妈见鬼！他跟阿吾多杰的父亲阿卡龙哇当了半辈子冤家对头，霉运永远伴随着他。阿卡龙哇如今在自治州政协工作，自己呢？却当了22

①莫什姜——藏语，女光棍。
②柔拉——藏语，布制的夹袍。

年劳改犯。事到如今，又要在阿卡龙哇的儿子手里过日子。不谨慎小心不夹起尾巴做人怎么行？有疮的牛儿偏凹腰啊！政策是易跑的马，人脸是变幻的云。说不定哪天形势"嘟噜"一转，挨鞭加驮的幸运又会降临到自己头上来。像在自言自语，又像在讲给别人听，白措热不高不低地嘟噜着："让大伙儿抛下分到手的畜群，去为他淌汗，修石头圈，哎哎！私心眼儿太重了吧？不过，天凭日月放光，人凭良心自立。我想这石圈还是该修，牲畜品种改良的事儿嘛还是该搞！"说完拉拉袍子领口，又埋下半张脸去。

"阿客措热，把你的看法对着大伙儿讲讲嘛！你经历多，见识广；说说，对我们一定有启发。"阿吾多杰看到白措热同措姆说话，开始点将了。

"这'有启发'的话，狗嘴里能吐出来吗？"看来，白措热不愿意让人点将。他嘟囔着，抬起头来，用不满的目光扫视着年轻的支部书记。他有一张白净的脸，两撇修得整整齐齐的八字胡。可以想见，他年轻时准是个俊逸汉子。

"说呀！如今兴民主，众人的事，众人决定。不要顾虑，有话当众讲，下面跟婆娘们叨叨什么！"看样子，因为会场气氛异样，阿吾多杰有点心焦。他生怕修圈的事儿，让大家一阵风儿吹了。

谁知阿吾多杰这一逼，倒把白措热逼火了："书记，我是什么货，不配抬起头大声讲话嘛！百人头上讲大话、百马头上抢鞭子的人，新旧社会都一样吃得开。我呢？……"

"你这是什么意思？阿客措热。人家拿你当人把你往席面上请，你干吗非要往桌下钻？阿客措热，如果你对我有意见，直截了当提出来，大可不必嘴里长牙、舌头上长刺！再说，尼洛索德和我一起负责队里的事，你不怕父辈的隔阂在儿辈心里投下阴影？"阿吾多杰恳切地说着悄悄望了坐在自己身边的生产队长尼洛索德一眼。

尼洛索德是白措热的长子，但为人跟父亲不同。他善良，正直、热情，他认准的事情，皮绳拉不转，非干不可。他是个放牧能手，管理生产又有两下子，被大伙儿选成生产队长。方才父亲的一席话，使他感到害臊。这么一把年岁的人，竟能讲出那样的话来！看见阿爸低下头去，尼洛索德宽容地说："话有讲歪的时候，理可得端行。支书引的是一条正道，为生产发展也为大伙收入增多。我们不能以私心来忖度他。"由于事关每个人的利害得失，越来越多的人卷进了这场大争论之中，形成一次声势不小的群众大会。不怕意见不一致，单怕大伙不关心。关心，事就好办！尼洛索德来了精神，两只眼睛变得分外有光彩、有神。他望着大伙儿，动感情地讲下去，"牲畜是分包到户了，可我们还是一个集体呀！打个比方吧！雨后蓝天上的彩虹，虽然很美丽，但闪烁一阵就消失了。我们日后走哪条道，不是眼前明摆着吗？社会主义是金桥，可不是彩虹嘛！"

儿子开了口，老子只好作罢。白措热活了六十多岁，眼下就存这么个苗子。妻子虽然还生了一男一女，但那是弟弟黑措热的种子。对这一男一女，他不疼也不爱。为什么要爱他们呢？虽是一棵核桃，里头有隔隔嘛！不过世上的事，倒也十分难说。按理说，尼洛索德是自己的亲骨肉，可亲骨肉又怎么样呢？也许长期不在一起生活的缘故，从感情上讲，并非父子情深，他们已够疏远的了。而且在待人、处事方面，彼此存在着很大的差异。白措热曾感叹过，自己跟今天的社会、今天的人，包括自己的亲人，都格格不入。正在他胡思乱想的时候，听到一个尖嗓音的女人的声音。"阿吾索德说得好！"他不禁抬头望去。

说话的是一位秀眉秀眼的姑娘，乌发下的鹅蛋脸儿，美丽而又端庄。她名叫益茜卓玛，跟尼洛索德是异父同母的兄妹，又是阿吾多杰的未婚妻。白措热不喜欢她，她呢？更恼恨白措热。家有黄金，外有戥称。对于她跟阿吾多杰的结合，全队乃至全社的人，谁不夸赞，谁不羡慕啊！偏是这个鬼迷心窍的白措热，往死里反对。为这事儿，弄得家里很不愉快。益茜卓玛心想，"我跟阿吾多杰，跟定了！你白措热总不能抱住我的大腿。就是抱住了，我也有法儿脱开。闹狠了，逼急了，我告到公社去，有你瞧的。"有脓还不让往外流，有话还不让往外讲？果不然，益茜卓玛冲着白措热开火了，只不过话讲得委婉一些，"人跟人一样，心跟心不一样。依我看，有些人总是门缝里看人，把人都看成扁的啰！"

白措热一征，马上意识到益茜卓玛是冲自己来的。他把对儿子不敢发的火，全喷到了益茜卓玛身上："你把话说明白，这'有些人'指谁？不要明不打暗敲嘛！"讲完，自觉无趣，竟转头离开会场走了。

"大概，也包括你吧！"冲着白措热的脊梁，益茜卓玛冷淡地说了一句。说实在的，她对自己母亲的这个前夫，竟没有丝毫好感。这个有着冷冰冰的眼神、瘦削精干的身躯和灰色小胡子的人，外形并不惹人生厌。遇到高兴的时候，他那苍白的脸上还会焕发出只有年轻人才有的光彩，倒也还引人注目呢！他喜欢追逐夜色，草原八月的夜晚，燥热无声无息地隐退到峡谷外面去的时候，他便躺到小山包上，头枕着交叠起来的双手，仰望那变幻莫测的天穹。微风送来金银花的芳香，夜色美极了！蓝天那么广阔、遥远，星外有星，天外有天，瞅得人头晕目眩。他在望什么？想什么？在怀念那逝去的岁月吗？也许是的。可是，那逝去的岁月，又给了他什么呢？益茜卓玛是个想象力十分丰富的姑娘，每当想这些问题的时候，总是恶作剧地将白措热同豺狼联系在一起。也许，豺狼藏身于龙麻丛中，窥视羊儿静卧的圈棚时就是这样的吧，不过豺狼的眼睛是很明亮的，特别在夜晚……藏族人是厚道的、诚实的、善良的。阿爸黑措热，就是这样一个人。在哥哥白措热被捕入狱后，他成为嫂子名正言顺的丈夫，而且有了益茜卓玛和她的弟弟尼洛索穹。近年来，日子丰裕，家庭和睦，谁能讲这不是幸福？哪知道，白措热回来之后，家庭生活便罩上了浓重的阴影。益茜卓玛是大队医疗室的保健员，是一位聪明过人美丽热情的姑娘。她什么不懂啊？家庭的事，她看得明明白白。哎！这个……两只"冲"砍姆托①守着一头老绵母羊，你争我夺，招得孩子们心情不爽快啊！

白措热并未走远，他回头望着尼洛索德，看他怎么对付益茜卓玛。哪料到，尼洛索德竟被她几句话噎得无声了。白措热一跺脚，正待离去，却被驻队干部奴乙亥叫住了。

奴乙亥这个人，同许多本民族干部一样，热情、豪放、能吃苦、善交际。由于跟队里的姑娘们相处甚密，人家便有些看法。不错，他是一头牛，而更重要的，是一头漂亮的公牛。由于工作方式方法比较简单，语言还是过去用熟的那一套，所以人家不买他的账。用社员的话讲：左手拧的皮鞭子，那是抽打毛鬼神的玩意儿。对说服教育社员，老一套办法早就吃不开了。更何况，他讲来讲去总是那几句大话。难怪惹得人心烦。当下他叫住白措热，张口便训斥道："社会主义方向还要坚持嘛，集体经济还要维护嘛！嗯，对不对？你白措热怎么的？政府释放了你，并不是你没有一点儿错。一九五八年你参加叛乱了吧？嗯。对不对……"

白措热低下头道，"是啊！都对……可是我虽然有过错，知错改错还不行吗？就说眼下吧，在你们眼里，白措热还是释放犯。阶级敌人，这公平吗？"正说着，有人悄悄拉了他一把。

白措热转身一看，却是摘帽富牧布札。布札望着白措热，煞有介事地说："老哥，政策是一朵不稳的云，你莫拿牛皮当遮天的大伞。你我——咳，算得哪一路神？有疮的驮牛偏凹腰，争执那一口气干啥？"

奴乙亥看在眼里，听得真切，忍不住喝了一声："站住！"一步上前扳转布札的肩膀，"布札，你煽动什么？要翻天吗？"

"不敢！力西巴龙同②，小人不敢。"布札像一头被拴住四肢的老牛，

---

① "冲"砍姆托——藏语，淘汰种公羊。
② 力西巴龙同——藏语，干部同志。

劈腿站定，冷冷地回过头，做出一副勾头弯腰的姿势，"你组织大伙儿斗我吧！'呸！一个摘帽富牧分子，还不老实'……，帽子在你们手里，可以随时给我戴上。"

对这样的场面，布札经见得多了。党的政策，他不是不懂。就凭几句风凉话，谅奴乙亥不敢把他怎么样。果不然，这软软硬硬的几句抢白，搞得奴乙亥下不了台。他一着急，竟连一句干脆话也讲不出来。倒是阿善多杰出面讲了几句，才平息了一场风波。

开步难，以后呢？更难。石圈开工七天，尼洛索德在悬崖撬石头时，不慎被滚石擦伤了腿。了不得！大腿上一块肉给擦掉了，一片血肉模糊。寻缝下蛆的白措热，这下可不依啦！他像一条挣脱铁链的藏狗，一下扑到阿吾多杰跟前，伸手抵住他的领豁口，眼里火星直迸，"好啊！多杰，你父子欺压我们四十余年，到今天你还变法子整人，暗算我这棵独树苗。你……我跟你拼了！"说着，一头直朝对方胸口顶去。

阿吾多杰退让着，极力想解释事故的偶然性。可是，白措热一句也听不进去。直到引起公愤，才松了手。尼洛索德从昏厥中苏醒，气愤地叫了一声，"阿爸！你……你这是干什么呀？"

显然，父辈的隔阂，阻挡不住儿辈的友谊。特别是这种不讲道理的蛮横，更激发了儿子的义愤。不合时宜的丑恶表演，无疑将擦亮人们的眼睛。难道不是吗？

尼洛索德几句话，震住了白措热。就像扎了一针的牛皮袋，他一屁股跌坐在地上，号啕大哭起来。内心深处的隐痛，又在揪着，搅着……

阿吾多杰长出一口气，从石圈边站起身来。这时，一个人影在左边的山沟晃了一下，随即又不见了。这是谁呢？莫不是益茜卓玛误了时辰，错以为自己前边走了，而想从此处打截路追他？昨天晚上，他们约定今早在石圈碰头，然后一道到县医院去看尼洛索德。不用说，准又是白措热缠住不让她走。可是，讲好在石圈边等她的嘛！她会不会一个人先走？方才那一晃而过的人影，又是谁呢？那身段，甚至那衣袍、腰带，又都跟她那样相像。

阿吾多杰无可奈何地看了看渐渐升高的太阳，决定再等一等她。他擦着了火柴，点燃一支特备在路上吸的香烟。眼前，又出现了那团血污。

他眉头一皱，心事重重地摘下帽子，到河里去舀水。端来一帽顶水，又随手拔束龙麻，蘸水刷洗那石头上的血污。唰唰！唰唰！……

血迹犹存。虽然没有刷洗干净，倒也不怎么惹人注目了！

2

阿吾多杰的判断没有错，益茜卓玛果真被白措热缠住了。被奴乙亥几句话震住的白措热，一回到家里，俨然又神气起来。本来，他不想再记挂那逝去的岁月，记挂那一桩桩烦心揪人的往事。因为，自己毕竟有错嘛！再说，这么一大把年纪，离进天葬场的日子不远了，还图什么呢？过几天清静日子，喝几碗醉人的酽茶，不就是晚年的福分吗？可是，生活并不如他想的那样美妙，人家要揭他的疮疤，还拿他当释放犯对待，他受不了啊！

这种人，怎么说好呢？就算历史留下积冤，春风又吹过几度！大凡胸怀宽广的人，大事化小，小事化了，图个一身轻松；而心胸狭窄的人，则往往对区区小事耿耿于怀，总想窥机相报。这种人，到头来没有不吃亏的。然而结痂的伤口，毕竟揭开了！要马上痊愈是不可能的。不幸的家庭啊！

此刻，帐篷里笼罩着一种很不寻常的气氛。一家人谁也不说话，男人们坐在榻夸①一边，围着火塘喝闷茶，益茜卓玛偎在母亲身边，默默垂泪。灶膛的牛粪火快熄了，没有人去添……白措热到滩上撒开

---

①榻夸——藏语，炉灶，适宜以干牛粪为燃料。

牛羊，又回到家里来。见此情景，悄无声息地撮起一羊哇①干牛粪块，"哗"地倒进灶膛去！见大家都不说话，便拿起火棍儿拨弄奄奄一息的炉火。这时，益茜卓玛拍起头来，眼里噙着泪，双手抓住母亲的胳臂，使劲儿摇了几摇："你说话呀！阿妈呐，你咋不开口呀！我们家的事，是仇是怨，总该让我们知道吧？"

"什么事儿也没有。没有，益茜卓玛，没有啊！"阿妈龚姆芝抬抬眼皮，嘴唇翕动着，心事满腹地叹息一声，又紧紧地闭上了嘴巴。话是这么讲，她的心头，却在暗暗流血！思绪万千，该从哪儿扯线呀！她没有白措热那样的心眼。圆的就是圆的，扁的就是扁的。她生性良善，亏心事做不出来，违心的话也讲不出口。她毕竟是个怯懦、柔弱的女人。白措热好歹是她的丈夫，她怕呀！唉，这么长的年月，他那脾性一点儿都没有改变，嘴里长刺，舌头上长牙，心地还那么黑。天哪！难道真是"江山好改，本性难移"吗？二十一年过去了，他为什么没有死，还会活着回来呀？谁放他出来的呢？这种人是不该放的，就如不该放虎归山一样。再圈他十年，二十年……

像一头数九寒天的瘦老牛，此刻，白措热蜷缩在被窝里，咳嗽着，正用恶狠狠的目光扫视着龚姆芝。不言而喻，假设她一旦开了口，而且讲出了历史真情，他决不会善罢甘休！空气仿佛停止了流通。帐篷里出奇地宁静。每个人都憋着气，等待着可怕的爆发。全家人里边，唯有小儿子尼洛索穹无知，还算跟白措热处得来。看见老人在外面受了气，他显得分外殷勤，又是好言安慰，又是添茶送水，还贴他坐在榻窝边，呼哧呼哧生闷气。茶碗浅下去，尼洛索穹去提壶，却被黑措热拉住手，"好啦！孩子，阿客喝不下去呀！……两代冤仇难道就这样被遗忘吗？我痛心……他们能忍下这口气，我忍不下去。哎哎，我这把老骨头为什么没有丢在异乡，偏要活着回来呀！我去死了吧！这

①羊哇——藏语，盛牛粪用，形似托盘。以木料制成。

就……"白措热说着，号啕大哭起来。他一头爬出被窝，拔腿就往帐篷外面冲。尼洛索穹拦腰抱住他。

"阿客，别赌气嘛！你有话，就讲出来！"尼洛索穹委屈得快要哭了。他是个急躁莽撞、头脑简单的人，别人讲什么他信什么，听了白措热一番话，他只恨父母软弱无能，哥哥姐姐亲仇不分。他狠狠地扫视了父母一眼，又咬牙切齿地瞪着益茜卓玛说："他们愿意当绵羊，是跟人家有缘呗！我是个不驯服的牦牛，早想试试自己的牴角。说吧！阿客，我去报这个仇！"

白措热心中暗暗高兴。报仇不报仇，且不去管他，阿卡龙哇那老东西，如今是高官厚禄，养尊处优哩！当众着他一羞，也是一桩快事。哼！叫他看一看，措热家也有好后人！他摇摇晃晃地爬回榻窝，叹了一口气说："唉！一家人，只有这孩子懂我的心。几十年憋在心里的话，我要讲，我不讲谁讲呢？索穹，你不是问阿客腿上的枪伤吗？好，我就从枪伤讲起吧！"

他用颤抖的手抚摸着尼洛索穹，又从怀里摸出一包香烟来，两人各点燃一支。吸着烟卷儿，就像老狗记起干屎，娓娓动听地讲说起来！往事如一堆乱羊毛，他却理得像线团上的线头一样。线轴儿嘀嘀地转，一根线头儿扯长了，扯远了！

四十二年前，正当白措热年轻力壮的时候，一场灾难降临果洛草原。是啊！果洛草原是一块肥肉。谁不想啃一口？但这块肉很硬，想啃它并不那么容易。统治"措南香钦"①的混世魔王马步芳，早就对果洛垂涎三尺，但总是无法弄到手。果洛草原有丰富的肉畜产品、野性动物、药材和矿物资源，同时它又是连接川康的交通要道。为了掠夺富饶的资源，打通措南香钦与川康交通线，更为了从川康购买军械物资，装备马家军，不征服果洛的藏族是不行的。于是，马步芳下了

---

①措南香钦——藏语，即青海。

最大的决心，于 1938 年 2 月派兵占领果洛的白玉寺，建立起第一个军事据点。啊啦啦！好吓人的阵势。那漫山遍野的黄狗子，也不知道有多少，就跟三伏天牛圈的虻蝇一样。那率兵的头子叫喇平福，长了一脸大麻子，大伙儿都叫他麻团。那麻团体格健壮如牛，身板儿又高又大，跨在马上能把马背压成一张弓。他生性残暴，心狠手毒，喜欢狩猎、玩女人。康赛、康干两大部落头人看到这阵势都吓住了！知道眼下动他不得。只好强装笑脸，从部落里搜罗大量的金银、珊瑚、玛瑙，还有牛羊马匹送给麻团。部落大头人俄昂扎西忍痛割爱，把自己仙女般美丽的老婆，亲自送去侍候喇平福。那麻团太不通人情，竟当着俄昂扎西的面，让女人脱了袍子跳舞，还乜斜着一双色迷迷的眼睛，指着那一身晶莹、雪白的肌肤挑刺："噢咦，这一身白肉倒也凑合。只是，那腰肢太粗。削肩细眼，那才叫美人哩！哈，日奶奶，老子什么女人没过过手？啊哈哈……"就这样，日子一长，麻团也就放松了戒备。据说，他在一次连排军官会上发表训令，龇牙咧嘴地讲过这样的话："日奶奶，藏民娃娃老实嘛，谁说像一头野牛？……嗯。女人也不错嘛！尕娃们！你们不要眼红，有本事自己搞去。那一匹小白马儿，老子骑定了！不为别的，就凭她那儿下走手……"于是，那一群大大小小的色狼，一个个四处出走，就像扑食的饿鹰。一时间，闹腾得部落不宁，鬼哭狼嚎。人们看在眼里，恨在心上，暗地里磨刀擦枪，准备着、期待着报仇雪恨的日子。天长日久，这一刻终于到来了！

那时候，草原上还没有这样宽阔的公路。即便有，马家军又哪有那么多汽车跑呀！漫长的道路，只有靠牦牛驮运。一头牦牛，能驮多少，能走多快呢？麻团的那一营骑兵，由于给养不足，最后缩减到只有一个连的兵力了。这样，军队的任务也就由屠杀藏胞转为征派军马、囤积皮毛、搜刮财物了。机不可失，失不再来。两大部落头人暗中碰头，当即召开各自管辖的小部落头人联席会议，秘密制订惩治麻团的计划。那是一个阴云密布、雪花纷飞的清晨，黄河在呼喊，草原在动荡，数千名藏族勇士呐喊着，发起对驻守柯拉赫曼林场匪兵的袭击。枪炮声连天，喊杀声遍野，好一场恶斗啊！匪兵们仗着武器精良，据点牢固，气焰嚣张得很。"嗒嗒嗒……"机关枪炒豆似的响，我们的人倒下一片又一片，血流如水，染红了林边的草地和岩石。那些得意忘形的匪兵，见我们三番五次攻不上去，乐得手舞足蹈，还搂着我们的女同胞呢！待我们的枪一响，他们又将女人推在前头遮枪子儿。那时候，我们都拿的什么枪呀！老布拉、破三。马三八、黑羊拐，还有一大批大刀和长矛。麻团的匪兵们则是歪把冲锋，转盘机枪，最差的也有新七九和中正式。血肉横飞的场景，一次又一次的失败，使有些人胆怯了，退缩了！阿吾多杰的父亲阿卡龙哇，当时是我们小部落的头人。那天，他带着我们一百多人，从林场一边的沼泽地带冲杀。他远远地躲在后面，用一把破驳壳连枪指挥我们，喊声比谁都高，样子比谁都凶。鬼知道，他骨头缝里藏了些什么！就在战斗最激烈的时候，忽然听不到身后的喊杀声了。人们扭回头一看，啊？阿卡龙哇溜了——

"呸，这个怕死鬼！我当时要在场，非一枪结果了他不可。"听到这里，尼洛索穷忍不住插言了。临阵脱逃的人，可耻，当然可耻！尼洛索穷胸脯起伏着，呼吸急促起来了。

唉，亏他还是头人呐！当时，出于一时的气愤，我忍不住撵上他，并且揪住了他的袍带。我说："头人呀！你不能走啊！你走了，丢下我们谁管？"不料，阿卡龙哇竟六亲不认，登时翻了脸，伸手就朝我脸上一拳。好狠的心，那一拳打得我眼冒金星，鼻血迸流。趁我擦血的一会儿工夫，阿卡龙哇提着枪，撒腿就跑。他跑得像兔子一样快，一眨眼就窜到涧沟那边去了。我提着马刀，边追边呼喊："头人啊，回来吧！你不能丢下我们呀！"那家伙见我撵得紧，自料难以脱身。一气之下，竟朝我举起了二八连枪……说到这里，白措热叹口气，脸上掠过一道苦痛的阴影。他撩起皮袍，抚摸着留有枪伤的大腿，装模作样地呻吟起来。

就这样，我的腿上留下自己人的枪弹。每逢天阴下雨，一阵阵腰酸疼痛，好不难受……

"啊，措热！你给孩子讲了些什么呀？过去的事，人家不肯讲。也就罢了！偏是马不跳鞍子跳，你满嘴……"龚姆芝一把推开女儿，用颤抖的手指着白措热。一字一句数落着，好像蒙受了极大的耻辱。她面色灰白，目光昏暗，满脸的痛苦、凄惶和愧色。仿佛那贪生怕死、临阵脱逃的人，不是别人，而是她自己。

白措热一吐为快，感到舒畅和满足。他从来不曾想到，自己竟有这样一张伶牙俐齿的嘴巴。历史，不就是任人描述的画卷吗？无知的后人，知道什么啊？他叼起一支烟卷来，一双阴暗而冷淡的眼睛射出一道狡黠的、险恶的光亮。这道光亮，紧盯在尼洛索穹起伏不匀的胸脯上：这是个像样儿的男娃子，那宽厚的胸脯足以说明这一点。白措热猜想着：自己的一番话，将引起怎样奇妙的效果！

果然，尼洛索穹坐不住了。他像一头未经驯化的凶猛的骚牛，一蹦子跳起来，从垛恰顶头抓起自己的半自动步枪，头也不回地冲出帐房。白措热一跃而起，紧跟着撵出去。他愿意尼洛索穹起身去报那一枪之仇，但看到眼下暴怒的小牦牛，他又有些害怕。他毕竟是精于世故的识途老马，自然也明白，一旦尼洛索穹真的杀了人，他白措热是跑不了的。他用喑哑的声音，朝那副厚实的脊背叫道："英雄出少年！孩子，如今我可以骄傲地叫你英雄了。不过你要记住：让那老东西当众出出丑，羞辱他一番，也就够了，就替我报了仇。可不兴杀生害……"

"唉唉唉"一声马嘶，尼洛索穹座下的青鬃马猛地扬起前蹄，直立起来。尔后，一声响屁，一阵旋风，人马消失在卷起的烟尘之中。

这时，母亲龚姆芝跌跌撞撞地冲出来，朝儿子的背影呼叫。"索穹，你这个小畜生，还不给我快回来！"一边呼叫，一边哭喊，还拿手撕扯着贴胸的衣服。那样子简直发疯一般。

"哈哈哈……"白措热狂笑着，眉毛一皱一展，耸动双肩，弹个脆脆的响舌。然后，又用一双狡黠的眼睛，异样地打量自己枯瘦如柴的老妻："回来？干吗要回来呢！难道措热家的人该做别人脚下的羊皮，想怎么揉就怎么揉？儿子大了，老子罢了。他不去报仇谁去？善有善报，恶有恶报，我看他阿卡龙哇老贼……你作证，我讲的都是实情，一句也不假吧？"

"是……是实情？你不是……"龚姆芝双手抱住脑袋，失声痛哭起来。不堪回首的往事啊！你这座无形的山峰，压了人们多少年，为什么今天还要重压在无辜者的心头？

"说呀！"白措热逼近一步，目光冷若寒冰。

"你……"龚姆芝嘴唇颤抖着，一下跌坐在草地上。

"啊舍热，我一直没看透，你这颗心，比蛇蝎还毒啊！"黑措热忍无可忍，抬脚跨前一步，气愤地扳转白措热的肩膀，手指着鼻梁呵斥。随即，他又拿起一副鞍垫，准备给益茜卓玛备马，让她追回尼洛索穹。

"她敢动！"白措热恶狠狠地瞪了益茜卓玛一眼。

"哼！"益茜卓玛"噌"地跳起身来，用挑战的目光望着白措热。满腔的愤懑，此时已化为一团火焰，烧得她喘不过气来。她恨白措热心地狠毒，不能容人；又恨阿卡龙哇失掉民族气节，在紧要关头背叛自己的同胞。尽管对历史无知，但她头脑并不简单。假定，阿卡龙哇当真是白措热讲的那种人，为什么历史不但没有惩罚他，反而让他幸运地登上自治州政协副主席的位置？党就那么糊涂？政府就那么愚蠢？不对！这里头定有缘由。白措热算什么东西，他的话有几分可信？听老鼠的话猫最残暴，听豹子的话羊圈最好敞开。那不可告人的东西，往往是藏得很深的呀！哎呀！既然阿妈知道其中的隐秘，又为什么吞吞吐吐？躲躲闪闪？时间不能拖延，尼洛索穹已经冲出去了！这头暴怒的小牦牛，说不定真会伸出他稚嫩的牴角顶人呢！不分清事情的真相，勇敢就跟恶狗一样。等他咬伤了人一切就晚了。想到这一切，她心里更焦急了，连连摇动着阿妈的肩膀，"阿妈，我的好阿妈，你怎么啦？为什么不开口，为什么不说话呀？你说嘛，到底是不是——"

"是……不是……我什么也不知道，你要我讲什么？孩子，阿妈是个不要脸的女人，你骂我，唾我吧。"龚姆芝有气无力地说，恐惧的目光扫过白措热。又猛地搂住益茜卓玛，轻轻抚摸着她那乌黑的发辫。半晌，才接着说，"以后你会知道的。阿妈这大半辈子，可吃够了苦哇！早年……"

"你快去！先把那个小畜生追回来。"黑措热跺着脚，从龚姆芝怀里拉开益茜卓玛，将一把马鞭塞进她手里，还轻轻在她肩上拍了拍。

"放心吧！阿爸。他没吃豹子胆，谅他不敢伤人，他真要无法无天，我先打断他的牦角。"益茜卓玛背起自己的半自动步枪，紧了紧束袍子的彩绸腰带，平静地对黑措热说。正要走时，白措热断然一声大喝："站住！你要干什么？"

"先把索穹追回。"益茜卓玛的长睫毛一扬，目光如两支利箭，傲然射向白措热，"然后，同阿吾多杰一道去县上。看护哥哥索德，查清历史老账！倘若阿卡龙哇真是你说的那种人，我先戳穿他的假面具，再同阿吾多杰一刀两断。"

"不行。"白措热吼叫一声，企图阻拦她，却被她一把推开。白措热急了，从后面扯住她的腰带头儿，攥得死死的。

"放开。"益茜卓玛厉声尖叫。马儿在刨蹄嘶鸣，她更心焦了！可是，白措热双手死攥着腰带头儿，使益茜卓玛动也动不了。她急了，从刀鞘里拔出七寸藏刀，只听得"哧——"的一声响，袍带断了！白措热手里只剩下半截粉红色的袍带。

见益茜卓玛已经一脚跨上马去，白措热疯狂地扑了上去。这时，黑措热迎面伸手拦住他。那结实的巴掌稍稍用了点劲，白措热便站立不稳，一个狗坐墩跌在地上。他像一只老山羊，撅着稀疏的胡子，手攥半截带头发愣。那朽木似的脸，可怕地扭曲着。

"龚姆芝！"突然，黑措热大叫一声，猛冲进帐房里面去。

一把锋利的藏刀，无力地从龚姆芝手里掉下来，落在帐房杆子边的草地上。而帐篷外的马蹄声，早已响远了！

3

益茜卓玛的红枣骟马，有一把子轻蹄撒花的大走，这在龙木切草原是驰名的。它虽比不上旧小说里写的神驹和龙马，日行千里，夜走八百，但在以快和稳著称的果洛马群里，它无疑是佼佼者。粗颈、阔胸、细长的腰身，蹄腕也比一般马高。在平川草滩，一旦主人跨上马背，它便绷展四蹄，肚皮擦着草地，尾巴竖起千条丝线，一会儿工夫便跑得无影无踪。一点儿不假，它曾以平稳、舒适和每小时二十五公里的速度，赢得过"小卧车"的赞誉呢！凭枣骟马的本事，要追上阿吾多杰，当然是不成问题的。可是此刻，益茜卓玛一点儿兴致也没有。她心乱如麻，莫说加鞭策马，就连迈碎步也感到心烦。仿佛坐下的鞍桥变成了青面獠牙的怪物，她实在觉着坐不稳了。

对尼洛索穹急冲冲地出走、闯祸，她有点疑惑。对这个小弟弟，她心里有谱，料他不致闯下弥天大祸。在全公社的基干民兵中，弟弟虽说有些犟板筋毛病，但他压根儿不是孬种。尽管那牛劲儿一上来，他能把圆的说扁，扁的说圆，但只要耐心开导、指点，他还是讲道理的。他既不呆又不傻，就凭白措热一番话，让他开枪伤人不会！就算他鬼迷心窍、糊里糊涂地去报那莫名其妙的仇恨，对象是谁呢？他们又在哪儿？昨天夜里，她跟阿吾多杰商定，今天赶早些、走快点儿，从甘德这条捷径一天到达达武。而这条艰险的道路，常人是不敢冒险的。诸如天栈桥、滚马坡、牛翻眼一类路径，就是富有经验的骑手，也得吓出一身冷汗。索穹没走过这条路，一旦插进那崇山峻岭，就会东西不辨，还谈得上什么行凶。

为了减少不必要的麻烦，她同阿吾多杰约定，今天在石圈旁碰头。

昨天，这里伤了人、流过血。按牧民们的传统习惯与信仰，这地方至少十天以内，是不会有人去的。别看尼洛索穹气壮如牛，偏偏最怕"鬼"。如果夜晚有人躲在暗处学两声怪叫，他会吓得乱钻哩！不用说，石圈附近他肯定不会去。退一步讲，即使他摸到那里去，而且碰到阿吾多杰，又能怎么样呢？血气方刚的小牛犊，在强壮的牦牛面前，总是无能为力的。阿吾多杰同尼洛索穹是公社的摔跤手，在连续三年的赛马会上，他们没少较量。每年，结局都一样：阿吾多杰当冠军，尼洛索穹当亚军。看来，冠、亚军之间的差距，倒不小呢！如果阿吾多杰不看这位未来的小舅子的情面，手下略让三分，那么即便是摔十次、百次，尼洛索穹也不会得胜一次。有趣的事发生在去年：在盛况空前的三社牧民运动会上，尼洛索穹连连胜利，最后又换到跟阿吾多杰争夺冠军。他显得非常自信，傲然地扬起头颅，用旁若无人的目光打量着比赛场和人头攒动的人海。他那份心思，能瞒过别人，却瞒不过益茜卓玛。他得意什么？原来，他是自持一年来多啃了几块羊肋巴，而阿吾多杰却又衰退了一步——牧民习惯地以二十五岁为界：二十五岁前，体力逐年增加；一旦过了二十五岁，体力则逐年减弱。所以，对今年的摔跤冠军，尼洛索穹满肚儿热火，料定跑不到别人手里去！比赛一开始，他便拼出全身的力气，两手攥住对方腰带，将阿吾多杰高高举起。一摔不成，又奋力抱住对方旋转再旋转，不料这一手又未得逞。等他把力量消耗得差不多，阿吾多杰还了手！只见他轻轻将对手一接，然后高高地举过头顶，竟毫不费力地将他摔倒在地。这下，尼洛索穹傻眼了！知道硬的不行，便使出一套软把戏。借二人顶牛的机会，他悄悄地对阿吾多杰说："阿吾嘞嘞，今年有特殊情况，你就让我一遭吧！"阿吾多杰听了，忍不住笑道："你不是又长了一岁，不服气我这个冠军吗？"尼洛索穹甜甜地接着说："阿吾嘞嘞，你先让了我，回头告诉你原因。"

　　原来，尼洛索穹正跟领队的一位"黑牡丹"在恋爱。姑娘明白地告诉他，只要夺得今年的摔跤冠军，她便嫁给他。鉴于两位摔跤手之间的特殊关系，阿吾多杰退让了！但为了掩人耳目，他仍旧装出拼尽全力的样子，结果呢？那是不言而喻的。不料，比赛场上风波陡起，人群连连呼叫起来："不行！阿吾多杰存心让冠军哩！重来，要重来！"

"嘘——嘘！阿吾手下有私。好端端一个冠军，拱手让给了小舅子……"

"嘘——嘘！"尼洛索穹得意扬扬地打起口哨，弹着响舌，沿比赛场子走了一圈，边走边嚷嚷："哎哎，你们穷嚷嚷什么？谁不服气。到场子上来！"人们不过鸣不平罢了，谁又愿意跟他较量？山中无老虎，猴子称大王！他是连续三年的摔跤亚军，除了阿吾多杰，谁又是他的对手呢？

哎，好一个阿吾手下有私……益茜卓玛嚼着这句话，两腿猛地一夹，坐下的枣骝马陡起神威，踏踏踏……犹如风驰电掣，蹄下卷起了一路尘烟。奔驰了一阵，不见主人催动，枣骝马便放慢了四蹄。老马识途，神驹知主。大概，它知道主人在想心事吧？再说，从清晨到现在，已快到小晌午了，难得嚼上一口嫩草。那一路水蓬蓬的嫩草，早就使它垂涎欲滴了！于是，它一边迈着碎步，一边贪婪地大嚼那叼满嘴巴的嫩草。

"就凭他们的这段友谊与佳话，谅索穹也不会撕破脸皮的。"益茜卓玛继续想着。说来可笑，那"有私"二字竟像一块嚼不完的香糖，越嚼越有滋味。哎，姑娘家充满柔情蜜意的心啊！蓦地，像有一条毛虫蜇了她一下，她的心收紧了！要是事出偶然，阿吾多杰遭到尼洛索穹的暗算呢？人有三昏，万一那头骚牦牛六亲不认，干出一桩不敢想象的事情呢？啊啊，这可不得了，不得了哟！益茜卓玛越想越怕，越怕越心焦，不禁猛地磕动双脚，朝马后狠抽了一鞭！

石圈的轮廓，在眼前鲜明、清晰起来。尽管墙基并不高，但它显得那样整齐、威严，石壁就跟刀削的一般。面墙是用嘛呢经石板砌的，缝隙严密，外观分外漂亮。呃？好像又加高了一层？不错，围墙明显地增高了。看样子他早来了。这个闲不住的人，很难躺在草滩上，吸支烟什么的。可是人在哪儿呢？在龙麻墩上拴住马，益茜卓玛沿石圈走了一圈。没有，连阿吾多杰的影儿都没有。她心慌意乱了，想喊又不敢喊。喊声，会招来野牛撒疯，想哭又怕一颗震颤的心，再也经受不住苦痛的袭击。咸涩的泪水会使自己心碎肝裂，再也振作不起来。阴沉得使人望不到一星亮光的家庭，究竟是什么幽灵作祟，给平静的生活投下如此浓重的阴影？白措热跟母亲没完没了的争执、恼气，甚至公开的争吵，给儿女心头留下了什么？她看得出来，在这些公开或不公开的冲突中，一定隐藏着什么秘密。难道四十二年前的往事里，还有什么不可告人的秘密？要不，为什么一提起往事，阿妈便显得那么痛苦，还有，白措热与阿卡龙哇怨从何来，仇自哪结？衣裙上的污垢一洗就洁净，心灵上的肮脏呢？难道四十二年的岁月流水还不能冲刷？难道说，儿女们的命运，还要被父辈之间莫名其妙的宿怨而左右吗？白措热，要不是他这位天外之客，生活本来是一汪平静的湖水呀！益茜卓玛记得，当她跟阿吾多杰定情之后，当时阿爸同阿妈那副高兴样子，眼泪花花里都是笑啊！哥哥尼洛索德和弟弟尼洛索穹，又何尝不是如此呢？队里的牧民们，至今还讲着阿吾同索穹摔跤时手下有私的佳话。对阿吾多杰，全家人都喜欢，偏是白措热不喜欢。对修石圈，全队人都拥护，偏偏又是他反对。修圈不必要吗？不合时宜吗？不，太必要了。连年来牛羊体质退化，不能不抓改良工作了。能继续自己哄自己，光在牲畜数字上打主意吗？等到绵羊都变成哈拉，再抓品种改良行吗？就修石圈闹出事故来说，这谁能预料？谁又愿意出事？白措热为什么要乘机闹起纠纷，弄得全队人心惶惶，鸡犬不宁？他究竟是什么人？为什么会在劳改队里蹲这么长时间？这一切，她多么想得到一个明晰的答案啊！她确信这一点：路遥知马力，日久见人心。作恶的人能得逞一时，而绝不会长久的。蓦然，她发现插在石缝的一束小黄花。目下，正是鞭麻开花季节。那黄金似的小花朵在阳光的映照下，晶莹剔透，明洁无比，象征爱的圣洁，春的无瑕。她轻轻抽出花束来，放在鼻下闻了闻。并无扑鼻的浓香，只隐隐透出淡淡的馨香。淡淡的花香，也能醉人啊！她徐徐吐了一口气，眼前便立即浮现阿吾多杰年轻英俊的面容。他有些害羞地微笑着，将手拿的花束递给她……

那是赛马会上夺魁的夜晚，月亮升起来，宛如一把玉壶，将洁白纯净的鲜奶，洒遍草原的山川和河谷。绿莹莹的河水，激溅着闪光的浪花，沿河谷倾泻而下。流水声像一曲充满柔情的夜曲，叫人听得如醉如痴。河谷的沙滩上，生长着许多黑刺树。枝叶浓密如伞。月光投射在树上，却又在沙地上留下斑斑驳驳的辉点。黑刺树并不高，人在树下是无法站立的。那些钻黑刺林的，多是成双成对的恋人。能不能站得起身子，自然不是他们感兴趣的问题。人们喜欢这儿的清爽、幽静，当然更喜欢的还是它的偏僻。如果不是地洞里钻进钻出的瞎老鼠，恋人们的秘密那是任什么人也无从知道的。而瞎老鼠，不是眼瞎的吗？他们上这儿来了！在一株黑刺树下坐定，他深情地望着她，递给她一束小黄花。

"这是干什么呀？阿吾，这么先进的东西，都让你学到手了！"她讲着风趣话，脸上放射着柔和的光彩，傻乎乎地依偎在他的胸前，玩赏着黄晶晶的鞭麻花，还不时将花束凑到鼻下闻着。那半张开的嘴唇，显得分外鲜润，还带着孩子般温柔的微笑。

"这倒不是，益卓。"阿吾多杰随便地说。但这并不能掩饰他内心的激动。也许，他在斟酌自己应该讲些什么吧？过了片刻，他平静地说："这花并不艳丽，也没有奇香，却经久不谢，能经受时光的考验。益卓，你不认为它是我们爱的象征吗？"

她默默认可了。一边靠紧着他，还拉起他的大手放在自己胸前。一种飘渺的、梦幻般的微笑，荡漾在她的嘴角。她想起赛马会上的情景，并为这醉心的回忆感到浑身灼热起来。

草滩上马蹄狂奔，人海中欢声雷动。衣着华丽的姑娘们，守候在马子经过的跑道上，等待着，渴望着！让那从奔马的背脊上伸下来的手臂，强劲有力地逮住自己的袍带，就像鹰捉小羔子那样，提上马背，揽进怀……为了迎接这一幸福而又激动人心的时刻，哪个姑娘不是刻意梳洗打扮，穿起自己最漂亮的衣袍？

益茜卓玛是个朴实的姑娘，平常喜爱洁净，却不大注意装扮。汗衫、衬衣是常洗换的，外面的那件不套罩衫的皮袍子，却油腻腻的，少不得还有点腥膻。要不是阿妈来点硬的，说不定她根本连衣服都不换呢！她想，服饰炫人眼目，固然能使骑手动心，而使人发光的绝不是珠宝和服饰。拗不过阿妈，干净衣袍倒是换了一套，却不是最好的。站在浑身闪烁珠光宝气的姑娘们的行列，她那件咖啡色涤棉柔拉，太不显眼了。而且还没有捅开右臂，将一件米黄色尼龙衫埋在柔拉下面。她浑身上下比较时髦的，还要算那双半高腰女式小马靴。那是托人从内地捎来的，样式新颖，眼高适中，质地也十分坚韧。俗话说人要穿着，马要鞍着。就这么一双半高跟马靴，把她本来很窈窕的身段，陪衬得曲线分明，倒显出几分迷人的样子来。

等待着！渴望着！当震天动地的马蹄声越来越近的时候，在人们欢呼的声浪里，益茜卓玛目光亮了一下。那湛清的光波，透过人头攒动的海洋，捕捉住那一团团滚动于烟尘之中的奔马。骑手的服饰装束，跟马子的色调一致：红的像一团火焰，白的如一朵雪莲，黑的则像冲入火阵的野牛……啊！红枣骝冲上来了。它像一幅火红的旗帜，在猎猎风声之中遥遥领先了！而益茜卓玛颤动的心儿，也随着狂跳起来。多么英俊、威武的骑手刚刚当选大队党支部书记，又一马当先争夺冠军，多好的运气呵，他会选中谁呢？身边那些穿着五颜六色服装的姑娘，多么招人眼目啊：哎，自己穿着这样土气。色彩鲜艳的袍子不是没有嘛！她妒忌了！接着讲了一声"好热啊"，便下意识地从袍袖中缩进右臂，又从袍子的领豁口伸出来。于是，那紧紧地裹着滚圆臂膀的米黄色尼龙衫，在太阳下闪出诱人的光彩来。等她整装完毕，抬起头来的一瞬间,奔马呼啸着,直冲她身边擦过。而她也在一阵晕眩之中,被人紧抱于马背之上。渐渐地,她清醒了!而且,看清了仍在领先的枣骝马。天哪!自己不正是在枣骝马上吗? 于是,她伸出那只右臂,紧攥住骑手的腰带,把脸贴在他散发汗气的怀里。"别怕!贴紧……"她听到了他的声音。在群马奔腾之中,那声音显得那样柔弱。但是,她仍然听到了。

"我不怕,阿吾,在你的身边,我什么也不怕。你加鞭催马呀!"她回答他,也不知他听到了没有。

"啊!感谢你,阿吾……当时那阵儿,我害怕死了!"益茜卓玛梦呓一般地说,紧贴在恋人那宽厚而温暖的怀抱里。

老鹰逮住小羊羔,无论如何是不会撒手的。益卓,感谢你对我的……他的声音有些哆嗦。一只颤抖的手乱摸着,终于摸到了她的腰带头儿。他心里十分明白,只消轻手一拉,那腰带便会松动……但是,他没有贸然去解开它,只以征询的目光无限深情地望着她。

那目光所流露的,她明白不过。一瞬间,她都有点动摇了!但她很快摇了摇头,紧紧地握住他的手说:"不,阿吾,难道这黑刺树下就只能那样吗?"她低低地说着,又疯狂地吻起自己的恋人来……

马子嘶叫了一声,连连刨起前蹄。益茜卓玛吃了一惊,从回忆中醒过来。她拿起那束鞭麻花,跨上了红枣骝马。此时,耳边又响起阿吾多杰平静的声音:"这花并不艳丽,也没有奇香,却经久不谢,能经受时光的考验。益卓,你不认为它是我们爱的象征吗?"于是,她又将花束放到鼻下,而且久久没有拿开。就在这时,突然从山峦一侧的豁沟那儿,远远地传出一声震撼山岳的枪响。益茜卓玛眼前顿时一阵昏黑,身子不住地晃动,差点儿从马背上栽下来。

"阿妈呀!"半晌,她才绝望而又尖厉地呼叫了一声。阿妈在哪儿?此刻她在干什么? 益茜卓玛哪里知道,此刻阿妈龚姆芝的心头,也正在翻江倒海呢!

4

是心有灵犀呢，还是因为别的原因？此刻，阿妈龚姆芝也听到了枪声。那闷哑的又是撕裂人心的枪声啊！倒在枪口下的人，是谁？究竟是谁啊？

在这个不幸的家庭里，再也没有比龚姆芝更不幸的人了。

她待人那么柔弱、和善，对儿女又如此和蔼、慈祥，为什么灾星总在头顶闪耀，磨难一遭遭地向她抽击？一个只求食能饱腹、衣能蔽体的女人，对她周围的世界，并没有过多的企求呀！一生，不幸的一生啊！谁能确切地回答出，这一切究竟为什么？

灰淡的暮秋，草原灰蒙蒙的一片。一团又一团疾驰的行云，在那遥远的黑压压的群山顶上，尽兴地变着戏法，就像魔术师抖动的那一块黑布。满眼衰败、荒凉的景象，更增添路人内心的凄惶。像风前的两株猫巴草，躬着精瘦的脊背，孤苦伶仃的母女俩在摇摇晃晃地行进。那不稳的两只脚板，还有那失去重心晃动的身躯，仿佛告诉人们别看她们现在尚在登程，很快就会成为饿鹰的叼食啦！可怜啊！可是，不出走又怎么办？瘟疫夺去丈夫的生命，妻子也患了不治之症，而家里却穷得连请喇嘛看病的钱也没有。于是，含泪掩埋了丈夫的尸骨以后，她便带着女儿上路了！往后看什么？那石头土块垒成的茅草棚子，烟火早已熄灭了。为什么要回头看它呢？难道它带给母女的酸痛还不够吗？

她们要到圣地拉萨去！那里的佛爷是慈悲的，一定会开恩赐给平安和吉祥，赐给幸福和安康。

从阿坝到康赛，漫长的道路上空，总是飘浮着一层灰蒙蒙的尘土。牧草早已枯萎，只有那银白色的蒿子草，半湿不干地扎根在满是藓苔的土壤里，随风摇曳、叹息。顺着秋雨冲洗过的车辙，两个人的脚印向前方延伸，延伸……

秋去冬来，落雪了！纷纷扬扬的雪花，在灰暗的天空漫舞。天气变得异常寒冷起来，雪花扑在脸上，像针尖儿一般扎人。山路蜿蜒、曲折，而且越来越坎坷难行了。每跨出一步，都得使出很大的劲儿。她们的脚下，河水溅着淡蓝色的浪花，在两条峭壁中间的河谷咆哮。可不是吗？那河水还不曾结冰哩！按说，还不到寒冷的季节啊！可是，她们毕竟是衣衫单薄、腹内空荡的人。能经受得住如此风雪严寒，已经达到最大限度了。母亲坚持不住了，饥饿、病痛、长途跋涉，已耗尽她体内积蓄的全部热量。她摇晃着，艰难地迈动双脚，只觉得眼花缭乱。眼前的道路旋转开来。但她还在走，向那朦胧中闪现光明的圣地，向摆脱一切苦难的乐园走啊走……突然，她一脚踩空，坠下深深的河谷。

十五岁的女儿龚姆芝，孤身一人继续登程！那使她感到寒心，而那惊心动魄的崖口和河谷，她甚至连看都没有多看。是神经麻木？良心泯灭？不是，十五载相依为命的生活，阿妈给过她多少母爱！多少教诲！她忘不了啊！可是，为什么还要看那令人伤心的地方？是心灵的创伤不深？泪水流得不够？她走了！道别阿妈，默默无闻地走了。不过，她却加倍地吞食了生活的苦果，饱尝了失去母爱的孤女的辛酸。

受生活的驱赶，她像一片飘零的草叶，让风儿席卷着四处奔波。当然，谁也无法否认她的美貌。她身材匀称，挺秀，脖颈颀长。一头漂亮而乌黑的发辫，遮盖了颈子，披散在瘦削的双肩上。尽管没有艳丽的衣裙陪衬，她仍旧流露出少女所独有的青春活力。衣着太褴褛了，脸也好长时间没洗。萎黄的露出饥色的面肤，留下一道道印痕，不知是泪迹还是汗渍。当白玉寺巍峨的殿堂，从远处的山口显现时，她的步履变得轻捷起来，而且下意识地跑到河边，捧水洗净了脸和两条细长的小腿。

龚姆芝流落在白玉寺外的荒郊。绵亘的山峦峰巅，林海苍茫。一道清流从山涧流出，绕寺而过，无忧无虑地奔向远方。她疲倦极了！竟蜷缩在一株柏树下，蒙蒙眬眬睡着了。夜，凄凉而冷清的夜。月亮像一盘明镜，高悬在乌压压的山顶，用惨淡的微笑的眸子，久久地凝视着她。仿佛，在为这位乍到白玉寺而遭冷遇的姑娘，发出轻微的不平叹息。山谷里夜风瑟瑟，吹得柏树影影绰绰。龚姆芝的褐衫卷起来，落下去，又卷起来，露出半截瘦瘦的细白的小腿……

一个吹口哨、歪戴帽的藏族人，摇摇晃晃、跌跌撞撞地走过来。他是头人府里的小走卒，背一支三八连枪。傍晚才借得这支壮威风的手枪，心急火燎地到附近庄子里去寻一个姑娘。路上碰到熟人，灌了几盅烧酒。等到他摸到目的地，手扒着翻墙头的时候，已是醉眼蒙眬，头重脚轻了。好劲大的酒，连连地直往嗓子眼涌。他一脚站立不住，重重地从丈把高的墙头栽下去。糟糕！响声惊动了整个院落。人们拿他当窃贼痛打一顿，又被拖出院外。懊丧、失意使他的眼睛都红了。猛看到树下卧着的人，竟吓出了一身冷汗。不过，当他看到那白净的面庞、披散的小发辫时，他的目光开始发直了！接着，他伏下身去，仔细端详了一阵，伸出了一只颤抖的手：哈哈，黄花女儿，篷门未开呢！于是，他像一只饿狼似的压了上去……一声痛苦的呻吟，她醒了！继而伤心地哭起来。

"噫？你怎么哭了？姑娘家谁不经过头一回呀！"他满足地吮着嘴唇，有些怪异地望着姑娘。这又有什么呢？还不是跟上马下马一般嘛。

"……"龚姆芝不语，却哭得更伤心了。

"好了，好了！把衣服穿起来，跟我走吧！"他声音柔和地说。两只熠熠闪光的眼睛，仍死死地盯住那两条颀长的腿。一股欲望的火焰，又升腾了！他再次搂住了龚姆芝。然后，不管她愿意不愿意，双手揽住她的颈子和腿弯，轻轻抱起来，一步步往家走。

靠近河谷的山丘上，八根桦木的帐房杆子扯着一顶毛茸茸的黑褐子帐篷。帐篷是用破旧的牛毛褐子拼凑起来的，既不宽敞，又不整洁。家里没有女人，大概都是这样的吧！然而，这就是他的家。家里还有一个闷声不响的弟弟，已经十五岁了，却像个小哑巴。不过，他很朴实、勤劳，为头人家放牧牛群，每年都会得到一定的报酬。按理说，小家庭日子倒混得过去。

河水奔涌的沙滩那边，广阔的牧场连着原始密林。林子猛恶、幽深，谁也摸不清它的奥秘。据说有人闯进密林，一个多月还没摸着边际。是的，这儿是陌生的，却又是富足的。如果想吃肉的话，随便出去转一圈，即便是劣等的枪手，也会扛只黄羊归来。龚姆芝入门的第二天，哥哥乘兴早猎，竟提回来三只肥得滴油的雪鸡。慢慢地，龚姆芝脸上有了笑容。家庭毕竟是温暖的。再说，她又能走到哪儿去呢？

严寒而多雪的冬天，终于消逝到大森林的屏幕背后去了。轻柔的春风，把大自然暖融融的气流连同鲜奶的扑鼻香味，一齐吹送过来！雪被消融了，大地裸露出赤褐色的胸膛。河里的冰块解冻了，"哗哗"流水闹得人们心醉。放眼望去，那乳白色的浪花激溅着、迸涌着，一刻也不停歇地流向前方。草原沐浴在阳光下，回春的大地蒸腾着轻柔的、梦幻般的烟雾。该是春播的时候了！有一天午后，龚姆芝十分意外地走出帐房，却看到在地头耕作的两兄弟。夕阳下，哥哥伸着板颈在拉犁，弟弟熟练地扶着犁耙。铧头划开黑油油的土地。多肥啊！仿佛一捏便能捏出油来。看见龚姆芝出了帐篷，弟弟眨着诡秘的眼睛，龇牙朝她一笑，忙招呼勾头拉犁的哥哥。"阿吾吨，你快转过脸来，看看谁在望我们呐！"

哥哥站住脚，回头望着龚姆芝笑了！

龚姆芝远远地立在帐篷前，怔怔地望着两兄弟。她脸上没有异样的表示，仍旧那样冷峻，漠然。可是，心底正泛起阵阵波澜。她头一次发现，丈夫的脸如此开朗和英俊，仿佛连那目光也变得温顺、善良了！是啊，这是一次美的发现，爱的萌芽。当初，在自己的童贞被他破坏，继而又被他那强壮的臂膀抱回帐篷的时候，她几乎痛不欲生，恨他到了极点。怎能向一个酒徒、浪汉，寄托姑娘的终身呢？天哪！

世道多么不公平，穷人就应该受人欺凌吗？就像一只羊子、一头牦牛，承受人类贪得无厌的榨取，乃至宰割？哎哎，谁想到他还有一双会劳动的手，而且蛮灵巧的呢！看到他的微笑，那明朗而又纯洁的笑，一种生疏又新奇的感觉，一股热流似的涌进她的心田。于是，她第一次真挚地爱上了他，用女性整个儿的心灵，用人类所独有的那博大、广阔而又深邃的感情，爱起异乡的萍水相逢的两兄弟了。那早已逝去了的孤寂岁月，以及这些岁月所带给她灵魂和肉体的全部苦痛与悲伤，一齐融合在眼前这幅兄弟并肩耕耘的画图和那温馨的、有些醉人的爱中去了。

龚姆芝还记得，阿爸早年沙里淘金的情景。童年的记忆，总是深沉的、顽强的。须知，岁月的流水时刻都在凭借那一股无形的力量，陶冶着人们，净化着心灵，使人类本来美好的东西闪烁出应有的光彩。阿爸早已不在人世了，但阿爸淘金的情景如在眼前。由此，龚姆芝联想到眼前，联想到耕耘播种的两兄弟。对他们过去的一切，她一点儿都不知道。但是她总算看到他们脸上的笑容，特别是跟她年龄相仿的弟弟。这个光会知道吆喝牦牛，一年四季闷声不响的小伙子，那难得的微笑，又透露着内心深处的什么隐秘呢？瞧瞧，那黑黝黝的脸膛，一瞬之间变得多么地鲜净和光彩啊！

就从这一天开始，龚姆芝发现，小伙子每天早晨都要跑到河边，双手捧着亮亮的河水往脸上抹。晶莹的滑溜溜的水珠儿，顺着他稚嫩的脸颊往下滚落，直到宽大的袍袖将它们揩干。每逢这时候，他便会对着河水凝神沉思。也许，为河水照出他的脸颊而自鸣得意；也许，在心灵的沃土中萌动着难以告人的情思。他变了！

好久以后，龚姆芝才知道，山上的林场里还驻扎着黄狗子。因为，丈夫常到那里去。他每次去那儿，总要想方设法弄点鲜菜、水果一类的东西，骑马带了去。待他回来的时候，除了捎带野生肉食，怀里总揣着一把亮花花的银洋。有一次，他竟捎回三颗珍珠玛瑙来，一串儿挂在她的脖子上。不知为什么，仿佛有一种不祥的预感，占据了她的心头。她开始替丈夫感到不安了："哎，黄狗子那儿，你就不要去了吧？啊！说不定他们没安好心哩！"

他已经喝了酒，脸上红红的，满眼窝都是笑："你是我的老婆，做女人的本分，不就是服从丈夫吗？他们安不安好心，与你又有哈相干嘛！"

"我为你担惊受怕呀！"

"不过做点小买卖，怕什么？那帮回回娃，待我还不赖哩！"

"唉，你就学本分点儿吧！跟他们打啥交道呀！外来人十有八九——"

"捞点儿油水回来，也好嘛！再说，林场里红火得很。到处是伐木声，还有许多女人呢！"他讲得津津有味，还悄悄告诉她，一位官长邀请他去观赏密林哩！那三颗重重的珠子，就是那位官长特意送给他的。经不住好奇心的诱惑，她开始动心了！再说，她早就希望去林场看看。丰富而美丽的大森林，一定是神奇的、浩瀚的、变幻莫测的，叫人看看回肠荡气、眼界为之大开……就生活在林场的眼皮底下，有什么理由不去观赏林场风光呀！

天地竟如此广阔！林海、浓荫、房舍、场地……林场的一切，这样强烈地迷住了龚姆芝。丈夫说得不错，除了百多名黄狗子，这里竟也有自己的男女同胞。男的当伐木工人；女的，女的在干什么呀？她们打扮得那么妖冶，鲜红的嘴唇仿佛刚刚吞食过生牛肉。她们身上，早已闻不到那种暖烘烘的带着鲜奶和酥油芳香的醉人气息了。在简易板屋里，一个脖子带有疤痕的官长，满面笑容地接待了来自林场外的年轻夫妇。席面十分丰盛，山肴应有尽有：炖山鸡、烧野兔、焖黄羊，还有羊肉蘑菇、冰糖木耳、过油牛排等。一坛子老酒，更是异香扑鼻，催人涎下。丈夫跟那位官长"狼扯疤"谈得十分投机。就像久别重逢的挚友。至于那些男女陪客，一个个规规矩矩，只顾埋头吃喝。间或望一眼有些不大自然而且目光呆板的女客，吃吃地窃笑一阵，又无言地吃喝起来。酒气熏人，龚姆芝觉得脑袋晕乎乎的。慢慢地，仿佛那板屋也旋转起来了。到这时她才发现，除了贪杯狂饮的狼扯疤和略显媚态的丈夫之外，酒场上竟没有一个本分人。席桌之下，踩脚尖的，摸腰肢的，拧大腿的……乌七八糟，实在不堪入目。不久，席面上也放肆起来。几个黄狗子的眼睛在燃烧，向她射来兽性的似乎要一口吞掉她的光焰。她开始坐不住了。

"里屋安静，去吃杯茶，清醒清醒吧！"不知什么时候丈夫来到身边，柔声地对龚姆芝说。她抬起头，看到他脸上异样的目光。他从来喝酒不上头，即便烂醉如泥，脸颊也不发红，只是死一般的苍白。

"你少喝点儿。晚上还要赶回去呢！"她和善地关照丈夫，移步走到套间门口去。

狼扯疤抢前一步，推开里间屋门，说了声："有糖果茶点，随便吃点吧！"待龚姆芝进了门，随手便把门关闭了。

不知过了多久，龚姆芝完全清醒了。坐在一把垫了熊皮的椅子上，她打量着这间板屋。突然，她看到了桌上的一串珊瑚。眼睛不由地一亮，便近前观赏起来。她越看越爱，情不自禁地将它挂在颈子上。很快，她又摘下它。是的，尽管出身贫寒，她还是见过许多名贵的珊瑚和玛瑙的。阿爸当年贩卖过这玩意儿，他并没有因此发财，甚至连一颗珠子也没有留下来。她想起了阿妈，想起那寒冷的雾气升腾的河谷，还有使人心惊肉跳的山崖隘口，不禁深深叹了一口气。她想了很多，偏偏没有想到自己眼下的处境。外间早已沉寂下来，她竟毫无察觉。至于丈夫的叛变，她更是做梦也没有想到。

门开了！狼扯疤端着一杯酒，笑吟吟地向她走来。显然，他已经醉了，脚步有些摇晃，杯子里的酒早洒完了。

她吓坏了！从椅子上跳起来，想夺路逃出去。狼扯疤伸出一只胳臂，迎面拦住她："不要害怕，坐下！让我讲明了吧！小白脸几次讲你如何如何漂亮，哈！还有那柏树下的一幕……究竟是什么味儿，也该让我尝尝嘛！"说着扔开手中的酒杯，摊开两只臂膀来抱她。

那眼斜嘴歪的恶心样儿，简直要使她呕吐了。脖子里那一条狼扯疤，涨得紧绷绷的，就像爬了一条多足虫。龚姆芝向后退缩着，气喘吁吁地喊道："放开我！要不我叫人啦！哎哎，求你放开我吧！"

狼扯疤怪声怪气地笑了。接着，"砰砰"两声，把里外两道门全打开了！他眯缝起两只醉眼，冷冷地哼了一声说："叫吧！叫人来。哎哎，你快点儿叫呀！"

龚姆芝目光朝外一扫，禁不住倒吸了一口冷气。天色灰暗，夕阳已经西下。门卫的枪刺，在习习的晚风中，闪烁着寒苍苍的光芒。丈夫哪儿去了？准是被他们灌醉抬走了。唉，这贪杯的死挨刀！她顿时浑身瘫软，一点儿力气都没有了……

一月过去，两月过去，丈夫一直没有露面。她恨起他来，而且，也无缘无故地恨起弟弟来。火坑里的日子，有多么难熬呀！难怪狼扯疤要骂她，抽她。这种除了不吃草之外，其他则完全跟牛羊一般的生活，有什么乐趣可言啊！每当她望着狼扯疤消失的背影，嘴里轻轻地骂一声畜生的时候，更加倍地恨自己的丈夫。是啊！比畜生还不如的，不正是脸白心黑的他吗？

不过，豺狼们的日子也并不好过。那积蓄已久的仇恨，终于燃起了熊熊烈焰。三个月后的一天拂晓，山林外响起密集的枪声。狼扯疤指挥作战去了，她被锁禁在长满青苔的板屋里。有人砸锁！"砰"的一声，门被踢开了！仿佛闪过一道亮光，一个手提腰刀的藏族人闯进来。龚姆芝认出来了，他不是别人，正是黑脸膛的弟弟。她扑过去紧紧地搂住他，热泪哗哗地滚落下来："啊！夏尼啦，你哥哥呢？他上哪儿去了？"

"就权当他死了吧！"弟弟咬着牙，打量着板屋说。他提着腰刀，在屋里搜寻。短短的三个月时间，他成长起来了，俨然一位英俊的藏族骑手。龚姆芝不敢多问，只用那有些呆滞的目光望他，看着他那嘴角上的丝纹，还有那坚毅的、抑郁而镇定的眼睛。半晌他才低低地说："屋里，什么也没有。只有一串珊瑚珠子！"

"拿上它！走！"他几乎是用命令的口吻说着，还晃了晃手中的腰刀。

嫂弟两个人闯出林场，匆匆跟部落的人汇合，为防备白玉寺匪军的报复，大伙儿又连夜撤出林区，向更远的深山转移。龚姆芝哪里知道，在这些虽出了恶气但处境险恶的同胞伙里，就有着她的丈夫。被俘的匪军，全盘供出了他的叛变行为。部落头人一怒之下，将他捆绑起来。叛徒的嘴脸被识破，但他那叛逆的心并没有收回。天亮了，当黄狗子们纵马摇枪、漫山遍野地猛扑过来的时候，他竟扬起脏污的浸透汗渍的白布，疯狂地朝他们奔跑过去。

"民族不可悔，叛徒不可留！"部落头人阿卡龙哇举起了手中的二把盒子。这是个魁伟的汉子，说话洪钟般响亮。此刻，他握枪的手却在颤抖，泪水已经模糊了眼睛。让自己的同胞倒在枪口下，他不忍啊！但是，这是同胞们公正的裁决！

扳机扣响了！一颗肮脏的灵魂，连同他那卑贱的躯体一道，骨碌碌滚下山去。

他死了吗？临死之前都想了些什么？

他没死吗？在后来的漫长岁月里，又经历了什么坎坷？

5

这悠远的、早被人遗忘的枪声，今天，它又跟新的枪声吻合。这是历史的回应，还是别的什么？请读者耐心地看下去，水落自然石出。现在，让我们追寻尼洛索穹的踪迹，感受他在这大半天时光里经历的一切吧！须知，愤愤然冲出帐篷的尼洛索穹，是为白措热报仇去的呀！

山外有山，天外有天。草原上的一马平川，绿波千顷，更有牛羊点缀，不用讲都是迷人的。那翠色的山峦，则是另外一番景象。山涧的流水从石缝断壁间奔涌，清得能照见人的面影。沿溪水淌过的谷地，生命力极强的赛璐花，黄晶晶地开满坡地和洼塘。跟那簇簇丛丛的鞭麻花不同，她茎绿叶细，枝茂花繁，散发着浓郁的异香。空气本来有些闷热，经她那么一熏染，简直变成了一盅香喷喷的热烧酒，不由人不醉。尼洛索穹来到山峦之后，立即感受到了这一股醉人的热流。他跳下马背小憩，同时也想辨认一下行进的路径。这一带路他并不熟悉，求捷径不得，只有顺醉马河至县城的公路走了。此刻，在牛脊般的山梁那边，阿吾多杰正在加鞭催马。不错，他完全将尼洛索穹看成了益茜卓玛，甚至为她失信和选择这样一条莫名其妙的路径而生气呢！

公路像一条灰褐色的飘带，缠绕着绿茵茵的山岭峰峦。这里原是林区，漫山遍野生长着冷衫，红松和青桦。由于连年毫无计划的砍伐，除了山势陡峭处依然浓荫蔽日外，那些地势比较平缓、人的足迹容易到达的地方，只剩下一片片荆棘和龙麻了。这条路车辆不多，显得十分幽雅、恬静。在大自然温情的怀抱里，香獐大胆地窜到公路边来，龙麻和柳梢丛中，绵羊跳涧水般地蹦哒。还不时回过头来，以熠熠闪光的眼睛观望着驶过公路的车辆。黑褐马在路边停下来，骑手下马脚步轻轻地闪进龙麻丛。远远地，一只香獐竖起两只耳朵，有些怪异地望着黑褐马，并聆听着四周的动静。尽管警惕性很高，它还是面临着危险和死亡。比起聪明的人类来，它便显得渺小愚蠢了。"砰！"一声枪响，香獐应声倒在山岩下。它浑身颤抖着，挣扎着，爬起又倒下。活该！谁叫它到处乱跑呢？

"啊哈鸟！一只公香獐，撞到我枪口上了！"龙麻丛中的人快活地叫唤着，满面红光地蹦出来。他正是尼洛索穹。他想着哥哥受了外伤，麝香是难得的良药。可不是老天给送上手来？他高挽着两只袖管，快步朝猎物奔去！"尔什觉！才拉连吉窝……①"他手攥石块呵斥着，朝垂死挣扎的香獐猛击。直到它躺地不动，才提起两条毛茸茸的后腿，拖到一块干净的草地上。然后，将它的一条后腿夹在自己腿缝里，拔出短刀动手剜取肚脐。"噌！"一刀插下去，乐得他直嚷嚷："嘿！好大的一块麝香——"

"麝香不错，可你犯了国家狩猎法！"有人插了言，而且走近前来，逮住香獐另一支晃动的后腿。啊？怎么会是他？尼洛索穷一下子愣住了。

"你给我走开！"尼洛索穷吼了一声，用充血的眼睛瞪了不速之客一眼。接着，从肚脐眼里抽出短刀，衔在口中，又伸进右手拔出完整无损的麝香，放在手心掂一掂，然后才恨恨地接着说："今天我已经放了第一枪，再不想跟你磨蹭。可你得记住，射穿香獐头颅的子弹，说不定哪天会飞到你身上来。走开，我再也不想见到你。"

"你说什么呀？索穷，你今天发疯啦？"阿吾多杰莫名其妙地问。他完全蒙在鼓里了。两天来，石圈工地所发生的意外事故，搅得他食不甘味，寝不安席。为了消除事故所带来的种种疑虑与思想波动，他几乎走遍全队每一户帐篷人家。他知道白措热的思想工作一时做不通，便确定先去医院看尼洛索德。回头再跟白措热谈心。必要时，还得批评他，教育他，以便把全队牧民的思想统一起来，过两天重打锣鼓新开张。尼洛索穷突然翻脸不认人，使他感到气愤，又难免疑惑。小伙子原是很有正义感的，就是在出事那阵儿，他也通情达理，始终站在自己一边。今天到底怎么啦？

尼洛索穷宽厚壮实的胸脯一起一伏，内心正在打架。阿吾多杰想了一想，叹了一口气，这才坦然地说："索穷，人所以叫作人，是因为他肩膀上有颗智慧的脑袋，会思索问题，会区别善恶。你已经二十二岁了！索穷兄弟，可你的脑袋不比一只羊尿泡更有价值。告诉

---

① 尔什觉，才拉连吉窝——藏语，要你的命。

远山近水 / YUAN SHAN JIN SHUI

037

我，你究竟发的哪门子火？"

"你没有资格同我说话。明白吗？贪生怕死的熊仔！"尼洛索穹冷笑着，不停手地剥着獐子皮。接着，将血淋淋的香獐肉搭到马后，"亏你还教训我！"

"站住！"阿吾多杰望着准备骑马上路的尼洛索穹，怒不可遏地喝了声："你给我讲清楚，谁是贪生怕死的熊仔，这熊仔又犯了什么过失？还有，你违法猎麝，该如何处理？"

"嗨嗨，这才是马不跳鞍子跳，怪了！阿吾多杰，你果真看着索德伤痛不顾，追究我这猎麝的违法行为吗？"尼洛索穹将塞入马镫的一只脚又抽出来，下意识地摸摸腰带上的藏刀，不屑地撇起嘴角，眼里闪过一道凶光。

"怎么，你想动刀子？你这个无赖！"阿吾多杰眼尖，对方的一举一动都落在他的眼里。他目光炯炯，一步逼上前去，异常镇静地望着对方。尼洛索穹脸上的肌肉在抽搐，由于愤怒，两片厚嘴唇在微微颤抖。显然。他被阿吾多杰的威严震慑住了。

"你以为，我也像那些怕死鬼一样，临阵逃脱？"尼洛索穹退后一步，强作镇静地说。

"勇敢！可是，你的刀子要对付谁呀？没有头脑的蠢驴！"阿吾多杰愤愤地说："索德负伤需用麝香。队里早已准备了。谁让你违反规定，私自开枪猎取？本来两码事，你往一起搅。等着！你的问题回队处理，眼下没工夫跟你斗嘴。不过你得回答我，谁是熊仔，这熊仔又犯了什么过失？"

"好！明人不做暗事，这盏迷昏灯，我索性拨亮它吧！"尼洛索穹说着，给马子套起三角绊，随手摘下马钗子。阿吾多杰走过去，无声地卸了马鞍。他想一时讲不请许多事，何况益茜卓玛又未到，不如让马子吃点儿草，歇息歇息！尼洛索穹明白了他的意思，没有反对他这么做。随即，阿吾多杰也卸下了自己的马鞍，用长缰绳拴住枣骝马。

尼洛索穹轻轻叹口气，缓缓地坐到一块新鲜草地上去。

空气里的火药味，明显地淡薄了。因为阿吾多杰一番话，还是因为友谊与信任的力量？也许，两方面的原因都有吧！"他倒命长，也许，不该今天死！"尼洛索穹天真地想。要不为什么自己还没发现，他便到了跟前？他承认，自己没那份斗胆，敢于面对面地动手杀人！要是远一点儿呢？枪一放就扭回头，那敢情不怎么怕人吧？可是话又说回来，自己凭什么要杀人？白措热的话有几分可信？知道真情的阿妈，又为什么那么淡漠，只默默流泪？想来其中定有隐情，亏得自己没有动手。感谢龙麻丛里蹦出的香獐子，要不是它的吸引，说不定那颗子弹落在了阿吾多杰身上。啊，谢天谢地。

阿吾多杰确实没有想到许多，确切一点儿说，他什么也没想。此刻，他正眼睁睁地望着香子肉。清晨走得早，这阵儿已是饥肠辘辘了。他从附近拣来许多枯树枝和一袍襟干牛粪块儿。"擦！"一根火柴划燃，干龙麻枝儿先燃烧起来。紧贴着岩石，一堆篝火熊熊燃烧了！架起铁炉叉，又那么迅速、熟练地割下半块香子肉，挂起来让野火烧烤。不大一阵工夫，在熊熊火光之中，獐子肉噼啪地爆响着，血水珠和焦油一起往下滴落。阿吾多杰吞咽着口水，斜眼儿看尼洛索穹时，他像个木头人，痴呆地坐在那里一言不发。直到阿吾多杰割下一片烧得焦黄的嫩肉，"啪"地扔到他手里的时候，他才突然惊醒似的捂着脸哭起来。

"明白吗？这不是摔跤场。要是你讲不出个道道来，我不依！眼泪救不了你，我的好兄弟！"阿吾多杰幽默风趣地说着，将一块獐子肉送进嘴里。甚至连嚼都没嚼，便"骨嘟"一下咽进肚里。然后，弹着脆脆的响舌，往火堆里继续添柴枝。他知道，尼洛索穹尽管急躁莽撞，遇事头脑容易发胀，但正义感还是有的。

"你知道不知道阿客措热腿上的枪伤？"尼洛索穹突如其来地开口了。

"知道。他不是讲子弹头儿还在里面吗？"阿吾多杰平静地回答，开始大嚼大咽。他吃得很香。连连弹着响舌。见对方不动手，又扔给他一块。

"这枪——？"尼洛索穹抓着肉，嗓子眼哽得难受。不吐不快，索性肠儿肚儿全倒出来吧！可他刚一开口，阿吾多杰便抢过话头去："——是阿爸龙哇放的。"他回答得很痛快。四十二年前的往事，阿爸对他讲过。不过，为什么开枪打了白措热，他却只字未提。他仅仅是出于对藏族儿女的赞美，对外来掠夺者的惩罚，来描述这久远的光荣往事的。阿爸曾告诉他，1938年春天，在群情激奋、全歼掠夺者，特别是活捉首恶喇平福，绳系其手足浸于黄河，往来拖拉致死的壮举发生之后，于炎夏七月，马步芳派出一个骑兵团，由杀人不眨眼的恶魔马德胜率领，血洗果洛南部疆域。他同少数妇女和幼儿逃进山林，才幸免于难。在后来的流浪途中，又遇到原本部落的失散人员，汇集为十数人，投奔中果洛阿什羌然洛，才得以扎根落脚。并非出于对阿爸的偏爱，阿吾多杰有意袒护他。老人是一位正直、刚强的人，人前不言其长，身后不讲人短。他居然枪伤自己的同胞，为了什么呢，这里定有隐秘可寻。尼洛索穹知道吗？

"他临阵脱逃不说，居然还向规劝者开枪。阿吾，你倒是想一想呀！这样的事搁在你身上，你不发火吗？"尼洛索穹悲愤交加，泪水"哗哗"地流下来。

"阿客措热的话，有谁能够作证？"阿吾多杰问。奇怪得很，一个临阵脱逃而且还对抗击掠夺者的勇士开枪的人，今天究竟享受党和政府所给予的荣誉；而当年的勇士却在后来背叛民族和同胞，长期陷于囹圄。历史的阴差阳错，竟这样南辕北辙吗？

"当然，阿妈可以作证嘛！"

"阿妈说什么了吗？"

"……"

就在这时候，突然从蜿蜒如带的山路那边，苍茫的峰峦之巅，传来"叭"的一声枪响。仿佛是一道无声的命令，两个人忘记悬而未决的争议，飞马朝枪响的地方赶去。想不到，眼前出现的情景，竟使他们大吃一惊！一道牛脊形的山梁上，益茜卓玛正跟一条老狼拼搏呢！能看得出来，这是一条狡猾的有经验的老狼。它只有三条腿，一条后腿仅剩半截凸骨椿。说不定是吃了夹锚的亏，咬断后腿才逃生出来的呢！显然，在这条狭窄的山道上，双方意外相逢，老狼才扑人的。

"姐姐莫怕，我们来了！"尼洛索穹老远吆喝，并端起了半自动，一枪将老狼擂倒了。

"啊？是你们——"益茜卓玛又惊又喜，一步扑向前来。是的，两个人都好好的。还有什么比这更令人高兴呢？她眼睛一扑闪，一股热泪涌出了眼眶。

"你们看，它还悠悠喘气呢！"阿吾多杰脚踢着老狼，眼里的目光慢慢深沉了。开销一只恶狼毕竟是容易的，可是要识别披着人皮的狼，很难啊！不过既然是狼，它到死都不肯放弃食羊之心。它一旦活动。不就露出嘴脸来了吗？历史的真情，不难弄清。他相信阿妈龚姆芝，迟早会讲出其中的是非曲直来。这个善良、温顺的老人对儿女的赤诚之心，是不容怀疑的。

6

历史蒙受的污垢，也应该洗刷干净了。

由于意外的机缘，龚姆芝和弟弟黑措热，还有部落头人阿卡龙哇，居然逃脱了掳掠者灭绝人性的屠杀。一批为数不多的幸存者，离开果洛，踏上了人生的艰苦旅程。他们相依为命，在漫无边际的草原流浪。

在长达十数年的流浪生活中，龚姆芝更加深沉地爱上了黑脸膛的弟弟。虽然他们年龄相仿，但由于习惯不同，黑措热总是叫她姐姐。她老成多了，性格仍十分孤僻；很少叙说过去，也不谈论外界。仿佛友谊与仇敌、同情和嫉妒这些观念，全都跟她没有什么关系。只是，出于女人安身立命的本能，或者说由于受骗后对诚实的特别需求，也许还有别的什么原因，她爱上了沉默寡言却实实在在的黑措热。1956年，他们最后流浪到阿什羌然洛地区，并且长住下来。不久，阿卡龙哇便在当地一户厚道人家当了穆华①。而黑措热则同龚姆芝过起了小家庭生活。

一顶简陋的小茶角②，扎在玛曲之滨一片肘弯状的山峦里。月光似水的夜晚，在澄清的、蓝幽幽的帷幕中，大地微微入睡了。那饱餐了夜露浸润的青草，在黑乎乎的夜影里打盹的带着马绊的马子，间或响亮地喷一喷鼻子，然后香甜地咀嚼柔嫩的牧草。沙滩上，那被河水压弯了的受够折磨的柳丛，在微风中摇曳，发出低低的叹息。满天的星儿眨着诡秘的眼睛，仿佛在窥视小茶角里的奥秘。在这梦幻般的静谧之中，那冲过峡谷的奔腾咆哮的玛曲，那使夜晚充满狂乱和恐怖的声音，多不协调，多使人惊心动魄啊！仿佛，它又把人带进了那个动荡的年代，使人耳闻目睹那心惊肉跳的仇杀。每当这时候，龚姆芝总是依偎着黑措热，看他嘴唇上坚毅的纹丝，还有那抑郁而镇定的眼睛。直到睡意袭来，滔声悄悄逝去。

风调雨顺，国泰民安，日子一天天好起来。就在这时候，白措热突然闯入他们的生活里来了。是的，他没有死。也许是有意，在颤抖的手下留了一线同胞之情；也许，那泪水模糊的眼睛减低了视力。反正白措热没有死，甚至连重伤也未受。对于他的到来，黑措热同龚姆芝两人感到十分惊讶，或者说，他们简直有点疑惑。这个从灵魂到肉体已经死去，而且已从人们的记忆里被排除的人，竟然会好端端地归

①穆华——藏语，女婿。
②茶角——藏语，用布匹和毛褐子混缝的帐篷。

来。不管积怨多深，漂泊多苦，既然来了，还能赶他走吗？弟弟自然是宽厚的，仁义的；龚姆芝呢？也只有深深地叹口气。既然来了，那就住下来吧！富有的草原，并不缺羊子的一把草啊！不过，失去的马儿或许能用金缰绳挽留，失去的人心是很难收回的。她没有追究往事的是非曲直，更不愿询问离散后的生活坎坷。为什么要问这些呢？对一个不值得眷恋的人，又有什么了解的必要呢？他有他的自由与向往，他有他的爱好与乐趣，他有自己的头脑，有权支配自己的双脚，爱上哪儿去就上哪儿去，谁也管不着。不过在这复杂的社会里，人们懂得为了安身立命，就须学会各种本领。比如在某种场合的自我表白，则是必不可少的本领之一。一碗茶水落肚，白措热便滔滔不绝地诉说起来。他说他是被骗离开龚姆芝的，至于大腿上挨那么一枪，连他自己都不知道为什么！本来，他是向敌人冲锋过去的嘛！要说离散后的生活，他可忍受了无法言喻的疾苦。他随同二康的头人们，到过四川和南京……哎，还讲这些干什么！不管到哪里，社会总是锅底一般黑呀！那颠沛流离的苦药，他喝够了，因此才寻找善良而无辜的妻子和兄弟。说到这里，白措热一串鼻涕一行眼泪的，似乎痛不欲生。

"唔唔，是这样的……"忠厚的弟弟黑措热，先动了手足之情，泪水从那略显呆滞、灰干的眼里不断流下来。他静默着，仿佛一种不可理解的东西，隐藏在他那默然而抑郁的沉思中。许久，他才接着说："那虎狼般的年月，能活过来也不容易。你看看他，吃了多少苦，眼窝子深陷了，脸上的光气儿，也没啦！你还记得过去的年月吧？他强壮得像头乳牛，可如今……都是你坑的，到现在还没个一男半女。唉，如果不是干巴乳牛①，迟早会产犊子的。唔唔，留下来吧！"他望着龚姆芝，仿佛在等候她最后的裁决。

其实，并不存在走与留的裁决，收留是无疑的。只是，心里的一

---

①干巴乳牛——干巴是藏语，意思是不产犊的乳牛。

YUAN SHAN JIN SHUI 远山近水

043

口怨气难平啊！除了白措热进门时扫她一眼外，龚姆芝一直没有望他，自顾自地哭着、骂着。回想起走过的路程，好伤心啊！因为他的缘故，自己才蒙受那么多的耻辱。想起在林场的三个月生活，想起那脖子上有一道疤的土匪，她至今还浑身起鸡皮疙瘩哩！

"你能把脸装进裤裆干那见不得人的事，为什么要把好人家的儿女往火坑里推？你的天理良心被狗吃了？"龚姆芝整理着思绪，火辣辣的泪水沿着日渐衰老的双颊横流。自从懂得人世的艰辛，在这个充满压榨、欺凌的社会里，她还不曾抬起头来看人，直着腰板走路。在眼下的白措热面前，她第一次感受到理直气壮与做人的尊严。

"是我错了！龚姆芝啦，原谅我吧！好马还会闪失前蹄，今后改了还不行吗？再说，那个不得好死的狼扯疤，终归死在了我手里……"白措热不无忏悔地说，嘴甜得蜜一般。

"千错万错，就错在他身上。阿切龚姆芝，饶过这一遭吧！"忠厚的黑措热也替哥哥求情。

龚姆芝想着心事，以疑惑的目光打量白措热。一个失去他人信任的人，他的言词究竟有几分可信呢？人那，被骗过一次之后，再也不会犯轻信的错误了。

这是一个少有的月夜。满天星斗就像缀满兰缎的宝石，照得草原一片晶莹。白措热悄没声息地卷起铺盖，到羊圈旁安置睡窝去了。多年以来，这样的情形并不多，龚姆芝心里明白这是为什么。但是，她哪有这份心情啊！蜷缩在榻夸一侧的睡窝里，她第一次感受到凄凉，冷清。然而心事如潮，更使她久久不能入睡。来日方长，今后的时光该怎么捱过呢？也许，孤苦伶仃的少女生活，教会了她怎么掩饰自己的感情和心思吧？她就这样睡了，连一句多余的话也未讲。当一个颤抖的声音，嘤嘤地在她耳边述说一切时，她厌恶地裹紧了衣袍。但是，他并没有走，还在絮絮叨叨地讲说。讲说了些什么，她一句也没有听清。勿须听那些甜言蜜语。包裹在翎毛里的箭矢，才会射烂人心哩！天时阴时晴，月有圆有缺，人哩？没有骨气的人，还不如一条狗！

那时，白措热已经三十八岁了。也许，该到安身立命的年龄了。是啊！他确实收心了。把心收在这个温馨的、暖烘烘的家庭里来了。除了给人家放牧，还去打点短工。当他第一次将自己劳动得来的报酬，摇摇晃晃地送到家里来的时候，龚姆芝是多么欣慰呀！黑措热呢？更是欣喜若狂。他比哥哥小五岁。他体力健壮，心计全花在放牧人民政府救济的那十三头奶牛和三十几只羊身上。有空就帮龚姆芝操劳家务，揉皮子啦，补靴子啦，还有垒墙啦，清理畜圈啦！遇到龚姆芝高兴的时候，兄弟俩双双依偎在她的身边，讲讲乳牛配种、绵羊产羔一类事情。日子是和谐的，小家庭是温暖的。歇心的日子过了两年，龚姆芝生了个大头儿子。这可是日盼夜想的大喜事，老佛爷降下的吉祥。望着那蹬动的小腿，兄弟俩好不喜欢！可是，草原又动荡了！反封建斗争的疾风暴雨，开始席卷了草原。不久，又演变为牧业合作化运动新高潮。按理说，这是牧民彻底翻身的讯号，春天降临的信息；是推倒最野蛮、最落后、最黑暗的封建奴隶主统治的伟大壮举，好得很啊！可是，受尽压榨、盘剥与欺凌的藏族同胞，除了带着一点儿朴素而蒙昧的阶级感情，对拯救了他们的共产党感恩戴德之外，又敢对牧主头人道个不字？头人跺一跺脚，他们也会心惊肉跳半天呢！因此，当一小撮民族反动上层分子卷起一股仇恨的旋风时，多少善良而无辜的人们也被卷了进去。白措热背起了枪，又变得神气起来。他早就不去帮牧和干短工了，常是来无影去无踪，也不知在干些什么。

风声一天天紧起来，宁静而广袤的龙木切草原，不久便被奴隶主阶级那复仇的枪声搅成了一锅粥。这天夜里，白措热喝得醉醺醺的，像一株在风中摇晃的狼尾巴草。一回到家里，便吆喝起来。"啊啦啦！蓝天上卷起黑疙瘩云，藏民娃娃抬头的时刻到了！瞧你这两头懒牛，吃饱就知道卧觉。头人发出神圣号召，要大家弹上膛，刀出鞘。待一声令下，赶跑共产党，杀绝老汉人……啧啧，你们知道吧？老子当了司令官！"

"你说话高三奎四，给谁争老子哩？"黑措热趴在睡窝里，喝着一碗浓酽的奶茶，正准备睡觉呢！听见白措热的声音，他慢慢抬起头来。看到那醉醺醺的样子，心里便有些不快："你又灌达拉水去了？共产党对我们哪一点儿不好？没心肝的东西，当你的司令官去吧！我还舍不得这点热窝窝。"

"眼不见，心不烦。司令官老爷，你走吧！"龚姆芝忍不住开口说。她递给白措热一碗茶，转过脸来，拉了拉黑措热的袖口说："跟这疯子讲说什么？茶都凉了！"她才不相信白措热的浑话。这么好的世道，花繁草绿的年月，谁不贪恋碗里的香茶，箱里的糌粑，而跑去造反哪！疯啦？

"告诉你们，错过这个机会，懊悔就来不及了。"白措热一把推开茶碗，一半威胁一半利诱地说。他玩着一支新二八连枪，眼睛火辣辣地亮。见龚姆芝瞪起眼睛认真起来，他才得意地笑了："知道吗？阿卡龙哇上州后被共产党抓进了监狱。还有各部落的头人，一齐挤在小房子里'交心'呢！哼！共产党的话，能听吗？跟他们造的甜头儿香烟一样，开始吸着怪香甜，后来呢？短不了尝你苦头吃。"

"你住口！现在，我全明白了！"黑措热从睡窝里猛坐起来，咬着牙关，死死地瞪着白措热："有了搅海的筷子，乱世的风，世道便永远平静不了。舍热，你别闻上人家一点儿屁，回到家里当经讲。我知道你皮子痒了，蹄蹄爪爪想跳弹。去吧！我们不挡你。"

白措热一拍大腿，猛跳起身来，踢得茶壶叮当响。他瞪着一双十分可怕的眼睛说："我走，你们也得跟着！想在我手里讨便宜，没有的事！你们听着：明早太阳露脸的时候……"

"太阳一出来，黑暗就消失。"这时，一个开朗而又十分洪亮的声音，从帐篷外面直钻进来。一家四口人，除了熟睡的婴儿尼洛索德，其他人全都大吃一惊。倒是白措热反应灵敏，爬起身来就往外溜。"慢着！"

迎面伸过一只手来，阿卡龙哇神灵似的出现在帐房门口。

白措热浑身一紧，立即又拍了一下大腿，万分懊悔地叫道："啊啧！是龙哇，这不是好好的吗？可人家都说你被抓走了。嗨呀！险些上了他们的当，我们还说为你报仇哩！"

阿卡龙哇进了帐篷，神情开朗地笑问："上谁的当呀？舍热。别拿我当憨娃娃，能从乌鸦口里哄肥肉吃的人，竟也会受骗上当？"

"嗨呀，我真混蛋！他们说你被抓了，我便信以为真。嗨呀！我……"白措热连连捶打起自己的大腿来。

"舍热，你这套作假的本领，不坏呀！不过要当心，你忘了那条腿受过伤呀！"阿卡龙哇戏谑地说，目光锋利地扫视着白措热。往事的丝迹又被勾起。他十分懊悔，当年惩治这个民族败类，何需流泪手颤呢？

那阵儿的阿卡龙哇已经是自治州政协的常务委员，他来到阿什羌然洛部落，是为了阻止一小撮民族败类的叛乱阴谋。显然，部落里的情况，他是掌握的。一场交锋是无法避免的，勿须拐弯抹角，还是开门见山、一针见血的好。"共产党实施民主改革，促使社会进步，人民不再熬受饥寒，承受压迫与剥削，这哪一点犯着了你白措热的利益？好好想一想吧！玩火会自焚的，明白吗？"阿卡龙哇推心置腹，侃侃叙谈，一字一句击中对方的痛处："我真不明白，当年在侵略者面前，你扮演那样一个摇尾巴的角色。如今在人民政府面前却翘起尾巴来。回头吧！现在回头还不晚……"

"哎，这才叫马驹子养成骏马，狼崽子养成祸患。早知这样……"龚姆芝喃喃自语着，望着事态的进展。

"扑通！"一声，白措热双膝跪倒在地。他泪流满面，悔恨交集，开始交代部落里的阴谋。为了表示自己悔改的诚意，双手将那支二八连枪交给了阿卡龙哇。心底无私、襟怀坦荡的阿卡龙哇，竟忘记了历史的教训，完全相信了他。为了肝胆相照。显示藏家人开阔的胸襟、既往不咎的义气，竟将自己佩带的五四式手枪也摘下来。两支枪同搁在垛恰上。

君子常被小人骗。就在这天深夜，接应的匪徒来了！白措热立即露出本相，仗着人多势众，他不但缴走阿卡龙哇的手枪，而且还指着阿卡龙哇的鼻子说："先留你一条狗命吧！记住，该报偿的全部报偿了。以后再见到，莫怪枪子儿不认人。"

反革命武装叛乱，是经过精密策划的。匪徒们并不那么愚笨，否则这场旋风也就卷不起来了。不过，白措热的诺言也未曾实现。由于广大藏胞的觉醒，反革命武装叛乱很快平息了。白措热呢？作为叛乱骨干而被捕入狱。一晃，就是二十年哪！如今他回来了，确确实实回来了！

"共产党搞了平叛扩大化。这不是，给我们还赔礼道歉呢！"白措热像凯旋的将军，一进帐篷便这样说。已经死过三遭的臭鸭子，嘴壳还是硬的。厚道的弟弟黑措热摇摇头，对他这一番表白很不满。想狠狠呛他几句，一时又想不出适当的词儿。回头见守圈的藏狗撵在帐篷门口，朝里面吠叫不止，他灵机一动，骂出几句话来：

"哎，你这条癫皮狗，连主人都不认，白养活你了。翻脸不认人的狗东西，你咋还不死啊？"

龚姆芝摇摇头，望着鬓发半白的白措热，重重地叹息了一声。不看僧面看佛面，他是老啦！畜怕春日雪，人怕老来难。不留下他，让他上哪儿去呢？

7

投水的石块儿，虽然激起满湖涟漪，也会淹没石块自己。白措热的日子就那样地好过吗？

二十年的囚犯生活，在白措热那阴暗、狭窄和冷酷的心头，也的确装进一缕阳光、几滴雨露。他对共产党有了一些了解，对社会主义祖国的强大，也曾感到作为一个中国人的自豪和光荣。特别是在回到故乡的这些日子里，他更感受到空气的清新、新生活的欢乐。可是，生活又是多么严峻！阿卡龙哇今天已身居高位。而自己还得在他儿子的手心过日子。这口气他无论如何咽不下去。就说家庭吧！老天有眼，这算什么家庭呀！能看得出来，大大小小的一家人，除了年轻幼稚的尼洛索穹可以为他所用以外，其他人都朝他翻白眼儿、皱眉心，甚至连那个当队长的亲生儿子尼洛索德也不例外。这一家人，跟这一家人牵丝挂缕的人和事，还有新时期、新生活、绵羊改良、石圈建设……他们似乎都是美好的，使人向往的。但这一切跟他却如此遥远而陌生。天哪！二十年的沧桑岁月，竟使自己变得如此可悲、孤立了吗？

石圈工地出事，儿子被石块擦伤。事情虽不大，但他做了多么不光彩的表演啊！他本不想那么做，但事到临头，却又忍不住。唉！自己已经活了六十多岁，说不定哪天腿一蹬就完了，到头来还不是喂老鹰的货？为什么要做这些没名堂的事，落一个不干净的名？事端已经挑起，接下去将会怎样发展？万一尼洛索穹闯下弥天大祸，该怎么办？他懊悔起来了！出于一时气愤，自己信口乱讲了些什么呀！益茜卓玛能追回尼洛索穹吗？天哪！要是追不回来，该怎么办？这一切，白措热都在细细地嚼着咽着，忍不住又朝远处望了一眼。

沿顿姆曲河西上，乌压压的石山崖畔下面，石圈模糊的轮廓隐约可见，一面鲜红的小旗子还在微风中飘拂。岂止是懊悔，白措热简直有点害怕了！事已至此，追悔莫及。他捏着瘦骨嶙峋的拳头，猛一拳砸在草地上。直到黑措热一声大叫，接着发疯似的冲进帐篷去时，他才从帐篷前的草地上坐起来。

黑措热的喊叫声，要是再迟两分钟，一场悲剧便不可避免地发生了。龚姆芝拿起锋利的藏刀，准备割断自己那细长的脖子上的脉管儿时，听到了黑措热那使人心酸的呼叫。那是怎样凄惨的一声呼叫啊！她心软了，手颤了！藏刀从手里掉下去。往事不堪回首，眼下又有什么可留恋的呢？脓疮既然挑破，血水总得往外挤。儿女们都大了，做父母的脸往哪儿搁呀？她像一头被人挤净乳汁的老牛，除了一身精瘦的赤裸骨架，还有什么呢？要是白措热逼得再紧一些，她会根儿底儿全端出来的。可是，就这么一副瘦骨架，还能经受他的折磨吗？她想过了，这样屈辱地活着，还不如死了干净。哎，生的希望又复苏了，命啊！也许，真不该丢下儿女们，丢下她的黑措热吧？"你……你在干什么呀！你是成心不让我们活下去。要死，就让我先死吧！"黑措热蹲在火塘边，生气地嘟哝着，将掉在地上的藏刀捡起来，满脸痛苦地插进刀鞘里去。

"唉，你这个人哪！我不是好好的吗？究竟干啥来着？"龚姆芝强颜欢笑地说，见黑措热那么痛苦，她自己也有些懊悔了。一瞬之间，那轻生的念头全丢在一边。为了他，为了儿女，得活着！为了消除黑措热心里的疙瘩，她举起半块羊肉说："这不是？我想割点儿肉，烧饭哩！"

"这么早就烧饭呀？"白措热站在门口插言道，他脸上罩着一团不可捉摸的笑容。这笑容，激起黑措热的一腔怒火。长期以来，那死死压在心口上的石块一般的愤懑，突然迸发了："你这条恶狗！因为你，家里起风波，队里不太平。我真恨，恨不能一刀戳你个窟窿。"他喘了一口气咬牙切齿地望着白措热。

"你的羊羔疯又犯啦？张口就咬人。我咋了？"白措热没事人似的，嘴上叼起一支烟卷，四处寻找火柴。找不到，骂骂咧咧地拿起火钩子，从灶膛里面夹火。

"你咋了？！"黑措热反问着，一把从对方手中夺过火钩，又从对方嘴巴上夺下烟卷，捻得粉碎，一把甩打在他那筋肉抽搐的脸上。然后气呼呼地说，"狗熊会装人样子！你做的事，你不清楚？我看了四十多年，你这张白白的脸皮藏了颗最黑的心。你不希望草原安康，人畜两旺，你唯恐天下不乱。我不像你，肚里存不得坏水。光知道人要活个清白，路要走个直端。我们过不到一起，这家留给你，我去了！"说着一头往外走。话是讲给白措热听的，气还在龚姆芝身上。千不该，万不该，你不该寻那短见啊！

"措热，你不能走呀！"龚姆芝叫着嚷着，从后面死拉住黑措热，泪流满面，"这家是我们一针一线置起来的，有儿女的份儿，却没他的份。你走了，我咋过呀！"

"这么拉拉扯扯，叫人笑话。你回来！"白措热又拉住龚姆芝的袍带。心里想着，走掉一个黑措热，日子就不过啦？凭良心说，他巴不得弟弟走掉呢！

三个人就这样你拉我扯，闹了个不可开交。黑措热急了，脚一跺说："嗨呀，这是干什么？我又不死去，你放开，有话好说嘛！"龚姆芝先松了手，白措热使劲一拉，倒先把她拉进帐房来。

黑措热没有回来，一个人默默地走了。手里捏着抛索子，赤脚踩着草地，他勾头朝前走去。真的要离开这个家，离开老婆孩子了吗？他说不上来。需要想一想，想一想啊！

不用讲，他心里的气还没散。白措热钉在心上的疙瘩还在心口窝子上压着；想不到，龚姆芝又要寻死。他简直给闹蒙了！心想：你死给谁看？你死了，少一个揭短的人，老疯狗只会高兴。怎么寻这个短见？好吧！你折磨我，等我远天远地地走掉，你才后悔哩！黑措热一边走，一边想，迷迷糊糊地登上小山包。他看到了羊群，那昨天晚上交给他的改良绵羊群。它们"咩咩"叫着，看着可怜巴巴的。唉！好像是没娘的孩子。阿吾多杰把这担子交给他，分量不轻啊！得变法儿饲放好它们，春天生一批好羔崽。他吆赶羊群去喝水，来到石圈工地附近。看着那冷清下来的工地，默默地脱去袍子，垒起圈墙来。他抱起那块染血的石头，有点吃力地垒上墙去！然后，出神了：等到石墙垒成，羊群入圈，自己就在圈边砌个小草棚，烧茶、拌糌粑、睡觉、操心羊群，直到两脚登天的时候。可是，老伴哩？孩子们哩？一生牵肠挂肚的，不正是他们吗？他眼前迷茫了……

……那是什么地方？啊！逃难的路多么漫长。山岭重重，密林蔽日。山林里的夜晚，寒冷，阴暗，恐怖。枪声远去了！隐没在大自然不可思议的音响中去了。那被砍杀和剜眼割舌的恐惧感，总算消除了！可是，却从四周的群山传来野兽的嗥叫。野狼绿莹莹的眼睛，在暗夜里闪亮！仿佛是极远的，又是极近的。难道逃出虎口，又钻狼窝不成？可是，奔波了几天几夜。他们都疲惫不堪，最后倒在一眼山泉边。泉水叮叮咚咚，从石壁缝里往外涌流，又滴下万丈深潭去。草原上的泉水，跟那明净的蓝天、汩汩的小河一样，有时真能体察人的心灵，照出心底的波澜。当你心灵明净、心底无私又充满阳光和幻想的时候，它变得那么宽阔、深邃，仿佛周围的世界全融合在那叮咚之声中去了。喝饱了泉水，嚼着从林场带来的野性肉干，他们谁也没说一句话。连日来疲于奔命，那颠簸的生活，加上饥饿、寒冷，已经折磨得人仿佛害了一场大病。龚姆芝已经斜倚着石岩，昏昏迷迷地睡熟了。黑措热不困，一点儿都不困。沉思而明亮的目光，望着前方和四周，搜寻着能够栖身，又能躲避兽害的地方。附近有一株枝叶茂密的古树。这叫不出名来的大树，像一把巨伞遮住一线蓝天。他们好不容易爬上树去，蜷缩起身子，在宽阔的枝丫间闭眼入睡了！已经澄清下来的蓝幽幽的夜色，像一位宽厚、仁慈的长者，借满天星辰作眼睛，无比慈祥地望着他们。他轻柔的叹息声，化作一阵阵清风，卷起困倦者的袍襟。大地熟睡了，两个死里逃生的奔波者也熟睡了。没有吓人的音响惊扰，更没有邪恶的欲念诱惑，他们睡得那么沉，那么死！后半夜，寒风呼啸，雪针刺面，两个人都被冻醒了！黑措热想出个办法：两人解开袍带，打颠倒套起来的两条毛口袋似的，各自搂着对方冻僵的双足，重新躺了下去！暖流交融了，两个人都感到浑身热起来。突然，龚姆芝抽回自己的双腿，坐立起来了。

"……我的身子不干净，脚又脏……措热嘞嘞，你让我……唉！

我一肚子苦水，连这颗心也被淹没了啊！措热……"龚姆芝喃喃地说。那声音如泣如诉，就像叮咚作响的山泉。

"不要想这些，阿姐龚姆芝，你再不要想这些。为什么还要想这些呢？难道还嫌吃的苦不够吗？算了，过去的就让它过去吧！"黑措热深切地一字一句地说着。他动了感情，不由地从心底里骂起哥哥黑措热来。

"……"龚姆芝无语，却低低地抽泣了。

"唉！都怪……那个畜生，上天有眼，叫他这辈子不得好死，天打五雷轰！"黑措热搜肠刮肚地寻找词儿，大哥哥一般安慰她。可是，龚姆芝却哭得更伤心了。她只有十八岁，按理说，才刚刚踏进生活的大门。可是这支来不及怒放的花苞，不就是这样地被人蹂躏、践踏了吗？黑措热握住她的手，又像哄孩子般将她紧紧抱在怀里，爱抚地亲吻着，讲着谁也听不清的话语。渐渐地，他们谁也不说话了。她的手在颤抖，却格外轻柔地抚摸着他，那泪花迷离的眼睛，沉浸在一种甜蜜而沉醉的忘情状态之中。

……那又是在什么地方？那是历尽人世沧桑，颠沛流离十数年，逃难到了阿什羌然洛区以后。在玛曲之滨的岔河弯里，一顶小茶角内炉火熊熊燃烧。火焰驱退酷寒，牛粪火暖熏熏的醉人气息，弥漫着茶角。这是他们的家，他们终于有家了！笼罩在紫玫瑰般的暮色中的草原，从他们的眼前扩展开来，一直延伸到四周的山脚下。黑沉沉、雾霭霭的大地，融化在草原傍晚的静寂中。突然，"砰"的一声枪响，随着狗的惨叫声，三四个陌生人闯进帐房来。一个歪戴猞猁皮帽、斜挎二八盒子的领头者，喧宾夺主，招呼着跟来的随从们："坐吧坐吧！总算到家了。呢？黑措热呢？快点儿给我们宰羊啊！"原来，这家伙正是白措热。

白措热眼尖，一眼便看到了龚姆芝。她蜷缩在帐房角儿上，怀里抱着已有半岁的儿子尼洛索德。她一动也不动，就像寺里的泥胎。孩子则眨着黑明的眼睛，两条小腿摇摇晃晃地站在母亲腿上。他走过去，无声地抱起他，嗅到一股娇嫩的婴儿的乳香。于是，他咧嘴怪异地笑了。"儿子，我的小儿子！哈哈，你还不知道吧？你老子当了部落头人，行动叮当响的司令官……哈哈哈，喂喂，怎么回事？快烧茶呀！黑措热哪去了？给我们宰羊呀！"

孩子怕生，"哇"的一声哭了！龚姆芝猛跳起身来，从白措热手里夺过孩子，紧紧地贴在怀里。这时，从帐房外传来黑措热的声音，"羊嘛，倒是有一圈。可是你们一来，天就黑了！吃不成肥羊肉，羊粪蛋倒是满圈坑都有。噢呀！就是这……"

"涅日瓦多日杰①！宰不成羊子，老子先宰了你！"一个斜挎长枪的家伙火了，一蹦子从火塘边跳起来，就要往帐房外面冲。白措热伸手拦住他，赔笑说："他是我兄弟，就那么个刁样，说话撞倒墙。不慌！大家有手抓吃就成了。"说着才要朝外走，黑措热一头闯了进来。在帐篷杆子边，双方僵持着，谁也不说话，可是四只眼睛瞪得牛吸蛇似的。

"好吧！既然你不宰，我们自己动手。"哥哥让步了。他后退一步，吩咐随从们："抓羊！吃饱喝好，再召集牧民开会。天亮以前离开这里。"

"站住！"黑措热吼叫一声，劈腿站在帐房门口，拦住了去路。可是他看得清楚，来硬的不行。他们是土匪，好汉不吃眼前亏。他尽量压低了声音，"牛羊都入社了，私自宰杀可怎么行哪？待天明问问社长，如果他答应……"

"哈哈哈……"白措热狂笑起来，乜斜了龚姆芝一眼，走过去拍拍黑措热的肩膀，"你这副死心眼，注定没有大福享。宰只羊嘛，为什么非得问社长？他能答应吗？哈哈，已经无法答应啦！社长社长，好运不长。投靠汉人，扒了肝肠……明白了吗？我的傻蛋兄弟，他早被饿鹰餐食啦！"

---

① 涅日瓦多日杰——藏语，骂人的话。

原来，这支三百余人的窜匪，已在两天前占领了醉马河乡政府，残杀了正在乡政府开会的乡、社汉藏干部十七人。为了壮大实力，补充给养，又拉出一些人进入阿什羌然洛区，胁迫这里的牧民群众参加叛乱。白措热此来，也正是为了这个。天昏了，地暗了，太阳也躲到雪山后面的云层中去了！血火中的日子，有多么难熬啊！难道草原又要退步到二十年前那动乱、疯狂、仇杀的岁月中去吗？刚捂热的睡窝要离开，刚出生的婴儿要受饥寒？……

……那是少女一般温柔，玛曲一般深情的拉加草原。此刻，它裸露着褐赤色的胸膛，任人践踏与蹂躏；没有哀怨，悲切，更不曾呻吟。也许它知道严冬即将过去，春天就要来临吧？不错，拉加的春天来得早，积雪很快融化掉了！从春风扑面的那一刻起，卧牛似的荒凉的山坡下，还有玛曲两岸那绵延无际的平缓地带，首先冒出一抹新绿。辽阔的草原苏醒了，大地散发出温暖而潮湿的泥土气息。

有谁知道，此刻还有另外一片寒冷的天地呢？翻过卧牛岭，走进山峦深处，却是寒气逼人，雪盖大地。寒风卷起积雪，从那些无家可归的衰败的枯草顶头掠过，叫人不禁憋气，打寒战。一群丧魂的叛匪，在这里被包围了。为了分化、瓦解这群乌合之众，孤立、打击一小撮顽固分子，上级派人来做招降工作。须知，枪子儿是不认人的。一旦打起来，那些善良而无辜地被裹胁来的牧民群众，首先会遭殃的。那些杀人不眨眼的匪徒们，完全能够干得出来。让老人、妇女和儿童冲在前边，为他们开路！能讲什么人性，有人性就不当土匪了。开始有人喊话了！

"同胞们！你们不要再奔波了。安居乐业不好吗？放牧，挤奶，打酥油不好吗？奔波使你们得到了什么？难道苦头还没吃够？回来吧！政府是人民的政府，政策宽大，既往不咎，只要你们肯回来，一律安置，哪来的还回哪儿去。"嗓门洪亮的喊话人，好面熟啊！对了对了，他就是阿卡龙哇嘛！自从他到了自治州政协，已经好久不见了。上次——那已经是一年前的事了。他回部落劝蠢蠢欲动的人们，不料为白措热所骗，还缴走他一支五四式手枪。这个刚强、正直而又忘我的人，他又来了！还穿着那件镶了豹皮领边的藏式老羊皮袍，腰里束着鸽子青的腰带。狐帽下的脸膛微微泛红，目光还那么威严，富有神采。那颀长的有边有棱的身影，仿佛用斧头砍削出来的一样，在日光下，显得那么清晰，那么明朗。

人群开始骚动起来。有人直起腰来，大声地嚷着什么。一丛龙麻背后，黑措热同龚姆芝紧紧挤在一起，宽大的藏袍里揣着尼洛索德。小脑袋瓜从领豁口露了出来，机灵的两只眼睛正四处张望哩！白措热走了过来。龚姆芝叹口气，背过脸去，从黑措热怀抱里接过孩子，给他喂奶，一边小声地说："措热，我们回去吧！"尽管声音很小，还是被白措热听到了。他眼睛一瞪，恶狠狠地说："回去？那么容易呀！别听这个藏身汉心人的宣传，回去准杀头。"

"我们没杀过人，没放过火，他们凭啥杀头？"黑措热瞪起牛眼，狠狠呛白了哥哥一句。

"可你忘了我！用他们的话讲，我大小算个骨干吧？一人有罪，株连九族。既然共产党饶不过我，还跑得了兄弟跟老婆？"白措热阴险地笑着，从龚姆芝手里抱过孩子，在那嫩脸蛋上"叭"地亲了一下。孩子吓哭了，扬起小手，想回到母亲怀抱里来。白措热却抱着孩子，朝前边走了。

"你……你跟我们是一个山头流下的两股雪水，淌的不是一条路。哎哎，你把孩子放下！畜生，你听到没有？嗨呀！"黑措热跳起身，想把孩子追回来。可白措热走得很快，而且又转手将孩子交给别的匪徒。一眨眼的工夫，大人跟小孩都不见了。白措热使出这一手，是为了稳住人心。可以想象，如果连自己的兄弟和老婆都留不住，还能管得住他人？夺走了孩子，叫他们想走也走不成。

"孩子，我的孩……子……"龚姆芝一阵晕眩，浑身瘫软地倒在龙麻丛中。

不过，白措热失算了。那些思乡心切、渴望安居乐业的牧民们，再也不愿意异地漂泊了。除了少数叛匪骨干逃走外，绝大部分群众返乡了。黑措热同龚姆芝又回到阿什羌然洛区，定居了！可是孩子在哪儿？是死是活？儿是娘心上的一块肉，丢舍不下呀！料不到半月之后，阿卡龙哇却托人送来他们的孩子。说是在击溃一支叛军时，从山峦里拣到这个孩子。由于他口口声声呼唤"阿妈龚姆芝"，这才认定是他们的孩子。

"啊！有情义的人……"龚姆芝抱起失而复得的孩子时，泪水就像断了线的珠子一样落下来……

白措热这根线，从此中断了。22年的好日子，仿佛只是一瞬间。想不到，他又像一只从草皮下钻出的老鼠，回到旧窝窝来了！而家庭生活的阴影，也就在这有形和无形之中，重新笼罩了！

不！自己不能离开家。这温暖的家，更不能留给黑措热。为什么要把家留给他？他为这个家织过一幅褐子，缝过一只皮袋，泥过一次榻夸吗？没有，什么也没有做过。家当然不能留给他。白措热拿定主意，又开始垒石圈。看到已经垒了半截的小窝棚，他动手拆掉了！要回家，这是自己的家，儿女们的家，为什么不回家？要回！突然他又心里一紧：尼洛索穹出去这半天，闯祸了没有呢？一旦真要出了事，怎么办？哼，如果真出了事，就不认他是自己的儿子。这没有什么含糊的。他甚至叫起来了。

"赶走他！让他跟黑措热一块去过日子。谁叫他亲仇不分哩！噢呀！就是这。"

8

为了使本篇故事圆满，这里有必要节外生枝，补写一段小小的插曲。龙木切草原围绕修一座改良绵羊石圈，而引起的一场矛盾冲突，以及阿卡龙哇与黑白措热两家人的恩仇宿怨，由驻队干部奴乙亥很快汇报到公社。公社党委肯定了奴乙亥的工作，只批评他工作方法简单粗暴。歪风邪气要斗争，坏人坏事要批评，但措辞要准确，分寸要恰当。更重要的，还要做通思想工作。公社书记想摸点群众思想动态方面的东西，专程赶来召开了一次群众大会。他热情、健谈，讲起话来如滔滔流水，一浪高过一浪。什么经济政策、生产责任制与社会主义方向啦，畜牧业发展前途与牲畜品种改良啦！末了，他要大家团结一致向前看，把往日宿怨、近日争端一齐丢在脑后。讲得大伙儿眉心展了，眼窝笑了！都说公社书记那两把刷子，可要比奴乙亥高明多啦！就连奴乙亥也心悦诚服，连声称是。群众会后，公社书记去了邻队，奴乙亥选了几个重点对象，个别去做思想工作。他打算趁热打铁，一鼓作气把石圈修起来，以便在入冬之前，让改良羊群住进新居。

瞌睡还拿眼窝过。奴乙亥选的头一个重点对象，便是黑措热。运气不好，正赶上措热一家闹别扭。黑措热走了！白措热气鼓鼓的，正跟龚姆芝斗嘴。奴乙亥是个直肠子、火性子，不会望风使舵。当然更不会顺藤摸瓜，抓住对方脉络。对症下药。几句寒暄过后，一碗热乎乎的奶茶斟上来。奴乙亥喝了一口茶，便冲着白措热开口作自我批评："我这人是个大老粗，说话不留神。你既然释放归来，就不能按敌人对待嘛！思想一时不通窍，可以商量、等待和说服教育，而不能简单粗暴，压制人家。我拿老眼光看人，讲了一些不好听的话，你也甭见怪，对不对？为这，公社书记批评我了，对不对……"老习惯，讲不下去的时候便用"对不对"来搪塞。当然，也有用得恰到好处的时候。

"对对对，啊哉呀！公社力西巴的话，还有不对的吗？"白措热满面春风，殷勤地笑着，还转过脸瞅了龚姆芝一眼，显得非凡地得意："喂！你听到了吗？老乳牛，公社干部都向我赔礼道歉，你们一家能把我咋的？"

"可是，"奴乙亥又呷了一口茶，话锋拐了弯儿："社会主义方向一定要坚持，集体还不能忘，石圈一定要修，绵羊的品种改良一定要搞。对不对？所以，我想趁现在生产不太紧，抓紧把石圈垒起来，把羔棚盖好。对不对？"

"——可是，刚刚出了事，群众忌讳出工哪！"白措热的心一下子凉了，想拿群众忌讳作挡箭牌。不料，被奴乙亥几句话轻轻驳了回来。

"只要讲清道理，群众会出工的。我想，你自然不成问题，对不对？"奴乙亥轻描淡写地说着端起大半碗奶茶一饮而尽，就像在酒场上慨然喝下一杯烧酒那样。然后嘴一抹，站起身来："那么，就这样说定了！你们准备一下，特会儿就上工地去！队长不在，支书也走了，我先兼管一阵子，对不对？"

"啊哉呀，岂学吉！①我们马上就去。"不等白措热开口，龚姆芝爽快地答应下来。她根本没有留意，白措热正在一边恶狠狠地瞪她呢！不管怎么样，石圈一定要修。送走奴乙亥，龚姆芝急忙收拾茶壶茶碗，又拨开灶膛里残留的火星，埋进一块半干的牛粪留火种。一切料理就绪，她拿起一片护背用的熟牛皮，准备到石圈工地去。不料，白措热拦住她。

"慢着！"白措热手攒一条三棱皮绳，一尊凶神似的，仿佛要一口吞掉她。那蘸过水的皮绳，还在滴滴答答地滴水呢！

"草原上的道路，千条万条，难道没有我可走的一条？你凶什么？你以为奴乙亥能赔不是，我更应该磕头是吧？"龚姆芝怒火中烧，变得十分强硬起来。那滴水的三棱皮绳，勾动起她长久以来郁积在心头的愤懑。他不这样，也许心里还好受一些。想不到这个狼心狗肺的东西，竟敢这样对待她。这一口气，怎么能咽得下去！黑措热赌气走了，她心里本来就被抽了筋似的难受。泼掉一锅肉汤，因为什么？不是因为一只死老鼠吗？谁想这条老狼还想折磨人。再不能忍受屈辱地活着，

①啊哉呀，岂学吉——藏语，是呀，没有什么可说的。

比死了更可怜。她打定主意，黑措热走到哪儿，她跟到哪儿！白措热怎么办，随他的便。反正，跟他在一起过不下去。她看透了他，从头顶到脚跟，从白白的面皮到黑霉的内心，全看透了！蝙蝠喜欢黑暗，豺狼追逐血腥。他不喜欢阳光明丽的生活天地，更不喜欢在阳光下伸直腰板的牧民。他的心不在草原，不在这顶帐篷。跟他怎么能生活下去呢？四十多年来经受的坎坷，淌过的泪水，难道还不能擦亮眼睛吗？不能！万不能再跟他一起生活。

"嗯！你的路，在我手心攒着，放与不放在我。"白措热阴险地笑着，一脚踢开榻窝边的"科洛"，更加攥紧那湿漉漉的皮绳。由于愤怒，脸上的筋肉在抽搐，"让我明白告诉你，我不喜欢龙哇家的那个小杂种，他也休想做我的女婿！他这一家人，使我伤透了心。一想到他们，我心里的黑血在泛。"

龚姆芝冷笑一声，缓慢而有力地说："这就是二十年的改造生活所培育起来的感情？我知道，你不喜欢的，不只是龙哇一家人。当年你仇恨共产党，仇恨一切外来人，不管他们是好人还是歹徒。但这又能怎么样？有人咒骂雪山顶上升腾的太阳，而太阳照旧那么暖人。心长在自己胸腔，脚长在自己腿上，想跟谁走，你管不着！再说，谁当我家的女婿，姑娘自己心里明白。龙哇家的儿子好不好？牛拉到市上，价值众人衡量。依我看，像你这样的人，给他擦尻子都还不配呢！"

"好啊！就这样回答！"白措热的脸可怕地扭曲着，咬牙切齿地说。他一手插在腰里，在地上走动着，也许在平静情绪吧！为了讲完应该讲的话，他忍住了！不过，那两只充血的眼睛变得更凶了，仿佛有一股火焰在燃烧。半晌，他才接着说下去，"不要嘴硬！没穿鼻孔的野牛，这你要后悔的。我不是黑措热，他惯起来的毛病，不会使你讨到便宜。再一条，过去的事，今后不准对任何人讲。要是露出一点茬头儿，当心割烂你的嘴！"

"挡不住走路的腿，更挡不住说话的嘴。过去的丑事，本来可以不说，可是马不跳鞍子偏要跳，有什么办法？不是你拨弄是非，逼着我讲出真相来，人还得顾一张脸哪！"龚姆芝喘息着，只觉得胸腔里憋得难受。就像吃了夏天的臭肉那样，她感到阵阵恶心。一个人出生到世界上，从他懂得羞耻的那一刻起，总是想遮掩过失，而且躲着知道自己丑行的人。识时务的人，知道自己背上有疮，不再往疮疤上去揭，久而久之，疮也就自然长好了。更有些聪明人，除了本身脱胎换骨之外，还主动亲近有可能揭他老底的人。握手言欢之间，不就把往事轻轻带过了？像白措热这种恩将仇报、翻脸无情的人，阳世上难找，人伙里难寻。就算阿卡龙哇打你一枪，他没有置你于死地，这不就是对你的宽容？何况，他还有恩于你，有恩于这个家哩！这一切，用得着龚姆芝讲吗？白措热心里明白得很。对一个根本失掉人性的人，讲了又有什么用？可是那憋满胸腔的话，又不能不吐："难道世上有这种事，你拿刀子捅人，不仅不让人家还手，还得叫人替你遮丑？龙哇一生正大光明，心直不弯，给予我们家的恩德，即便是驮在牛身上也会脱一层毛，偏你狼心狗肺，骂他，恨他……早知今天无恩无义，还不如当初送掉你的狗命！"

龚姆芝步步紧逼，一步比一步重，一句比一句狠。白措热还在忍耐，不知是愧疚，还是胆怯。也许，他不愿意把事情闹大？像那些专用大话吓唬老婆的男人那样，一通大话之后，老婆未被压服，也就罢了？不错，有这个味道。他要安身立命，眼下还离不开这个家，离不开这个发狠的女人。可是，不制服她，他又怎么做人呢？老牛肉不烂，多加二斤煤炭。他不相信制服不了她！他准备一条蘸水皮绳，当然不是装样子吓人的。但不到时候，又怎能轻易使用？打的结果不外乎两条，一是彻底征服，让她服服帖帖。但谁也无法肯定打不出坏的结果。如果弄得事情不可收拾，那又怎么办？须知，在这个陌生的家庭里，他本来就是孤立的啊！如果造成群起而攻之的局面，他将去哪儿扎根落脚？掂量再三，白措热冷笑了一声，然后开口了："好啊！好一个正大光明，心直不弯。趁人家急难，正大光明地爬到人家老婆肚皮上去，够心直不弯了！亏我度量大，心小一点儿，凭这杀他也不亏。想拿我当鳖抓？没门！他压过你多少回呀？那味道，敢情比我来劲儿？你瞒不过我，说实话吧！"

"死不要脸！为外人摇尾巴、把老婆往火坑推的人，不正是你吗？"龚姆芝"呸"地一口，差点儿没吐到白措热脸上去。她万万想不到，这下流坏会搬出这段往事，来糟蹋人，作践人！那年，从林场逃生出来不久，又遇到一次大屠杀，她跟黑措热失散了。在茫茫的野岭荒山，在疲于奔命的异乡，她意外地遇到阿卡龙哇。于是两人结伴逃难，长达两年多光景。他们朝夕相处，日夜不分。在那样残酷的死里逃生的岁月里，她给过他女人的抚爱和柔情，直到重新找到黑措热。如果说，这荒山野岭里的异性相聚生活，有什么不道德可言，那么它又是谁造成的？无须隐瞒，她怀念他，至今还在深深怀念。为这么好的人献身，应该！也值得！忘记他，才是不应该的。同船渡海，还留下五百年人缘哩！何况他们共同度过两年多的时光。莫说过河拆桥，她至今仍深深感到遗憾：头一遭摘花的不是龙哇，却是一头牲畜！这使她痛苦、愧疚，更使她感到耻辱、不安。作为一个女人，假设能第二次获得童贞，她也会毫不犹豫地奉献给阿卡龙哇。生活就是这样无情。要不是知冷知热的好兄弟黑措热，她早就跑到阿卡龙哇身边去了，哪怕为他递一碗茶、倒一杯水，她也会感到舒适，甜蜜！想到这一切，仿佛阿卡龙哇就站在自己身边。她感到浑身有了力量，因而毫不畏惧地说："一点儿不错，我跟龙哇好过。而且，还没有好够！你不配跟他比，一头牲畜怎么能跟人比呢？你问多少回吗？这我记不清。只有最无聊、最不要脸的人，才会在牛粪墙上划道道。白措热你听着：只有真心诚意爱过我的人，才有权力问我这些事。可是真正爱过我，现在还爱我的人，他知道体谅人，痛惜人，绝不会再揭这些伤心事。现在，我们的话已讲完，路已堵绝，滚吧！滚得远远的，再也不要叫我看到你。"

"你这个臭要饭的！"白措热恼羞成怒，咬着牙关，猛逼近一步，手里的皮绳在瑟瑟发抖。疯狂已经代替了理智，他要发泄，他要报复！为了征服这个强硬得像一块牛筋的女人，他要试一试男子汉大丈夫的威严和力量。

"修石圈还去不去？"

"去，当然去！"

"儿女婚事，你也愿意？"

"愿意！打心眼里愿意。"

"跟龙哇还要好下去？"

"那当然！只要这口气不断。"

"啪！"水湿的皮绳重重地落下来，抽在瘦瘦的脊背上，单薄的柔拉卷了起来！龚姆芝没有惊慌，更没有胆怯，她料定他要下毒手。她咬牙切齿地望着他，火辣辣的目光在燃烧。一腔热血被烧沸，心碎了！一字一句仿佛是从牙缝里迸出来的："没人性的畜生，你听着！过去我虽然恨过你，心里却还惦记着你，尽管你留给我太多的怨恨。这次你释放回来，虽说旧恨未消，但仍然有着怜悯之情。我想过，这些年你吃了苦，再说年纪也大了，该过几天好日子了！现在，你这一皮绳将一点儿怜悯之情也抽掉了。我恨你！恨不能吃你的肉，扒你的皮！……"她伸手摸着伤痛，随即猛扑过去，抱住他的双腿，张口死死地咬住他的大腿。白措热一脚踢开她，更加疯狂地举起手里的皮绳。

有人抓住了那攥绳的手。他感到手腕一阵酸痛，不等他转过身去，皮绳已被夺去。就在不明不白之中，"啪！"一绳抽在他的脖颈里。"哎哟！"他疼得惨叫一声，回身看到弟弟黑措热。"你——"他还没有叫喊出来，身上又挨了更狠更沉的皮绳。紧接着又是"啪！啪！"两皮绳，直抽得他满地乱滚。

"你疯啦！畜生……"白措热声嘶力竭地叫唤。黑措热壮实得像一头公牛，而他则像一株衰败的枯草，随便蹬一蹄子，便受不了，更不用说跟他撕拼了。

"我清醒得很，你才是一条疯狗呢！"黑措热喘息着说，看见白措热爬起来，绺顺皮绳又狠狠给他一下，然后才指着他的鼻子尖，用激动得微微颤抖的声音说："你听我说，抽你这五皮绳，不是平白无故，而是有眉有眼。按道理讲，还远远不够呢！"

"哒——阿察！"白措热有气无力地呻吟着，爬起来又扑倒。

黑措热不屑地瞥他一眼，走过去扶起龚姆芝，把她搀扶到四尺见方的榻窝里去。她张了张嘴，"哇！"的一声，双手抱住黑措热哭了！痛心的、苦涩的泪水不断地涌流出来，仿佛要把这半生来的辛酸全部流尽。

黑措热又重重地呻吟一声。

黑措热走过去，在对方身边劈腿站定。开口数落道："畜生，你也知道疼痛？尝尝滋味也好。谁叫你老狗不改吃尿，一辈子尽干坏事？我这五皮绳，一抽你卖身做狗，奴颜婢膝，在侵略者面前失掉气节；二抽你嗜好血腥，煽动仇杀，为草原带来灾难和死亡；三抽你刑满释放后，本性不改，惹是生非，还不知道夹起尾巴做人；四抽你，这个四抽你嘛，就抽你对晚辈不疼不爱，挑拨离间。这不算，还想在旧怨上添新仇。制造新的怨恨和不幸；这第五绳——"黑措热说到这里，禁不住动了感情，声音哽咽了！他侧脸望着泪流满面的龚姆芝，嘴唇哆嗦起来，"这第五绳，就抽你断情绝义，恩仇不分，折磨贤妻良母。黑白措热！国有国法，家有家教。就凭这五件，政府能宽大你，我却饶不过你。我说完了！现在，卷起你的铺盖，远天远地地滚吧！"

"滚吧！但愿这辈子不再看见你。"龚姆芝啜泣着，转过脸去了。

"记住！"黑措热望着已断手足之情的哥哥，摇着手里的皮绳说，"不要让我们再看到你。要不，碰到哪打到哪！"

9

阿吾多杰同益茜卓玛催着马儿，一阵风似的赶着路程。夕阳留下最后一抹光亮，就像一支拖着尾巴的金箭。夜幕慢慢拉下来，远山的轮廓暗淡了，变为阴森森的一片黑暗。他们慌乱不安，神态也显得有些狼狈。一天的奔波，使得人困马乏了。但是，他们仍然强打精神不断加鞭策马。仿佛在这无边的草原上，那潜伏着忧郁的静寂，预示着什么不祥。大地寂静得可怕，好像在屏住自己的呼吸，倾听着马子"踏踏"的脚步，倾听马背上一双男女心灵深处的呻吟。他们听到了"哗哗"的流水声。是的，那是流经自己家门前的顿姆曲河。此刻，水面上正泛出一片淡淡的玫瑰色。一群未及远去的天鹅，欢乐地叫着，伸展它们那"嗡嗡"作响的翅膀，时而向上飞升，时而向下滑翔，拍打着蓝悠悠的水面，追逐那一圈圈透明的浪花。

两个人同时发现，河对岸，有一个垂头丧气的人，脑袋缩在毯氆褐衫怀里，骑着一头摇摇晃晃的牦牛，无声无息地沿河岸往上走。那老牛极不情愿地走着，时不时发出沉重的叹息和呻吟。河岸旁，两座倾斜的灰蒙蒙的山岗，伸向远方；夜色中，露出群山赤裸裸的脊背。他们走近一些，再走近一些，终于认出河那边的骑牛人。他不是别人，正是白措热。他要去哪儿呢？

"阿客措热——"益茜卓玛忘记早晨的不快，尖着嗓门儿叫起来。常有这种情形：一个人心情比较好的时候，会在转瞬之间忘掉一切不快和怨恨。此刻益茜卓玛就是这样。谢天谢地！争执，自然是不愉快的。但大家都不是好好的吗？既然没有发生问题，那断带绝情岂不是有些过分？他毕竟是白措热啊！

河面并不十分宽阔，白措热听到了呼唤声。这又尖又脆的嗓门儿，原不是生疏的啊！于是，一颗干瘪的脑袋探出胸怀来，脖颈拉长了！可是，他微微动了动身子，便急急地提了一下牛鼻绳，又朝牛屁股狠狠抽了一柳条。他很快走掉了，好像稍一迟疑，便会染上可怕的瘟疫。

益茜卓玛有点生气。她心里藏不住话，真想叫转他问个明白。阿吾多杰轻轻拉她一下，低低地说，"已经走远了，别喊啦！不知为什么，我心慌得很，好像有一种不祥的预感。莫非家里出了什么事？"

两匹马靠得很近，两人的腿几乎都碰在一起了。益茜卓玛侧过脸，有点悒郁地说："哎，这个家！有时候，我真羡慕人家，羡慕那些欢欢乐乐的家庭。人家是人，我们也是人，为什么我们就高兴不起来？哎，阿客措热这个人，有多深的底，我至今摸不透。按说，他也是穷人家出来的，可为什么心地这么坏？好像跟社会主义，跟我们今天的生活，有多么大的仇恨。"她竭力控制自己，不往坏的方面去想。然而，许许多多的事情，纠结成一团，就像一堆理不清的羊毛。难道当真老牛不死，稀尿不干，他的毛病改不了吗？

"怎么说呢？阿客措热这个人，就像一匹喜爱孤独的马，总跟集体格格不入。他哪里知道，马群里缺少一匹马并没妨害，可是一匹马离开了马群，则是多么危险！"阿吾多杰讲得很委婉，白措热毕竟是她的阿客嘛！不过，像他这样的人在今天的社会里，是不会有歇心日子过得。即便凭他的花言巧语，一时诱惑一些思想单纯的青年，挑起一星半点子浪花，最终总要被人识破、看透，落得个众叛亲离、走投无路的下场。石圈工地出事那天，尼洛索德对他的斥责，还有今天闯出来寻衅的尼洛索穿，等他弄清历史真相，除了为自己的愚蠢行为愧疚，能不痛恨骗了他的人吗？到那时候，一张老脸又往哪儿搁？阿吾多杰不得不承认，自己对白措热，实在想不出更好的教育办法了。不过，他仍然想跟他谈一谈，根儿底儿谈一谈。效果会怎样，只有老天知道！

"你跟他谈？嗯，羊皮上撒豆子，一颗也留不住。唔，到家再说吧！我累死了，昨晚又没睡好……"益茜卓玛说着，斜瞅阿吾多杰一眼，心里有一股热流升腾起来。她两腿一夹马腹，两匹马便撒开了轻蹄，一溜小跑起来。

牛群在帐篷周围转悠，舔着带咸味的草皮。羊群卧在羊圈外面，像在等待主人那一声亲切的吆喝。早该进圈了！可是主人一直不来招呼，"咩咩"的叫声此起彼伏。只有一条护圈的老黑狗，吃饱了没事可干，在一边悠闲地嗷叫，仿佛骚动的羊群惊扰了它的美梦。家里早已翻了天。黑措热正同龚姆芝一道收拾什物。青稞皮袋、炒面箱子、锅、壶、勺瓢、碗筷摊了一地。

"离开这里，这不吉利的地方……"龚姆芝嘴里念叨着，将一堆旧衣服塞进箱子。发现白措热换下来的一双臭靴子，她感到一阵恶心，一把抓起来往帐篷外面扔。不料，正赶上阿吾多杰进门。幸亏他躲得快，要不准打在脸上。

"究竟发生了什么事？阿妈龚姆芝，你们这是干什么呀？"阿吾多杰立在门口，两眼怔怔地问道。

黑措热在摆弄青稞皮袋，脸正好对着帐篷门。因此，他首先看清了来人。他轻轻地舒了一口气，用微微颤抖的声音说："哎哎，没什么！家里钻进了狼，这在草原上是常有的事。没什么！孩子们，你们快坐呀！"

"呜呜……"阿妈先是一愣，随即猛扑过去，双手抱着女儿益茜卓玛，放声痛哭起来。那满腹的委屈和怨恨，此时全部化成了两行热泪，沿着双颊尽情地涌流下来。

"唉！还说什么？都是白措热这老畜生，闹得我们一家不安生。当初就不该留他，可你阿妈心软……唉！这不是自作自受吗？"黑措热抱怨着，既像回答阿吾多杰的问话，又像在发泄自己内心的愤懑。望着面前的一双儿女，唯独不见尼洛索穹。呢？他人呢？这小牛犊子当真去闯祸了？

阿吾多杰知道他找谁，便赶紧告诉老人："索穹到县上去了，护理几天阿吾索德。我们在半路上遇到的，怕家里出什么差错，我们俩先回来了。"

　　益茜卓玛抹了一把泪，拉着母亲的手："阿妈，快告诉我们，家里出了什么事？阿客措热上哪儿去了？路上碰到时叫他，连声都不应。到底咋了？你快说呀！"

　　"你叫他，还不如叫条狗！哎。你们平安回来就好啦！"龚姆芝深深叹口气，强忍住内心的哀伤与痛苦。看看女儿又看看阿吾多杰，感受到一种从未有过的欣慰。半晌，她才接着说下去，"我们想搬家，搬到干净地方，吉祥地方去！孩子，你们说，社会这样好，为什么我们的日子总过得不顺心？我们的命运之神，究竟被哪条毒蛇纠缠住了？唉！搬了家，也许会好些吧！"

　　家事繁似海，几句话怎么能说清呢？黑措热走过去，伸手揭开龚姆芝的衣袍。那瘦骨嶙峋的脊背，让皮绳抽打得绷起一条长长的青紫。皮肤被打烂的地方，沁着早已烧干了的血珠。看到这情景，他自己忍不住倒吸一口冷气。那褐色脸膛上的皱纹，显得更加深沉了。于是，满肚子的怒火，又炽烈地烧起来。

　　益茜卓玛十分疼爱自己的母亲。看着她身上的伤痛，轻轻抚摸着，伤心地哭起来。"这哪是人？明明是一条恶狼。畜生还下不了这个毒手呢！"

　　"莫哭！孩子，人心里本来难过，你再一哭……不过，那畜生也没捞到便宜。噢呀！就这么回事，我也抽了他一顿。我不该放他走，这个祸害！打死他也不亏，太便宜他了！"黑措热劝解着女儿，并伸手拉开她。灶膛里的火歇下去了。他添牛粪煮茶，又揩净几只茶碗。在里边放好"斗麻"。火一时烧不旺，他拿起火皮袋来。

　　"阿爸，你歇会儿。让我来！"阿吾多杰拿过火皮袋，"扑扑"几下子，火焰便升腾了。红红的光焰，映得毛茸茸的帐房褐子闪闪发亮。帐篷热火起来！在一层淡淡的烟雾之中，弥漫着奶茶和鲜羊肉的芳香。家庭生活的舒适、温馨，又回到这小小的天地。于是，四个人脸上又有了生气和光彩。阿吾多杰吃过糌粑，削片羊肉丢进口中，一边嚼着，一边出去招呼畜群。

黑黝黝的山岗后面，一弯新月怯生生地露出半个脸庞，繁星在深邃的蓝天眨眼。这时，有两个晃动的黑影朝帐篷走来。走得近一些，可以看清一个骑马，一个乘牛。马子无精打采，老牛咪咪气喘。大概，骑马的在等待乘牛的，两人走得挺慢，简直跟踩蚂蚁一般。他们快走到帐篷跟前的时候，被卧在羊群外面的窝尤①发现了。这是一只很凶悍的藏狗，它先是抬头看了看，随后"呼"地蹿了上去！

"哈日送②，窝尤！"一个喑哑的声音，呵斥着，从牛背上跳下来。窝尤扑到跟前，在地上打个滚，摇摇尾巴，又朝骑马人扑过去。骑马人骂了一声"才拉连吉窝！"然后不慌不忙地摇动手里的果什果。老草原，还怕狗咬吗？窝尤果然被骑手的镇静吓住了，待果什果旋转开来，它只有撵着咬那块铁蛋头儿了。直到益茜卓玛出来揪住窝尤顶瓜皮，骑马人才轻捷地跳下马背。

"好姑娘，这么早就放狗，成心不让人来是不是？好家伙，真险！只差那么一点儿，我这条腿——"骑马人乐呵呵地逗笑着，将马缰绳交给益茜卓玛。在她伸手接马缰时，他乘机抓住那只手捏了一下。

"阿尕奴乙亥，你不知道，最近一只狼凶得很，今天我们还打死一只呢！一只三条腿的瘸狼，真可恶！你装什么洋蒜？再狠的狗，还能咬到你腿上？"益茜卓玛"咯咯"笑着，扮了一副鬼脸儿。奴乙亥有个外号，叫什么钻地鼠。狗还能咬到他？笑话！

"死丫头，光知道嘲弄人！客人到了门口，也不懂往家让。"奴乙亥笑骂着，转身见骑牛人站在身边，便一手拉起他，径直进了帐篷。益茜卓玛手提白天打的狼皮，随后走进帐篷来。她尚未留意骑牛人，还以为是奴乙亥领来的伴当呢！等进了帐篷，才看清是白措热。

白措热坐在奴乙亥身后的篷角，脑袋缩在袍子怀里，露着半个脸。

---

①窝尤：藏语，狗的名字。
②哈日送：藏语，滚开。

帽子遮住了额头，只能看到那一眨一眨的眼睫毛。睫毛很浓密，噙满忏悔的泪水。益茜卓玛瞅他一眼，马上举起手里湿漉漉的狼皮："阿尕奴乙亥，你这该相信了吧？你看看，一只多大的癞狼。嗨，还是一条老狼呢！"

"噢呀！刚打死一只三条腿的狼，如今又送来一只两条腿的狼。才拉连吉窝！这该死的两条……"龚姆芝忿忿地说，目光直视着帐篷角落。

"莫忙！只怕是那两条腿也保不住，迟早得打成光骨桩。"黑措热瞪视着老对头，回头给奴乙亥斟茶。他心里想：哼，老子爷请了来，这回也不成。非赶走你这祸害不可！卧冬的毒蛇，一旦暖过那口气来，还会吮血缠人的。他对奴乙亥说："这祸害从哪儿来，你就送哪儿去吧！"

就像沸腾的茶炊里扔进了冰块，帐篷的空气立即冷落下来。好难挨啊！这情景，这气氛，当真还不如被抽打一通痛快呢！白措热的头更低了，一大滴泪水滚出眼眶来……

"狗熊会装人样子！你那点儿尿水水，已经唤不起人们的怜惜和同情了。"奴乙亥转过身子，冲白措热发火。手指头差点儿没戳在眼窝里，"你伤透了一家人的心，听到了吗？你这匹害群之马，上路卧觉的死驴。你说，你至今还不想夹住尾巴，是不是还想回到你来的那地方去？真要这样，好办得很！"

白措热的脑袋缩得更低，嘤嘤地嗳嚅着，"不不，我已经活到这一步，难道还不想重新做人？咳！……"

奴乙亥叹口气，触动自己的心思。他手指白措热说："我知道，也看得出来，你是想走回头路！这可能吗？牧民们会愿意吗？你睁大眼睛看看，仅仅过了二十年，草原变得多么兴旺！党领着牧民们跨过这一步，够艰难的了。我们吃过苦头，受过挫折。可是二十年的岁月所告诉我们的，难道不正是这样一条真理：牧民离不开党，离不开社会主义？而你……你这个藏家人的败类，究竟想干什么呀？"他越讲越激动，一肚子火气又冒上来了！那一双愤怒的眼睛，恨不能变成两支利箭，射透对方的心窝。半晌，他才喘了一口气说，"政策宽大，这是没说的。但也不是宽大无边，该抓的还得抓。你以为拿你没办法？嗯，你不是说痛改前非吗？好吧！让我先看看你的表现。明天石圈重新开工，我先开你的斗争会，让布扎老牦牛也登台。你给我把这四十二年里做过的坏事丑事，新的、旧的，一桩桩，一件件，根儿、底儿全交代清楚，如果有一点儿不老实，我先一枪崩了你，然后再去坐牢！"

啊！要是激动起来，他还真有两下子呢！奴乙亥一番话，打从人们心里走了一般，说得人人扬眉吐气。益茜卓玛感到很奇怪，这个平常喜欢在姑娘伙里磨蹭，说话很不利索，只会"对不对""好不好""是不是"的力西巴，一旦动了火气，倒也真能拉儿截硬屎哩！奴乙亥起身要走了！临走，才记起阿卡龙哇从自治州政协打来的电话：尼洛索德的伤势没有什么危险，石头是擦腿滚过去的，没伤着骨头，估计十天半月就可以出院。关于他的生活护理，有他的妻子跟阿卡龙哇，家里完全不必担心。阿卡龙哇还说，对索德这个孩子，他感到特别亲。也许，是自己把他从火坑里救下来的原因吧！奴乙亥讲最后几句话时，龚姆芝的脸微微红了一下，不过谁也没有察觉。

"尼洛索穹到医院了没有？"这时，阿吾多杰走进帐篷来了。

"这在电话里没讲。"奴乙亥复又坐下来，舔着小龙碗里的斗麻，又让益茜卓玛斟了一碗茶。喝了一口茶，接着说，"阿卡龙哇还让我问候你们。他说，再过一段时间，他很想到龙木切草原看看。我告诉他，一月之后石圈落成，我们杀牛宰羊，欢迎他下来视察！"

奴乙亥站起身来，前脚才跨出帐篷，白措热从后面拉住他，声音低得像蚊子哼哼："……你看，我……"

"卷起铺盖、滚到羊圈去！明天开你的批判会，稍后再讲别的。"奴乙亥说完，已经出了帐篷。哎，这个人！他总爱把弦儿绷得很紧。

要是换一种教育方式，收效不会更好吗？

"阿尕奴乙亥，谢谢你！我们全家都谢你呢！"益茜卓玛随奴乙亥走出帐房。她嘴这么甜，还是第一次。也许，习惯于"阶级斗争一抓就灵"的力西巴（藏语，干部。），讲出了她的心里话吧？瞧瞧！她还亲手拽住一边的马镫，让奴乙亥上马，而后在马尻蛋上轻轻地拍了一巴掌。

10

秋天是成熟的季节。从巍峨的山岗到绵延的丘陵，从辽阔的平滩到炊烟四起的河谷，那金黄的鹅冠草、老芒麦，还有垂穗披碱草，都成熟了，结籽了！马儿遍体滚瓜流油，牛羊肥得肌肉闪颤。在这样的时刻，那早已酝酿培育着的爱情，也成熟了！

秋天，更是收获的季节！鲜奶流成河，酥油堆成山。运送羊毛的牦牛如一条长龙，从牧业点一直连接到收购站。人们期待中的改良羊圈也落成了。这一天，牧民们早早地来了。踩着薄薄的秋霜，骑马的、跨牛的，还有步行的，从草原的四面八方来了！人人穿着花花绿绿的服装——是的，就连老人也不例外，一脸欢笑，一路歌声，把一座石圈塞满了，闹翻了！孩子们钻进暖羔棚里，尝试羊崽新居的温暖和欢乐；年轻的小伙子则爬上石墙，在人头攒动的大海里，寻找那艳丽的头饰下熟悉的面庞；只有老人们显得沉静而安详，他们三五成伙地蹲在墙根，嘴跌在窝窝里，描述着草原的今昔。

此刻，住院归来的生产队长尼洛索德，悄悄躲在石圈一侧，在一张小纸片上写着大会议程。他干活儿像一只猛虎，人前讲话却腼腆得像个拘谨的姑娘。如果事先不写出个道道来，说不准到时会讲出漏子。嘿，到那时人家准得笑话说："瞧瞧！我们这位实干队长，嘴巴怎么就磨不出来呀！"其实，有什么可准备的呢？先举行阿吾多杰跟益茜卓玛的结婚典礼，然后是改良羊群入圈仪式，末了便是跳舞呀摔跤呀一套一套的文艺活动……

一辆草绿色的北京吉普车，驶过顿姆曲河，颠簸着，奔驰着。

车上坐着两个人，一个是须发半白、神采奕奕的阿卡龙哇，一个是上县归来的尼洛索穹。此刻，他犹如跨着追风的奔马在飞腾。世界太大了，而万事万物竟这样离奇，他无论如何也排解不开这几天的纷繁思绪……

事有凑巧。那天，尼洛索穹探问阿吾索德的病房号码时，刚走到门口，就被一阵谈话声所吸引，他不由地停住了脚步。

屋门半掩。一个声音浑圆的老人，正在讲话。他讲得低沉，压抑，却又带着深厚的感情，就像碰撞的海浪，起伏的波涛：“……我跟他打过多年交道，对他还是了解的——”

“说吧！阿客龙哇，我们家的事，你心明如镜。你不告诉我们，那我们只有永远蒙在鼓里了。”是尼洛索德急切的声音。

尼洛索穹屏住呼吸，静静地听下去。

“他一生好事做得不多，坏事却干了不少。我这么讲，你不生气吧？孩子……好，那我就直说了。……由于搞买卖交易，贩卖畜副产品，你父亲跟狼扯疤来往甚密。哎，舍热这个人，真叫我没法说。他好色、贪杯，更爱财，狼扯疤抓住他的弱点，哄得他意马心猿，不能自制，后来竟心甘情愿把自己的妻子送进火坑。

“掠夺者无恶不作，激起我广大同胞义愤，从上层头人到庶民百姓，一个个咬牙切齿，终于打响了反抗掠夺者的第一枪。哪知，敌人早已有了准备。我们伤亡惨重啊！后来才知道，是你父亲在酒醉之后泄密的。众怒难犯，作为部落头人，我执行了众人的裁决。我是含着眼泪，扣响那沉重的扳机的。不用说，在我的枪口下留住了你父亲的性命。他没有死，或者说因此而获得了将功补过的机会。

“……你说对啦！你父亲的一生，也为我们民族干了一桩快事。……不用着急，你听我慢慢讲下去。就在林场的匪兵全面溃败那阵，狼扯疤还惦记着木板屋里的女人哪！可是当他带着两名卫兵，窜回林场的木板屋时，发现人去屋空。这时刻，林场外面喊杀连天，枪子儿炒豆子一般。狼扯疤知道林场守不住了，便带着卫兵逃出林场。不料，在山岭荒路，遇到得胜归来的大头人俄昂扎西同他的小老婆。咳，别看大头人平时威风凛凛，紧要三关可是一头蠢猪。狼扯疤略施小计，便捉住了俄昂扎西和小白马。他们将头人缚在树上，用棉花缠住下体，烧上松脂油，准备活活烧死他。而对他的老婆小白马，则在残酷糟蹋之后剖腹毁尸。正当匪徒们发出豺狼般的淫荡狂笑时，一颗手榴弹在中间爆炸了！

"不错，正是你父亲眼见自己的同胞惨遭戕杀，激发了正义感和仇恨心理，用捡来的手榴弹杀死了三名歹徒，救下了俄昂扎西。不久以后，他们逃脱了另一次惨绝人寰的大屠杀，流落到果洛南部密林。后来，求助于近邻阿坝的一位部落头人，筹集一批重金厚礼，上南京政府告状。告状毫无着落，从此流落异乡。长时期的坎坷生活，在他的心目中埋下仇恨的种子。正是因为这种盲目排外的思想，1958年又把他卷入了邪恶的旋风……"

这就是尼洛索穹第一次结识阿卡龙哇的经过。健谈而宽厚、仁慈的老人，给他留下多好的印象啊！由于阿卡龙哇的挽留，他在自治州首府多停留了一段时间。现在，又跟老人为伴，双双回到龙木切草原。

吉普车淹没在人流中。人们欢呼着，簇拥着，纷纷向阿卡龙哇请安问好，也向尼洛索穹眨眼弹响舌——那意思是：好啊！你小子开洋荤啦！小哈巴蹲粪堆，还装大狗哩！

"咩——"一声羊叫，把人们吓了一跳！叫得这样近，这样真，在哪儿呢？阿卡龙哇走过去打开车门，尼洛索穹一头钻进车里。只一眨眼，两只新疆良种公羊便下了车活蹦乱跳开了！阿卡龙哇微笑着，将拴羊的绳子交给尼洛索德："这两只种公羊，是我个人的一点儿心意！孩子们，祝你们的绵羊品种改良，早结硕果，为牧业发展作出贡献！"他一回头，看到一对新人站在身边，早知道是谁了。赶忙向他们道贺，并且赠送带来的礼品。需要见到的人尚未露面，他急切地在人群中寻觅着。他们上哪儿去了，当年的知己与朋友？

黑措热正拉着老伴，拼命往人伙里挤。他们换了新衣服，脸上也显得分外光鲜。不过，毕竟是老了，怎么挤得过年轻人呢？还是尼洛索穷眼尖，喊了一声"阿爸！阿妈！"便拉起阿卡龙哇的手，用肩膀挤出一条路，径直来到父母身边。

"却尼参保德毛矣？①"阿卡龙哇亲切地问候着，伸出两手拉住了他们，问长问短。阿卡龙哇兴致勃勃，满面红光，显得格外兴奋。只见，那一双眼睛还在人群中寻找着。

白措热知道他找谁。除了以赞许的目光望了一眼尼洛索穷，再也没有开口。倒是龚姆芝叹了一口气，伸手指着笼罩在一片雾气之中的远山说："在那里！放羊去了……"

阿卡龙哇微皱眉心，带着不解的疑团说："放羊去啦？我说龚姆芝，措热年纪已经不轻了，不该让他再受这种苦嘛！尽管他有许多毛病，做过对不起你和孩子们的事，但他毕竟是你的丈夫。你要度量大一些。人没错成仙，马没错成龙。何况，当他知道自己错了的时候，还曾弥补自己的过失——"

龚姆芝吃惊地叫起来："你说什么呀？阿尕龙哇，他有过良心发现，存过改悔之心吗？没有，没有呀！"

"这样讲，就不公平了，龚姆芝。"阿卡龙哇坦率地说，眼睛始终望着面前瘦弱的女人。她老了！当年那个深情、富有正义感和同情心的少妇的形象，至今还留在他的脑海里。而今，已经判若两人了。顿了一下，阿卡龙哇又接着说下去，"还记得柯拉赫曼林场，记

①却尼参保德毛矣：藏语，你们两位都好吗？

得那个狼扯疤吗？我不是有意撕扯结痂的伤疤，后来的事，你不知道。龚姆芝，狼扯疤在大山里落了个身首分离、血肉横飞的下场，是谁惩罚了他？"

"难道真是他？这狗不吃的臭骨尸，真能干得出这样的事？难道他……"龚姆芝流着泪，战栗地问道。

"是他，正是他！当他认清掠夺者的狰狞面目，出于义愤和民族尊严，亲手杀死了狼扯疤。这个情形，由当事人俄昂扎西头人证实了……"阿卡龙哇讲了莽莽山林里发生的往事。

欢喜相逢的场面沉寂了，人们全都低下头去。突然，尼洛索穷大声叫起来："你们等着！我去顶替阿客舍热，让他回来！"机灵鬼说完，便一溜烟跑了。不大一阵工夫，白措热骑着一匹光背马来了。

愧疚吗？欣慰吗？或许两者都有。白措热，拉住阿卡龙哇的手，热泪横流，泣不成声……

阿卡龙哇搂着那瘦骨架似的身躯，心头涌上一阵怜悯，不禁动感情地说："措热，应当带着愧疚向昨天道别，怀着信念朝明天迈步。你说对吧，我的朋友？"

龚姆芝嘴角动了动，想说什么，但到底什么话也没有讲出口来。

"咳——"白措热咳了一声，擦擦眼角，背起双手走到人伙里去。他从心里原谅了哥哥：他毕竟是自己的同胞兄长，何况，又有那么一段经历。跌倒从头起，今后的路还长着呢！

当数百只欢蹦乱跳的改良绵羊，跟它们新来的情侣相会，踩着倒伏下来的软软的草地，踩着修圈时剩余下来的石头块儿，挨挨擦擦地向新居涌去的时候，石圈一侧，长满赤褐色的披碱草的草坪上，欢乐的卓舞开始了！欢快的舞步，悠远的歌声，轻轻震荡着草原，也在人们的心头激荡起浪潮。多么撩逗人心的歌曲呀！只有对草原怀着深深眷恋的人，才能用颤抖的嗓音，唱出如此迷人而又深沉的歌。歌声飘过浪花飞溅的顿术曲河，飘过草原深处那蹄声得得、嘶声悠悠吃草的

马群，灌满雾霭霭的峡谷，又同广阔天幕上那轻柔、明洁的云片相汇，
在山岗和平川飘散开来：

　　灰蒙蒙、乌压压的无名山啊，

　　你跟我们那么陌生，离我们那么久远；

　　但是你投下一条长而又长的影子，

　　沉沉甸甸，压了我们多年。

　　清亮亮、白花花的顿姆曲河水啊，

　　你的歌声如此酣畅，跟我们朝夕相伴；

　　你爽朗的欢笑，坦荡的胸怀感染了我们，

　　融化千年冰雪，使我们结下不解之缘。

　　……

　　一串珍贵的珊瑚珠子，轻轻地挂上益茜卓玛白皙的颈脖。她惊喜
地抬起头来，望着阿爸和阿妈慈祥的面容。慢慢地，泪花模糊了两只
美丽动人的眼睛。她喃喃地说："阿妈！我的好阿妈……"

　　龚姆芝感到欣慰，但脸上又立即笼罩了阴云。为了不使儿女察觉，
她赶忙背过脸去。

　　黑措热知道为什么。他叹了一口气，拉了拉自己的老妻："龚姆芝，
这就是我们走过的路。要抹平它，不容易啊！"

　　夕阳殷殷，宛如一支吐艳的达玛花。它向草原投射夕照的时候，
也染红了游移在蓝天之上的柔软云片。草坪静谧了！暮霭的那蓝色的
阴影，开始笼罩了石圈和河谷。一个童话般美好的世界，展现在人们
眼前。这既是黄昏，又何尝不是在孕育一个新的黎明呢！

那花姐

王建民

　　那花姐从来不说她家有几口人，她要么说她数不清楚，要么说鬼知道。有时她心情好，会实话实说："家有六个鬼、一个人。"

　　东边远路上来的人，路过西宁，在幽深的峡谷里穿行百里，山道突然宽了时，抬眼就能看见丹噶尔商城。他们勒住马，想着该洗把脸，润润嗓子，再进城。这时，猛然听见有人吆喝："死来！活来！"

　　这就有人差点儿从马背上跌下来。不过，他们也看见了——右手边十几棵老桦树的荫凉里，有个茶园。该茶园便是那花姐家的；茶园后缓坡上那个青石板院墙的小院子，就是那花姐的家。

　　我们这地方的口音，"洗"跟"死"、"喝"跟"活"没两样。人家喊的其实是洗来、喝来。受惊的人还没回过神来，那花姐一家已经把洗脸水备好了，又把茶水备好了。受惊的人也就明白了，觉得宾至如归了。

　　"洗喝"的吆喝，到底还是让那花姐家遭了大难。

　　那花姐十三岁那年，商城东边不远处有一伙人跟朝廷作对。争战从早上开始，在雁儿飞过青海湖的那点工夫里，就了结了。朝廷的兵马赢了，拿枪头挑着十几颗人头，押着一长串乱党，往商城赶来。

那花姐阿大见了将军，显能巴结地喊："大人洗来！大人喝来！"

将军是京城里来的，根本没搞清"洗喝"的意思，凛起眼睛看着那花姐阿大。那花姐阿大慌了，说："大人洗了喝，还是喝了洗？"在将军耳里，这话就是死了活、活了死。将军摇摇头，挥挥手，他身边的兵卒就开始杀人。那花姐的父母兄嫂五个人，就这么殁了。天知道当时那花姐藏哪儿了，她总是比猞猁机灵。

反正，那花姐十三岁那年，家里就剩她一人，多了五个冤鬼。是的，是五个，不是六个。

草狐乌鸦之类偷偷把茶园里的血痂腥气舔食干净后，那花姐家的买卖又开张了。对于城外的人来说，那是个好买卖，能养活七八口人。那样的买卖，三五个人就能干，一个能干的人也可以支应。

那花姐头上，再也没发生过"洗死喝活"的误会。她召唤客人的喊叫声，酸奶般温软，山泉一样清冽：

"东爷们哎，洗个脸儿来……"

"掌柜子们哎，喝口水儿来……"

"姑舅姐儿们，揉个腿儿来呀，来……"

一

后晌，那花姐打发走一拨客人，双手撑起衣襟，兜着客人赏她的杏干，从茶园回到家里，用脚尖勾出厅堂长条柜的抽屉，将杏干抖了进去。然后，她取出花瓶里的沙枣花，在前胸后背摩挲着，轻轻柔柔地拍打着。商队的骡马留在她身上的腥臊，这就消失了。她眼瞅着柜子上黑黢黢的石头香炉，跟她的鬼亲人说了些什么。她经常这么跟鬼亲人说话。即便是大家谝闲传的热闹场合，也不妨碍她跟鬼说上几句。那样的时候，她说着笑着，突然就低头要么扭过头，简短说些大家都听不清楚的话，那些话就是说给鬼的。

那花姐往香炉里续香时，院里来人了。听上去来人很自在，一会儿在廊檐下，一会儿在南墙根，不停地溜达。那花姐高声请那人到茶园里等一会儿。

"舌头干成木板板了，讨碗水喝。"院里的声音甜丝丝的，女人的声音，没半点儿口干舌燥的意思。

"喝茶到茶园里！"那花姐不耐烦了。

"茶园是谝大话的地方，说贴心话么……"来人进屋了，是个老垢的女人。

这样的人，是那种叫别人找不到比方的人。那花姐找到比方了。她说："噢呀，我以为是个东爷，要么是个太太。咋是个媒婆呀。"话音刚落，她觉得这话没说好，扭捏起来。老垢女人自嘲地说："丫头没走嘴，眼利，我就是个媒婆。商城里，我月姨娘的家业虽然比不上歇家大院，可是我的名头，跟皮条客们有一比哩。"

"啊呀，你就是月姨娘……"那花姐有点怯了。

我知道，月姨娘话里有话。她所谓的皮条客加上个"们"字，就把我们歇家也贬进去了。我们在碾麦场一样宽阔的院子里，经纪天下的大宗货物，博得"歇家"的雅号。那些尕贩贩、小商户不服气，背地里说再大的歇家，也是扯皮条的。不过，在丹噶尔城，凡是居间的买卖，不论行当货品，高低贵贱，只要做到精彩处，都会受人尊重。月姨娘原来叫辛家媒婆，后来他在媒人行里拔尖了，人们就尊称她为"月姨娘"。商民们说，月老的家谱里肯定有"月姨娘"。

月姨娘看了看拉开的抽屉，抓了一把杏干，合上抽屉，把椅子摆正，又把她自个儿安顿在椅子上，边吃杏干边说："丫头，你家的不幸，商城里传得乱茫茫的。唉——"

厅堂里一共两把椅子，摆在八仙桌的两边，八仙方桌后就是带抽屉的长条柜。那花姐坐在另一把椅子上，刻意不看月姨娘的脸，"杏干吃多了牙疼哩。"

月姨娘笑两声，夸赞道："丫头心肠良善，心思秀琉，连月姨娘的贝齿银牙都能照顾到。"

那花姐连忙解释，说她的话是讲给她父母的。她之所以叫抽屉敞开着，是因为她父母尤其是她母亲喜欢这陇东低河的杏干。月姨娘连忙起身，把手中的杏干放在香炉旁边。那花姐有点得意，觉着传言中丹噶尔最能说道的月姨娘不过如此，哪怕月姨娘真是来说媒的，也没啥可怕的。那花姐起身挪开椅子，从她身后的抽屉里拿出一碟瓜子、一碟油果子，摆在方桌上。然后给月姨娘沏茶。

月姨娘又开始叹气，"你家的冤枉，商城里传得乱茫茫的……"

那花姐干净利落地说："不冤枉。我家大小本来就是乱党。"

月姨娘叹道："是啊，现如今改朝换代了，你这么说别人听着好听些，你心里好受些，人面子上也英雄些。可是，丫头你的孤单可怜，分毫也没减少。"

那花姐把头往斜上方拼命一扭，说："是非死了，牙花子上掉馊土哩。你们到林子里追旋旋风去。"

她一时心浮气躁，将鬼亲人们打发出去，回头见月姨娘依然慈眉善目，满脸的怜悯，就有点失落。大后晌时，屋里的光线不再紧致，几只飞绕的瘦苍蝇拿小翅膀就能把光线一点一点扇走。月姨娘的脸越来越虚幻。那花姐顿时觉得自个儿连骨头带肉都是那么孤单、那么可怜。

那花姐不停地噎气，满嗓子疙疙瘩瘩地响动，叫人以为她下一口气肯定上不来。

月姨娘忙不迭地拍着那花姐的背心。那花姐噎着噎着哭出了声，哭着哭着平静了，把头顶在月姨娘怀里，说："我阿妈就是这样拍我的，我有噎死病。我稍稍有点委屈的样子时，我阿妈就赶紧拍我。我家遭了天大的祸患我都不敢哭的。你叫我哭哩。好一个是非姨娘。吁，吁，哭了一场，痛快……"

一时间，月姨娘竟然起了要给那花姐当妈妈的心，柔声说："丫头甭难过，我给你寻个女婿，他在茶园跑腿，你在家里，养得白胖白胖的。"

那花姐想，有女婿就有伴儿了。转念间，她认为有个女伴更方便，就恳求月姨娘给她寻个山沟脑里的丫头，"如果哪个毛丫头愿意来陪我，茶园赚的，我给她一半。"月姨娘笑一笑，心道，丫头尚未开窍，待我慢慢下功夫。

二人趁着这天的最后一些光亮，擀了面条吃了，然后到炕上，也不点灯，就在黑影子里说话。月姨娘绘声绘色讲起鬼故事来，无非是要叫那花姐害怕，迫切地要个伴儿，可是那花姐不怕鬼。那花姐说正因为她知道有鬼，才活了下来，这几年，就是各种鬼、包括她的鬼亲人陪她度过的。接着，那花姐也讲鬼。她讲的鬼全是她亲眼见过的。

月姨娘听着听着，猛一下挤到那花姐身边，把住那花姐的胳臂问："你到底要不要女婿？"那花姐说："我想要个阿妈。你留下，给我当阿妈。"月姨娘居然答应了。那花姐就在炕上摸黑磕了响头，哭了一阵子，突然吃惊地说："天哪！我的噎死病好了。你就该给我当阿妈！"

依我之见，那花姐是个媒婆的故事，该从这天开始。

二

在此之前，以及此后的日子里，我都没爬过那花姐的青石板院墙。那些被那花姐的鬼亲人或干娘撺出来的尕娃中间，没有我。

人人都相信我的话。我是个老实人，但我不是那种老实巴交的人。歇家大院的尕娃哪有老实的。大家叫我老实人，是因为我只会说实话，如果我身子的其他器官没骗我，眼见的是红的、嗅到的是臭的，从我嘴里说出的，肯定也是红的、臭的，绝不走样。

我有只会说实话的病，怪我小时太顽皮，也怪那头白牦牛太娇气。那头白牦牛是一个胖大喇嘛的坐骑，它白生生没一点儿杂毛的尾巴，每甩一下，都叫那时的我兴奋不已，好像那些银白的丝线是秋千，而我的心是秋千上的鼠兔。当时我想，有这样一根举世无双的、光线稍一打滑就能无影无踪的牛尾巴线线，用来拴野蜂、屎巴牛之类，是多么神道的事情。我悄悄伸手抓住了一根尾巴，突然想到，如果多几根，还能拴麻雀的小腿腿。这么想着，我的小手就攥住一股牛尾，抃了一下。当时，白牦牛的屁股猛然一缩，我就倒了，左边脑袋实打实撞在牦牛后腿的窝儿骨上。

　　别人的脑袋挨了磕撞，都是鼓起来，我的却是陷下去一块，圆圆的，比鹰洋略大一圈，像没牙的老阿奶在大白馒头上嗕出的浅坑。我长大了，脑袋上的窝窝除了毛发脱尽、毛囊消失，越来越像银子酒碗的内壁，此外，再也没有一丝变化。

　　可笑的是，脑袋被牛窝儿骨整治过后，我变了，有话就想说，没一点儿城府，同时连半句谎言也说不出来。有时，心里千回万转编好的皮谎，拿嘴巴说出时，所有的字儿都成了皮谎的死对头。

　　我的嘴巴最接近谎言的那天，风和日丽。我看见新来的伙计在羊毛堆里睡着了。我思谋老半天，决定就此事向父亲撒个谎。我跑去对父亲说："阿大，新来的伙计真是能出力气。"

　　如果我的嘴巴这时候闭紧，脖子扭一扭，给窝窝脑袋的想法打个结，腿腿快速带着窝窝脑袋跑开，我就真的撒谎成功了。我能撒谎，就会活得很幸福，父亲仍然会把我而不是我那懦弱的哥哥当作少东家。可是，窝窝脑袋根本没把我的话当谎言。脑袋里说：新来的伙计舍得力气，只是不会用力……我的嘴巴几乎与想法同时，把这些言辞说出来了："可是他出力太猛，三两下就累垮了。今儿的太阳太暖和了。新来的伙计在羊毛堆里睡了老半天。"

　　父亲把那伙计撵走了。父亲想把我也撵走，但他忍住了。他只是把我从亲朋往来、家里商量事情、商栈生意等等场合中撺出去了。父亲最干散的令丹噶尔商民赞叹不已的决定，是把我从一桩早就说好的婚姻中撺出去，让我哥像光鲜的补丁一样替补上，叫我的娃娃亲未婚妻成为我的嫂子。

我和我哥这一连串倒皮换毛的婚姻事，是月姨娘经手操办的，一切严丝合缝。月姨娘说，她这是跟她自个儿打了一架，打了个平手。虽然男女亲家都有肥厚的打赏，但是，她的天地和合的功德没增益半分，只是亏欠了那个不会说谎的老实人。

哥哥大婚的那天凌晨，两只红嘴山鸦在我梦里争抢着说谎话，我偷听了许久，很是享受。后来丹噶尔上空的红嘴山鸦全都口衔谎言向我扑来，我被吓醒了。

母亲紧紧抱着一个不小的包袱，坐在炕沿头上抹眼泪哩。见我醒了，母亲吸溜一下鼻子，说：“这身衣服，是月姨娘托人在苏州给你定做的。穿上吧。”

“妈，我知道。”我说，“这是商城里最考究时髦的公子装。叫哥哥穿吧。算我给哥哥的贺礼。我的确不喜欢那个败落土司家的小姐。好几年前就不喜欢了。可是，有她那么个气定神闲心志端正的嫂子，我觉得是我的福分。妈，今儿好日子，我很高兴呢！”

母亲的眉心舒展了。她起身出去，叫厨娘把全家的早饭送到我房里。不一会儿，父亲、哥哥和月姨娘都来了。我把刚才对母亲说的又说了一遍。喜庆的浓烈气息，一下子就把我家的大院塞满了。

真是个吉庆的日子，父亲、哥哥和月姨娘都给了我一些银子。我的钱袋变得鼓胀鼓胀的。母亲抚摸着我的头，几滴泪滴在我脑壳上的窝窝里，清凉酥麻。这尤其让我兴奋。母亲已经很久没往那银子酒碗一样的窝窝里滴眼泪了。

我兴奋得不知道该如何安顿自己，我说我想骑着马到城门外跑一圈。大家都不反对。月姨娘建议我从东城门出去，疯癫跑上六里路，尻蛋子疼了时，就下马，去左手边的茶园里喝茶。"茶园的那花姐水活活的，商城的少东家们都爱喝她熬的茶。"月姨娘说。

母亲说："尕娃们猫娃儿心绪，就一阵风。一个丫头跟几个冤鬼老是染杂不清，谁敢娶她……"

月姨娘说："我寻摸着，一个尕美人儿，连鬼都不怕，实在难得。大概她也不怕总是讲真话的人。"

母亲说："月姨娘啊，再这么胡乱寻摸，我跟你翻脸哩。"

月姨娘笑道："翻脸了好啊。太太翻脸，媒婆解脱。唉，丹噶尔也真是奇怪，以豪爽实诚自居，可是，就连胳膊上搭着两张狐皮满大街吆喝的尕买卖人，也不愿把姑娘许给一个不会说谎的人。"

我出门时，院里有不少人在忙乎。人人都专注于手头的事，没看见我，也没人跟我迎面相遇。我从婚礼总东和一名执事之间穿插而过，他们正在讨论请娘家人入席的一些细节，他们专注地望着对方的脸，所以没看见我。我知道，人们看不见的，不是我，而是我的嘴巴。人们回避的不是我的嘴巴，而是我这嘴巴里有可能弹出的言辞。谁都知道啊，嫁娶的日子，是大家打足了精神准备接收美好谎言的日子……我像空气一样，从自家喜事的斑斓色彩中滑出门外。

大门口的上马石旁，我的马儿鞍鞯俱全，马鞍上搭着我最喜欢的堆绣褡裢，吊着我最喜欢的羚羊皮水囊。不用翻看我就知道，褡裢里肯定有肉脯、干果和油漉漉的焜锅馍馍。

亲人们如此体贴，我登时热泪盈眶。

三

早知跟那花姐聊天这么自在，我就不会长期在商城里浪费口舌了。在这个青石板地、青石板墙、青石板水沟水池、青石板马槽、青石板桌凳的茶园里，言语统统没有边界、没有因果、没有阴阳，当然也不需要分辨真假。幸亏周边那些桦树长满了眼睛，说话的人看着那些眼睛，觉得他的话有许多人在聆听。否则，即便是我的棱角分明的言语，也会像此处的青色，被没完没了的石头吸纳干净，不留一点儿痕迹。

因为来得早，茶园里除了我，没其他客人。

"东家是头一回来吧？"

"我不是东家。也不是少东家。我就是商城里那个只会说实话的傻尕娃。你要是害怕听实话，就忙你的事情，别跟我搭话。"

"噢呀。我听过你的事儿。我喜欢听实话。"

"没有人真正喜欢实话。他们都说我的话没心没肺。我看也是。我这窝窝脑袋，不允许言语到我心里过滤一遍。你看，言语从脑袋直接到嘴巴，多么短的路程，来不及调教。"

"咯咯咯，你说话真是受听。你的说法似乎有道理呢。我们的话，是要到心里走一圈的。有些话被心情留住了，有些被心眼儿改一改。大部分想说的话都被心给锁起来了。"

"好像不是我的脑袋，而是我的心被牛窝儿骨挤扁了。你看你看，我这脑袋，现在就想知道你家其他人在哪儿。脑袋还说这个问题肯定会伤害你。"

"没关系，伤不了我。我阿大正在相你的马，他说那是一匹好马，不过后马掌该换了。我嫂子嘛，最近迷上了林子深处地瓢儿上的露水，我大哥去找她了。我二哥总是在庄廓墙上，风马一样转圈儿奔跑，他以为他那样就能保护我。我妈……妈耶，别吃杏干了，你只剩六颗牙了……唉，但愿没吓着你。"

"不会，自从我的脑袋被胖喇嘛的白牦牛整治过后，我就不怕神鬼了。"

"怪不得，我的亲人们这会儿都躲远远的。看来，一个只会讲实话的人，神鬼都怕。"

"按你的说法，他们是五位？"

"六个。另一个你看不见。我也看不见。大概另一个就是我。不过，不是这会儿的我。"

"你这么好看，另一个你肯定美若天仙。"

"咯咯咯……受听死了。这话要是从哪个浪荡尕娃嘴里出来，我会劈脸一碗茶泼上去。可你是个只会讲真话的人。哥哎，哪天你见了另一个我，倘若她头脸上有血污，你就叫她清洗干净。她会听你的话。"

"好的。妹子。"

"一定叫她清洗干净。拜托。"

"好的好的。有个叫月姨娘的媒婆来过吗？"

"千种人万种人都来过，唯独媒婆没来过。我是个没人敢娶的人。哈哈，不会是你家委的月姨娘吧？你家哪个伙计看上我了？"

"谁敢娶你啊。月姨娘要来，也是替我做媒。我不能确定。全看我父亲咋决断。不过，我真是不知道我敢不敢娶你。"

"唉，我也不知敢不敢嫁给你这样的人。适才我阿大摸过来说，这世道，你这张嘴比他惹了祸的嘴更可怕。他说他只是一时倒霉，你呢，时时有凶险。"

一切恍若隔世。我跟那花姐像难兄难妹，无话不说。她不停地向我打听商城的情况，这让我过足了说实话的瘾。她也坦然讲了她的许多心里话。

"妹子，我担心我这张嘴把你的隐秘扬撒出去。"

"不会的。你别担心。"

"为什么？"

"你不能确定你听到的看到的是真的。"

我微微侧头，我的窝窝脑袋说："真的不能确定。真的不能确定。"

我放心了，真假难判的话，我的嘴巴是不会往外讲的。

我望着茶园与那花姐家之间的空地，建议在那儿安顿个蒙古包，有些远来的客商，会养足了精神再进城。"人家有了精神，打赏自然少不了。还有，像我这样的人，也可以隔三差五跑来住一宿，练练胆量，卸驮子一样，卸下一些累人的言语。"我说。

我牵着马要走时，那花姐眼神里藏着一种与年龄不符的落寞，一直目送我离开。

我哥新婚，不得不带着他的新娘，一家一家去认亲戚的门。这又是歇家出货的季节，家里人手不够。在出入库等苦累环节上，父亲认为我能拿住事儿，所以我没工夫到那花姐那儿喝茶。一个月后我又到那花姐的茶园，见茶园添了两顶蒙古包。

那花姐兴奋地说："哥哎，你的主意高。这才不到半个月，蒙古包的本钱，已回来三成了。"

我说："妹子做事大气，一下子支起两顶。"

那花姐说："一顶嘛，谁先到谁用，一顶一直留到太阳落山时，你若没来，再让别人用。"

我的脑袋清爽了许多。此前，脑袋里一直闹哄哄的，满是商城的骡马牦牛骆驼塞进去的喧嚣。我不知道是不是湟水冲刷岩石的声音起了作用。在那花姐的茶园里，除了冬天，湟水清冽湍急的声音一直都在。石崖和树木滤去的，恰好是这声音中令人沮丧的那部分。

我从褡裢里掏出一块精致的茶饼，交给那花姐。窝窝脑袋正准备把不远处的水声、近处的鸟鸣、耳旁那花姐铃铛一样的笑声稍作整理时，我看见了月姨娘。

这情景，多少有点像狭路相逢。我是说，倘若月姨娘真是我与那花姐之间的媒人，在事情没有眉目之前，我们三个人这么直朗朗撞在一起，很是尴尬。

月姨娘"哈"笑一下，又"哈"笑一下，三笑两笑，人已到跟前了。她从那花姐手中拿过茶饼，说："今儿有口福了。这茶饼，是泾阳一个茶坊专门为草地的活佛贵族们制作的，驱寒养胃，上好茯茶的秉性，红茶汤色。丫头，这茶不用熬，不用洗，拿滚煎煎的开水直接冲泡就行。

青盐、荆芥等，更不能往里加。"

说着，月姨娘将茶饼还给那花姐，顺势拉着那花姐的手，说："我这丫头金贵，财运好，不想依赖男人，她甚至没想好该不该嫁人呢。我看呐，找个配得上她的尕娃，还真是不容易。"

那花姐到一边泡茶时，月姨娘说："媒人没当成，干娘当了个实在。这丫头身上，真有不少金贵的东西哩。我打算陪她些日子。一切都不着急。我这人，遇见贵气的金童玉女，就不着急了。在我的心目里，你这尕娃也是个金贵的人。"

我坦然了。月姨娘把控着言语的一切由头和去向，我的嘴巴根本没机会说出令人尴尬的话，及至我有说话的机会时，我已经从月姨娘的话里得知——月姨娘尚未把说媒的事儿完全扯开，那花姐这儿，我只是个投缘的茶客，想来就来。

喝茶的时候，月姨娘的眼神只要不在我身上，就在那花姐身上。不时能听见她在自言自语：

"吧，这尕娃。"

"吧，这丫头。"

"连点儿虚套话渣渣都没有的……"

"满嘴神神道道没个准信儿的……"

"俩活宝，老天打发来磋磨我月姨娘的呀……"

四

秋天说来就来。秋天一波接一波地来。来一阵风，灌木橙红；又一阵风，树叶金黄；再一场风吹过，那些浆果眼看着要拿大红大紫把它们自己撑破了。

那花姐的茶园里，日子不是一天天到来一天天逝去的。有时这儿寂寥单调，没茶客上门，日子只是一片被风遗忘的薄薄的树叶。我这说法有来路——那花姐说："我阿大他们，眼瞅着树叶上一只黑蚂蚁，这都好些天了，他们没动弹一下，还就那么在桦树叶子下悬着。大概黑蚂蚁还没走出那片树叶吧。这许多天的光阴，在他们看来，不过是蚂蚁爬过一片树叶所需要的那点点时间。"

对此，我的窝窝脑袋难以理解，嘴里就含混地"哦呀"一声。对那些许多日子往两三天里拼命挤来的光阴，我觉得不是太难理解，因为歇家大院里也有类似的情形——某个时刻，牛马驴骡驮着一年四季的货物，一下子涌进门来，东来的行商衣衫轻飘，西来的蒙藏商皮袍厚重，让人觉得太阳把厚厚一沓日子一下子搡给你了。

眼下，那花姐的茶园就是如此。夏天的日子还堆着一大堆，秋天一下子全来了。夏天里，商城那些爱打平伙吃茶饮酒的、爱赌一赌豪情胆量的、七八个书生、六七个居心不良的、几个想散心的……这一拨儿天那一拨儿天，早早就把那花姐的蒙古包预定了。光是接待他们，大概到秋末也没个完。而东部的行商，也是赶早不赶晚，要在中秋节前，了结这一年他们在丹噶尔商城的生意，他们像春季的暖流，从远方源源不断地涌来。他们中，就算十之二三选择在茶园里休整，茶园就会负累过重。那花姐说，就连那些石桌子石凳子都在喊腰疼哩。

茶园里混沌的光阴、那花姐神道又无不道理的话语，使我时而恍惚，时而懵懂，时而兴奋。我窝窝脑袋里的言辞，有点像腌菜缸里的萝卜丁了，我的心开始能感受它们细微的变化——黑白分明的少了，游移不定的多了。我的嘴巴里，啊哦、嗷么、嗯嗯之类的词儿多了，实诚的句子越来越少。

这令我欣慰。我到父亲跟前，自告奋勇地说，在这忙乱的季节，我能给家里出不少力。父亲向我打听那花姐和月姨娘的情况，我的回答嗯嗯呀呀居多，事情原委很少。父亲高兴了。父亲高兴得老泪直流，叫我出面接待东来的行商。

头一天，我陪着行商喝了不少酒。酒前酒后我都有点迷糊，大概我的窝窝脑袋还没从那花姐茶园的混沌光阴里滚出来。我接待过的行商对我父亲说：少东家身上，有一种羊皮筏子那样的柔韧和弹性，真是天生的大歇家的材料。

第二天太阳还没落山，我这嘴巴就闯祸了。有个徽地行商需要大量的大黄，我不但给他讲了大黄的进价，还对他说我家库里有的是上好的唐古特大黄，打算明年再出货。徽地行商放下杯盏，拉着我，到我父亲屋里，不发一言静坐了半个时辰，然后说，既然丹噶尔天高气爽，这儿的人对远方的湿热那么淡漠，今后，他的棉布呀纸张呀就不往丹噶尔送了。父亲当然没听懂他的话，就盯着我看。我说："多给东家些大黄吧，他老家好像有什么传染病。"徽地行商叹道："不过，少东家善良，知道今年徽地湿热病症蔓延。真是令人感动。"

父亲拿五个驮子的大黄，平息了徽地行商的愤懑。

次日，母亲和嫂子亲自摇鞍动马，去了那花姐的茶园，把月姨娘接到我家里。我知道，在茶园里，母亲肯定会拉着那花姐的手，翻来覆去看个没完。母亲心里会隐隐作痛，先是为我疼痛，直到那种疼惜也能包裹那花姐时，母亲才会放开那花姐的手，说："丫头，熬一壶滚煎煎的奶茶，把酥油直接熬进去。"我的嫂子嘛，会瞄那花姐一眼，然后目光挑上去，停在桦树梢头上，再也不动。

父亲终于不顾大歇家的名头啦。他要郑重委托丹噶尔最有名的媒婆，去城外那个没根没底的茶园，探问那个满嘴神道的毛丫头愿不愿当他的儿媳妇。父亲开出的价码吓了月姨娘一跳——在商城唯一的广场那儿，给月姨娘盘下一个门店，月姨娘跑不动了时，门店可以养老。那花姐嘛，也在广场那儿，给她个连带着后院、楼阁、马厩和库房的大铺子。父亲说："这民国终于安稳了，最迟明年这时候，丹噶尔守备营要驻扎在城外。东城门外，也就茶园那一片宽阔。茶园是保不住的。"

月姨娘说："咋安置那花姐，是大歇家的家务，我不插言。给我跑腿腿的酬劳太不合情理，我担不起的。惹出不少闲话哩。"

父亲苍凉地说："我这是买一块顽石进门哩。我出价十两，别人会替我心疼我的银子。我出价万两，人们就恍惚了，纷纷猜测那石头是不是卖贱了，我是不是占大便宜了。"

月姨娘叹道："怪不得人们说，如果海水能换白花花的银子，丹噶尔的歇家们，能叫青海湖往东淌，能叫东海往西淌呢。不过，大歇家的话伤到我了。"

母亲说："这事儿若圆乎了，其间最值当的就是月姨娘的名头。月姨娘别推辞。我看呀，那丫头是块璞玉哩。"

月姨娘连忙说："就是就是，太太眼利。"

我对眼前的长辈们肃然起敬。不过，我的窝窝脑袋不安分，我说："我倒是不怕人家那些冤魂了。可是人家……"

父亲不耐烦了，"这些话回头跟月姨娘说。"

我的嘴巴继续捣乱："那铺子放我名下岂不是更好，日后我住进去，就不是倒插门的了，自在些。"

我这话引来家人的激烈反驳。包括我那头脸端正、气定神闲的嫂子在内，他们每个人都说了些激动不已的话。虽然我一时半会儿没搞懂他们的意思，我的窝窝脑袋还是被他们的强悍情绪震住了，不再胡思乱想。我的嘴巴也就消停了。

后来，我单独跟月姨娘在一起时，她帮我厘清楚了我家人的意思，她说："他们不许你分房另住。歇家最忌讳分家呀析产呀。倘若你跟那花姐成了，他们知道，你多数日子会住在那花姐的铺子里。但是你家里，永远会有个你跟那花姐的窝，那窝肯定要比你哥哥嫂子的房子更大更光鲜。你伲两口不在时，你嫂子会亲自去打扫。一尘不染哩。"

月姨娘叹口气，又说："真是一尘不染哩。"

我急切地说："他们太小看人了！我咋能分家！我咋敢分家！即使我成要馍馍了，我也不会分家的！"

说完这话，一种巨大的喜悦贯穿了我全身。我明确感受到，刚才的话是从我心中冲出来的，与窝窝脑袋无关。原来，话从心里出来，无论真假，都会令说话的人舒畅、松活、痛快……

五

看来，月姨娘不知不觉间把那花姐当成亲生女儿了。没多久，月姨娘不单是那花姐的干娘，而且还是那花姐的师傅了。拜师的前三天，月姨娘出资，在茶园里另起了两顶蒙古包，经营所得归月姨娘，算是那花姐孝敬师傅的茶钱。我说这地方守备营迟早要占用，还搭蒙古包干吗呀。月姨娘说，不论哪个长官来，她都能叫长官加倍给她娘俩赔出来。

那花姐的拜师酒席，摆在月姨娘的蒙古包里。

我是拜师仪式的主持。月姨娘和那花姐请的陪客很奇怪，就是正在另一顶蒙古包里喝酒吟诗的书生们。我这个人，商城里大多数人不喜欢，倒是深受书生之流的推崇。跟他们在一起，我能开怀畅饮。很快我就喝多了，嘴里也没个真假了。我说，看看月姨娘的气度，那花姐真学成了，我对他更不会撒手。

书生们掌声一片。

我追问那花姐，到底对我有何想法。也喝了几杯的那花姐，正在拿她身边一堆馒头花扎绣球呢。高原的馒头花，就是书里写的瑞香狼毒，花蕊艳红，花瓣雪白，花茎韧劲十足，毛丫头们喜欢用它扎绣球。那样的绣球，从远处看，白里透红，如人面桃花的美人脸。柔韧的花茎则被编织成长长的流苏，如美人的发辫。那花姐抬眼看看我，大大方方地说："去问问那一个我呀。"

此话一出，书生们兴奋不已，七嘴八舌请那花姐叫另一个她现身。

那花姐长叹一声，幽幽讲道："我家遭难后，我不知道自己是活是死。几位好心的脚户大哥将我的亲人埋进土里。可我老是能看见亲人们。他们像西边山上的雪花，不分季节昼夜，飘飘忽忽，说来就来，你一把拽住一个，他就在你手心里化了，你盯住他看，他就在你睫毛上化了。我觉得自己跟他们一样，又有点不一样。有天，我终于有心情看一看太阳，于是我看见了自己的影子。我也许活着。后半夜，我追着我妈到林子里，月光明晃晃的，可是我转着圈儿也找不见我的影子。我又相信我死了。不久，过路的好心人劝我去投奔亲戚。我咋就没想到我还有亲戚哩。"

一书生说："我略有所知。你有个小姨，在东峡口外的庄子里，家里有地有骡马，还有一座油坊。"

那花姐点点头，说："我步步脚儿几十里去投奔小姨。只过了十五天小姐的日子，其间干了十三天丫鬟的活儿，脸色红润了，个子也长了。第十六天，我挑水回家后，见小姨家当院里设了个神坛。一个道士正在跟我姨夫讨论两个数字，姨夫说应该是五，道士说绝对是六。我愣住了。道士叫我不要动，然后他得意地对我姨夫说，看，丫头挑着水桶，手把木担子的铁钩，脚踏黄土，样子像个火字。全乎了。我听不懂是啥全乎了。"

有书生插言："水桶、铁钩、木扁担、黄土、火字，道士的意思是，金木水火土五行俱全，天罗地网，另一个你走不脱了。"

那花姐倒吸一口凉气，继续讲，"道士拿出个黑坛子，放在神坛上，旁边摆了五根洋蜡，又在稍远处摆了一根。六根洋蜡点着后，大家退到廊檐下瞪圆了眼睛立着，道士的徒弟像蜘蛛一样，拿红线把道士和我圈起来了。道士开始作法，我眼睁睁看着那五根洋蜡的青烟往坛子里钻。我一下子明白了他们说的五个六个的意思。我咬住嘴唇，挑着满满两桶水，眼窝里潸潸儿潸潸儿汪着眼泪，倔驴一样挺着。一会儿，第六根洋蜡的青烟也往坛子口飘去。我相信我真是个鬼啦，全身骨头一下子散架了。担子滑脱，水漫黄土，泪流满面，整个人软塌塌倒在泥地上，晕过去了。"

有书生说："啊呀！"

又有书生说："啊呀！"

那花姐说："不知过了多久，我被一阵'咔嚓咔嚓'的声音吵醒。我窝在小姨家的草料房里，浑身酸痛。小姨家的帮工正在铡草，他俩见我醒了，给我一碗茶水一块饼子。看来，他们相信我是个活人。他们劝我回家，把茶园光光炫炫开起来，还说他们喝过我家的茶哩。我不知亲人的下落，咋能一走了之。我叫了声阿大阿妈，就又委靡个道、前路茫茫的了……铡草的汉子压低嗓门，说：'你家被人害了一回，难道还要被神再害一回嘛！道士叫我去埋那坛子时，我哑哑儿将坛子在老树根上墩了一下，墩出了个裂纹。说不定这会儿，你的家人在西边风口口上等你哩。'唉，我一家人，在好心人的帮助下，囫囵儿回来了。从此，我可是知道啦，一个我活着，一个我死了。只是我自个儿无法看到。有学问的哥哥们，你们研判个决断个，另一个我，道士都拘不走的，我能请得来吗？"

书生们有的兴奋，有的落寞。一书生动情地说："能否一睹神仙花姐的芳容，全看缘分。"从此，另一个那花姐有了个好听的名字——神仙花姐。

酒席在一阵长吁短叹中散了。蒙古包里剩下月姨娘、那花姐和我，三个人都沉默不语。今晚我不知喝下去多少酒，这会儿全身透凉，没一丝酒意。我起身要回我的蒙古包时，见那花姐怀抱着馒头花扎的大绣球，窝在地毯上睡着了，睡得香甜，呼吸的音信都没一点儿，死了一样。

我侧身合掌给月姨娘道安，然后准备离开。

月姨娘揉着太阳穴，轻声而又果决地说："少东家，对这丫头，你若有半分轻薄、若有略微的瞧不起、若不能贴骨挨肉疼到心里，你就别娶她！"

峡谷上空的月亮，总是牢牢地焊在天际，生怕它不小心掉进峡谷，再也不能升起。星星只在山峦、峭岩和树冠的轮廓上闪烁。那些深入进来的光线，都有点心不在焉，反而使暗处更暗，使明处模糊。对这样的夜色，我无话可说。

月姨娘的话不但在我脑袋里，也在我心里打转转，一时半会儿，我真是无话可说。

看来那些书生憋了一肚子的话。他们一个个像走失的山羊，东一个西一个，石柱旁边一个，桦树下一个……孤零零散落在茶园各处，喃喃自语。

我钻进蒙古包，闷在被窝里，反复叮嘱自己，做个好梦，跟神仙花姐遇一面。做个好梦，跟神仙花姐遇一面……没念叨几遍，我就扎扎实实睡着了。

六

"少东家，快起来！老实大哥，快起来！"

叫声尖细但不失华丽，我被吵醒。我这一觉睡得很踏实，醒后就不迷糊。

月姨娘像皮影戏里的人物，一只手挑着蒙古包的门帘，一只手对我招一下又招一下，月光融融，把她的影子一直推送到我身边。

我的狗皮褥子就铺在地毯上，我又是和衣而睡，倒也方便。我一把掀开被子，起身搓一把脸，两只脚已经找到鞋子了。

月姨娘这才把门帘用力掀起来，搭在蒙古包穹檐上，然后到我跟前，急切地说："有古怪。那花姐往山沟里去了，我叫她，她根本听不见的样子。快去，把书生们喊起来，大家去看看。丫头别出啥事儿啊。沟脑里有狼呢。"

我说："别叫他们。"

我边往外走，边说："他们没缘分。"

我和月姨娘快步绕过那花姐家的院子，远远看见那花姐在沟岔里，怀里抱着什么，忽高忽低往里走着。沟岔自西向东伸来，由两道舒缓低矮的山岭夹着，不是那么促狭。一沟丝丝缕缕柔曼的月光，似乎伸手就能攥住一咕噜。原来，峡谷的圆月在后半夜是松弛的，随意悬停在西边树梢上，稍作休息呢。我和月姨娘进入沟岔后不久，月姨娘夹着嗓门喊了声那花姐。

那花姐浑然不觉。叫声被四周的岑寂放大了，格外响亮，我和月姨娘被吓了一跳。

谁也不再喊叫。我和月姨娘加快了脚步。显然，那花姐是熟门熟路，我和月姨娘则跌跌撞撞的。

一会儿，我们不知不觉置身在阴影里——前方一棵大树，不但遮挡了半沟的月光，还把灌木丛赶出巨大树冠圈定的范围，大树周边，形成一块只有低矮草叶的空地。

那花姐到大树后边不见人影了。月姨娘突然双手抓紧我的胳臂，停下来不走。我能感受到月姨娘的惊恐。她在微微颤抖。

倏一下，那花姐从树后出来了，身上多了件飘逸的披风。不对，我是说，一个瘦高瘦高的丫头从树后滑出，身披白色披风，面如桃花，尖尖的手指不时指一下月亮。看上去她在跟月亮吵架。

凉风袭来，也吹来她唱戏一样的咒骂声。她在咒骂月亮是个瞎子，没资格照看人间。

我低声惊呼："神仙花姐！"

月姨娘颤抖着，紧紧拉着我往下蹲。我们一起蹲下去了。

我说："我去看看呀。那花姐托我看她头脸上有没有血污哩。"

月姨娘把住我不松手："不要命了。我们回去。"

现在，我也惊恐不安了——神仙花姐旋转着旋转着，她稳住身子站定后，她的头没了。她的头不在她肩头上，而是在她手里……她在拿她的头打月亮。

她的头抛出去，又总是能回到她手中。对此我有点恍惚。她不住手地拿她的头颅打月亮。她抓住发辫，抡起手臂绕几圈，然后把头抛向月亮，像放羊娃甩炮儿石一样。有几次我觉得她的头打准月亮了。

月姨娘几乎是在哀求："回去啊……"

可是她站不起来了。我背起她，头也不回，跑回蒙古包。

月姨娘许久才缓过劲来，叫我点灯。我一下子点了十根洋蜡。感谢我的哥哥嫂子，一个多月来，吃穿用度，也包括这些洋蜡，他们不消停地派人往这蒙古包里送。

月姨娘抱歉地对我笑一笑，然后挪到我的狗皮褥子上，把腿伸进被窝里，虚弱地说："幸亏你阳气旺盛。我有你的八字，四柱纯阳。照理说，不干净的东西你是看不见的。可见那个神仙花姐冤气多重……也许，真是你的缘分哩。"

我实在是惊魂未定，就劝月姨娘安静歇会儿，少说些话。可是月姨娘说，她得不住嘴地说话，才能把她的魂魄召回来。她说："陪我多说话。多说话。"

我点点头。然而我的嘴巴似乎生锈了。我的耳朵也生锈了。月姨娘的絮叨始终没停，可是我一句也没听进去。老半天后，我才找到话题。

"她好像比那花姐瘦些。"

"是瘦些。"

"好像高些。"

"高一头哩。也许她在草尖尖上走哩。"

"她没有影子。"

"真是个四柱纯阳的人，敢仔细看。"

"老人说，那早会儿清兵抓的乱党中，有人告密，指认那花姐阿大是乱党的连线人。"

"人们总是拿道理安顿往事。其实，往事是没有道理的。"

"她身上头脸上好像没血污。"

“她的脸，白生生的，桃花一样。那月白披风，是我前两天才给那花姐的。”

“姨娘睡一会儿吧。你一夜没合眼吧。”

“陪我说话。你四柱纯阳哩。”

“……”

我再次醒来时，已是晌午时分。不见月姨娘，不知她是什么时候离去的。我口里、窝窝脑袋里、心里都索然无味。我听着外面的响动，听着书生们跟那花姐告辞的嬉笑声，听着马儿的响鼻和嘶鸣，听着鸟鸣，听着喜鹊的吉祥话……可是我整个人滋味全失，没一点儿只会说实话的人该有的二杆子心志。

我眼瞅着哥哥叫人送来的几坛烈酒，瞅啊瞅，终于知道自己该干些什么了。

我打开一坛酒，放在褥子上，理好枕头，然后躺下，侧身，让脑袋上的窝窝朝上，持平。左手拎起酒坛，往头上浇些酒，放下酒坛，从窝窝周边一丝一缕地把头发往窝窝四周抹。那窝窝应该像摆在桌子上的银子酒碗了，我又拎起酒坛，细细地往窝窝里斟酒。这会儿，我想起了那花姐在神坛跟前挑着水桶的样子，想起当时她眼窝里的泪水，就继续斟酒。酒从我脑袋上的银子酒碗里溢出来，头发全湿了。酒流进我的眼睛，我闭上了眼睛。酒钻进我的嘴巴，我咽下去。坛子空了。我把坛子放一边，从枕头下摸出洋火，打算把我脑袋的银子酒碗里的酒点燃。我实在不想把那花姐给我准备的卧具家什烧掉，不愿把那花姐总是预留给我的这顶蒙古包烧掉。但是，我顾不了许多了。

我摸索出一根洋火杆杆准备划拉出火花时，一只灵巧的手，把我手中的洋火拿走了。

我一动不动，说：“妹子，对不起，我做不到。”

那花姐把住我的肩头，问：“啥做不到？”

我说：“月姨娘要求的，我做不到。”

那花姐揉着我的肩，说："她说啥啦？"

"她说我对你若有半分轻薄、若有略微的瞧不起、若不能贴骨挨肉疼到心里，就不能娶你。别的，或许我能做到，但是你今后要当媒婆，我真的略微有些瞧不起你。"

"那你这是要干啥？"

"我去陪神仙花姐。我见她了，她头脸上没血污。她面如桃花。她想拿花团锦簇的头，把总是睁只眼闭只眼的月亮打下来。窝窝脑袋告诉我，跟她在一起，月姨娘要求的那些，我都能做到。我心里也这么想。我拿我的窝窝脑袋起誓。"

有几滴泪滴进我脑袋上的酒碗里。那花姐沉甸甸伏在我身上，一只手捧着我的脸，一只手扶着我湿漉漉的脑袋，嘴唇轻轻擦过我的耳轮，凑到我的银子酒碗边沿，一点一点啜饮，好长时间才把那碗酒以及她不断滴进去的眼泪喝完。

她说："我不能把你让给一个死丫头。"

她的嘴唇移到我嘴上，贴了一会儿，然后含住我的嘴唇吸呀吸。

我的脑袋一下子空了。空空如也。心里更空。心里连"空"这个真假难辨的字儿都没了。

那花姐对着我的耳门说："哥吧，我难恓死了，不知咋回事，月姨娘病倒了。"

眼下我倒像神仙花姐了，被那花姐牵着，轻飘飘起身，走出蒙古包，到那花姐家里。

月姨娘在炕上躺着，面色蜡黄，目光散漫。

那花姐说："不知你们鼓捣了些啥，一个病了，一个差点儿烧成灰。你们若是走了，便宜了那个死丫头。我咋办，又孤苦伶仃一个人。"

月姨娘脸上显出笑意，人也精神了些："成了。"

七

昨天还在下雪，雪片片大而优雅，当时我想，神仙花姐呼出的气团应该像那些雪花吧。可是今儿天一下子蓝了，蓝得很干脆，任你雪白满山满洼，也跟老天扯不到一起了。人就像被老天撕碎然后抛洒至大地的雪片片吧。

我这么想，是因为我想到神仙花姐被那花姐彻底抛弃了；仔细一想，我还想到，我那个自由自在的破嘴被我彻底抛弃了。

是的，我说的是我在想。"想"，自从有了窝窝脑袋，这个字儿就从我这儿溜走了。那天，那花姐吸窝窝脑袋的酒，把我的脑袋吸空了；她吸我嘴唇，把我的心吸空了。我就那么空着，没过几天，"想"这个字趁虚而入。对我而言，"想"，恰如一个体面人把屁硬生生憋回自家身体里，荡气回肠去；更多时候，我的"想"鬼头鬼脑，但是惬意，对想个不够的众生视而不见，嘴巴越来越木讷，即使说话了也嗯嗯呀呀。于是，我终于融入芸芸众生中，跟大家一样隔着脑壳、隔着肚皮，想啊想，就是轻易不说话……及至我跟那花姐在蒙古包里贴骨挨肉，我嘴里连串叫她心疼人人儿时，我发觉我无法把她疼到心里——神仙花姐随时会钻到我心里，把脑袋挂在我的心尖尖上，霸道地呼呼大睡。

那花姐格外水灵了。她的事儿也像东去的湟水，清澈、喧响、入情在理。我实在对"想"这个字儿没脾气了，许多事我没说准，但是我想到了。

她请年迈高贵的胖大喇嘛给月姨娘治病，顺便给她的鬼亲人们划拉出几个通道，叫他们各奔前程。同一天，她的眉心完全舒展开，把神仙花姐从眉心那儿吸进去，成为她的一部分。当时我一直盯着她，热切地希望，快把我心里的神仙花姐也吸进她裸鲤一样滑溜的身体里呀，那样的话，我就有可能把她疼到心里。可是，我的心愿未能实现。

我家长辈带我到那花姐家订婚时，那花姐的茶园里，有种难以言喻的亮豁。那花姐脸色红润，身段柔韧，浑身散发着向日葵一样的勃勃情致。我家长辈高兴极了，说他们寻见了最懂事的儿媳。"关键是，"父亲说，"儿媳啊，你把我那个聪敏的、比皮筏子皮实的儿子寻回来了。老子身后，有他谋划，有你帮衬，他弟兄们也许能守住老子的心血。"

就这样，那花姐的事情像欢快的湟水，商城里每个人都能从那水流中捞起话题的鱼儿，活蹦乱跳地养在自家水池里，时时赏玩。

"她的茶园转手了。听说月姨娘也赚了不少。想起在那儿喝茶吃油果子，看她的二哥牵着旋旋风儿旋上悬崖，好像是夜来个的事。"

"你看她从阴冷山沟搬到广场铺子的情形，身上哪里还有阴气啊，灿灿儿像白牡丹一样。她是个有仙缘的人。"

"难怪，她一搬进去，那铺子就有气象了。丫头们去买针线，叽叽喳喳半天不出来，原来是给那花姐剪窗花哩，擦家什扫地哩。书生去买纸墨，买的宣纸一半儿画上画儿、写上字儿，留给那花姐了。"

"看来她不是个老派的丫头。她洁身自好，又广交朋友。她对长者的称呼，真是新鲜。记得她是大年初一来拜访我的，此后远远见了我，就尊敬而又调皮地叫，'啊呀，我的大年初一'，让人觉得她是自家侄女哩。她专挑吉祥的日子，去拜访商城里有名望的人。她遭了大难，一个孤零零的丫头，独门独院，居然假借几只鬼的力量，保住了清白。她上门来，我们这些人自然是要接待的。"

"听说她要接月姨娘的班。"

"应该说她已经接手啦。近年月姨娘说成的小两口，有两家闹着要散场，谁也劝不合拢，那花姐上门去，连人家的家神、灶神和长辈一起劝，没费多少口舌就劝好了。现在，那两家日子过得火炎炎的。"

那花姐日后当不当媒婆，我不过问也不多想。眼下她是商城里唯一能自作主张的女人，我对她不能疼到心里，就该成全她，叫她由心儿活人。

可是她已然无法由心儿活人了，就连商城背靠的太极山上的鸟儿都要支使她。你看我这嘴巴，现在总是说胡话。我想说的是，就算鬼放过了她，人放过了她，可是还有神仙哩，还有山精水怪哩，他们如此众多，比人还要多，又神通广大。

那花姐刚刚嫁入我家，就在喜事的正日子里，她没来由地昏迷了，整整迷了七天。醒转后，她的脸上阵阵金黄又阵阵水红，说着昆仑山上的神仙们才能说的话。

月姨娘热泪长流。她认为，丹噶尔最伟大的"媒儿"降临了！她绞尽脑汁，想出"媒儿"一词，以便表明她所谓的那花姐这个"媒"，与媒婆、传话人、调停人、福音堂传教者、神汉、歇家、拉皮条的人、远来的印着天下大事和名人艳遇的纸张……既有相像的地方，又有根儿上的差别。

我想，丹噶尔是南丝路上有名的居间商城，各种居间人层出不穷，月姨娘这么强调，自有她的道理。

父亲忧心忡忡："月姨娘这么一说，丫头将来不仅仅是个媒婆，她要一屁股坐在各种交往的那点点立锥之地上，很是难怅啊。毕竟，歇家一样只用居间生意就搭建起一座商城的情况，极为罕见。"

月姨娘说："大歇家啊，你是怕她搅搔出七荤八素的事情哩。放心，那样的情形不会出现。丫头心眼儿稠，但是良善，人就豁达大气。今儿起，我不接这牵红绳绳的活儿啦，土司王公、达官贵人，还有你们大歇家的门道里，就叫那花姐去蹿腾。至于小商小户、普通人家，会自个儿到那花姐跟前谈婚论嫁。跑腿儿都省了。那花姐今后的路数，远不止这些。对你家生意也有说不清的好处。"

父亲说："但愿如此。月姨娘可得时刻把关。"

月姨娘说："托你的福，我可以在广场那儿，观着他们。唉，我知道我配不上，可是我心目里，这小两口子就像我的儿女。"

父亲说："嗷呀！这是娃娃们的福分。"

后来发生的事情，也大致如此。

八

生意旺季，我得接待那些远来高去的大行商，查看柜上的账目，就住在家里。有时，我还得去草地看望大宗皮毛货物的供家。我的哥哥嫂子，在规整库房、调教伙计、打理客栈方面，显示了十足的天分，父亲就叫他们专心做这些事。

铺子里的那花姐也很忙，她是商城里最忙的人。她要给那些生病的人指明治病的地方，要给她没完没了的年轻朋友们找媳妇找婆家，要说合背离的人，要把赖在人家家里不走的邪魔外鬼劝走，还要给远方的行商传递消息，或者替歇家们打听远方的行情。她一年里做的事情，专挑那些有趣的说，三年也说不完的。我实在不想说了。

虽然没人把她当媒婆看，我依然对她略微有点瞧不起，跟她贴骨挨肉时，也无法把她疼到心里。谁叫她当初把神仙花姐塞我心里呢。谁叫她有机会时，没把我心里的神仙花姐吸走呢。要不是三年后发生的一件事，我跟她，这辈子也就这样了。

三年后，大官马麒的两个侄子，在正月初六带着兵匪，把丹噶尔商城洗劫了，杀人如麻，掠走财物无数。多亏了父母的两个儿媳，我家老少的性命全全儿保住了。

那年正月初三晌午时分，父亲的土司亲家抬着满嘴唇的泡泡，心急火燎地上门，说年三十他家里邪祟入侵，一夜间，十八头牦牛死在圈里，家里的藏獒嗥出了狼的声音，第二天，家中大人的嘴唇，好像都被烧红的铁板板烙了。请了家神，请了庙里的大老爷，庄子里的法师都来了，折腾至今，都于事无补。

"看来，就得那花姐出面哩。"土司亲家说。

事儿不小，父母、那花姐和我匆忙收拾了，跟土司亲家当即出发。临行时，那花姐望着一个劲儿抹眼泪的嫂子，说："索性大家都去。两头儿扯心，咋过年哩。我们先走，嫂子安顿好家务，带着娃娃们，随后就走。哥哥今儿晚饭后去请孙先生，明早跟孙先生一起来。就说是我请他哩。"

说完，那花姐殷切地望着我父母。她所说的孙先生是商城的名医。看来她心中有数。父母点头称是。

嫂子娘家离商城十几里。路上，那花姐悄悄对我说："土司家，十有八九是有人投毒，夜里没回圈的大牛肯定安然。藏獒机灵，吃下的毒食不够分量，但是难受，就狼一样嚎叫。家里大人们，年夜饭肯定有不少鹿肉药酒等热燥饮食，又见家里出了怪事，就往邪祟鬼魅头上想，嘴上咋能不起泡。"

我说："那你还做劲儿。我这就回头，去请孙先生。"

那花姐说："叫他们多难受一天。谁叫他们把你媳妇儿给了你哥……咯咯咯……大过年的，初三叫人家出门，不好意思。我在你褡裢里塞了些绿豆。去了就给他们熬上。"

我心中对她多了些敬重："这鬼丫头。"

她"咯咯"笑着，说："天机不可泄露。你千万别多嘴。要是不跟神怪通融通融，土司呀土司太太呀，心里也不得安然。这种事情，孙先生心里明镜儿似的。我们时常搭档哩。"

我问她："所有的神鬼事都是如此吗？"

她静着脸儿，说："不全是。天地玄妙，人呐，太可怜了。世上活物，要么草木一样没开窍，要么神仙一样通天彻地，可是人呐，在中间悬吊者，实在可怜。"

我想起神仙花姐，说："我也这么想呢。"

土司家的事情，那花姐都猜对了。孙先生来时，土司家大人们嘴上的泡泡已经好多了。初六，我们得知商城遭难了，男人们连夜回返……

受难的商城人心大变，不到半年，人与人之间的关系统统断线了，商城成了一座互不往来、街市上很少有人走动、没有言语、没有哭笑的死城。

那花姐有点不正常了。她越来越不正常了。有天，我眼睁睁看着她在嘴上糊了层厚厚的泥巴，飕一下出门，消失了。

第二天，我终于在西头的藏大路上找见了她。

藏大路失去了往日的热闹，像巨蟒的蜕皮，寂然盘绕在日月山上。太阳也不动弹，定哑哑照着满世界的静物。这让那花姐格外孤单。她就那么孤零零地躺在藏大路上，像叠被子一样，把她自己反复折叠着。

我被吓傻了，无所适从，呆呆地看着她。大概我的马儿也被吓傻了，停下来不走了。

风把一根芨芨草茎吹到她脸上，她说："我宁愿被草棍子捅死。"

一只麻雀落在她身边，她说："宁愿被鸟儿吵死。"

忽然，她一蹦子跳起来，随手捡起土块，扔向太阳，捡起牛粪块，扔向太阳，到路边扯一把马莲花，扔向太阳，从衣服上撕一片布，扔向太阳……

"你不配照看人间！你不配……"这就是她拿随便啥东西打太阳时的咒骂声。

我顿时血脉偾张，跳下马冲到她身边。她喘着粗气，看着我，泪流满面。

"快把我搡倒。"她说。

"我搡倒。"我搂住我的脏兮兮的仙女，倒在藏大路上，心里无限疼惜。

"快把我压住，压死死的。"她说。

"我压住。"我的身子带着分量十足的敬重，压在她身上。

"快拿肉钉钉把我钉住。"她说。

"我钉住。"我说。我跟她在曾经热闹如今寂寥的藏大路上贴骨挨肉。我疼她。心里，骨头里，窝窝脑袋里，都疼她。

回到家里后，那花姐开始练嗓子，声音很小，嘴形夸张。我不干预。

看着她柔软饱满的嘴唇扭来扯去的，看着她说合了许多人事的舌头不停地打颤，我心中积攒起许多欢愉。

几天后的黎明，商城所有的人都被一种奇怪的喊叫吵醒了。那种喊叫不是鬼哭，不是狼嚎，鬼哭狼嚎的声音是有平仄的。那种喊叫，把声音里的宫商徵角羽全抽空了，只留下无限的魔力。

人们不得不捂了耳朵去看那种喊叫。一个个人变成了人群，一个个被喊叫的魔力吸引的人，变成了议论、寻找声音来源的同路人。

接连好几天，商城里重复着同一件事——喊叫，人群聚拢，议论……

商城的言语、走动、交往，就这么被唤醒了。

就这样，那花姐一直在喊，直至兵祸后第一个牦牛驮队从岭上下来，浩浩荡荡进入商城。

此后好长时间，人们享受着重建商城的喜悦与劳累，再也没见过那花姐。连我在内，都没见过。我真是愚钝，我应该想到的，她那样折腾，会把她自己折腾成疯子。她真的疯了。她拼上她的全部心智、力量和愿望，就那么嚎叫了许多天后，她就疯了。她肯定消逝在那场牦牛驮队扬起的风尘里了。她丢下我，拿泥巴糊住嘴，享清福去了。

行无去处

秀　禾

　　单罗骑着摩托车向达子古城方向驶去，从中程客栈向东据说一百八十公里就到达子古城遗址。他会在中途拐弯赶上棉铃，然后绕道去那里。太阳火辣辣的，万里晴空没有一片云朵，一望无际的戈壁滩上热浪挨着地面晃动。租摩托车的时候客栈老板娘说了，在戈壁滩中行走无论走多远都要带足水，还要全副武装，只要这样出去的人她才放心，也只有全副武装的人她才会放行。本来这是一辆大马力的嘉陵摩托车，应该跑得很快，就是中速跑起来也不过一个小时就到了达子古城，可是后座两侧装两个很大的装水的羊皮袋子，里面至少装了二十斤的水，加上后备厢里是自己的旅行包。至少也有二十斤重量，用羊皮袋子装的水又感觉总是晃来晃去的，让单罗心里总不踏实。他裹着一个带帽子的白色斗篷，戴着墨镜，几乎是武装到牙齿了，这身装束也影响他骑车的速度。起初单罗不想带任何东西就走，可是老板娘不让，她说带上水，达子古城最珍贵的就是水，即使自己不喝就是为别人也要带上，万一路上碰到了没有水的驴友，给他们水就是救了他们的命，实在用不着到了达子古城就把水卖给那里摆小摊的商贩都行，总之一定要带上水，因为达子古城缺的就是水。

　　单罗原本是跟着天祥旅行社的旅游团来的，但他早上做的第一件事就是退团，他没法再继续跟团旅行，因为女友乐乐跟了别的男人，原本这也不是他想要来的地方，是乐乐执意单独报团旅行，他同意了，后来他听说乐乐是和别的男人约好了一起旅游。单罗不相信就偷偷报了这趟线路，结果他见到了他不想看到的一幕，因他跟来了乐乐很不高兴，她提出了分手，单罗不甘心，他和乐乐已经三年了，不能说断就断，况且事情来得也太突然。可是昨晚她已经和那男的同住一屋。那个男人单罗认识，是一个承包工程的小老板，单罗是那个建筑公司的吊车司机，乐乐是公司的材料科人员，他们一直有业务上的接触，开始单罗没将这事放在心上，后来他发现乐乐有意避开他，还不时地玩失踪。她说要去旅行，后来听到传言，单罗特意问过，她不承认，说是一个人，单罗觉得乐乐在撒谎，他偷偷跟上了。一路上他们从开始的偷偷摸摸到后来的肆无忌惮，弄得单罗忍无可忍。昨晚单罗的心彻底死了。他知道他没有将乐乐和那男人置于死地的本事，既然乐乐的心不在他这里，就应该让她到她想去的地方。尽管痛苦了一夜，他还是果断地做出了决定，不能挽回就勇敢放弃，但是他也不想立刻离开，他想在这个地方待一段时间，尽管他知道旅行团晚上还是要回到中程客栈，他有可能会和乐乐见面，因为中程客栈是方圆五十里唯一能吃饭住宿的地方，环境相当不错，能洗热水澡，能上网，还能免费打国内长途电话，饭菜也能按照天南地北游客的口味变换。后来一想见就见了，说不定这是这辈子最后一次见到乐乐，反正他回去肯定离开，那个公司是不能再待了，有伤心的人、伤心的往事。

　　早上起来，他感觉头疼，退了团他假装买药，他知道没必要但他还是买了一盒羊角颗粒，他在药店里逗留了很久，因为从药店的玻璃窗能清晰地看到乐乐和那男人上车，车子离开，他出来了，留给他的是心被撕裂、灵魂无处安放的疼。中程客栈的门前有一块达子古城的巨型广告牌，那个苍白的干裂的城池靠山而建，古城墙是用石头砌成的，后山险要处有三四个石头砌成的碉堡，古城前方的主要建筑面对一条干涸的河道，它最宏伟的地方是前方的古城墙至少有三米，其他建筑星罗棋布布满整座山，更为神奇的是它的各个建筑之间有无数的通道，以台阶的形式链接，走入达子古城就像走进一座迷宫，据说这是一千多年前一个叫绮罗部落的古都，考古学家发现的时候看到的是遍地的石头，破败不堪。现有的古城风貌是在原来遗址的基础上对原有建筑加以恢复修缮的，值得一看。单罗立在那张广告牌前暗自伤神的时候，棉铃过来了，她牵着两匹骆驼准备出发，骆驼上驮着她出行的全部东西。见到单罗就问："单罗，退了吗？"

单罗说："退了，再不退我会杀人的。"

棉铃说："打算去哪里？"

"还没打算好。就是不想动，心里难受。"单罗说。

"那就继续旅行，这样总比待在房间里好。要不我带你去达子古城，不是和他们一路，从另外的方向走，要走很多天。"

"让他们看看我神速地找了一个？"单罗问。

"只要能让你解气，有什么不可？"

"你先走，我想好了再说。"单罗想一个人待一会儿。

"如要真去，走到咚隆垭口向右拐……"

……

棉铃是他昨天认识的。第一次见棉铃是在马塘镇，马塘镇有一个几百年前的酒窖。棉铃在人群中很扎眼，她骑着一匹骆驼，牵着另一匹骆驼离开那里，单罗看了一眼也没在意，因为他满心都是乐乐带给他的伤心。再一次见到棉铃是在中程客栈的一个饮水池旁边，她正在用一把刷子梳理骆驼身上的毛，这次他看到棉铃穿着马靴、牛仔裤，一间花格子衬衣下摆装进裤腰里，腰里扎着一条褐色的皮带，一顶宽檐上翻的毡帽，背上还有一把猎枪，样子很酷。

和棉铃搭话是那天晚上在一家酒吧。

那天晚上单罗看见乐乐和那男人一起进了一家酒吧，他尾随进去，他们点了一瓶当地产的一种叫作"拉姆"的葡萄酒，单罗坐在近旁，也点了那种酒，酒喝到一半，他端起酒杯将酒泼在了那个男人头上，然后抢起瓶子要打，乐乐吓得跳起来要跑，那男人掏出了刀子，他早有防备，棉铃一个箭步上去一把夺走了刀子，乐乐拉着那人，他不情愿地离开了。

单罗心中的怒火没有释放完，狂喝一通，酒精催化了他的情绪，他居然磕碎了酒瓶想要割腕，还是棉铃抢走了玻璃碴，她动作敏捷有力，手腕很有劲。他告诉棉铃只有让肉体流血，才能止住心的流血。棉铃告诉他说，失恋只是生活里的一场小感冒而已，当初以为会死，可是后来还是会活过来。她向他保证，他一定会活过来，而且会比以前幸福，比以前更懂得生活和幸福的意义。她还建议他穿越戈壁，她相信只有穿越了戈壁，他对生命的理解才会完全不同。

棉铃陪着，给他讲自己的故事劝解他。

棉铃是连城体工队的，以前是击剑选手，现在是教练，会拳脚，身手不凡，几乎每年休假她都会穿越戈壁，她在马塘镇挑选了两匹身强力壮的骆驼然后一路向东，从不同的路线穿越戈壁。第一次穿越的时候她带着男友，后来男友骗走了她全部的积蓄和家当消失了。她花了一年的时间给自己疗伤，可是她还是没法接受被欺骗的事实，她想过死，但是她不想死在自己的房子里，她选择了再次穿越戈壁，选择死在戈壁滩中，因为她的父母都死在了戈壁滩中，五岁时父亲失踪，在她十八岁时母亲安顿好一切去戈壁滩寻找父亲，从此一去不回，估计死在戈壁滩了。她也想在戈壁滩上死去，那样会让她觉得和父母亲很近。

可是那次她在戈壁滩中体验了生命的珍贵，穿越过戈壁之后她蜕变成了一个坚强的女人，唯独不再相信爱情。

单罗以为自己是世界上最不幸的人，却碰到了比自己更伤心的人，而且是一个女人。自然地他将棉铃的经历视为故事。因为是陌生人，单罗将他和乐乐的事情说给棉铃，棉铃是陌生人，陌生人会没有负担地带着他的故事离开。他们相互安慰了大半夜。

……

单罗吃药之后睡着了，两小时后醒来发现头不疼了，可是心底的失落让他恐慌。旅店的院子有一个葡萄架，架底下很凉快，他在那儿坐了一会儿，可是心底的沉重几乎将他打倒，他心中有数不尽的委屈，他恨不得将乐乐和那男的杀了，但他知道即使杀了他们，问题还是不能解决，他的麻烦会越来越多，他悔恨留下来，想走，可又不知道该去哪里，他的心被乐乐掏空了。坐在葡萄树下，他想到了棉铃。

他去找客栈的老板娘，因为客栈有租车的业务。客栈的车几乎租完了，仅有的一辆有点毛病需要修理，剩下的只有摩托车。单罗只好租用了摩托车。他将油箱加满。又按照老板娘的嘱咐买了两个馕，带了两个十斤的羊皮袋子，出发了。

摩托车在戈壁滩上直行了四十几公里之后就到了咚隆垭口，指示牌绑在一根电线杆上。垭口的地势很低，是两个低矮的山脉挨在一起留下的窄窄的谷底。单罗刚过咚隆垭口还没看清前方的地形就看见漫天风沙铺天盖地地卷来，单罗赶紧停下摩托车，将车放翻在地，趴在车后。那昏天黑地的风淹没了周围的世界。大概半个小时之后天空渐渐显出蓝色，单罗爬起来抖掉身上的尘土，才看清前方远处是一座低矮的绵延的山包。从咚隆垭口到对面的山根直线大概就是二十公里，山包两侧地势都很低矮，东南方向的地势比起东北地方的地势更低一点儿。单罗不清楚究竟该往哪里走才是达子古城的方向。戈壁滩没有道路，前车过去一场大风车辙被吹掉了，后车来了又要自己探路，来这旅游之前单罗就听说过，只是今天他才真正体会到。单罗坐在车子后面看着前方可是也不见有车子经过。风还在不停地吹，只是风里的扬尘已经减少了。单罗拿出望远镜向四下里看。望远镜能看到的地方不见人影，也不见车影。但是当他把望远镜放在前方山包上的时候，他看到山包上一根根干枯的树桩，有半人多高，一排排很整齐，这些也是他曾经听说过的，说是几百年前，或者是上千年之前这里不是戈壁，是富饶秀丽的地方，达子古城也是繁荣而美丽的人居之地。可是不知为什么这里最终变成了戈壁滩，寸草不生。偶尔降雨之后植物来不及发芽水分又被蒸发干了。单罗将望远镜在山包上移动的时候就看到了几个毛茸茸的东西在移动。看似狐狸，或者是猫鼬之类乳白色或者是灰白色的动物。他调了调望远镜再看时，那几只动物已经转过山包的东南角消失不见了。再看看低矮的地势，单罗断定东南方向就是棉铃去的方向。也就是向右拐了。有人的地方动物才能找到吃的，没有人动物就找不到吃的。这是他不成为理由的理由。

单罗向着东南方向一溜烟地加速前进，心里想着他很快就能见到棉铃了，无论怎样他此刻只想和棉铃一起旅行，才能缓解心中的疼痛。

车子转过东南的山包之后他架起望远镜发现前方还是一段平川，远处是一个一个的山包，在一处山包上他看到了一段土夯的墙垣。那个地方是一个制高点，应该可以看到棉铃。车子直线向着那个墙垣的方向开去。等到了墙垣的地方，他发现那里除了那段墙垣之外再没有别的什么，他在向四下望的时候发现那些灰白的猫向着山的东面奔跑，单罗本来有点心虚，看到猫奔跑的方向他的心也放下了，他骑着车子向东，绕过一溜山包之后发现自己在一段满是鹅卵石的河床上行走，河床很宽，可见当年这里有一条浩大的河流，因为这条河流才有了达子古城曾经的文明。他沿着河床一直向前走，绕过一个大山，发现河流向南行走，在一段向下倾斜的地方，地面变得千沟万壑，河流将向下的地势冲成一道道的高墙，单罗顺着其中的一条沟壑往前走，由于地势向下，沟壑变得越来越深，单罗只好停下来，他爬上一个土崖，向四周看。他影影绰绰地看到了一个村庄。而棉铃和她的骆驼正晃晃悠悠地朝着那个村庄走去。看到棉铃那一刻单罗的心情好多了。他总算赶上了棉铃。

他将摩托车调转了方向从那条窄窄的沟壑中回到河道，然后再顺着河道向村庄的方向驶去，他骑了很久，才终于将车子骑出河道，向右爬上一段平缓的坡地。单罗心里一阵高兴。单罗费了九牛二虎之力才将摩托车骑进那个断壁残垣的村庄。单罗到的时候棉铃已经在一段避风的墙垣跟上搭好了帐篷，见到单罗她一点儿也不惊讶。好像是预料之中的。

"我感觉你会跟过来的，也担心你会走错路。今晚就在这里打尖，赶紧帮忙，马上要起风了。"

果然帐篷刚搭建、骆驼安顿好之后，漫天的黄风就铺天盖地地卷来。他们在帐篷里听沙粒打在帐篷上噼噼啪啪的声响。棉铃开了罐头，又倒了一些水，他们一边吃，一边聊天。天色还早，但是漫天的黄沙中天似乎已经晚了。

"你一个人这样走路不害怕吗？"单罗问。

"刚开始的时候很害怕，后来就不怕了，有骆驼陪伴，能感觉到活着的希望。"

"碰到过特别的事情吗？"

"有，有一年碰见了一头沙漠狐，它跟了我五天，我给了它一些罐头，我觉得那只狐是迷路的，而且和同伴走失了。最后我改道，横穿河州古道，将它带出去，因为那边有森林，森林里就有它吃的，但是走出去的时候，它几乎奄奄一息，可能是饥渴难耐，我给它一些水，给它打了一只野兔。我是看着它吃完才离开的。这就是最特别的，我不知道我做对了还是做错了，说做对了我救了它的命，说做错了我杀了一只兔子喂它，害了一条命，说不定她的祖先还曾经啃噬过我父母的骨头。但我还是救了它。"

"我在望远镜里见过几只，是不是它们？"

"我也见了，有五六只，但我不知道它们是不是我救过的那只。再说，这些狐狸很怪，一般的狐狸只会晚上出来，可是他们大白天就在太阳下行走，也不怕光。"

"你没想到过碰见坏人？"

"无论什么人见我就害怕，这也是后来我找不到对象的原因。"

"为什么？"

"不说了，说了你也会害怕，也会嫌弃我的。"

……

他们聊了很久，单罗不知道自己怎么就睡着了，他睡了个好觉，醒来的时候是半夜，他盖着半块毯子，棉铃背对着他侧身睡着，她鼻息均匀，单罗不敢动，那种感觉和乐乐在身边的感觉不一样，是纯洁干净的，仿佛身边睡的是兄弟。单罗轻轻地翻个身，再将毛毯拉一拉尽量盖住棉铃。他一边听帐篷两侧卧着的骆驼反刍的声音一边想着往事又睡着了。

单罗再次醒来时，天已经亮了，棉铃不在帐篷里。单罗从帐篷出去找棉铃。在断壁残垣的村庄里前行，单罗发现村庄很大，密密匝匝的墙壁和倒塌的房子，那些屋子的木头还没有风化，坚硬的木质上保留着雕刻的花纹，可以想象以前的繁华和人们内心对美好的向往。甚至有一些房屋的结构还保持着原状，单罗在村庄里左右行进，没发现棉铃。他走出村庄，发现村庄的西边是一个山沟，棉铃从那边的沟里慢慢上来，她胸前吊着照相机，一手拿着望远镜，一手拿着根骨头，左肩上扛着一支双管猎枪。

一见到单罗棉铃就说："捡到了一根骨头，是人骨，就这个骨头和一个头骨。我将头骨埋了，拍了照片，然后将这根骨头带回去做DNA，看是不是父母的。"

单罗问："这要花很多钱啊。"

"花很多，这几年我的钱全部花在这上面了。"

单罗终于明白为什么人们会嫌弃她，为什么找不到对象。为什么她独自一人。他的心猛地痛了一下，那是从心底生起的怜惜。

"如果不是，你怎么办？"

"就埋了，再上根香……"

单罗伸手接过她手里的骨头拿着，再接过她的猎枪背着，棉铃有些诧异地看着。他们回到帐篷，棉铃将骨头贴上标签，然后装在了一个袋子里。单罗也才看清那只搭在骆驼背上的白布口袋。

吃了饭，要整装待发。棉铃劝说单罗回去补充物资，因为她只为自己准备了一路的给养。就在那一刻，单罗非常后悔没有带足一路的给养，也很惋惜没能早点儿认识和了解棉铃。他打心底想要陪陪她，让她的旅程不再孤单。最后他决定再陪棉铃一段路，然后回去租一辆车，带一车的东西，陪棉铃穿越戈壁，棉铃也欣然同意。

再一路往前走，单罗发现棉铃走得很慢，她用望远镜搜寻每一寸戈壁。单罗问她为什么不开车寻找。棉铃说，开车的话自己更孤单，再说万一车子坏了就更费事。牵着骆驼虽然慢一点儿，但是骆驼有生命，也能坚持在戈壁不吃不喝走半个月。

他们在一处避风且偏僻的土崖旁发现了一个头骨。除了头骨没有别的骨骸，而且头骨的左侧开了一个洞。棉铃说那是枪伤，是遇害的。说不定头骨是从高处滚落下来的。她将唯一的头骨贴上标签装进白布袋子里带着单罗爬上那个土崖，最后他们上到了土崖上面的那个土丘。果然在土丘上他们找到了一堆骸骨。有一根肋骨是被整齐地砍断的。

"他们是被杀害的，为什么呢？这个地方人烟荒芜，哪有这么多谋杀之类的事情。"单罗不解地问。

棉铃说："谋财害命。"

"你怎么知道？"

"我猜的，我还隐约记得五岁的时候父亲最后回来的那个晚上带回来一个东西。不知是什么，黑乎乎的，妈妈活着的时候我问过那个东西是什么，她说没有，我记不清楚是什么东西，我只记得是一个柳条框子，框子不大，打开时里面一个黑漆漆的东西，妈妈拿手电筒一照，那黑乎乎的东西镜子一样反射着光芒。我就只见了一眼。后来再问妈妈那是什么，她说没有的事情，怕是我小，将梦境记成现实了。"

她长长地叹一口气说，"说不定妈妈来戈壁寻找父亲就是为那东西，也说不定他们还活着。"

棉铃将见到的骨头堆起来埋了，将周围的地形和山脉用相机拍下来，再在一个笔记本上标记绘制出周围的地形，这是她做的第一手的资料。

说到她在这茫茫戈壁中走过的路线时她说，有一年她收了五具骸骨，以前没想到过捡一部分，他几乎是将整副的骨架都带回去了，结果那次她总做噩梦，甚至消瘦，最后她只好去拉卜楞寺找了活佛念经，才慢慢好转。

单罗无法想象她是怎样找到那些骸骨，又是怎样把他们带回去的。想象她一路上带着骸骨，会吓倒多少男人。

他们从土丘回来，再顺着棉铃设定的方向前行。炎热的天气中热浪滚滚，单罗很快就将一羊皮袋子的水喝完了。他带着的馕一个已经被他吃完了，另一个也要节省。再看看棉铃的物资，单罗最终决定先赶回中程客栈，租车补充物资，再来陪棉铃穿过戈壁，帮她寻找她父母的骸骨。因为他想找个事情做，这样就能走出失恋的阴影。

他们说定了见面的大概方位，单罗骑着摩托车往回赶，而棉铃按照她自己的行程继续往前赶路。在单罗看来，天黑之前他就能赶到中程客栈，然后以最快的速度赶回到棉铃身边。虽然短短的两天不足以证明他已经对棉铃产生了感情，但是他感觉与乐乐发生的不快似乎是一个世纪之前的事情。一些情绪已经在不知不觉中改变。

他往回赶，看着棉铃的骆驼默默远去，他站在一个高丘上大声喊着"棉铃，你等我，你等我……"那声音在空旷的戈壁滩上回荡。他站在高丘上狂吼了一首花儿：

> 往西半步着（克）又半步
>
> 身影儿越走越远了
>
> 尕妹妹是阿哥心尖尖上的肉
>
> 你走时我的清眼泪淌了
>
> ……

单罗唱完，棉铃在远处摇动着手里的猎枪。单罗却心疼得无法诉说。他说不清是自己真的爱上了棉铃，还是为乐乐的离开，或者就是被压抑很久的情绪而已。他说不清哭泣的理由，他只是跪在土丘上号啕大哭，棉铃听不到他的声音，但是棉铃一定会在望远镜里看到他的姿态。他在这个空旷的原野上哭了一会儿，让自己端着掖着的情绪全部抖落在了地上。

……

离太阳落下去还有三个小时。河州古道的日落大概是夜里的九点多，趁着天还没有黑，他要断定来时的方向，抄近路回去，只有这样他才能节省能量，才有可能回到中程客栈。然而此时单罗发现他根本没记清楚回去的道路，那些山他似乎走过又似乎从来没有走过，感觉很陌生。走一段路之后他停下来看周围有没有摩托车走过的痕迹。但是痕迹已经被昨夜的风吹走了。摩托车在山丘、平川沟壑之间来回行走，越走环境越陌生。他又试着往原来走过的路上走。最后他走到了一条河床。河床里到处是巨石，他费了九牛二虎之力爬上河床左边的一个石崖看了看周围的地形。在高处他发现了河水决堤冲刷的千沟万壑的地形，靠左稍微高一点儿的地方又一个断壁残垣的被遗弃的村庄。单罗感觉这就是她和棉铃搭过帐篷的那个村庄，可能是看的角度不一样所以村庄的样子也不一样。

太阳已经落山，单罗借助自然的光线终于达到了那个村庄，村庄在一个高台上，他从左边爬上去，进入村庄之后单罗发现此村庄非彼村庄，这个村庄比那个他们一起度过的村庄残破，他在一个残破的墙垣上发现了一个铁钉，钉子上还挂着一个筛子。在另外一个院子里，他发现了一只破木桶。那些东西就像时光的记忆，在风吹日晒的现实中改变命运。这个场景让他再次想起了乐乐，有一次乐乐在工地行走的时候被铁钉扎到了，原因是她穿着高跟凉鞋，他背着她去了医疗室，伤口处理完，她休息了两天，第三天上班时她还是穿着高跟凉鞋。那凉鞋是他买给她的，她当时说，因为是他买的所以喜欢穿。现在想想她那时是穿给别人看的。

单罗选择在这里休息。他喝了点水，吃了半块馍，裹着脏兮兮的斗篷睡着了，白天晒过的土地发出热量。半夜里他醒来了，感觉有点冷，他缩了缩然后裹紧斗篷，靠在旅行包上数了一会儿满天的繁星又迷糊着了。天亮之后单罗察看地形，睡了一夜他更记不清楚来时的方向，他只记得自己应该向西行走。再回到摩托车上单罗发现摩托车的油已经不多了，他只好打开备用油箱，为了节约油，他以最近的方向走，根据日出他调整了方向。他小心地经过一个山包发现是一片宽阔的谷底，谷底的对面是一溜山包，山包更远处是高耸的山，他看了看油箱的指针就下定决心继续前行，因为他已经回不到原来的道路上了。

他估计到达那个山谷至少也有二十几公里的路程。看清了地形单罗觉得心情平和、放松了不少，因为时刻保持紧张会消耗大量的体能。他小心地骑了两个小时，发现车子的油彻底耗光了。但他才刚刚走到那片谷底的中心地带。坐在滚烫的沙地上他感觉到的只有热浪，以及自己沮丧的心情。但是想到棉铃在等她，他只好弃车，简单收拾了一下旅行包，将剩下的半块馍装进包里，然后又将白色斗篷的下摆收起来对角扎住，有一会儿他想过要将斗篷扔掉，可是他又想到如果晚上走不出去第二天这白色斗篷还能帮助他挡一挡阳光和风沙。可以避免消耗太多的体能。

单罗走走停停，渴了就喝点水，太阳偏西的时候他穿过了谷底，爬上那一溜土包，他看到前方还是一片平坦的谷底，谷底有蜿蜒的河道，河道的西面是一个两山之间的出口，河道流经那里出去了。这时候太阳快要落下去了，夕阳的余晖中四周一片死寂。他选了一条最为便捷的道路横穿过去，他要在太阳落山的时候走出那个山口。单罗加快了脚步，他要在自然光线消失之前赶到那座山，如果不能穿越，他要在留宿之前看看那里的地形，决定行走的方向。然而单罗最终还是没能在自然光线消失之前走到那座山跟前，这是七月初，月亮还没有出来，他只能借着星光在夜色中行走。也不知道走了多久，他终于到达了那座山，但也筋疲力尽了。一路上他喝过两次水，每次两口。他尽量节省水以便在最需要的时候用。他找了一个避风的凹地，为了防止动物袭击，他在一个枯树上折了一个木棒，以防万一。临睡着之前，他感觉到肚子里面咕咕作响。但他还是忍着，尽量不想吃的。凹地很温暖，他裹着斗篷很快睡着了。

这一夜，单罗没做什么梦。早晨太阳光照在身上时他才醒来，他站起身来的时候发现自己浑身发硬，腰、腿、胳膊，没有一处不疼。他活动了一下身体，然后和以往一样想要上厕所。稍微靠左的地方有一块石头，单罗走了几步准备小便，可是石头背后露出一根长骨头，单罗顺着骨头看到底，发现有点不对劲，他小心地绕过去看个究竟，结果他看到一副完整的人体骨架。单罗当时就吓得叫出了声。原本不多的一点儿尿液全部吓没了。从骨架可以看出死者不是被动物吃掉的，而是自然死亡，他的左肩挨着地，左手捂着腰间，头向上仰着，嘴微微张开，死者牙齿整齐，似乎是青壮年，他腰背弯曲，左腿卷曲，右腿伸直，这是死者最后的姿态。那块石头背后比较隐蔽，如果不是转过去还真发现不了。单罗背起包飞快地离开了，他怎么也没想到是这副白骨陪着自己过了一夜。他跑了几百米后慢慢镇定下来。他突然想到了棉铃，他咬着牙，狠着心返回原地，用相机拍下了周围的环境和骨架，想让死者舒服一点儿，他一动骨架全部散了，单罗小心地将骨架平整地排放，最后捡了一根腿骨装在旅行包里，他这样做是为了棉铃。最后他脱下白色的斗篷，用斗篷兜土，将白骨掩埋，又磕了一个头，嘴里念念有词地说："谢谢老兄陪了我一夜。"做完这一切，单罗的心中坦然了许多。

单罗又一次根据日出调整了方向，他看了看远处的地形，然后他看到前面还有一座高山，高山的那边应该可以看到中程小镇，或者是中程客栈所在的绿洲。然而他不知道他调整的方向正是西南，是真正向着戈壁的腹地行进的方向。太阳一竿子高的时候他爬到了那个山脊，站在那里往下看的时候，单罗发现对面就是一条古河道，河道里是大大小小的鹅卵石，河岸边曾经的水位线依稀可见，他除了顺着河道往前走已经无路可走了。单罗坐在山脊上小心地将那半块馕分成了三分，将其中一块馕吃了，然后又估摸了水的重量，喝了两小口。在吃馕之前单罗小心地将上面的尘土吹了又吹。但是当他将馕放在嘴里咀嚼的时候还是感觉到了碜牙。他闭着眼睛将馕吃完了，这些食物会让他的胃好受许多。也就在吃这块难以下咽的馕时他想起不久前的一件事情，那天他休息，洗完衣服他给乐乐做了一顿饭，他炒了两个菜，一个是茄子，一个是排骨，可是乐乐那天晚上失踪了，电话关机，人找不到，他找了大半夜，最后将做好的饭菜全部倒了。现在想想真是太可惜了。

吃完"早饭"，单罗就下到河道里顺着河道的方向前行。在河道里前行的时候他还捡到了一把铜刀，因为没有潮气，铜质保持良好，他用斗篷擦拭了一下，刀刃在阳光下发出闪闪光芒，刀柄上刻着一行字或者是什么符号，很奇怪的字符，单罗总觉得自己认识但又说不出在哪里见过。他想捡到一把刀子也好，以防遇到野兽，他将刀子放进了旅行包。

这一天单罗一直沿着河道走走停停，傍晚的时候他腿软腰酸走不动了，只好找个避风的地方睡着了。临睡的时候他好好喝了两口水。

第二天他还沿着河道往前走，河道两岸是起伏的山丘。下午六点多的时候单罗终于顺着河道走到了一处堤坝，那堤坝是用石头砌成的，很宽，似乎就是两岸的桥，堤坝的两端留了泄洪口，泄洪口的旁边是两只大大的水车。两岸地势开阔，以前是村庄，现在只剩下断壁残垣。单罗在左岸的废墟中转悠了一阵子，因为地势低下避风，村庄的房屋保留着过去的风貌，比他第一次看到的村庄要稍微好一些。单罗在一个院子里看到了一个保持完好的葡萄架，那干枯的树枝上停留着几片叶子。屋子里有一张八仙桌、两把靠背椅子，椅子和凳子都很结实。他搬出凳子和桌子，在葡萄架舒朗的影子里休息了片刻。有一会儿他甚至感觉到了浓浓的睡意，他多希望这是他的家，他的庭院，这小桥流水人家的生活原本是那样惬意，河流的消失改变了这一切。现在单罗的心里没有焦虑，他似乎是在旅游，一次真正的旅行，看戈壁荒漠，看真正的河州古道。太阳很毒，没有风，单罗出了一身汗，他知道不能停留太久，如果脱水了就完了。

他起身在院子里转了两圈，发现一口石板盖着的水井，他揭开石板往下看，水井似乎很深，他找了一块石头往下扔，最后他听到的是石头落地的回声，水井里没水。

单罗饥渴难忍，他将剩下的水小心地喝了两口，盖上盖子，忍不住扒开又喝了一口。羊皮袋子里的水热乎乎的，而且还有股馊味。但他顾不了这么多。单罗继续顺着河道往前，绕过几座起伏的丘陵之后发现河东的左岸一马平川，右面是千沟万壑的断崖。地壳运动时将地面下沉断崖沿着山体延伸，几乎将两里之外的一个山体撕裂。单罗爬上一处高坡看到这一切的时候，意识到自己走错方向了，视线之内没有人影，也没有绿洲。他的心情一下子沮丧到了极点，如果他按原路返回，说不定遇到了救援人员。但是现在为时一晚。他没有力气走回到原路上。他在山坡上坐着的时候断崖的尽头一团氤氲的水汽袅袅上升,水汽中甚至能看到袅袅青烟。他听导游说过,这是海市蜃楼的一种,是空气在阳光照射下给人的一种错觉。

单罗没有力气再走。他绝望地看着眼前的沟壑。太阳在他绝望的心情中很快落下去了。山坡上的风凶猛地吹着。

因为离河坝上的村子不远,单罗返回到那个他曾休息的院落。在那家没有屋顶的屋子里找到了一块木板放在葡萄架下裹着斗篷翻来覆去难以入睡。困境和饥渴几乎打倒了他,他不想放弃活着的希望,就拿出其中的一份馕机械地吞咽,冒烟的喉咙像是粘连在一起。单罗喝了两小口水。喝水时他将水浸在嘴里一会儿,尽量湿润冒烟的喉咙。夜里饥渴让他醒来了好几次,天快亮的时候他又睡着了,迷迷糊糊中他听到公鸡打鸣的声音,那声音高亢嘹亮。他一骨碌爬起来,仔细聆听,似乎真的有公鸡打鸣还有狗的吠叫声。单罗赶紧爬起来寻找声音发出的地方。他爬上一个山坡再仔细聆听的时候,周围一片寂静。太阳缓缓爬上来,没有风,静谧中传递着死亡的讯息。

单罗开始怀疑自己快要死了,或者可能离死不远了。如果死了会怎么样呢?他这样问自己。结果他想到了父母,想到了弟弟,想到好久没给他们打过电话,想到给母亲的承诺,说争取春节把媳妇娶回家,想到和乐乐相识到分手的全部过程。如果这样死了乐乐会不会哭?或者哭他的只有亲人,再或者还有棉铃。他感觉他在戈壁中迷路完全是因为乐乐,因为乐乐他才这样绝望地死去,想到这些他又后悔没把他们杀了。后来他干脆自己编导假设自己举刀将乐乐和那个男人杀了的场面:他怒气冲冲地冲进他们的房间,乐乐惊恐地求饶,那个男人也跪地求饶,但他还是没有饶恕他们,将刀子狠狠地砍了下去,血四下溅开,他们倒下,他出来,在中程旅馆外面的水管上洗掉手上的还有溅在脸上的血,偷了一辆摩托车向戈壁逃亡,警车在戈壁中追捕他……最后他以假设为背景给自己两种选择:他愿意在戈壁中饿死渴死,还是被抓回去判死刑？他觉得死刑太残酷，还是在戈壁中待着自生自灭。想了一边杀人的游戏，他感觉杀人太残酷，不是他的性格，他没法将屠刀指向乐乐。他将自己调整到假设的开头，这次他假设自己死了，他看到父母哭泣，但幸好父母还有弟弟，他们哭了几年就忘了他曾经存在过。他还看到乐乐的样子，乐乐抱着给那个男人生的孩子逢人就说：看我火眼金睛，就知道他快死了，所以趁他没死前分手是对的，要不我就成寡妇了……；他还看到棉铃拉着骆驼到处找他的遗骨，想要把他好好埋葬……

胡思乱想了一通之后，单罗赶紧命令自己打住，不许再想，要努力活下去。殊不知当他在想象中杀了乐乐的时候，他已经将失恋从记忆中完全清除了。

现在他不知道自己该往哪里走，他举着望远镜向四周张望，这时他看到撕裂的山体那边一股袅袅青烟，没有风，烟直直地升起来然后再在空气中渐渐变淡。这一次他看得清清楚楚，他的心里升起了希望，目测到那个地方的距离至少有两三公里，如果是以往这段距离他只用半个小时，可是今天他感觉到了吃力，尽管有希望了但这也需要力气，他拿出最后一块馕，用水就着喝，这次他多喝了几口，喝完几口之后单罗发现所剩无几的水变得更少，但他不再担心，因为他觉得自己马上就能得到给养，可以活着回去。

单罗第一次仔细地整理旅行包，他将包里不用的东西全部清理出来，想要轻装上阵，他将牙膏、牙刷、毛巾，不用的药物，还有一件背心，都扔掉了，最重要的是他还扔掉了望远镜，至于照相机和手机，他觉得就是在死亡的时刻他还可以拍下自己的样子，万一有人找到就可以作为资料了。整理完包之后他出发了。

吃了馕、喝了几口水之后，单罗感觉到心跳加速，他尽量让自己走慢一点儿，心情平和，不要着急。三小时后单罗才走到那座被地震撕裂的山，可是那个撕裂断面处一丈多宽的山涧挡住了去路，蜿蜒的布满鹅卵石的河床就此消失，河流似乎一下子掉进了山涧，单罗捡了一块石子小心地扔了下去，可是等了半天他才听到回音。是石头发出的"噼啪"的声音，似乎下面是水，或者是泥地。再看山涧对面的山也被撕裂成一道一道，即使上游能过去也到不了那冒烟的山。单罗只好顺着山涧的边缘小心前行，脚下是光溜溜的岩石，光滑的地方是一溜人工开凿的台阶，单罗顺着台阶爬山，在一处凹下去的地方看到一口黝黑的溶洞，洞口朝着山涧，很危险，看那黑漆漆的洞口，单罗感觉到一丝清凉。他甚至觉得溶洞里会有水。只要有水，他就能坚持活下去。

　　进入洞中还要爬下一段岩壁，岩壁上也凿出一溜宽窄不一的台阶。单罗顺着台阶慢慢下去。溶洞前方是一块平地，就好像高楼上的阳台。溶洞不高，要猫着腰往里进。从溶洞的地质构造看，溶洞和山涧形成的年代相当久远，那时候这里似乎是汪洋大海，因为在入口的岩壁上他发现了一个贝壳的化石。溶洞里很清凉，这是单罗在茫茫戈壁行走中第一次感觉到舒适。可是他一边走，一边担心，因为他知道他紧张什么，他害怕看到不干净的东西，比如尸骨。但即使这样，他也要进去，他不能放过每一个可以逃生的机会。再往里走，出现了很宽的台阶，还有人工凿过岩壁的痕迹，越往里走光线越暗，单罗站了一会儿才逐渐看清里面的样子。溶洞里面很宽敞，流水一样弯曲的墙壁，曲里拐弯地向里面延伸，地面有过开凿的痕迹，一切都是自然形成的，靠岩壁的地方有长方形的石板，有的用碎石支撑着，看样子这里曾住过人。再往里走，他看到一束光线从露出地面的天窗射下来，他小心往里走，突然几团毛茸茸的东西从脚边窜过去，他吓得大叫，定睛一看是几只老鼠，他的到来惊动了生活在里面的老鼠一家。单罗的心"怦怦"乱跳，借着天窗投射的光他小心地往里走，结果他还是看到了一堆白骨，大概有三个头骨，说明有三个人曾经在这里丧命，因为有老鼠的活动，尸骨已经不再完整保留，东一块西一块地散开，大概老鼠一家把这些尸骨当成玩具任意摆弄。单罗想死者在最后的时刻愿意在这里待着，仅仅是因为这里的一缕阳光。看到散落的骨架，这次单罗比上次镇定。他还是捡了几块装在包里。他要带给棉铃，让她做 DNA，但他还不知道自己能不能活着回去。只是他还是感觉到了失望，因为他没有找到水。

从溶洞里出来单罗发现外面起风了，昏天黑地的，天气的变化似乎是一瞬间发生的。单罗想要离开溶洞继续寻找穿过山涧的道路，可是他要爬上台阶时被风吹了一个趔趄，差点儿掉进山涧。他只好返回溶洞口，在一块阴凉处坐着。他太渴了，全身的水分都被蒸发了，他将最后的两口水全部喝完了。他真希望自己现在有一泡尿也会好不恶心地喝下去。可是他没有一点儿尿意。他才想起来他已经好几天没有大小便过。即离开中程客栈一路他没有上过厕所。在山坳里睡觉的第二天早上，他本能地要小便一下，结果发现了一具尸骨，小便给吓没了。从那时他就没有一点儿尿意。也幸亏那具尸骨，否则身体中流失的水分更多。

太阳偏西，溶洞口被晒着了，单罗只好顺着台阶进入溶洞里面，那个照进光线的天窗此刻在风的吹动中发出"呜呜"的吼叫声，特别恐怖。还有砂石不时地被风吹进来掉落地面的"噼啪"声响。单罗靠在岩壁上感觉到了一丝清凉。有一会儿他甚至睡着了。睡梦中他感觉到有人在唱歌，那声音沧桑无比，他走出洞聆听，似乎有声音顺着风吹过来。再细听，只有风吹过崖壁的摩擦声。单罗发现自己已经睡了五六个小时。而且他感觉到自己已经产生幻觉了。此刻他渐渐明白那些死去的人的感觉。他们也一定和自己一样靠着岩壁在睡梦中离去了。

他又想到自己快要死了。如果死了谁会是最牵挂的人呢？这样问自己的时候他感觉是父母，乐乐已经不那么重要了，她的离开是对的，因为乐乐未卜先知，知道命运的安排然后巧妙地离开了，没有造成心灵的创伤。她会平安地过一生这比什么都重要。只是棉铃会不会找他？

想了很久，他拿不准棉铃的心思，可是如果他和棉铃调换位置，假如他是棉铃他会找她。但又一想找与不找都不重要，找了会让他更难过，因为棉铃太孤单了，他倒希望棉铃把他当作是擦肩而过的陌生人，忘记了。然后结婚生子，跟谁结婚已经不重要了，重要的是她要幸福……

这样想的时候单罗发现自己的想法和开始走入戈壁的时候完全不同，原来"人之将死其言也善"是真的，没有什么不可以原谅。他确信他离死亡又近了一步。

……

单罗不敢再停留，因为自己总是想乱七八糟的事情。他快步走出洞口。发现太阳已经落到对面的那座山背后了，风还在猛烈地吹着，风里的沙尘已经渐渐少了。单罗站在洞口往外望着，他的第五个晚上只能在溶洞里度过。此刻陪伴他的是骸骨，他再次想起了棉铃，她发现生存的本能又回来了。现在知道他去向的只有棉铃，如果棉铃一直按照自己的路线穿越戈壁，那么他就只能困死在这里。他和世界的联系只剩棉铃，他的手机已经好几天没电了，相机里的电也所剩无几，他的打火机在爆裂……

他站在山涧边缘四下张望的时候发现，他的左手边是悬崖峭壁，用他狭小的视角望出去，他看到的只有一线天的峭壁，这也是可以想到的，说不定那山石林立的深渊曾经是湖泊，那样一股声势浩大的水遇到洼地集成湖泊也是情理之中的，说明悬崖峭壁下地势险峻。这里已经是尽头，单罗沮丧而绝望，他真想纵身跳下深渊，站在边缘往下看的时候单罗发现山涧岩壁上有一个东西在晃动，他倾斜着身体，探着上半身往下看，发现岩壁上有两条绳子，是用巨大的铁钉钉在岩壁上的。单罗对这一发现很吃惊，他小心地弯腰勾住绳子往上拉，那绳子上油腻腻的，虽然上面沾满了泥土，但还是能感觉到绳子的油腻，单罗跪在山涧的边缘往上拉，结果他拉上来了两根绳子，那绳子很粗，是用十几股粗细均匀的牛皮做成的，牛皮上涂满了润滑的油。两个平行的绳子上搭着几块木板，等到单罗将全部拉上来之后发现那是架在山涧的一座吊桥，单罗仔细观看山涧的对面，发现崖壁上似乎也是粗大的铁钉，而且对面的山崖上一条凿开的小路，绕过山崖消失了。再看绳子另一端的茬口整齐，似乎是被人有意割断的。单罗看了一阵子，但是看不清，他后悔之前扔掉了望远镜。

吊桥上连着零散的木板。部分因为常年的风吹日晒而风化了，留下的木板也是用细细的牛皮绳牢牢地拴在粗牛皮绳上。但已经基本风化，一动木板都碎了。

看样子当年架这座吊桥的人是懂得力学的，因为只有懂得力学的人才能造出这样结实的吊桥。单罗看见溶洞岩壁上还有两颗大铁钉，也许到过这里的人都发现了这个吊桥，也许到过这里的人根本没有发现吊桥，因为他一到溶洞第一个想到的是溶洞中的水，根本没有看见铁钉。

这时风渐渐停了，单罗又看到袅袅的青烟从山的那边飘起来，而且还听到了狗的吠叫。单罗感觉全身有了力气，他看着那个粗大的牛皮绳子，做出了大胆的决定，他要借助这两根绳子下到山涧里，他试了试绳子的结实程度，发现绳子还有弹性。他一定要走到炊烟升起的地方，找到狗叫声，只要他找到那个地方他一定能活命。这是他唯一的活路。太阳已经下山了，天边出现了美丽的火烧云。单罗顾不上这些，他将那个白色的斗篷拿下来，比画了一阵子，开始用捡来的铜柄刀割斗篷，他大概估算了一下绳子的长度，又比画了斗篷，将斗篷割成条状，再仔细地横拴在绳子上，就好像云梯一样，然后将自己的旅行包肩带用绳子拴住，再将最后剩余的布条也接在一起备用。

单罗做完这一切时已经大半夜了，他靠在溶洞口睡了一觉，可是等他醒来天还没有亮，他迫不及待地等到天亮。天刚一亮，他就趴在山涧边上探出头看山涧的深度，似乎山涧要深得多。他将自己的一件棉质衬衣和T恤全部割成条状，接在一起，最后的时刻来临时，单罗憋足了劲儿将体内的一点点尿液浇在了那一堆布条上。这是他体内所剩无几的水分，但是尿液实在太少，布条没有浇透，否则会更结实一点儿。趁着干燥的空气吸干布条上的尿液，单罗放下自制的云梯，将多余的绳子绑在腰间，顺着云梯晃晃悠悠地下去了。还好牛皮绳依然结实，没有出现什么问题。可是当他下到绳子末端时发现离山涧还有一定的距离，他将打结的布条拴在一条牛皮绳上顺着绳子吊，可是打结的绳子接得不牢，单罗感觉到自己的重量被一根细细的绳子吊着，晃了两下就断了。单罗心想完了完了，他闭上了眼睛，等待着疼痛和流血，但他只感觉自己掉在了一堆软绵绵的东西上。单罗睁开眼睛，居然是个干草垛。单罗欣喜若狂，早知道这样他昨天跳下来就好了，想想也不对，跳歪了也得死，还有他从崖边看不到底的原因是崖上有一个凸出的罗汉肚一样的地方。

单罗小心地从有草垛的地方往外走，此刻太阳还没完全照在山涧底部，单罗迎面感觉到了潮湿的气息，他约莫走了半个时辰就出了沟底。路自然地向右，他在沟底走了一段，然后峰回路转向左，他看到了一条潺潺小溪。单罗疯狂地扑过去，大口地喝着，他感觉他能一瞬间喝完整个溪水。水的清凉浸透了他的全身。也因为喝得太急，一时间心跳加速，单罗不得不在溪边的岩石上躺了一会儿。他的心跳让他几乎晕厥，他闭着眼无法看，只能等待体力慢慢恢复。约莫半个小时之后，单罗感觉好多了。爬起来，往前走，峰回路转处是一个开阔的峡谷，郁郁葱葱的树木成林。中间一条小道，他穿过去看到两边陈旧的木头小屋。单罗急于找到人。他顺着狗的吠叫声走去，看到一个小小的巷子，巷子的尽头是扇敞开的大门，满地的灰尘中有人走过的脚印。狗的叫声就是从那里发出的，单罗慢慢地朝那扇门走去，通向门口的道路是由木条铺成的，有一块地方可以看到经过大门底下排水的渠道，不知水最后流向哪里，但他是从门边经过的。

进了大门，右边是一个花坛，花坛里一棵枝繁叶茂的玫瑰树疯长，上面的玫瑰花密密匝匝地开放着，蜜蜂"嗡嗡"地在花间采蜜。玫瑰树旁是一只狗窝，一根粗大的铁链拴着大黑狗，狗见到单罗不但没有吠叫反而亲热地摇着尾巴。

玫瑰树下是绿色的白菜和甜菜。左边是一个小小的平台，平台上晾着一些油菜籽，油菜籽旁边是一把带着泥巴的铲子。那情景让单罗有种似曾相识的感觉。再往里是三间木屋，单罗推开门走进去，正对着房门是一个木板炕，一扇朝南的窗户里照射进一团柔和的光，一个破旧的用羊毛编制的窗帘遮着半面窗户。单罗一拉，灰尘四起，花格子的窗户上没有纸，一眼就望见外面的树林，再看屋子的隔断是木质的，有一种古朴的味道，两边的厢房也是木质的，单罗查看了一下，左边是厨房，右边是一个木板床。床上放满了东西。坐在炕头，单罗一下子感觉回到了记忆中老太爷单飞的家中。厨房墙上挂着一串大蒜、几个玉米棒子。隔断的墙上挂着两把双管猎枪，枪身干净铮亮，似乎一直在擦拭一样。单罗恍恍惚惚，怎么感觉是回到了家中，而且这种木头格子的窗户里边有一个槽，冬天的夜里匣上条状的木板保暖又防尘。木板通常就放在炕角，单罗翻看炕角那条土制的羊毛毯子，炕上垫了厚厚的草，草上一顺溜压着五块长条的木板。单罗一下子蒙了，他不知道自己究竟是在老太爷的家里，还是在梦里。他想起了老太爷的房子里木板的隔断上写满了字，他抬头寻找的时候就发现眼前的木板隔断上也写满了字，而且那字体和老太爷家中的一样，一些是汉字，一些是符号一样的突兀尔族语言。在那些字里，单罗认识丽贝卡、单罗成，还有特瑞萨·贝利……

童年的记忆一下子潮水般涌来，单罗几乎想起了全部。莫非这里是故乡……

单罗激动地大哭起来，这个地方在他的脑海中出现了很多次，是老太爷用语言编制的图画从他能听懂人话之后就千遍万遍地演绎过。长大了，他以为那是老太爷编出的童话故事。原来是事实。老太爷单飞的故事从单罗会说话会走路就一直在听，直到他七岁老太爷去世之后再也没有人说起过。

单罗一边哭，一边从房屋中出来，他要去寻找还健在的亲人。

老太爷单飞的故事是这样的：

单罗的老太爷以前的名字叫单罗成，因为找不到家人后他将名字改成单飞，感觉是自己一个人抛开所有人独自飞翔的意味。

据老太爷说，故乡的名字叫坝下村，是一块宝地，这个宝地是由一支从小亚细亚流浪过来的突兀尔族找到的，他们到来的时候坝上的河水已经干涸，人们为了生存开始打井生活。可是坝下永远都有水。而且过几年村子里的溪水会暴涨，将村子淹没。村子里的人会爬上树等待突然暴涨的水慢慢退去。突兀尔人向西流浪是为了躲避战争，据说他们有吉卜赛民族的血统，信仰的是萨满教，突兀尔人历经艰辛才将这里建成家园。他们和汉族人来往、通婚，还学说汉语，突兀尔人究竟在这里生活了多少年，老太爷没说清楚。老太爷只知道他们原本是坝上村的单家，单家有两个分支，一支是赶着驼队运输货物做生意的，一支是木匠出身，老太爷这支是木匠家，有位先祖在坝下盖房子时精湛的手艺赢得了突兀尔族姑娘的爱情，然后就顺理成章地在坝下开始生活。后来坝上水井中的水渐渐消失，天气又干旱两年没下星点雨，人们开始逃荒。也有老弱病残走不出戈壁的人逃荒到坝下村，逃荒开始的第三年，有一个得病的壮年男人来到坝下村，他来的时候村子里的水正好漫过石板路，那人来的第二天就死了，他死在了萨满家的神龛前。那天神龛前的水刚刚退去，那人被埋了。可是过了几天村子里的小孩和大人都开始发烧，之后陆续有人死去，说那人带来的是瘟疫。人们开始烧毁死去的人的尸骨和用过的衣物，可是村子里的水已经被污染了，人们不敢喝水，只能等到暴涨的水退去之后喝泉眼里刚冒出的水。有些人家几乎全部死亡。人们随时会被传染。也有的人家带着家眷开始出逃。

据老太爷说，他的父亲辈有弟兄五个，老大跟驼队做生意死在了路上，老二是老太爷的父亲，瘟疫来的时候他就被感染了，然后没能挺过来，当时老太爷的母亲突兀尔族姑娘特瑞萨·贝利正怀着孕。老太爷的爷爷就带着老三、老四、老五还有特瑞萨·贝利从坝下村暂时回到坝上村的老家，那时坝上村只剩三户人家。其他人早就逃荒了。一同逃到坝上的还有新萨满十一岁的女儿丽贝卡。这是新萨满请求带走的，她答应丽贝卡长大了嫁给老太爷单罗成。一段日子之后听说坝下村的瘟疫已经渐渐平息，但那里的人逃的逃，死的死，已经剩得不多。丽贝卡想家一定要回去看看父母怎么样，这个任务本来是老三的，可是特瑞萨·贝利也想回去看看，因为自从丈夫死去之后她一直在哭，回家看看也是应该的，特瑞萨·贝利带着丽贝卡回坝下村。她们离开后就听说又有一群传染了瘟疫的人朝着坝下村去了。

瘟疫之后新萨满派了几个人守着吊桥，黑压压一群人摇摇晃晃朝着吊桥走来时新萨满也知道了这个消息，她做出了惊人的决定——要将通往坝下的唯一通道吊桥斩断。这个决定也经过了一番商议，无论怎么商议，结果只有两种：一种是以往一样接纳那些人，那么所有人都死。第二种是不接纳那些人，砍断吊桥，坝下村的人可能活几个。最后在那些人过桥的时候吊桥被斩断了，老三接了特瑞萨·贝利和丽贝卡也要过桥，差那么几步就留在断桥那边的山崖上了。据说当时山涧的两岸都是哭声，那悲怆史无前例。老三、丽贝卡和特瑞萨·贝利就再也没能回到坝上村，老四、老五带着他们七十岁的父亲还有当时只有八岁的单罗成生活，但是他们再也没法回到坝下村的家里。他们靠着坝上村的一口快要干涸的古井硬撑着。撑了一段日子，也只能逃荒去投靠做驼队生意在外地安家的单姓人。他们希望不久就能回来，回来再积攒些钱修好吊桥，然后和亲人团聚。

然而这一走就是永别。在逃荒的路上，老五先死了，是饿死的。他为了给老父亲和年幼的侄子节省干粮饿死了，逃荒路上的艰难之前谁也没有料到，他死了被埋在路边的沙堆里，后来是老爷子死了。他被埋在一个山岗上，剩下老四带着八岁的单罗成一路讨饭，他们走了八个月，最后在山清水秀的青阳川安顿下来，老四在一个家道殷实的张姓人家做木工，那家只有一个女儿，就招赘入了那张姓人家，单罗成就跟着老四当学徒，可是第二年，老四死于疾病。单罗成就孤孤单单一人，在张姓婶婶的照应下学习木匠。后来他打听了坝上先逃出来的单姓人家的下落，说是没有人活下来。好不容易找到一个，也只在病床上撒手人寰的时候见到了。

单罗成十六岁时带足了盘缠回坝下村，他按照记忆一路往回走，在路上碰见了马步芳部队抓壮丁，他被抓去当了两年木工，后来找了机会逃脱，回到青阳川，他又在婶婶家干了两年活，攒了一些钱，又回去找，这次他找到了戈壁，但是戈壁太大，他只知道村子叫坝上和坝下，不知道比村子更大的名字。他在戈壁边缘打听坝上坝下的位置，没人听说过。他独自进入戈壁，干粮和水都耗尽，差点儿丧命时被一个马帮救了。再回到青阳川，青阳川村子变成了一片瓦砾，是被日本人的飞机炸的。

他四处游走，最后在连城成家立业，他先后娶了两个妻子，第一个生老大时难产死了，后来又娶了一个，单罗的爷爷就是第二个太奶奶生的，她一口气生了五个儿子、一个女儿，儿子长大后，老太爷先后派老大、老二、老五出去寻找坝上村和坝下村，因为具体的地名已经没人知道。再后来老六有钱了，买了车拉着老太爷将一路的给养供足，先后两次出行寻找，也没能找到。上了年纪的老太爷终于死心，他觉得那些人等不到和他见面就已经撒手人寰了。他觉得坝上村和坝下村的人是彻底消失了，他的童年和过去就是人生中的一场梦而已。

他临死的时候嘴里还念念有词，还在呼喊着阿妈、三叔、丽贝卡……

……

　　单罗从屋子里出去准备寻找村子的人，刚出房门就看到一个上了年岁的男人从细长的巷子迎面走来，他顶着一头花白的乱发，满脸黑魆魆的胡须，穿着一件灰色的褂子、灰色的麻布裤子，光着脚板。那样子奇怪极了。他一瘸一拐地走来，见到单罗先是一惊，他定定地站住，然后号啕大哭起来，单罗以为发生了什么事，接着他一瘸一拐地走来抓住单罗的手，然后抱住单罗喃喃地喊道："我终于等来了一个活人，我终于等来了一个活人，老天啊，你眷顾我了，老萨满啊，你保佑了我……"接着他用单罗听不懂的语言说着，说得很急……

　　单罗也大哭起来，他小心地问道："你是谁？你是我的亲人吗？……"

　　"你找亲人？"老人吃惊地问。

　　"这是我太爷的家，我的亲人们呢？丽贝卡呢？"单罗急于知道。

　　"你知道丽贝卡？你知道丽贝卡？你真的知道丽贝卡？"他大张着嘴，然后捂着脸跪在地上捶打着地面哭道："丽贝卡，丽贝卡，你等来了亲人。你真的等来了亲人。"

　　他哭了很久，才突然地想起来一件事情一样，站起来拉着单罗的手说："你走到这里一定饿坏了，先给你弄吃的，吃饱了我再告诉你。"老人哽咽着，一边抹着眼泪。

　　老人并没有进这个屋子，而是带着单罗出了巷子，再向右过了一个小小的水沟，右边是一座高高的木板房，跨上几个台阶就是门廊，跨过门廊是一个院落，阳光照射的那边是一个高高的土包，沿着土包是一溜葡萄架，葡萄架下一张木桌、四把椅子，那桌子和椅子的样式单罗在那个长着枯死的葡萄架底下见过。架上一串一串的葡萄垂下来，一些是青的，一些已经变紫，单罗伸手就摘，摘了就往嘴里塞。看到单罗的样子老人赶紧进屋，他在厨房忙活了一会儿就端出一碗苞谷粥。苞谷粒不粗。单罗喝了两碗，还是饿，老人不再让他吃了。让他强忍着饥饿感，说是过一会儿再吃。

他拉着单罗进屋，一进到屋里，单罗再次看到屋子的格局和老太爷老家的格局一模一样。中间是木板炕，两头的隔断，一间是厨房，一间也有板床、仓库。熏黄的木板上刻着突兀尔语，那些字中单罗还是只认识几个熟悉的名字。

单罗告诉老人自己是谁，怎么到这儿来的。告诉老人老太爷的故事。从老人那里单罗也知道了坝下村百年来的故事。

老人说他来这里已经三十多年了，是在沙漠中迷路，同伴死了，他误打误撞到了这里。他来的时候只有丽贝卡，当时她七十二岁，他来了之后丽贝卡活了八年。再后来就是他一个人生活。

这八年里，丽贝卡将吊桥隔断之后发生的事讲给他听了。

吊桥隔断的时候坝下还有一百五十一个人，可是原以为已经平息的瘟疫又再次爆发，等到瘟疫过去，村子里就只剩下十四个人，特瑞萨·贝利没能活过第二次的瘟疫，老三单志成在挺过瘟疫之后眼睛瞎了，也没活几年就死了，新萨满发现斩断吊桥是最大的错误后上吊自杀了。丽贝卡是坝下村的最后一个孩子，剩下的几个人是宗亲不能结婚生育，能相互通婚的人已经不能生育，丽贝卡就成了剩下的十三个人的孩子，他们尽一切努力疼爱丽贝卡，因为他们知道突兀尔族的这支最终要凋零，而活到最后剩下的只能是丽贝卡，情况就是那样，最后一个老人离去后丽贝卡一个人活了十八年，后来是他来了……

老人带着单罗在突兀尔人的祖先开拓过生活的坝下村转悠，单罗也急于看到爷爷魂牵梦绕的故乡的原貌。这里地势低下，不辱坝下这名字。时间如果倒退，在某个时期这里一定是海洋或者湖泊，而坝下就是海洋的底部，沿着悬崖峭壁的根部一排排木屋整齐划一地排列着，高大的树木，密密匝匝地生长着，奇怪的是这些树木一半干枯，一半枝繁叶茂，干枯的都在高处，低处的枝繁叶茂。这也难怪从空中没人发现这块长着树木的绿洲。老人说这三十年里这里只下了九次雨，最近的一次是三年前，他没能看到雨点从天空落下，因为雨是夜里下的，第二天早上他看到了沙土潮湿，有的地方能看到雨点滴落的痕迹。他才知道是下雨了，因为没能看到下雨他失落了一整子。他来这儿的第九年下了一场大雨，他看到坝下到处是积水，漫过了路边的水沟，那是最痛快的一天。

村子里最奇特的是阡陌纵横的水渠，潺潺流水沿着窄窄的水沟弯弯绕绕流到了每一个角落。老人说这是突兀尔人的杰作，没有水到不了的地方，也没有不能种庄稼的地方，单罗在树林的空地上看到了小麦、豌豆、萝卜、甜菜，甚至西瓜、玉米。是一个世外桃源。老人说这块土地只要有水，随便什么地方扔几粒种子，秋天都会丰收，种的萝卜一颗一个人抬不动，一粒玉米种子能结出四个棒子。

有了水就有了树木有了绿草，有了绿草就会开出鲜花，有了鲜花就有嘤嘤的蜜蜂和昆虫。单罗发现有一处崖壁整面密密麻麻都是蜜蜂的蜂房，别说密集症的人就是单罗看一眼也会眩晕。干涸的乳白的蜂蜜已经结成了坚硬的块状。单罗惊奇于造化的神奇。在一处低洼处单罗发现了一个小水潭，水绕过村子的角角落落之后最后流到这里。老人说这里的水永远就这么多。水通过沙层或者岩石的缝隙流走了，流入地下水层。这里以前就是村子的澡堂。

……

单罗脱掉衣服好好洗了澡。洗完澡出来，老人领着单罗从悬崖峭壁的另一面往回走，单罗看到崖壁上一些海底动物的化石，在单罗眼里他看到的每一个地方都是新鲜的，每一个地方都令人称赞。在树林边他看到了一盘石磨。树木深处有一头牛。老人说，除了狗这是村子里的最后一头牲畜。以前有羊、马，鸡和鸭，都因为没有交配的对象绝种了。那条母狗也已经十岁了，也快绝种了。只有这里的花花草草最茂盛，因为有昆虫和蜜蜂。秋天庄稼快成熟时大批的鸟儿飞来，收得慢一点儿粮食一夜就会被吃光。

单罗一边听老人说一边慨叹。他们走了一圈又回到了单罗刚进村时候的那条小溪边，岩石下汹涌而出清澈而冰凉的溪水。再右转，左转，是一排木屋。老人说，这间是铁匠铺，推开门，墙上挂着铲子、马掌……

单罗想起老太爷常这样说过：

左边第一家是铁匠铺，里面的墙上挂满了铲子、镰刀、马掌、钉子，铁匠铺炉子里的火通红通红的。铁匠将占泰·阿古拉，或者是阿古拉·占泰，大家叫他阿古拉。他力气很大，他的生意很火，他的饭量也很大。有时候人们叫他铁占泰。村子里还有一个叫占泰的人是占泰家的亲戚，铁占泰，名字是他同意赐给的。第二家是卖油的尼古拉昆的油坊，他家的水磨大榨在河滩上，但是尼古拉昆从别处收来油菜籽榨好油，然后往外卖，他人很诚实。第三家是布庄是麦迪家的，麦迪家的姓氏忘了，只知道布庄里有很多布，然后是江尼的香料，江尼娶了坝上村的李姓女子，他儿子的名字就叫李查扎。老萨满是查扎的奶奶，查扎的奶奶死了第二年，丽贝卡的妈妈突然在家里跳大神，因为死去的萨满的灵魂附着在了她的身上。她成了新萨满。再下来一家是皮匠索巴，再下来是老占泰家的盐糖茶铺……

他们一间一间地推开门看。单罗泪流满面，历史的烟尘中那些人早已灰飞烟灭，可留下的陈迹还在，一些物品也还在，布店的厚重柜台上单罗看到了一些条形色彩的布，其余的都是灰色的麻布，难怪老人的衣着都是用麻布做的……

老人带单罗到了村子中央一片开阔的地方，就如单罗的老太爷讲的一样，崖壁的北面是一个神龛，神像的姿态是坐着的，颜色是黑人黑面，和佛教的神像不同的是，这尊神像的腿自然地落在地上，他的一只手放在膝盖上支撑着身体。一只手在胸前比画着，仿佛在讲述什么。据说这是突兀尔人的一个先知，他是突兀尔人的源头。所有的突兀尔人都是他的后代，他勇敢、善良、正直。他后来就成了坝下突兀尔人的图腾。萨满的所有活动都得到他的指示和启示，他的灵魂一直随着世代萨满回到族人中间帮助他们。单罗看到神像的同时也看到了神像脚边的门槛上放着一个小小的瓦罐，瓦罐里是一些玫瑰花枝，枝子上的玫瑰正娇艳地开放着，瓦罐的旁边是一个木凳，凳子上放着一块黑色的亮晶晶的石头，午后的阳光照在上面发射出刺眼的光芒。

老人说："夏天鲜花开时我就这样供养这尊神像。因为二十几年来除了我就是他，我只能对着他说话，他陪着我。我们哥俩天天说话，不然我就会忘记咋说话。"

"那是什么？"单罗被那块褐色的亮晶晶的石头吸引了。

"这是黑水晶，传说它有神奇的魔力，带着它能使人强身健体。"老人拿出石头交给单罗，让他对着太阳看。

对着太阳，单罗看到黑色的石头里是褐色，褐色中似乎还有一阵烟雾升起。烟雾升起的片刻，单罗感觉浑身的血液加快了循环。他赶紧将水晶放在了神像面前的木凳上。

再看空地的周围排满了一个个一人多高、宽一米多的小房子。房子没有门，只有一扇花格子的窗户，开在离地面大概一米处，窗户是向外开的，打开窗户就是一块木板，爷爷说过这些是婴儿床，有防止蚊虫、老鼠和蛇的功能，白天父母忙碌生计，孩子就会由专人照看，孩子睡着了尿床了也不会有事，尿液会顺着床板的缝隙流到地上。小房子一律涂成了绿色，整齐地排开，样子可爱无比。老太爷还曾讲述过丰收节时的场面。每年的丰收节时，全村人戴着花环，穿着盛装在神龛前的空地上从四个方向入场，先由萨满住持举行感谢神灵的仪式，然后在神龛前载歌载舞。透过器物，单罗仿佛已经看到了丰收节的喜庆场面。那个时候他的老太爷还是孩子，就坐在这其中的一个小床上看着热闹的场面。摸着婴儿床，单罗心中有无尽的感慨。

老人带单罗去的最后一个地方是一个岩洞，是居住地之外的，那是一个溶洞，里面的情景让单罗喘不过气来，那里密密麻麻排列着人的骨骸。老人说，由于这里的土地有限，人死了第一年要埋葬在泥土之中，到了第二年，墓穴要挖开，捡出人的骸骨进行第二次埋葬，第二次骸骨就被移进这个山洞。他初来这里的时候很害怕，后来渐渐习惯了。

他指着一堆骸骨说："这是丽贝卡，这是丽贝卡的母亲，这是你老太爷的父亲和母亲，你老太爷的弟弟，这是他们的三叔，我有点分不清他们谁是谁。是丽贝卡埋了这些人，第二次捡骨头的活也是她做的。"

单罗哭了，因为他终于找到了自己的亲人，找到了祖先。这些人就是老太爷花了一生寻找却没能找到的亲人。

单罗告诉老人，只要是自己的亲人，就一定能分出谁是谁，他将DNA检测的方法告诉老人，老人吃惊地张大了嘴。

单罗感慨万千，他决定要将这一切拍下来，要让这世外桃源与世人见面。幸好他在来的路上关掉了相机，保存了不多的电能。也幸亏他在最艰难的时候想过扔掉旅行包里一切无用的东西，但是现在这些东西为他保留了信息。单罗给老人拍照的时候，老人很兴奋，单罗将外面世界的变化告诉老人。将相机中原来保存的照片，以及旅游路上的风景翻出来给老人看，老人很震惊。单罗还将手机拿出来给老人看，告诉老人手机不但可以打电话，还可以看到打电话的人。老人就像是听天书一样。而老人也对外面的世界有很多的疑问，不时地问东问西。

晚饭是一种更奇怪的很坚硬的面疙瘩，摸着就像石头，可是掰开发现里面还是比较松脆，就着一碗生萝卜，一碗生白菜，白菜上面浇了一点儿油，味道很美。单罗感觉那是他吃过的最美味的食物。老人说这是小麦面粉里掺了一些油菜籽，这个地方没有榨油的地方，村外的水磨不转，他自己打了一个手推的小石磨，然后将油菜籽放在那里一遍遍地磨，也能出一些油，但大多数还是出不来，榨不出油的渣子里有很多油，他舍不得扔掉，就只好搀和在面粉里，他一般都是早上和好掺了油菜籽残渣的面，然后醒上几个小时将面团放在一块铁板上放在火塘上，不一会儿去看面疙瘩就做好了。有时候也在里面掺点蜂蜜，就是甜的……

单罗还是听出了一个人生存的艰辛。

饥饿之后单罗的味觉慢慢恢复。他几乎能将整个的面疙瘩吃完，老人一再地控制他的食量。晚饭后老人又端来一大碗蜂蜜，让他一点点地品尝。

睡觉时老人问了很多问题，他就像一个老小孩一样，什么都新鲜，什么都好奇。单罗不停地将外面的世界讲给他听，从天文到地理，从国家的政策，到普通老百姓的生活。从高科技到外星人，对于外面世界的变化，老人听得如痴如醉。单罗说啊说，直到他累得说不动了为止。单罗睡着了，老人还没有睡意。

第二天单罗醒来，发现老人已经起来。早饭已经放在炕边的木桌上了。

单罗吃早饭时，听到了外面"砰"的一声巨响。单罗吓坏了，他顺着声音找去，远远地就听见有人在说话。

"江尼、查扎、丽贝卡、大头，你们别睡懒觉了，赶紧起来帮忙……什么，你个懒蛋，就知道睡觉，呛……偷懒，……华子，你女儿好点儿了没，孙子还乖吧啊？有了孙子就有你忙活的。大明，你个死老头，得肺炎了就要吃药，害怕吃药能好吗？什么，江尼老婆自己去犁地了，这个女人，就是一头犟驴，但也是强女人，呛……"

单罗绕过水沟，结果他看到老人手里拿着猎枪，已经将最后的那头牛打死。然后拿着刀在剥牛皮，一边自言自语地说着话，好像身边有很多人一样。

看到单罗老人说"把牛杀了，晒成肉干，为你准备回去的干粮"，单罗感动不已。

"你跟谁说话？"单罗小心地问。

"给我知道的每一个人，就假装他们还在我的生活中，这也是丽贝卡教我的，她每天自言自语，就好像周围的人都活着，而且有很多人在陪着她一样。这样才不会忘记说话，我也学着她，假装周围有很多人家，他们一天天过日子，我就一天天把他们的日子说给自己听……"

"难怪闭塞三十年，话还说得这么好……"

"没有这些骗自个的玩意儿，不好活啊……"老人长叹。

老人蹲在牛旁边熟练地用刀子剥皮。牛很快被他肢解，他将肉从骨头上剔下来，放在长长短短的木棍上，木棍就搭在距离近的两棵树间。单罗帮忙，他们花了大半天的时间才将骨头上的肉剔成薄片，搭在木棍上晾晒。老人又抱来一堆树枝和草芥，将干树枝和草芥在水里浸湿、点燃，肉架子下就冒着烟，烟驱赶着蚊虫、苍蝇。

老人又回屋取来一个瓦盆，瓦盆里是一些土，他将水注满瓦盆，再用树枝搅动，然后再等待瓦盆里的水自己澄清。再将澄清的水用木瓢舀起，洒在肉上。

单罗一看就明白了，那是盐土，不吃盐人头发会变白，也会四肢乏力。单罗沾水尝尝，发现水又苦又咸，盐土里还有一定的碱。老人说，他吃这盐土已经好几年了，以前那边的铺子中还有一些盐，他省着吃，还是吃完了，他就找了一处盐土。将盐土挖来，泡成水，澄清，就当盐用，也挺好使。

……

晾好肉片，老人将整张牛皮上的毛刮掉，然后用盐水泡着，他说本来这牛皮用芒硝泡上十几天，经过发酵的就算是熟皮子，熟皮子柔软，韧性好，耐用，还防止蚊虫叮咬。现在没有芒硝，只能用盐水泡泡，然后再将盐水泡过的皮子埋在沙土中除掉多余的水分，用木棒敲打，这样也会起到熟皮子的作用，让皮子变得柔软，有弹性。

老人这样做的时候单罗就在一边看着，他感叹岁月，一个人从年轻的时候开始就在这块土地上生存，独自一个人二十多年，这是何等地艰难，他是怎样度过这漫长的岁月的。

单罗忍不住问："你是怎么到这儿来的？"

"我是从路过戈壁回家，途中迷路到这儿的。"老人说。说话的时候，他的眼睛湿漉漉的。

"那这三十年，你是怎么过来的？"单罗问。

"年轻的时候日子过得慢，想家，想儿女，想父母。慢慢老了，就什么也不想了，就知道每天干活，要吃饭，冬天就到处走走，现在就是空壳子了，啥也不想，想也没用，我就一直等个人来，和我说说话，来的人最好陪着我死了，将这把老骨头埋了，别让苍蝇下了蛆，别让狐狸野兽乱啃乱嚼，别让骨殖暴晒在日头里，这几年身体不行，活也干不动了，就一天推日头下山，有好几年一直想着死了算了，又劝自己，再等等，说不定就能等来一个人。你看，我等来了，我命好，老天爷见我了……"

老人接着说，"我刚来的时候，丽贝卡也是这样做的，她为我准备了离开的干粮，可我没能离开，也没法离开。"说完他长长地叹一口气。

单罗问："是没有出去的路吗？"

老人说："怎么没有路，你想想，突兀尔人是先到这里，还是先架吊桥？"

单罗想想说："应该是先到了这里，然后为了便利架起了吊桥。"

"对啊，既然他们能进来，就一定有出去的路。"

"这么说，这里有出去的路？那你为什么不出去？"单罗又高兴又疑惑。

"你也别高兴，有路，难走。你想个，好走外面的人咋就找不到这儿。我来这儿三十年里，就来过俩人，他们死了，我才看到，那天我去沟里，心里急，总觉得有人来了，结果就看到俩死尸，我挖了个坑埋了。哭了一场回来了。"

"那你为什么不走？"单罗再次问。

"开始想走，走不了，有丽贝卡，不能把她一个人丢下，后来是我一个人，我答应了丽贝卡不走，等单飞，或者单飞的家人。我难啊。真不好过。夏天忙，冬天没事干。整天就是吃了睡，睡了吃。就像坐班房。我一个人的班房。"老人不再说话。

"这次我们一起走，我带你离开。"单罗说。

老人看了看单罗说："好，你一定要带我离开，我活着你带我的人离开，我死了你要带我的骨殖离开。"

"我要把你的人带出去。"单罗这样说着，接着他将自己来这里的经过讲给老人听，并且告诉老人他遇到的棉铃，以及棉铃的所作所为。老人静静地听着。

晒完肉，老人将牛下水淘洗干净，煮了一锅杂烩，将牛骨头熬了一大锅汤。这是单罗吃过的最香的饭。

单罗一住就是十几天，十几天里，牛肉已经风干。那张牛皮在老人的手里变成了物件，一根细长的绳子，一个快成形的水袋。边头边脑的材料他缝了两双鞋子，一双是给自己的，一双给单罗。

又一天老人带单罗爬上吊桥斩断处的那座山，平缓而宽阔的道路从后山弯弯绕绕地爬上山顶，站在山顶就能看清对面崖壁上的一切。对面的崖壁就在咫尺，崖壁上的吊桥垂在另一侧的悬崖峭壁上，咫尺天涯，隔断了亲情。站在崖壁上，单罗感慨万千，坝上村的断壁残垣依稀可见。单罗想，自然有离开的路，他们为什么不离开呢？

老人说："坝上、坝下的名字就是根据那个堵水的坝子来的。我们离开的时候从这个方向走，要走很多山，方向是不能错的。你记住了，一定要记住，我指的方向一定不能错。"他指着远处的山脉说，并且一遍一遍地叮嘱单罗记住。

"你也许不知道，外面的人把这一带叫死人谷，是说活着的人进来了就出不去，死路一条。没人知道叫坝上坝下。我也是从丽贝卡嘴里知道这个名字的。我来之前人们都把这一带叫死人谷。这里以前是湖，后来水小了，河里的水也小了，湖里的水干了，坝下村就是以前的湖底，丽贝卡说她小的时候这河里还有水，水很小，流到坝上就被堵住流到那后面的平地用来灌溉，后来水更小了，从源头流不到这儿，人们就为水打架，下游的村子就和上游的村子打死仗。没水了，人就没法活了，能不打死仗吗？可是相互打了水也多不起来，你说这世道，天灾没法子啊……"老人絮絮叨叨地说。

"丽贝卡以前总到这里来看，她年轻轻就惆白了一头的黑发，她等罗成，等了一辈子，一有空就来这里坐着，可就是不见人影啊。她走不动了，爬不动山了才不来了。我也来，我也等，我等来的是罗成的曾孙子。我命好，娃，你答应我一件事情，好吗？"

单罗问："你说，我答应你。只要我能做到，我一定去做。"

老人说："万一走不出去，你就一个人走，但也别把我扔下，把我埋了，堆个高一点儿的土堆，如果你还能回来就给我烧两张纸。"

单罗说："我一定要带走你，等我们出去了，我要开着车带着你亲自到那个村子里找你的亲人，你伺候了丽贝卡，丽贝卡是我们家的人，我伺候你一辈子。你的儿女有时间来看看你就行。你守着我老太爷的家一辈子，我守你一辈子，给你养老送终……"

听了这话老人一下子哭了，他蹲在地上"呜呜"地哽咽着。他的头发和满脸的胡须被迎面吹来的风吹得乱摆。

"爷爷，你别哭，我说的是真的，我能做到。我做不到天打五雷轰。"单罗发誓说。

"我相信，我是高兴的哭，我的命真好，老天爷待我不薄，我知足了。"老人泪眼婆娑地说。

……

风还在吹，他们坐在山顶上看远处的荒漠。老人突然唱起了歌，他声音沧桑而凄凉。可是单罗一句也听不懂，那是突兀尔语。等唱完了，他解释说这是丽贝卡经常唱的一首歌，后来他也学会了。歌曲的大意是：

如果有人问我，我就会告诉他

我的一生都在等待

等那个娶我的男人

等他来拯救我的灵魂

可是没有人来

如果有人问我，我就会告诉他

房子已经打扫干净

门前的葡萄已经开花

地里的西瓜秧子爬上了旁边的树

粮仓已经装满

心爱的人不必走天涯

我已经准备好一切

可是没有人来

如果有人问我，我就告诉他

山道弯弯走向外面

我一年年准备路上的干粮

可是我不能走啊

心爱的人在回家的路上

他的亲人我已经埋葬

家是灵魂安放的地方

我走了谁来守候故乡

可是没有人来

……

听着歌曲单罗泣不成声，那已经不是歌曲，是丽贝卡唱给自己一生的安魂曲。

下山的路上，老人不停地说着自己的故乡，说着父母，说娶妻生子的过程。那点点滴滴的回忆中全是甜蜜。他们一路下山，老人还为单罗定下了离开的日期。

离开的前一天，老人精心地收拾行装。他们一同去洗澡，单罗为老人理了头发修了胡须，老人找出自己三十年前来时穿的衣服，将自己刚做的鞋子套在脚上试了一天，他将房屋的门全部锁上，就像他要出远门一样。他们走之前特意将狗的铁链解开，打算带着狗一起走。单罗去解开玫瑰花树下的狗铁链的时候突然看见旁边一个靠墙的铁笼子里睡着一堆毛茸茸的东西，定睛一看，吓了一跳，这是他在山上看到的那个猫鼬一样的东西，青灰色的皮毛。至少有五只。

老人说："你别怕，这是银狐。是丽贝卡养的，很通人性。它们是这里的功臣，有了这些银狐，这里的老鼠、蛇之类的就少了，老鼠像知道一样不敢在屋子里做家。我把狗拴在这儿是想让狗吓走这些银狐，我害怕我死了它们吃了我的肉，啃我的骨头。可谁知道狗和它们成了朋友。狗儿也寂寞，发情期到的时候银狐就失踪一阵子，然后回来，结果发现他们怀上了，还产下了小狐狸。可是狗就不行，它离不开，也就下不了仔，绝种了……"

走的那一天，老人将单罗带到了神龛前，他将一种绿色的颜料调成糊状，在单罗的额头画出竖的线条，单罗跪在神像前，听他念念有词地说着什么，单罗听不懂，大概是突兀尔语。

老人说这是突兀尔族人征战前为勇士做的祈祷。要走出戈壁就像是一场战争一样需要勇气，需要神的保佑。他曾经试着离开过两次，丽贝卡就是这样为他祈祷，为他做了离开前的祈祷仪式。

……

老人将自己来时的衣服换上，将新皮靴穿上，这么一收拾，他似乎年轻了许多，样子也格外精神。他们出发了，单罗背着一个羊皮袋子，还有自己来时的一些东西，他将旅行包放在了坝下村，里面是肉干、炒熟的麦子和玉米，豌豆还有整块的干蜂蜜，一卷绳子，磨损得只剩半张的铁锹。老人带着两个空的装水的牛皮袋子，一截木棍，一把猎枪。后面跟着他们的狗。老人说水在爬悬崖的时候装不迟。那里也有水。他们沿着河道的峡谷前行。

令单罗没有想到的是，他们这一路经过的都是悬崖峭壁，他们整整走了四天。峡谷中不时会有一些泉水。晚上他们就宿营在离水源最近的地方。最后他们到了一个地势比较低矮的崖壁，单罗在崖壁上发现了一些人工造出的浅浅的坑道，从这些坑道爬上去，爬上三丈多高的崖壁，上面的地势相对平缓。看到这些单罗算是明白了为什么当年剩下的亲人没有离开，也明白了当年坝上的亲人为什么没能回到坝下。河道里四天的路途在河岸上是不知要走多少的路程，饥饿的年代多走一步路都要付出生命的代价。单罗也明白了丽贝卡老人的等待。即使单个的人能爬上去，物资是没有办法背上去的。这就是原因。

崖壁的下方是一个溶洞，溶洞里是一汪清澈的水。他们歇了很久，一起吃了一些东西。这时已经午后，河道另一边的崖壁挡住了太阳的光线，老人提议在这里住一晚上。第二天天一亮再走。考虑到老人腿不灵便，单罗同意了。

老人指着两个沙堆说："十六年前我在这里看到了两个死尸，他们带着猎枪，我希望这两个人活着。活着都能出去了。可惜他们死了，我把他们埋了，猎枪我拿回去了。那时我就想，他们死了有我埋，我死了谁埋，要是有人埋我当时就死了。死了埋在他们身边就好了，有这俩作伴不寂寞。"

说着他指了指崖壁跟前的一对沙土说："我死了埋在那儿，这是我以前就选的地方。"

"以后你就不必这样想了，我带你出去看世界。"单罗说。

　　然后单罗就询问了那两个人的模样。他告诉老人，他以后会带棉铃来找的。

　　这一夜他们说了很多话。老人告诉单罗，他到坝下时腿脚都是好的，他从吊桥的皮绳末端跳下来刚好落在草垛上，这是因为之前有人从那里跳下来死了，丽贝卡后来在那里搭了一个草垛，所以他没有受伤。那时候年轻不甘心在这里待着，就寻找出路，想要离开，他后来找到了这条路，先后两次爬上去过，第二次回来的时候不小心从悬崖掉下去摔断了腿，丽贝卡将他放在树枝上拖了回去，一路花了十天。丽贝卡伺候了他整整一年，从此他再也没想过离开，至少在丽贝卡活着的时候。

　　说了一夜的话，天亮的时候单罗睡着了。醒来的时候发现老人已经将牛皮水袋全部灌满。单罗起来，他们一起吃了早饭。然后老人建议出发前在这里洗个澡。因为之后可能需要很多天才能见到水。单罗觉得很对，洗完澡出来，老人一边穿鞋一边催促单罗爬上去。

　　单罗带着绳子要爬，老人一把抓住单罗的胳膊叫了一声："娃……"

　　"爷爷，别怕，我能上去，这几天你把我养得力气全长上了，还长膘了，有劲儿。"他伸着胳膊说。

　　老人松开手说："小心，一定要记住我说的话，一定记住。"

　　"好——"单罗已经开始爬了，他回答的时候没有回头。他没有看到老人的眼泪已经流出来了。

　　单罗带着绳子很快爬上去了，然后他将干粮袋子、水袋子、狗、老人的木棍全部拉上去了。很快，他就能将老人拉上来了，悬崖上面平地、山丘相间，起伏跌宕，眼界比坝下开阔许多。狗因为见到了广阔的地域高兴地撒着欢。单罗相信他很快就会走出这片戈壁。他感觉到了从未体验过的幸福和自豪。

　　单罗最后一次将绳子放下去，然后喊道："爷爷，你绑在腰里，小心点，慢慢爬，我拉……"

然而此时悬崖下传来"砰"的一声巨响，声音很沉闷。单罗没明白怎么回事问道："爷爷，咋了？走火了吗？"

悬崖下静悄悄的。

单罗有点担心，再问一声，悬崖下还是没有声音。他的心快要跳出嗓门了。他将绳子的一端拴在了一块巨石上，然后一把抓着绳子向下滑。当他站在崖下，看到的是老人已经倒在了血泊之中，他将猎枪对准了自己右胸，鲜血汩汩地往外流。

单罗跪下将老人抱在怀里。"呜呜"大哭。

"爷……爷，爷……爷，为啥？……为啥？你没必要这样，即使你……不想离开，只要你等我几天我也会带你走。你只要等……几天就行，等几天……"

"……我们六个人抢劫了……，杀了……四个，他们都死了，这些年……我坐班房，一个人的班房，我不能出去，没脸见人……，舍不得你……舍不得你走，舍不得你啊……娃……"老人拼尽最后的力气交代了一生。

单罗号啕大哭，这是一个人的一生。他不明白现实和遗言哪一个真实。

他哭了很久，老人的身体渐渐冰凉。鲜血被干燥的沙地吸收，留下一片黑红的硬块。此刻他才明白老人为什么带上铁锹，换上干净的衣服，他已经准备好了一切。单罗在悬崖边的沙堆上挖了一个深坑，将老人埋葬，这是他最后的夙愿，可惜的是单罗没有问清楚老人的家乡，他儿女的名字，他原以为会有时间，可是最终眼前的这个帮助过自己又守护自己的老人成了最陌生的人。

单罗知道自己一个人的战争刚刚开始，他爬上悬崖，将所有的东西绑在一起驮在肩上，东西很沉，但是他知道必须驮着，因为只有驮着这些东西他才能走出去。他挂着猎枪，带着狗，按照老人的指示一路走去。

　　他一路走了很久，这期间太阳升起了十五回，落下去十六回，他走得摇摇晃晃，天昏地暗。太阳第十六次升起来时，他的水已经喝完了，他气息奄奄地摸摸干粮袋，干粮袋里剩下最后一块硬邦邦沉甸甸的干粮，他摸出最后的干粮，准备咬时发现颜色不对。再一看发现他掏出来的是一块黑色的石块，就是神像前木凳上的水晶石。但他实在走不动了，狗也走不动了，它静静地卧在他的胳膊肘下。黑色的石头在阳光下闪闪发光，他将石头对准太阳看到石块中褐色的烟雾升起。突然烟雾中一辆汽车从天边走向天边，他还看到一匹骆驼朝他走来。骆驼上骑着那个改变了她方向的姑娘。

　　他站起来，看天边的风吹过来，漫天的黄沙。透过黄沙，他还是看到了远处的绿色和城市。他将石头抱在怀里，五味杂陈的心中多了一股暖意。

来福打工

权文珍

祁来福的父母没有孩子，他是从很远的亲戚家抱来的儿子。父母希望他能给家里带来福气，因而给他起了一个很吉祥的名字——来福。父母很是疼爱来福，从小到大来福从未感觉过自己是抱来的，只是大家这么说也就这么认为而已，他从内心深处很是感激父母，给了自己这么完美的家庭和幸福。

来福今年二十四岁，不但长得一表人才，而且很孝敬父母，不枉父母把他屎一把尿一把地拉扯一场。今年父母拿出十万元的老本给来福娶来了邻村百里挑一的俏姑娘赖玲，邻居们都半开玩笑地说祁老汉家的幸福终于来临了，小两口郎才女貌般配得很。老两口听了眼睛眯成了一条缝，常常笑得合不拢嘴。

来福是在父母的呵护中长大的孩子，也懂得父母拉扯自己的不易，当村里二十几个三十多岁的光棍汉媳妇没着落，还在丈母娘的肚里转经时，父母早已给自己访好了媳妇。而且连说带娶不到一年就迎进了家门。赖玲人品长相没得挑，勤快的左邻右舍没有人不夸的。光棍汉们望着赖玲俏丽的身影咽着口水老是对来福说："脬蛋娃好福气啊！"

　　这年头光说上媳妇还不行，还得满足女方家提出的高彩礼，有钱的因各种原因说不上媳妇，说上媳妇的又送不起彩礼，因而三五成群"掀牛""挖坑"玩牌的人群里总少不了几个光棍汉的身影。赖玲家要的彩礼在当地还算适中，女方家索要彩礼也很有行情。像来福所在的县份是按地区海拔的高低来收取的，越偏远的村社收取彩礼越高，这两年农村的女孩都进城打工了，有点姿色和才能的都不再回农村了，因而农村的光棍汉日益增多。有句俗语说：山里的女孩川里跑，川里的女孩城里跑，满山的光棍汉地里刨。虽然有打完工又回来的，但回来的女孩身上多少带点儿城里的洋气，再说城里能打的工实在太多，女孩子在城里混，胆子大了心也野了，哪一天过不惯面朝黄土背朝天的苦日子放了"鸽子"，不仅赔了夫人又折兵，尕娃们成了二婚再很难找到媳妇了，再丢下个一男半女，害的就是两代人，孩子跟着受罪不说尕娃就得打一辈子的光棍。所以农村人宁愿打光棍也不敢娶这些"飞鸽牌"的姑娘，因为农村人图的就是个农村人的实在和淳朴。

　　来福结婚快一年了，望着父母日益衰老的身影，他再也不忍心让他们二老为自己的小日子操心了，他很想挣一大笔钱来孝敬父母，因为这两年农村也开始缴纳医疗保险金和养老金了，免得让二老为自己的养老担忧，他虽不是二老亲生的，但他明白养育之恩更大于生育之亲。

　　恰好来福的舅舅春节来拜年时闲扯说，他今年在西宁包工盖高层，他的组里缺个带工的。说者无心听者有意，来福立马接过话题说："舅舅你看我行不？"舅舅头摇得像拨浪鼓说："家里就你一人顶梁柱，你走了谁来照顾里里外外的活？姐夫和姐姐老了，赖玲一个小媳妇能打理这么大的家吗？"

　　赖玲赶忙放下端在手里的菜碟子，把手麻利地在围裙上擦了擦，提起茶壶给舅舅边续茶边说："舅舅，只要有来福挣钱的机会我就会全力支持，这年头钱多不会烧手，没钱一事难办。来福从小在父母的翅膀下生活，没吃过什么大苦，跟舅舅出去也是个锻炼。外甥操心舅舅放心，何况带工的工作风吹不着雨淋不到，轻轻松松挣到钱有啥不好，再说我俩也不能一辈子掩在父母的翅膀底下呀。"

舅舅听了赖玲的话感到也有一定的道理，自己包工好几年，就缺个亲骨挨肉的帮手。来福是姐姐、姐夫的心头肉怕舍不得外出，因而好几次话到嘴边又咽了回去，今天小两口把话说到这个分儿上，他将征询、期盼的目光投向了姐姐、姐夫，姐夫半靠在被子上的身子一下子蹲在了炕上，皱起的眉头拧成了一个疙瘩，鼓着脖子上蚯蚓一样的青筋，"啪啪"地抽着闷烟。姐姐正拿着一把瓜子在嗑，急忙吐出了嘴里的瓜子皮，一边用手擦了一下粘在嘴边的碎渣滓，一边抬起头用疑惑的表情看着来福两口子说："你们想出去打工的事提前怎么没给我们说过？你两口子早早商量好的？"

来福赶紧说："妈，您和爸都快六十的人了还在为这个家操心，我这么年轻窝在家里像什么样？娘有疼心儿有孝心，我再不出去闯闯，将来怎么孝敬二老？何况我在舅舅身边打工你们有啥不放心的？"

"你还知道我们都快六十的人了吗？人家们六十的人手里领的啥嘛怀里抱的啥？"来福妈因生气鼓着腮帮子，睁大眼睛瞪着来福说。

赖玲嫩白的脸一下变得绛红，低着头转过身麻利地拿着放在炉子上"滋滋"冒气的茶壶走向厨房去灌水。来福一边用嘴指着爸爸朝妈妈努了努，一边拉着妈妈的胳膊撒娇似的说："妈妈您放心，大头孙子迟早有你们二老抱的，去年娶赖玲把家里的积蓄都花光了，怀孕、生育、幼教哪一样不花钱呀，我今年跟上舅舅打一年工，挣上点儿钱，再有计划地给您生上一个健康的大孙子还不好吗？我这么做也是为你们二老考虑，辛辛苦苦拉扯了我一辈子，让我们小两口好好伺候你们，清清闲闲地享几年清福呗。"

父母听来福说得这么有道理，也不好再说什么，阴沉、紧绷起来的脸也柔和了很多。爸爸和妈妈相互递了下眼色，爸爸把吸剩下的烟蒂捻在了铁罐头盒做成的烟缸里，深深地咽了下唾沫，拉长了声音说："出去锻炼一下也好，娃娃不仅长了见识，还能解决家里的各项开支，年轻人嘛应该有点积蓄，也好为将来我们孙子的健康成长创造更好的条件。"

婆娘当家驴犁地，母鸡儿叫鸣怪着气。农村普遍存在大男子主义，既然来福的爸爸这样说了，妈妈也不好再插嘴，望着来福的脸疼爱地说："看把你美得！"又把脸朝向舅舅说："那你到时早两天打电话言传一声，让赖玲把该带的东西都准备一下。"又不放心地说，"来福没出过门，你要多加照顾，别让我们担心啊。"

舅舅鸡蚀米似的点着头说："姐夫、姐姐大可放心，我再谁照顾不好也要把我外甥照顾好，我还指望把外甥尽快带出来，将来给我搭帮手，姐夫、姐姐就在家好好享受天伦之乐吧。"

赖玲看到事情发展得如此顺利，高兴的脸庞娇艳如桃花，一边殷勤地为公婆和舅舅添着茶水，一边对公婆说："爸爸、妈妈你俩就享两天清福吧，家里地不多，一人干两人干还是那些地，来福跟舅舅出去打工挣上些钱，我一人把田务劳好，不但有炕里煨的，嘴里吃的，手里花的，行里存的，还为生孩子做好了准备，何乐而不为，爸爸妈妈，我们往后的日子甜着呢。"

看到来福、赖玲眉飞色舞的高兴劲儿，知道"儿子大了，老子罢了"这句俗语的确是句大实话，这小两口的尕算盘早就打好了。来福爸又点上一根烟慢条斯理、若有所思地说："年轻人有年轻人的活法，年轻人有年轻人的打算，大鸡儿死了尕鸡娃照样叫鸣里，年轻人头脑灵活，出去闯闯也好，我们也不可能一辈子罩着他们。"来福妈听老伴这样说了再也不好说什么，转过头又对舅舅说："舅舅啊，那今年我们就把儿子交给你了，来福没出过远门，有啥做不好的地方你当舅舅的多担待，多指教。"

转眼开春了，许多工地也开工了，赖玲忙着涮洗来福打工所带的床单、被褥和衣服，来福在等舅舅电话期间没事干跑到场边看大伙"掀牛"打牌，恰好碰上蔡保闲侃。蔡保三十有五，长得结结实实，浓眉大眼，只因父母去世得早，家底薄，没人操心耽误了婚事。如今的媳妇跟市场上的肉价一样一天一个价，只涨不降，如果没人帮助，一个人打工挣钱永远跟不上彩礼的要价。听说来福要去舅舅的工地打工，一边硬是缠着来福给舅舅说说带上他，再打一年工差不多就凑够了娶媳妇的彩礼钱；一边还说："别人都说你来福仗义，我咋没见过呢，还说我们是好朋友，你尕娃晚上有搂的，心里有牵的，我都三十好几了还没见过女人是啥样，有这样的好事咋不想着点儿我呢。"来福也笑着回应道："唉，没媳妇的想媳妇，有媳妇的烦媳妇，给你实说了吧，媳妇就像调味品，酸甜苦辣，五味俱全，等你娶到媳妇了就知道是什么滋味。"

晚上吃饭时来福把蔡保想和自己作伴出去打工的事说给家里人。爸妈和赖玲一致同意带上蔡保，说出门有个庄子上的伴儿家里人放心，你虽然在舅舅的工地打工，可舅舅总归是工地上的头头，不可能天天陪你，让蔡保作伴在人生地不熟的工地也好有个说话的伴儿。

晚饭后来福也没出去闲转、瞎侃，在家陪父母和赖玲看电视，黄金段节目一完，父母就催促小两口赶快去休息，不言而喻父母抱孙子心切，只是不好在言语上挑明。赖玲也很想和丈夫多待一会儿，一夏都是打工的好机会，这次一走也许只能等冬天，工地停工才能回来，更何况结婚以来小两口还没有分开过，想想分开的日子，两人心里都不是滋味。

来福一只胳膊伸在赖玲的头下面，一只胳膊紧紧地搂着赖玲，赖玲一头乌黑的长发搭在炕头，嘴紧紧地贴在来福的脸上，像一只温顺的小猫缩蜷在来福的怀里，他俩谁也不说话，静静地感受着对方的呼吸。来福睁大乌黑的眼睛望着窗外满天闪烁的星星，很想找到织女星和牛郎星，感觉此时此刻自己就像传说中的牛郎，随时就要和自己深爱的女人分开，他内心感到一种不舍和难过，他才真真切切地感到离别是一件多么痛苦的事，怪不得这个美丽的传说流传了这么久，感动着代代多愁善感的男女。

沉默良久，赖玲抬起头问来福："你出去会想我吗？人人都说外面的世界很精彩，你也会不会被迷惑？"黑暗中来福看不到赖玲的脸，但从语气里能感觉到赖玲说话的认真度。来福一面用手深情地抚摸着赖玲圆润的肩膀，一面说："我有这么如花似玉的媳妇还有什么不满足的，我出去打工还不是让我们的日子过得更好吗，说不定今晚我们的儿子已经在你肚子里扎下根了。你是我媳妇还信不过我吗，工地不还有舅舅监督嘛，舅舅来电话时我就把蔡保也想一块儿去打工的事给说说，让我们相互有个照应，舅舅最疼爱我，一定会答应蔡保和我一起去的，多一个蔡保更多了一双眼睛，你还不放心吗？"说完把赖玲搂得更紧，赖玲两只小拳头像雨点一样砸在来福满是肌腱的胸口上。

来福在天天胜似新婚的日子中终于等来了舅舅的电话。为了安慰赖玲，来福赶紧把蔡保陪自己出去打工的事说给舅舅，俗话说得好"丈人女婿亲，阿舅外甥亲"，舅舅不假思索地答应了来福的要求。舅舅也说："我经常外出，你一个人在工地，有个同村的伙伴也好，我在姐夫姐姐面前也讨个好，别让咱们的宝贝儿子天天想家不安心打工。"

去工地时舅舅开着自己的皮卡车来接，赖玲为了图个吉利穿了结婚时的一套红衣服，也给来福打了两个大红行李包。一个里面装满床单被褥，一个里是换洗的衣服和洗漱用具。蔡保是灶王爷的嘴贴在腿肚子上一人吃饱全家不饿，简简单单地打了一个小包裹。头面收拾得挺干净，人长得本来不赖，一收拾更显英俊。他接过来福、赖玲手里的行李整齐地码在了双排座的后排，只留下了一人能坐的位置，在车旁跺了跺脚上的土坐在了后排。来福和父母一一道别，赖玲红着眼睛在一旁默默站着，好像刚哭过，来福也一副愁眉苦脸的样子，爸妈拉着来福的手千嘱咐万叮咛。一家人不像送来福去打工，而像送他去上战场。

千里相送总有一别，舅舅一看一家人难舍难分的样子，立马跳进驾驶室说："来福上车，我在工地还有要紧事要办，姐夫、姐姐赶紧回家去，风大，小心感冒。"说完一踩油门上路了，来福把头伸出风挡玻璃外，使劲挥着手，大声说："爸爸、妈妈，你们回去吧。"赖玲扭转过头不再看来福，抽动着肩膀，擦拭着面颊。车速很快，倒车镜中的赖玲变成了一个小红点，来福还把头伸出风挡玻璃远远地望着。蔡保开玩笑地说："来福你到底是舍不得谁，小心把脖子扭断了。"来福把头从窗口转过来不好意思地用手在头上抓了抓。

舅舅一脸严肃地开着车，不一会儿就到了县级公路。这两年乡村道路硬化，县级公路建设和维护都很好，可以和国道媲美，除了车速快有点摇摆外，舒坦得就如坐在摇篮里。也许是刚才的离别让人心里很难过，谁也不说话，空气沉闷得好像凝固了。来福呆呆地望着车外，眼神里没有一点儿精神，一下子离开朝夕相处的亲人他的心就像掏空了一样，舅舅因工地有事一直注视着前面的路面，车开得很快。

蔡保从小到大一个人生活，看到别人难舍难分的场面多少有点感动，心里默默地想有亲人真好啊，可惜自己命苦，孤苦伶仃没人心疼，暗下决心今年好好打工存钱，年底一定娶个知冷知暖、漂亮的媳妇进家门好好过日子。

想着想着，蔡保进入了梦乡，梦里娶了个如花似玉的俊媳妇，自己像老爷一样坐在炕角头，吃着媳妇端上来的热乎乎的饭菜，吧唧吧唧地咂着嘴。来福听到响声好奇地转过头看蔡保。蔡保两眼实闭着，头向左歪斜着靠在行李包裹上，口水顺着左嘴角拉着长线滴落在包裹上，包裹上已形成了五分硬币大小的湿圈，嘴不停地蠕动着好像在吃什么好东西。看到他睡得如此香，来福也不忍心打扰他，就把头转向前，看着向后退却的一排排光秃秃的杨树。

舅舅终于开口说："来福，别难过，出门习惯了也没什么，工地在省城，离家也不到一百公里，有啥好难过的，想回家只要有清闲时间就可以回来，甭像远走天涯海角一样哭丧个脸，成什么样子，你是不是男子汉？"

来福一直沉默着，没有回答舅舅，听了这番话，心里倒也敞亮了很多。离家越来越远，离省城的工地越来越近，看着路边的建筑物和车辆，来福的心情也有所好转。高大的广告牌在阳光的照射下鲜艳夺目，路边的垂柳蓄藏了一冬的养料，枝条隐隐地透着绿意，探春树上一串串的小结似有胀开，是花蕾在做着分娩前的孕育，让他感到既亲切又温暖，好像看到赖玲挺着大肚子在自己的眼前晃动。

大约走了两个小时，高速车道收费处减速坎上的震动把两个人从睡梦和沉思中拉回，车从高速路上下来，穿过又宽又直的国道线向南环路奔去，来福和蔡保一个人打瞌睡，一个人想心事，舅舅开车什么时候上的高速路都不知道，看到眼前繁华的景象才知道已到省城了。舅舅说："现在到了省城的东大门，我们要一直顺着南环路向西走，一直到西头的经济开发区，我们的工地就在那儿。"

差不多走了半个多小时，车终于开进了一个高楼林立的还在建设着的小区，从车上下来，舅舅说："这儿是省上开发的最大的经济开发区，我们盖的都是高层，多半是机械化操作，最高的要达到三十八层。"来福和蔡保好奇地抬起头向上望去，楼房好像从云层里长出来的，一个个窗户看起来就像是火柴盒垒起来的密密麻麻。来福和蔡保近距离地没见过这么高的大楼，两人争相数起来，好像有点不相信舅舅说的话。

舅舅说："走吧，以后天天有的看，有啥好数的。"两人才低下头，搓着发困、发麻的脖颈跟在舅舅的身后向大楼后面一排坐北朝南的有着蓝色屋顶的彩钢房走去。还没走近，一声声女人的笑声从房里传来，蔡保和来福相互对望了一下，不言而喻，两人好像有点不相信工地还有女人，来福心里更是发怵，舅舅是否在这儿安了一个家，心里这样猜测着已走到了门口。

舅舅指着第一间紧关着门的屋子说："这是灶房。"说话间已到了传出笑声的房间门口。房间有八九平方米，东西两张床，两床之间有一小茶几，上面摆放着不知牌子的化妆品，两张床上分别坐着个女人，房间收拾得干净整齐，岁数小点儿的很害羞地捂着嘴，好像要把笑出的声音捂回去，岁数大点儿的看见来福他们赶紧跳下床站在地上绷住想笑的脸说："吴经理来了吗？"舅舅忙指着来福介绍说："这是我外甥，叫祁来福，这个是蔡保。"来福趁舅舅作介绍的机会打量了一下这两个女人，那个年轻的二十五六岁，丰臀细腰大胸，眉眼秀气，小嘴、小鼻子，丹凤眼，名叫秀秀，年长的有点儿龅牙，眼睛大，一样一样看还行，但整体组合就不如秀秀好看，岁数在三十一二，舅舅说："叫花姐就行，她俩是给工程上的几个主要领导做饭的，人不多，以后你俩就和我们一块吃。"

舅舅一边说一边又领着来福两人向旁边的房子走去。房间和秀秀她们的房间一样，只是床上没有行李，而在靠门口的桌子上多了一台电视。舅舅说："你俩就住这间，一会儿把行李拿来铺上，这是我们以前监工的房间，休息时可以看看电视，解解闷。来福，在工地好好干，别想家。"来福不好意思地搓着手说："舅舅放心，出了门再想啥家，肯定好好干呗。"舅舅又说："饭你俩就在工程灶上吃，免得落姐姐的话把，说我没照顾好你。我的房间在最东头头一间，有啥事就过来，你俩把房间好好收拾一下，我先有事回房间了，取行李的时候喊一声。"

蔡保转过身在门背后拿了一把扫帚认真地扫起床上的灰尘和地上的土，来福摆弄了一下桌子上的电视机，好像没有图像，关了。随后走出屋子，左看右看想熟悉一下环境，他看到所有的彩钢房子都一般大，比农村的木头房子整齐、耐看。

坐了两个多小时的车，来福现在也觉得尿脬胀鼓鼓的很想撒泡尿，可是初来乍到，又不好意思问舅舅，连个厕所都找不到会叫人笑话死

YUAN SHAN JIN SHUI 远山近水

159

的，在农村这样的事随地都可以解决，可这是在城里，随便解决不行，来福不想给农村人丢脸。

他来到舅舅所住房子的左边，是一块宽阔的地面，堆满了推土机、挖掘机等工地日常机械设备，一道铁丝横穿在东西角上，他想这可能是工地民工晒衣晾被的地方，几只苍蝇"嗡嗡"地飞舞，偶尔伴有几声鸟叫。水火不留情，尿憋的来福实在忍受不了，再靠里走了走，避背的没人能看到自己，急忙尿起来，然而等他提裤子的瞬间，一个黑影顺着铁丝嚓啦啦地向他扑来，来福条件反射地提着裤子向前跑，可是已经来不及了，唉呀妈呀……还没完全喊出口，一只高大的黑色藏獒将他扑倒在地。舅舅听到叫喊声急忙从房间跑出来，大喊着："黑豹！黑豹！"黑豹摇着尾巴卧倒在地上，眼神讨好地望着舅舅，可是来福狼狈地趴在地上，一股殷红的鲜血顺着左脚脚踝处流了下来。叫喊声也惊动了所有房间里的人，他们协助舅舅一同把来福扶回了房间。

舅舅急忙把车钥匙丢给蔡保说："快到车上把行李拿下来铺上，我给来福把伤口洗洗。"舅舅房间的东边只有一张单人床，西面是五组三层的档案柜，床的对面是一排沙发，虽然有点拥挤，但整理得井井有条。来福脸朝里，用左手拽着裤腿半躺在床上，"哎呀哎呀"地呻吟着。舅舅一边用肥皂水清洗着创面，一面说："忍着点儿，幸亏你小子跑得快，裤子也是牛仔布，只咬破了点皮，先用肥皂水洗洗消消毒，再到防疫站打上'狂犬疫苗'休息几天，就不会有什么大问题。"来福看见洗过的伤口高出腿面约三厘米，一个不规则的洞里鲜血汪汪，四个齿痕在腿面上拉出二寸长的划痕，擦洗过的皮肤鲜血欲渗不渗地沁着。

刚来工地就遇上这样的事，来福认为不顺当，心里很不是滋味，他说："舅舅，我先回房里躺会儿。"舅舅说："在这里躺着，我出去发车，先去防疫站把'狂犬疫苗'针打上。"来福说："不用打，农村的人被狗咬的多了，就没听过打'狂犬疫苗'的。"舅舅嫌来福啰嗦，不管他如何拦阻，还是出去发车了，边走边大声说："蔡保，你铺好床了把来福扶出来，我们现在就去防疫站。"

车子穿梭在省城的大街上，来福和蔡保看到街上车多，人也很多，匆匆忙忙的行人和车流看起来就像下雷阵雨前的蚂蚁在搬家，没有一刻的消停。

七转八拐，车子终于在标着醒目大红十字的防疫站门口停下了，舅舅和蔡保跳下车一起扶来福下车，来福感觉很是不好意思，伤口只是有点痛而已，一点儿也不影响走路，就对舅舅说："蔡保扶着就行，我慢慢能走。"舅舅只好丢下他俩先去挂号开票了。

来福说："蔡保，这次出来打工，工没打一天，先把亏吃上了，我思谋这钱挣上挣不上还是个问题。"蔡保说："来福，你把心放宽，老板是你舅舅，再挣不上钱，这阳世上就没有我们老百姓挣的钱，你少说这种丧气话，好好把伤养好。"

等他俩一瘸一拐地走到楼上注射室，舅舅已开好了疫苗交给护士在配药。从配药的神情看护士刚参加工作不久，个子高高的，眼睛大大的，胖瘦适中，虽然戴着口罩，从整个外貌看是个很标致的姑娘。配好药，她让来福拉起裤子，来福龇着牙慢慢地拉起裤子，她用纤细的食指摁了摁创面说："没事，用肥皂一天洗三次，创面干燥了不化脓就好了，再每星期把剩下的三个疗程的针打上就行。"说话的声音很清脆，有种似曾相识的感觉。接着示意来福把裤子褪下，来福很不好意思地解着裤子，脸红得就像下蛋母鸡的冠子，蔡保脸贴在注射室的玻璃上龇牙咧嘴地做着鬼脸。

从注射室出来，舅舅嘱咐来福："以后每隔一星期就来打一次针，"又说，"黑豹是我们工地上从小养大的狗，不可能有什么'狂犬病'，但我只有你一个外甥，不怕一万，只怕万一，若有个三长两短的怎么给我姐交代，好好把伤养着，让蔡保陪你，一直到把三部针都打完再上班，这期间工资照发，你俩的工资是每人每天二百元，你俩看行不行？"

蔡保一边高兴地直点头，一边在搀扶来福的胳膊上轻轻地掐了一下,来福也会意地笑了。他没想到舅舅这么心疼他。只是被狗咬伤而已,也不是什么大病,犯得着休息这么长时间吗?

舅舅的话让来福很感动,他也知道舅舅和父母一样深深地疼爱着自己,但他不忍心让舅舅这样破费、操心,不说今天二百八的疫苗费,还白领一个月工资,这不是来打工,而是做老爷来了,还搭上个蔡保,吃喝拉撒,让舅舅白贴万把块。

在车上来福终于忍不住对舅舅说:"舅舅,你对我的好我知道,但无功不受禄,我和蔡保一天班都没上,凭什么平白无故地就拿工钱,回家怎么向爸妈交代。"

蔡保也附和说:"就是,再套近乎、占便宜,也不能让舅舅做贴本的买卖,让庄子上的人知道了笑话死,庄稼人就图个实诚,还说我俩打不上工、耍赖、吃闲饭。"

舅舅说:"你俩再夋犟,来福是头一次出来打工,也是庄子上的人第一次来我工地打工,我不看佛面看僧面,不说亲戚路间,看在乡里乡亲的面我也应该这么做。等来福伤好了你俩在工地上好好操心就是了。"

回去的路上,来福感到伤口不太疼了。看着车窗外的景色,感觉拥挤的街道,宽阔的马路,高耸的大楼不再有压抑、紧张感,反而就像修整过的梯田,错落有致,高低适中,层次分明,有一种整洁、包容感,他想这也许就是很多人向往城市生活的缘故。心里也就默默念叨自己的伤口快点儿好,早点儿出工,早挣钱,好为孩子的将来做储备。

回到工地,已快到下午六点半,赶路、来福打疫苗,大家一整天没吃饭了,庄稼人饭量大,肚子早在"咕咕"叫了,加上一股浓烈的羊肉香味在工地飘荡,涎水早在来福、蔡保喉间游荡,但他们不好意思对舅舅说,只是机械地跟着舅舅走,舅舅把来福和蔡保直接领到秀秀和花姐住房的隔壁厨房里。

花姐和秀秀早在厨房里忙活着,一大锅羊肉在锅里"咕嘟咕嘟"

地翻滚着，菜板上早已切好的香菜和蒜苗散发着阵阵清香，放在案板上的一大蒸笼卷着香豆和姜黄的馍馍冒着淡淡的热气。秀秀和花姐看着三人进来，忙停下手里的活，齐声问道："吴老板你外甥咋样？"舅舅朝来福努努嘴说："好好着，没事！你俩快点上饭，饿死了，其他的人呢？"华姐说："王经理、何经理没来，李总监、张会计、刘监理们吃罢着出去了。"秀秀忙着拿碗筷拾馍馍。

舅舅说："你俩一天饿坏了把，先热热吃块手抓，吃上几块了再吃馍馍喝汤，权当是晚饭，凑合上，今天本想给你俩好好吃给个饭，没想到弄成这样了。"来福和蔡保嘴里嚼着肉，说不出话，只是"嗯嗯"地点头答应着，吃得狼吞虎咽，风卷残云，一会儿把一盘子羊肉扫了个精光。蔡保吃着一个油嘟嘟的羊腰子，两手缝里滴着油，还在嘴上吃出了一个大大的油圈圈，花姐和秀秀在旁边偷偷比画着，捂着嘴"咘咘"地笑着。

吃饱喝足，舅舅把他俩送回房间，说今天大家都累了，看看电视早点休息，他还要安排明天的事，就回去了

来福的腿有点疼，他靠在被子上，头枕在双手上看电视，蔡保因今天的事没来及熟悉周围的环境，用好奇的眼光出出进进地观察着，又好像有点心神不宁、坐立不安的样子。电视里的情节来福一点儿也没看进去，他心里挂念父母，想着赖玲，第一次和他们分开，他的心里就像丢了东西一样忐忑不安。

不知何时，门外响起一阵细碎的脚步声伴着轻轻的敲门声，敲门声很小，可彩钢的穿透力很大，把来福和蔡保都惊了一大跳，来福的床靠西，他急忙在床上坐直了身子，蔡保忙跳下床去开门，门开了，是花姐和秀秀，她俩前推后搡地站在门外，相互让着，可谁也不肯迈进一步，最后还是蔡保把两人推了进来。

花姐提着两袋金鸽牌的葵花籽，秀秀两只手里拿着四个泡椒凤爪，不好意思地把两只手藏在背后，进来后她俩把东西放在放电视的桌子

上。花姐很大方地坐在了来福的床沿上，秀秀却站在原地没动，蔡保骚红着脸推也不是，拉也不是，"坐下，坐哈啥"，语无伦次地谦让着，眼睛求救似的望着来福。来福毕竟是结过婚的人，拉着疼痛的腿朝前挪了挪，笑着对花姐说："让你的伴儿坐下啥，站客难打发嗳。"秀秀这才不好意思地跨在蔡保的床边。

花姐把带来的瓜子袋撕开，给一人抓了一把，来福和蔡保忙不好意思地说："我们刚来，要啥没啥，两个大男人还吃你们买来的东西，多不好意思，多谢，多谢！"

花姐说："出门在外，大家都一样，分啥你的嘛我的，拿上。"又把四个凤爪分别扔给了大家，四个人一面看电视，一边嚼着凤爪、嗑着瓜子。

电视里正在播放西北花儿大赛青海分赛场的决赛，青海花儿大赛首届冠军马全正用富有磁性的歌喉唱着花儿：哪一个河滩里没石头，不信了我俩儿看走；哪一个年轻人没连手，不信了你阿爷哈问走。四个人都是出门人，又都是单身汉，虽没有避嫌和忌讳的，但大家都是刚相识，听着花儿的内容多少有点不好意思，更何况花儿的意思表白得如此直白和明了。

秀秀害羞地把垂直的发梢缠在手指上绕来绕去，好像在自我欣赏；蔡保涨红着脸，喉结像清洗的羊肠子里的粪蛋一上一下地滑动着；花姐左腿搭在右腿上跷着二郎腿，右手撑着下巴，好像要钻进电视里一样前倾着身子；来福忍着腿子的疼痛，尽量伸长脖子看着电视，担心花姐挡住自己的视线，错过精彩的一幕。

半夜，疼痛加上怂床，来福一丝睡意也没有，他顺手把枕头竖放在床头上靠着坐起来，看到蔡保的被窝处忽明忽暗地闪着火花，原来蔡保也没有瞌睡，躺在被窝里抽烟。蔡保听到动静就问来福："腿子还在疼吗？"

"有点儿，你怎么了？"

蔡保沉思了半天才说："来福，我看上秀秀了，你看我俩成不成？"

"这就要看人家秀秀看上看不上你，一个未嫁，一个未娶，有啥不成的？成不成先处一处，谈谈再说呗。"

蔡保是猪八戒想媳妇越聊越起劲，可来福因伤口疼痛，加上一天的奔波，聊起来有一搭没一搭，也不管蔡保此刻想媳妇想疯了的心情，不知不觉就进入了梦乡，梦见赖玲像小猫一样使劲往自己怀里挤。蔡保想着自己的家境、婚事却一夜辗转难眠。

来福一天除了养病，在工地上来来去去地转转，剩下的时间就焉头搭脑地躺在床上睡觉。这下可忙坏了预谋和秀秀谈恋爱的蔡保，他一有时间就去厨房帮工，秀秀择菜他洗菜，秀秀洗锅他擦碗，还趁秀秀不注意，试探性地在秀秀的胳膊、手背上接触一下，顿时感到浑身都暖暖的、酥酥的、心悸的有种触电的感觉。秀秀有时也怒睁杏眼娇嗔地推一把，有时还会轻轻地反手打一下那不安分的手。相处了一个多星期，蔡保感到秀秀不讨厌他，而且还喜欢和他待在一起。

有天晚上花姐有事出去了，蔡保在帮秀秀洗锅、擦碗，两个人配合得很默契，整个空气中弥漫着欢乐和笑声。蔡保想想几天来的相处和试探，感到秀秀就是自己三十五年来期待的女神。从记忆起，这么近距离地接触和相处的女人除了秀秀就没有别人。秀秀的举手投足都显现着女人的柔美，那浅浅的笑容，那娇嗔的眉眼，老在眼前晃动，让自己整晚整晚地失眠。想想这些，蔡保再也无法克制自己，鼓起千百倍的勇气，红着脸问秀秀："秀秀，你看我这人咋样？我喜欢你！你看上看不上我给句实诚的话，我都三十好几的人了，从未接触过女人，更别说谈恋爱，也不会说甜言蜜语，今年和来福出来打工遇上你是我今生的福气，成了，今年我就把你娶回家？"

轻松的气氛一下子凝固起来，秀秀低着头认真地擦着案板，整个厨房静静地能听到两个人"怦怦"的心跳。蔡保感到自己的话说得有点唐突，但已经说出来了他也不感到后悔，他怕错过眼前等待了三十几年的心仪的女人。他只怕自己的愚蠢和冲动留给秀秀不良的印象，又忙着给背对自己的秀秀道歉："对不起，我配不上你……"话还没说完，秀秀"噗"地一下捂着嘴笑起来。

蔡保打了个愣怔，忽地明白过来，再也无法控制自己激动的心情，从后面一把抱住秀秀，把无数个初吻留在秀秀白皙的颈项上，张翕的红唇上，发烧的面颊上，秀秀也喘息着一下抱住蔡保，两人紧紧地相拥，深深地相吻。蔡保的身子像干柴碰到烈火一样燃烧着，全身的血液像开水一样沸腾着、膨胀着，他恨不得把秀秀吃进嘴里，融入自己的身体里，他像疯了一样紧紧地抱着秀秀，挪腾着，相拥着……

来福在房间里看电视，左等右等还不见蔡保回来，听见隔壁有动静，以为是花姐买菜回来了，急忙推开伙房门来帮忙，没想到看到蔡保和秀秀动情的一幕，不好意思得做贼一样逃出了伙房。

蔡保和秀秀如火如荼地恋爱了，大男熟女，说穿了就像大多数热恋中的男女一样，不知谁勾引了谁，也不知谁深爱着谁，反正火速地同居了。蔡保一会儿不见秀秀就感到心急火燎，内心一刻也安定不下来，只有见到秀秀，那颗空落落悬着的紧张的心才能感到踏实，才感到自己的生活有盼头，有奔头。

最后一次注射疫苗的时候又到了，蔡保陪伴着来福一路走走看看地来到了医院，萧条了一冬的天气随温暖的气候暖和起来，整个城市在春风中不知不觉地裁剪出绿色的新装，路上的行人们也褪去臃肿的行头在温暖中舒展窈窕起来。防疫站的医务室里地板拖得锃亮，忙碌的医务工作者将苗条的身材包裹在肥大的白大褂中跟外面充满绿意的世界形成很大的反差。一位小护士静静坐在注射室门口的小凳子上看着书，来福和蔡保走进一看是给来福第一次注射疫苗的那位小护士，来福不好意思地干咳了两声，才张口说："大夫，给我打个疫苗吧？"小护士赶忙放下手中的医学书籍，接过来福手中疫苗盒的同时认真地打量着来福，随后有意无意地随口问道："你们是哪里人？"

蔡保抢先回答："我们是隆原县建设村的，大夫不会是和我们是老乡吧？"

小护士面对来福缓缓地摘下雪白的口罩说："怪不得呢，上次就感到口音那么熟悉，城市大，怕认错人，只忙着工作没顾得上问，我的中学同学中就有个叫祁来福的，不会是……你吧？"

来福看着那水汪汪的大眼睛和微翘的小嘴，拍了一下手掌急忙说："梅尔，哎呀，八年没见了，怎么会是你呢，你不说我还真认不出你了。"

蔡保听着他俩讲着昔日的中学趣事，像个灯泡站在旁边插不上嘴，听了半天，才知道，来福和眼前的小护士是中学同桌，风华年少、情窦初开的中学时期还相互爱慕过。因梅尔在值班，他们相互留了电话，就依依不舍地离开了医院。

回去的路上，蔡保开玩笑地说："你孬蛋娃就是有福气，这么大的城市偏偏遇上你的中学小情人，还是个美人胚子，我蔡保命苦，啥好事都不沾边。"

来福还没从刚才的高兴和惊喜中回过神来，听蔡保这样说，顺手打了一拳蔡保说："你尕娃再别装了，我什么都见了！"蔡保顿时红着脸不好意思地抓耳挠腮地掩饰着。

舅舅给他俩安排的活跟其他打工的来说，相对很轻松，可帮着操心事事都要心到、眼到、身到，而且腿脚还要勤快。其他打工的看到他俩年纪轻轻就管理他们，说什么嘴上没毛，办事不牢，表面上虽然表现出心悦诚服的样子，可心底里很不服气，根本不把他俩放在心上，暗地里时时和他俩作对。

一幢幢高层竣工前从外面看气势雄伟，可里面的琐碎活数不胜数。舅舅先让来福和蔡保各负责一幢楼的粉刷工作。来福自从到工地被狗咬以后，伤口早已愈合，可一直萎靡不振，也许是受惊吓造成的。工地上的高层虽然有电梯，可没完工前只承载货物，不让载人。来福为了感激舅舅，每天强打精神早早上班，然后一层楼一层楼地去核对上班的人数和出工情况。有时知道那层楼里有那几个人在工作，想撒懒不进去点名，在楼道里喊着要点的人名，可喊死喊活人家就是不出声；有时还要看看干活的进度和质量。一上一下就一个上午，三十几层的楼，一天几个来回是常有的事，一天下来，早已是筋疲力尽，吃过晚饭，一挨枕头就呼呼大睡。可蔡保因忙着和秀秀谈恋爱，精力超强地充沛，有时吃过晚饭还帮秀秀收拾厨房里的零碎活，有时还避开别人的眼睛出去浪漫一阵子，等来福一觉睡醒才回去睡觉。

前两天舅舅对来福说："你负责的小工里面有人怠工和偷工减料。一个小工工资一天是一百五，一天不出工，工资照拿可进度就赶不上，赶不上进度，完不了工，吃亏的是老板。虽然现在的楼房都是毛坯房，但完工前的粉刷也要看得过眼，客户本来就挑三拣四，尽挑毛病。工人们为了省工、省时，把材料乘代工的不注意就会倒掉，你就多长个心眼，如实地记好工人的出工情况，监督好粉刷的进度和质量。"

这天来福吃过中午没有提前上楼，而是在院子里转腾了很久才上楼。他来到十八楼，看到五个女的小工灰头土脸地干着活，可四个男的粉刷匠却不知去了何处，来福没好气地问："其他人呢？今天都划旷工！"

她们都支吾着不知所措，一个年长点的腆着脸急忙说："他们有的出去买烟，有的出去上厕所了，水火不容情呀，祁工有啥事我来了传达给，千万别划旷工，都是拉家务的人，一分钱不好挣。"

来福想想也是，都是庄稼人出来打工，谁没有个零离吧碎的事。虽然舅舅提醒了，但他还是不忍心下死手划旷工，就瓮声瓮气地说："下不为例啊，下一次发现就连今天的工资也扣除。"他转身出来，又一层一层地上楼去点名核对，身后传来那五个女人得意的笑声。

来福一点儿也不忌讳她们的笑，农村人在广阔的田野中劳作惯了，说话做事都是大大咧咧的，笑起来更是肆无忌惮。他只好无奈地摇摇头不紧不慢地上着楼梯，上下楼梯就跟农村登山是一样的，走得太快不但气喘吁吁，也会走伤肌肉。每天在楼梯间上上下下，熟悉得闭着眼睛走也能知道有几个台阶。但今天看到有人偷懒不出工他心情很差，他感到愧对舅舅的嘱咐，可大家都是出来打工的，他实在拉不下这个脸。想想这些，他又恨自己感情用事，看着窗外林立的高楼他感觉这楼梯很陡，自己就像一个小蚂蚁在此间行走，上到二十六楼，他就不想再上了。他来到安装窗户的小组处，看到他们正在有条不紊地干着活。看到来福进来，年长的宋师傅忙停下手中的活，赶紧摘下双手的手套，把粗糙的双手在衣服大襟上擦了擦，从工作服的上衣口袋里掏出一包延安烟，给来福取了一根，自己也拿了一根叼在嘴上，又赶紧拿出一次性的打火机先给来福点上，又乘火还没熄之际给自己点上。

来福没有烟瘾，只是礼节性地拿上抽着，不把烟抽进肺里，只是吸进去又赶忙从嘴里吐出来。宋师傅把抽烟当成了繁忙工作中休息时的消遣和缓解乏气的调节剂，一张嘴整个牙齿都是黑黑的，就像农村烧炕的炕焦附着在洁白的墙面上。他一边抽着烟一边向来福详细地说着安装工程的进度，可安装的打磨声、捶打声，听得来福有一句没一句的，来福到他们这里时看到他们人员齐，工作进度又快，也不想耽误他们干活，刚才的不快也早飞到九霄云外了。他把吸剩的烟蒂扔在脚底下踩了踩，又咽了口唾沫，拍了拍宋师傅的肩，满脸笑容地说："那师傅你们忙，我还有事先走了。"说着又愉快地向上一层楼走去，他突然感觉，那熟悉的楼梯此刻不那么陡了，也变得平缓了很多。

不知不觉已到了端午节，工地放假三天，舅舅让来福和蔡保回家去看看。来福恨不得长上一对翅膀飞回去，可蔡保懒散地躺在床上抓着头皮，嘴里支吾着犹豫不决。来福明白蔡保不想和秀秀分开，就开玩笑地说，把秀秀领上了到家里转一转走呗。蔡保这才说，我和秀秀乘放假的机会想去公园转转，平时忙得脱不开身，正好趁这机会也好向秀秀表表心意。来福再也不好说什么，拿出干净的衣服换上，把赖玲装在包袱里的一个装酒用的袋子拿出来，收拾了洗漱用具等东西准备回家。正在这时梅尔打来了电话，说她们也放假，回家可以搭伴。来福一下子高兴得跳起来，挤迷着眼得意地对蔡保说："哎！你不去以为没人陪我啥，现在你去了我还怕嫌多余呢！"

来福和梅尔说好在长途汽车站碰头，来福一下公交就飞快地向售票处走去，他知道节假日回家的人太多车票不好买，他想乘梅尔没来之际就把队排上，把车票买好。当他快走到售票处时，梅尔亭亭玉立地站在那儿微笑着向自己招手。这时车站的广播里传来旋律动听的"同桌的你"，来福听起来是那样地熟悉可亲，他轻轻地跟唱着向梅尔走去。

在车上，来福和梅尔回忆着学生时代的趣事。来福说："还记得那次青蛙事件吗？"

梅尔说："我一辈子也忘不了，到现在我还不知道那青蛙你是从哪儿弄来的？"

"你还记得头一天我们去郊游的事吗？"

梅尔说："怎么不记得？"

"回来时我抓了一只小青蛙装在火柴盒里，本来只是想自己玩，可想起你看到小虫子时的害怕样子，我就想吓唬吓唬你，第二天我悄悄地放在你的文具盒里。没想到上课时你打开文具盒，小青蛙一下子蹦到你脸上了，你'啊'的一声尖叫起来，老师的呵斥，同学们的哄笑，你哭了，我更吓得不敢出声。被老师罚站的那一节课，从教室的后面看到你抽泣的背影我感到自己实在有点过分，这也让我想了很多很多，我想长大了一定要好好保护你。可我高傲的个性从不外露，我为了自己的过错时时在暗中帮着你，维护着你，同学们在暗地里都叫我梅尔护花者。到如今虽然我的愿望没有实现，可我的心意是真诚的，今天我就向你赔个不是，你能原谅我那时的幼稚、冲动吗？"

梅尔认真地听完来福的话，虎着脸说："不原谅！从那以后我一看到青蛙就紧张，到现在也是，你带给我的是终生的畏惧和害怕，除非……"拉长了声音不说下句。

来福紧张地看着梅尔的脸，急忙问："除非什么？"

梅尔看到来福认真的样子，"扑哧"一下笑起来："除非你请我吃大餐。"来福这才也跟着笑起来，连连说："好，好！"

梅尔昨夜是夜班，喧了一个多小时后，她说想眯一会儿，来福说："那好吧，到了我叫你。"梅尔把头靠在座位上闭起了眼睛。来福望着梅尔的脸，她熟睡的样子有种想要让人呵护的感觉，来福没有丝毫的渎邪之念和非分之想，就像对待一个熟睡的可爱的婴儿，轻轻地把身子向梅尔挪了挪，希望她靠着自己睡得更安稳、更踏实。

来福虽然归心似箭，但他还是希望这车走得慢点儿，让梅尔在他的身边多睡会儿，延长一下两人相处的时间，好让他在这短暂的行程中兑现一下以往的承诺，弥补青春年少时的唐突。

可滚滚的车轮不尽人意地在前进，何况天下也没有不散的宴席，再美好的时刻都会结束的。傍晚时分车到站了，来福摇醒了梅尔，收拾了所带的东西，回家的欲望战胜了友情，在依依不舍中相约回去时车站见面。

来到家门口，来福想给家人一个惊喜，因而轻轻地推开大门，轻手轻脚地走到房门外，隔着门上的玻璃朝里看，看见八仙桌上大罐饮料瓶中插着艾草和沙枣花，前面摆放着过端午节的一大盆子凉粉，一大盆子凉面，还有一碟刚做好的包子冒着热气。来福忍不住咽了一口涎水，看见爸爸斜靠在被子上抽着烟。他又悄悄地来到厨房门口，看见妈在和面，赖玲在烧火。看到大家一时半会根本没有出来的可能，只好悻悻地推开房门。爸爸一下子坐直了身子，一边在铁皮罐头盒里弹烟灰，一面扯足了嗓门喊赖玲："赖玲，来福来了，赶紧给倒个茶！尕娃，肚子饿了吧？"一面嘘寒问暖着。来福一面回答爸爸的问话，一面不管三七二十一，把手在干毛巾上随意地擦了擦，便拿起冒着热气的包子大口吃起来。赖玲端着一大缸子茶水和暖瓶笑盈盈地进来说："你来了也不出个声，我还以为谁来了呢？"随后来福妈也一面在围裙上擦着手一面推开房门进来，用沾着面粉的手拉着来福在地上转了一圈，疼爱地说："娃娃，慢慢吃，小心噎着，我还以为打工回来要么瘦了，要么黑了，可人家白白胖胖的像个出去打工的人吗？"

来福伸了伸脖子，咽下嘴里的包子说："还不是全仗舅舅的照顾，一天吃饱了只代个工或记工，没啥苦力活，太阳晒不着，雨淋不着，能不白不胖吗？"一家人望着来福高兴地附和着，"那就好，那就好。"随后来福妈招呼赖玲捞凉面打凉粉，一家人高兴地围着炕桌，一面说笑，一面开心地吃着丰盛的晚餐。

农村的炕一满间，小两口睡觉还嫌挤。来福紧紧地拥着赖玲，将打工这几个月的思念和爱恋用嘴唇深深地印在赖玲的脸上、脖颈、唇上。赖玲呻吟着，热切地迎合着来福的亲吻和爱抚。来福浑身潮热，全身的血液沸腾着，可是那地方始终没有动静。赖玲也感觉到不对劲，她急忙起身打开灯疑惑地望着来福。来福一下子像暴晒在沙滩上的鱼，半张着嘴百口莫辩，也不知道自己到底怎么了，望着赖玲怀疑的眼神他一下子感觉无地自容，羞愧难当，越发对自己失去自信。来福求救似的望着赖玲，可赖玲自始至终没说一句话，默默地裹着被子背对来福轻轻地抽泣着，来福绝望地关了灯，在黑暗中望着赖玲的背影，他感到莫名的痛苦和委屈，他愤怒地揪着自己的头发，把拳头狠狠地砸在炕上。

这是小两口结婚以来第一个不眠之夜，他知道赖玲翻来覆去也一晚没睡，天快亮时，赖玲哽咽着说出一句话："短短的几个月，我看你的心不在我身上，我这么个大活人睡在你身边也无动于衷的，你是不是在外面有人了？如果这样我们长痛还不如短痛，离了算了。"

来福烦躁地掀掉被子坐起来，他不想对应赖玲的问话，他想了整整一晚，也想不出个所以然来，他揪着自己的头发痛苦地回忆着，可是脑子里始终空白一片，他真不知道自己怎么就会成这个样子了。天地良心，发誓赌咒，都无法给不争气的下身给个合理的解释，只有自己心里清楚自己是什么样的人，但自己知道有什么用？关键是赖玲不信呀，她那幽怨的眼神，失望的哀叹，就像一支支利剑，射向他的心肺，使他痛苦，痛苦得无法面对一切。此刻所有的东西都变成对自己的一种讽刺，一种嘲笑。他不想解释，也无法解释，他也根本不知道该解释什么。没有争，也没有吵，唯有看不见的硝烟在两人之间蔓延，让人窒息，让人恐惧。这是他们结婚以来的第一次尴尬，第一次不愉快，第一次无言的抵触，争吵方可发泄一下双方发自内心的怨气，生闷气却比八级地震还可怕，这种无言的可怕、无形的折磨胜过千万句刻薄的对骂。赖玲那充满疑惑、不信任的眼神，怀疑地打量着来福，这种打量就像一把锥子，刺得来福喘不过气来，让他变得更加焦虑，更加失望，更加恐慌，恨不得有个老鼠洞钻进去。

天亮了，来福不想跟父母道别，他没有勇气去面对二老，如果他们看到赖玲红肿的眼睛，更不知道会追问出什么样的话来。他不敢想，更不敢去面对。他更不敢待在家里过这个团圆的节日，多待一天就多一个晚上，他怕夜晚的到来，他像逃跑的罪犯一样逃出家门，跑向车站。他忘记了和梅尔一同回去的约定，此时此刻他只像一个空有躯壳的行尸走肉，他朝思暮想的家就像一个张着血盆大口的怪物，时时将自己吞噬，只有逃避，只有远远地离开这里，才有一份身心的安宁，一丝内心的安全感。

来福垂头丧气、无精打采地来到工地，工地上静悄悄的，每个彩钢房的门都紧闭着。放假期间那只黑藏獒被拴在宿舍门口，它睁眼看了一眼来福，依旧趴在地上，吐着舌头，闭起眼睛"呼呼"地喘着粗气，苍蝇在它的周围飞上飞下，几只蜜蜂在路边苦苦菜的黄花上"嗡嗡"地探着蜜，给寂寥的工地带来了一丝生机。

自从来福被它咬过以后，只要从它身边经过，它就像个犯了错误的小孩，从不正眼看来福，一直假寐着。来福今天也懒得多看它一眼，径直来到自己的宿舍前，掏出钥匙塞到锁孔，门却自己开了，映入眼帘的是蔡保和秀秀，他们紧紧地缠在一起，来福暴怒地把包狠狠摔在自己的床上，蔡保和秀秀就像遇到了地震一样跳下床，怔怔地看着来福因怒而扭曲的脸。房间里的空气一下子就像凝固了一样，只有三人粗重而紧张的呼吸声。来福这才感到自己的失态，打着手势勉强地说："你们继续，你们继续"，边朝外面走。秀秀涨红着脸已知趣地走了出去，蔡保一把抓住来福问："怎么了，家里出了什么事，你连节都不过就回来了？"

来福也不回答蔡保的问话，一下子趴在床上"呜呜"地大声哭起来，蔡保不知到底发生了什么事，惊慌失措地摇着来福的肩膀大声地问道："怎么了？怎么了？"

有时候哭泣也是一种发泄，压抑的心情用哭泣来宣泄也是一种不错的方式。等来福哭过了，心情也平静了很多。在工地蔡保就是他最信任、最为可靠的朋友，他虽感到说这样的事很丢人，可不说出来，自己有限的承受力将要崩溃，何况他对赖玲，对己都是问心无愧的。就把回家的情况一五一十地给蔡保说了一遍。蔡保听完，也感到事情的严重性，可他们从未遇到过这样的事，也没经历过这种事，也想不出个所以然来。最后商量好等过完端午节，梅尔上班了过去咨询一下，她好赖都是学医的，见多识广，门路也多，肯定有办法。何况现在医学这么发达，所有的报纸、书刊上都在宣传这样的疾病，也不是什么见不得人的事。

来福虽然心里着急，但他也不敢抱有任何幻想，也不想对不认识的人贸然去进行询问，也没有勇气说出口。虽然这种事在报纸书刊上很张扬地刊登着，可真正发生在自己身上，连一丝的勇气都没有。因为对于一个男人来说，它象征着尊严和脸面，遇上这样的事真是生不如死，谁也不想冠以自己"不行"的帽子，引来别人的嘲笑和茶余饭后的笑料，他只想倾诉与自己认为最可靠和最信赖的人，他也只好耐心地等待梅尔回来。

夜晚，来福躺在床上，望着彩钢屋顶的一颗颗小螺丝，在灯光的发射下幻化成一颗颗小星星，像是在挤眉弄眼地嘲笑自己，又像一颗颗闪着希望的水晶在鼓励自己。他在唉声叹气中多么希望有奇迹发生，现在才二十几岁，往后的路还很长，都怪自己少不更事一直还不想要孩子，到如今连要孩子的能力都没有，这下可好，不是把父母二老往死路上逼吗？想想这些，他就像掉入三九天的寒冰里，浑身凉透了。

来福在度日如年中等梅尔的到来，傍晚时分梅尔终于赶回了省城。他们相约在梅尔单位隔壁的爵士咖啡厅见面，梅尔说那里安静。现在对于来福说，任何等待都是煎熬，他的心时刻都处在焦躁不安中，他打出租车赶到时，梅尔已在梅兰阁等他。

梅尔看到两天不见，来福脸色苍白，一双大大的眼睛深陷在眼眶中，变得无精打采，整个人看起来憔悴了很多。她一面安慰来福，一面对来福说："省医院有一位我们县上的姓赵的大夫，他是男科方面的专家，我已给你联系好，明天一上班我们就去找他，你不要把这个事当成是一种负担，现在科技这么发达，你这也不是什么大病，你就把心放宽，好好治疗，没有什么过不去的坎。"听了梅尔的话，来福压抑的心情才有了一丝丝的宽慰，眼前蜡烛跳跃的火焰，就如一束希望的光亮，让他绝望、冰冷的心有了一份暖意。

赵大夫从梅尔的口中知道来福是他的乡亲，亲不亲故乡人，经过详细的询问并认真地做了检查后说："祁来福是因精神、心理造成的功能性性功能障碍，罪魁祸首可能就是那次在工地小便时藏獒的突然袭击造成的。"来福涨红着脸着急地问大夫："大夫，我的病能治好吗？"

"你得病时间短，发现得早，只要找对病因，辨证施治，就会治好的，你不要有太大的心理压力，治疗任何病，病人的精神方面起着主导作用。"

听了大夫的话，来福感激地给赵大夫深深地鞠了一躬，转过来对梅尔说："是你让我有勇气面对这么难以启齿的事，是你让我找回了自我，也找回了信心，我一定好好配合大夫治疗，感谢你对我的关心和帮助。"

来福因高兴而挂在脸颊的泪水，触痛了梅尔心底隐藏的那份爱恋，孩童似的真诚样，又像回到了学生时代，那个阳光、充满朝气的来福，让她迷恋、崇拜的来福。

来福一面积极地配合医生的治疗，一面认真地负责着工地上舅舅安排的事务。这天吃过早饭他又一层一层地上楼去点名记工，粉刷工作已进行到二十八楼了，再四层就粉刷完毕，他不知道下一步舅舅会安排什么活，但不管怎样，自从看了病以后，他明显地感觉到自己又像回到了以前，精力充沛，上下楼梯铿锵有力，一天在楼梯间上上下下几个来回也不像以前感到劳累了。

来福哼着"妹妹你等等我，哥哥有话对你说"的歌曲不一会儿就上到了二十八层，在 2816 室看到了正在粉刷的师傅们，粉刷的还是那五个女的小工，她们全身上下除了一双扑闪着的眼睛都裹得严严实实的。看到来福进来，她们有意地提高了说话的声音："祁工，今天高兴呗，遇上啥喜事了？"来福知道她们跟自己调侃惯了，搭理的话就会纠缠个没完没了，何况她们五个女的，自己在嘴上占不了丝毫的便宜，就严肃地拉下脸问："大工们哪儿去了？又不会是买烟、上厕所了吧？"

又是那个年长点的一面回应着来福的问话，一面立马走到阳面卧室门口忙活起来，好像要把门口遮住一样，来福左看右看感到有点不对劲，赶忙走过去一看，四个大工脸上都贴着纸条，他们忙里偷闲在玩牌。来福生气地说："你们出工不出力，今天你们四个都是旷工。"玩牌的四个大工一看来福生气的架势，立马扔掉手里的牌，一起跳起来央求来福，又是递烟又是点火。干的时间长了，大家也熟悉了，来福虽然感到很生气，可他也真拉不下这个脸，只好说："再剩四层就粉刷完了，大家加把劲儿，别落在别人的后头。"

那个年长点的女的说："为了感谢祁工的照顾，今天我们给祁工恭个喜，把祁工的裤子脱了遛给个，也好给大家讨喜欢！"说毕，她一使眼神，大家一拥而上，来福还没反应过来就被按倒在地上。他们全然不顾来福的讨饶，三下五除二就解开了来福的裤腰带。虽然大家都是过来人，脱了裤子都一样，这种事在农村农忙时节时有发生，可对于来福在众目睽睽之下开这种过火的玩笑还是头一回，他既紧张又生气，羞得臊红了脸，挣扎得满脸是汗珠。她们嬉笑着抓着来福的手脚来回遛着，最后还用刷墙的毛刷子拨弄着下身，就在那一瞬间，来福感到自己的下面有感觉了，浑身的血液沸腾着，膨胀着。来福终于铆足了劲挣脱了她们的摆弄，红着脸提上裤子逃也似的下了二十八楼。身后传来她们一声高过一声的嬉笑。

来福一口气跑回了房间，开这种玩笑让他感到很羞辱，可是也让他暗自高兴着，有得必有失，他那沉睡的东西终于有了感觉，他要把这个好消息立马打电话告诉梅尔和赵大夫。这两位是他生病以来最关心他、安慰他的人。在他们的关心和医治下，他才有了活下去的勇气和希望，才有了今天这种奇迹的发生，他感到这几个月来的痛苦、压抑随之而去，自信和快乐就像一棵小树在心里疯长着。他感到自己的人生充满阳光，是那么地灿烂和明媚。

梅尔为了给来福庆贺，相约在"爵士咖啡"见面。那天来福为了感谢梅尔的关心和帮助，特意在花店为梅尔买了一束火红的玫瑰花。梅尔看到来福手上的玫瑰花既惊讶又感动。她说："来福，谢谢你的花，作为同学和朋友看到你快乐、开心，也是我最大的快乐，可是玫瑰花只能送给相爱的人，我受之有愧。"来福不好意思地笑着说："你为了我，又是联系医生，又是陪着看病，如果没有你，我连踏进医院的勇气都没有。我得了这种病，我爱的女人不但不顾忌我的感受，反而怀疑我，没有关心，没有信任，反而是你做了她该做的事，我不感谢你还感谢谁？送你玫瑰当之无愧。"梅尔不好意思地说："应该的，应该的。"脸在烛光的反衬下红扑扑的，如雨后的桃花。那天是来福觉得自己出来打工在外面过得最快乐的一天。

以往的快乐和精神头又回到了来福身上，他一天除了记工，监督工地的进度情况而外，还时常帮秀秀和花姐去市场买菜。蔡保高兴地说："来福，你一个人一天干几样活，给你要开双工资里唄？省省吧，回家消耗的地方多着呢！"

一说回家，来福心里就隐隐作痛，他无法忘记那晚赖玲幽幽的布满疑惑的眼神。可是不回去，那好坏还是个家呀，有年迈的父母，他的希望就是父母的希望，他就是父母的希望呀。有些事他是不能告诉蔡保的，只有装在心里，烂在肚里。

有天晚上睡觉时蔡保悄悄地问来福："你是否变心了？你是否对梅尔旧情复燃了？自从你回来以后就没提过赖玲。"

来福没好气地说："什么旧情新情的？不提了就是变心吗？出来打工还要把媳妇挂在嘴上吗？"

蔡保看来福生气了，又半开玩笑地说："男人吗，也难怪，何况梅尔那么漂亮、那么温柔的，啧啧，有福气呀！"

来福心里越听越不是个味，生气的声音一下提高了八度："你孕娃小心点，小心我撕烂你的嘴，人家梅尔是大姑娘，我们的友情是纯洁无瑕的，不要抬上你的破嘴造谣生事，是个男子汉你就少惹是生非。"

蔡保还从来没见来福生这么大的气，吓得瞪大了眼，吐了吐舌头，赶紧把被子捂在头上，假寐着"呼呼"打起呼噜来。

入冬了，工地赶做着收尾的活，来福却希望工地的活慢点儿完成，病好了，回家却成了他心头的一种负担。虽然他不是那种薄情寡义的男人，但是他的心时刻都隐隐地感到痛，他心里那种说不出的感觉，让他无法逾越，有时候也在劝慰自己，男人嘛，把心放大点儿，不要跟女人斤斤计较，何况是夫妻之间，一点半点的误会是有的，何必那么认真地放在心上？何况，一日夫妻百日恩，再大的误会终会有解开的一刻。无论怎样，他心里的那个心结也许只有在漫漫的岁月中去磨平。如果现在就让他这么去面对赖玲，他真有点无法释怀。有时他心里就会无缘无故地拿赖玲和梅尔相比较，一个虽有爱慕，但是朋友，一个存有芥蒂，但是妻子，他们有着本质上的区别，两人之间是无法相比较的，人和人是不能做比较的，人无完人，金无足赤，有比较就会有伤害。明知这是一个错误的比较，可他偏偏固执地偏爱着这个错误，这也许是男人那可怜的自尊在作祟。

天气越来越冷，回家的时间在工地变成了倒计时，蔡保一有时间就成天计划着领了工资回家怎么和秀秀装修房子、结婚的事。来福闲了还是约梅尔出去吃饭，在别人看来像是情人间的约会，可是对来福来说只是知己之间的交流和倾诉，他不想知道别人的看法和议论，他只想让自己心存纯洁，和梅尔保持纯真的友情就行。

领工资的日子到了，蔡保为了赶腊月结婚，跑到小商品市场去购买零七八碎的结婚用品，让秀秀在做饭之余去代领自己的工资。来福也依依不舍地赶去和梅尔道别，他望着梅尔清纯的眼睛说："梅尔，你是个好姑娘，你是我心中的女神，我只能仰望你而不能玷污你，我再次谢谢你对我的关怀与帮助，我们在一起的美好时刻我永远铭记于心，我们不在一起的日子希望你能够快乐地度过。"

梅尔也动情地说："来福，我们纯真的友情日月可鉴，我们永远是走在阳光下的朋友！我们的友情是我们这一生的财富，请好好珍惜！"

等蔡保提着大包小包赶到工地时，来福也把两人的行李都打包好了，只等着舅舅开车来送。蔡保来不及喘口气，又跑到隔壁房间去拿秀秀的行李。可是他空手而归，房间里只有花姐的行李在床上，秀秀和行李都不见了，蔡保疯了一样在工地上打听着秀秀的去向，可谁也不知道秀秀去了哪里。来福也帮着找了好半天，打问了好多人都不知道秀秀的踪影，好半天蔡保才反应过来，带着哭腔喊着说："我的工资！

我的工资！我所有的工资啊！都被秀秀拿走了啊！"

这时，舅舅赶过来送来福和蔡保，知道蔡保的工资被秀秀领走，望着蔡保哭丧的脸也感到很心疼，就没好气地说："蔡保，蔡保没财运，媳妇没抟着，一年黑苦白下了，赶快报警吧！"蔡保却幽幽地说："再报啥俩，都怪我，女人没见过，把人家睡了，等于长见识，交学费了。"舅舅也只好拍着蔡保的肩头说："男子汉，想开点儿，钱财是身外之物，人在钱在，钱不是人挣得吗？明年再挣呗，这种女人有和没有有啥区别？"

来福望着蔡保因痛苦而扭曲的脸，心里既可怜又难过。摸着自己胸前鼓囊囊的工钱，他的心还是像掏空了一样空落落的。

短篇小说

霞　果①

李生才

啊！阔别二十余年的龙木切草原，我又来到你身边。

一片红瓦白壁的小平房，沐浴着西斜的阳光。草皮垒起的一围院墙，朝南留有一个门洞，它的右侧，悬挂着惹人注目的公社革委会漆牌，红底黄字辉映着日光，显得庄严亲切。面对这一切，我激动不已，像孩子回到久别的母亲身边，沉浸在巨大的喜悦、欣慰之中。

"阿切仁曾拉姆②，乔尔什尕他？③"

问话声又脆又响，我不禁吓了一跳。急忙转身看时，一个身材苗条、装扮干净朴素的藏族依姆④，连蹦带跳地到了跟前。哎哎，真怪！她怎么知道我的名字？而且，乍一见面便这样亲热？我不禁仔细地打量起她来。

这是个十四五岁的姑娘，有一双黑葡萄似的大眼睛。那映着阳光

---

①霞果：藏语，雄鹰。

②阿切：藏语，阿姐。

③乔尔什尕他：藏语，你辛苦了。

④依姆：藏语，姑娘。

的笑脸上，两个小酒窝和一口洁白闪亮的细牙，非常显眼、动人。遇到我不解的目光，她把两根短发辫朝后一甩，"咯咯"地笑起来。"阿切仁曾拉姆，信不？前三天就知道你要来啦！哎哎，我指头这么一掐，就算出来啦！"

小活宝！我不禁失声笑了。她拉起我的手，长长的眼睫毛一闪，亮晶晶的眼睛盯住我的一身草绿军装，不住口地啧啧称赞："好整齐，好漂亮！北京买的？"不等我回答，她又接着说："县委索德书记打来电话，告诉阿爸蔡日洛，公社兽医站要来一位女站长。十五万牲畜的大社——哎哎，我可不是宣扬'大社沙文主义'，我这是说，这么大的牧业社，是该建一个像样的畜牧兽医工作站！"

她喜滋滋地看着我，不无骄傲地讲述着公社的一切。随着快活的神情、话语的高昂顿挫，短辫梢一翅一翅地拍打着洁净的格子布衬衣，更显出她的健美活泼："阿切仁曾拉姆，为了早日实现四个现代化，达卡正迈大步哩！"阿客①索德对阿爸说："噢噢，蔡日洛，龙木切草原的霞果，你的翅膀可要煽得更快点儿，要落在别的公社后边，乖乖地给我把霞果——这崇高的金冠交出来！"

依姆一再讲到她的阿爸蔡日洛。啊，这亲切的名字，熟悉的名字，牵动着我对许多往事的回忆。二十余年来，我和阿祥②索热嘴里念叨、心里牵挂的，不正是蔡日洛吗？莫非他一直没有离开龙木切草原，盼到了草原雾散日出，牧民翻身解放？我急切地要求她，务必讲讲蔡日洛也就是她阿爸的今昔。

"哎哎！"依姆欣然答应下来，妩媚地朝我一笑，俨然以大人的口吻说："坐一整天车，够累人的。这些话慢慢讲吧！"

我还想问点儿什么，她斜睨我一眼，突然举手将食指放在鲜润的唇边，响亮地打了声呼哨。我猛一抬头，只见迎面高挑的门帘下，露

①阿客：藏语，通指叔叔，这里是伯伯的意思。

②阿祥：藏语，舅父。

出一位中年妇女迎客的笑脸。那鹅蛋形脸上的一双眼睛黑白分明，年纪已在四十开外。依姆说，那是她的汉族阿妈田玲，公社卫生院院长。田玲告诉我，三天前，这里落了一场罕见的大雪，公社正在进行一场火热的抗灾保畜战斗，蔡日洛和大部分干部奔赴生产第一线去了。我的工作要等蔡日洛回来安排。住宿，田玲和她女儿类图卓麻都热情邀我暂住她家。

（一）仇恨的种子

在我的热切要求下，田玲同志为我绘声绘色地讲述了蔡日洛的故事。她说，克钦山虽高有顶，玛曲水虽长有源。蔡日洛，这个奴隶的儿子，尽管牧民叫他草原"霞果"，可"霞果"究竟怎样丰满了羽毛，展开了翅膀？作为一个最早来到龙木切草原的普通革命战士，她亲眼看到党对这个奴隶的儿子所进行的抚育和关切，他的心里又铭刻着怎样的对党的深情和忠诚呵！

煤油灯下，我看到了她那深沉的目光，起伏的感情。渐渐地，随着她的生动讲述，我的眼前出现了灾难深重的龙木切草原，身带锁链当牛马的贫苦牧民……

龙　碗

一个风狂雪猛的冬夜，龙木切草原呻吟着，陷入黎明前的一片黑暗里。玛曲县雪山区委派出以区委书记索德为首的工作队，进驻索合日麻部落的第四个夜晚，队支委会议刚刚结束，突然，帆布棉帐篷帘子一挑，一个蓬头垢面的藏族青年猛地一头钻了进来。帐篷里的人有些惊愕了。门帘的掀动使烛光摇曳、跳动起来，来人是个十八九岁的小伙子。他站在门旁，瘦削、蜡黄的脸颊上，一双充满血丝的眼睛，闪着倔强的目光。裹在千纳百补的藏袍下不断摇摆、颤抖的身子，眼看已无力支撑。

自从来到果洛大草原，这样的受苦者，我们遇见过不少。除了唤起我们的同情和怜悯之外，更激发着我们对奴隶主统治阶级的巨大仇恨。看到这个突然闯来的阶级兄弟，队长索德无言地站起身来，取下自己披的毛皮大衣，轻轻披在他的肩膀上，又亲切示意，让他坐到炉边的毡子上去。

这个投奔来找亲人的青年，心灵受到极大震动，两眼意外地明亮起来。但不久，目光重又暗淡下去，泪水在眼眶里打转，那青紫的嘴唇嚅动着，激动得半晌说不出话来。许久，才咬着厚嘴唇说："在龙木切草原，我熬过十八个春夏与秋冬，见惯了青蛇猛兽，受尽了欺凌侮辱，你是第一个好人啊！可是，同志啦！一件皮袍难遮所有牧民的寒冷啊！"他讲完，用哆嗦的双手取下温暖的大衣，迈着艰难的脚步走近索德，将大衣还给了他，复又回到方才站立的地方。

"草原上展翅高飞的雄鹰，如果不是光想着为自己寻觅食物，便值得人们赞美。好兄弟，请告诉我们你的名字！"

"蔡日洛。"

"阿爸呢？"

"为牧主尼洛索乎放牛，冻死在克钦山上。"

"阿妈呢？"

"让尼洛索乎逼死在顿姆曲河边。"

"那么，家里还有什么亲人？"

"有过一个妹妹。但那已是小时候的事了。"

"现在，就只剩你一个人？"

"……"蔡日洛没有回答，随着一声长叹，凄然泪下，沉重地垂下了脑袋。

索德再也问不下去。望着饱含热泪、骨瘦如柴的阶级兄弟，他心绪万千，胸中燃起一团烈火。慢慢地，他点燃一支烟卷，极力克制自已澎湃的感情，紧锁浓黑的双眉。当时，广大牧区刚刚开始民主改革，龙切木草原的大牧主尼洛索乎表示愿意进步，听共产党的话。作为统战对象，他被安置在玛曲县人民政府工作。暂时，索德不便多讲什么，只是满怀深情地对蔡日洛讲了一些浅显的革命道理，比如奴隶制要废除啦，穷人要翻身啦，政府保障牧民人身自由啦。末了，让管理员装一袋青稞炒面，包一大块酥油，连同那件皮大衣一起送给蔡日洛。田玲当时是工作队的卫生员，她含着泪，拿出一双肥大的毛皮鞋来，轻轻搁在青稞面袋上。

蔡日洛摇摇头。突然，泪水从眼眶里急涌出来。索德的一双大手紧紧地搂住了他："兄弟，蔡日洛兄弟，你不是说，我是你遇到的第一个好人吗？那么，你应当相信，好人总是乐于助人的。有什么不幸，对我们讲出来吧！"说着，携起他的手，让他坐在毡子上，满满斟了一碗奶茶。

蔡日洛手捧茶碗，神情十分激动。正当他吹着碗里的酥油花，准备喝茶的时候，目光落在镶银边的小龙碗上，突然像被蝎子蜇了，浑身一阵颤抖。

"不，这碗不是你的！"蔡日洛叫起来，眼睛瞪得十分可怕。

蔡日洛没说错，这玲珑的小龙碗，的确不是索德的。他带着工作队准备进驻索合日麻部落的那天清晨，副县长尼洛索乎特意赶来饯行。一碗白酒、一条哈达，祝愿区委书记和他带领的工作队一路顺风，工作胜利。

就这样，小龙碗才被带到龙木切草原。奇怪！蔡日洛怎么认得这龙碗呢？

"这碗，浸透了奴隶的血汗，记载了奴隶的苦难。阿爸五天的劳动报酬，就是这样一小碗青稞！认得它，怎么不认得呢？尼洛索乎的龙碗，量青稞的，这吮血榨油的东西！"蔡日洛倾吐着心中的仇恨，牙齿咬得"咯崩"响。手捏着小龙碗，就在他扬手欲砸的时候，田玲将小碗拿走了！不料，索德又接过碗去，重新交给蔡日洛，无限深情地望着他说："砸吧！好兄弟，这是一只罪恶的碗。把它当作吮血食人的魔鬼尼洛索乎，砸个粉碎吧！"

悲愤化作两行热泪，火辣辣地顺着双颊横流。自从懂得人世的艰辛，有谁讲过这样贴心的话语？蔡日洛抹了一把泪水，向亲人控诉尼洛索乎的罪恶。是他杀害了阿爸、阿妈，又逼十岁的蔡日洛为他的儿子当"宣巴"①。说什么"豹子生来吃牛羊，头人生来治奴隶"。在苦海里挣扎的日子，真难熬啊！那个每天吃肉喝奶的少爷，从早到晚手里捏着一条皮鞭，吆喝着骑在他的身上，嘴里胡骂着，稍不如意就朝他劈头打来。羞辱、委屈、仇恨，整日整夜地堵塞着蔡日洛的胸腔。一年、两年、五年，他终于再也不用这样当牛做马地苦熬下去了，蔡日洛要报仇雪恨，要做人啊！三年前的一天，乘老狼尼洛索乎远出，他背着小狼崽上山，从石崖上把它狠狠地摔下去。当时，他轻松、欢快地笑着、跳着，心里比捉住金钱豹还快乐，比杀死大瞎熊还甜——嘿嘿，让奴隶也治一治你们！一阵欢乐、痛快的情绪过去，冷静下来后，蔡日洛懂得自己干了什么，万不能让尼洛索乎抓回去啊！可是，龙木切草原虽大，哪里是奴隶的去处？他到处流浪，靠着勤劳的手，在贫苦的牧民那儿找碗饭吃，直到听说这里来了毛主席派来的工作组，他才仿佛有了生路，不顾一切地跑来了。

"同志啦！救救我，让我参加你们的队伍吧！"蔡日洛终于讲出了埋藏在心底的愿望。

经过县委批准，工作队在龙木切草原吸收了第一名藏族觉悟奴隶，参加自己的战斗行列。从此，蔡日洛以工作队员的资格，迈开他生命史上的崭新步伐。

---

① 宣巴：藏语，乘骑。

成长

像钻进草窝的小羊羔，蔡日洛快活得蹦啊跳啊，忘记了一切忧愁与煎熬。在这里——工作队的小天地里，他感受了阶级温暖。起初，他简直无法理解，女人还能直起腰来走路，长官还为战士备马，慢慢地，他懂得了"共产党""毛主席"和"革命""解放""男女平等""官爱兵，兵爱官"这些字眼的道理。它们像柔和的春风，甘美的雨露，拂去他心田深处的灰尘。每当宁静的夜晚降临，伙伴们甜甜入睡的时候，他的心绪像龙木切山口的暴风雪，卷起滚滚不息的波涛。他想啊想，索德他们千里迢迢，从五湖四海来到草原，究竟为了什么？自己来到这样的革命队伍里，难道仅为了逃开尼洛索乎的魔掌，弄一口饭吃？

一个难忘的夜晚，当空的明月像顿姆曲河里清澈的流水，轻泛着柔和的皎皎光泽。清凉的带着青草芳香的夜风，悄悄地从龙木切山口的草坡上刮来，轻轻地掀起棉帐篷的门帘。睡在行军床上的蔡日洛，久久不能入眠。隔壁帐房里的说话声，索德沉静、缓慢的声音，田玲脆响、仿佛争辩什么的话语，搅得他再也不能入睡。受好奇心的驱使，蔡日洛蹑手蹑脚地走出了帐篷。

"到底谁开的枪？"

"我，是我，我错了。"田玲委屈的声音。

"你明白这是怎样的错误？我们共产党人好比种子，人民好比土地，我们到了一个地方，就要和那里的人民结合起来，在人民中间生根发芽。没有土地，种子怎么发芽，失掉人民的拥护，革命怎么胜利？"风卷起门帘，蔡日洛看到了索德异常严肃的面孔。自从来到工作队，蔡日洛还从没见他发过脾气哩。眼下，那脸色冰冷冰冷，而田玲——他十分崇敬的加姆[①]，却难过地低着头，脸红得像"达玛"[②]。他感到

---

①加姆：藏语，汉族姑娘。

②达玛：藏语，红花。

一阵揪心的疼痛。阿切加姆腿肚子常常抽筋,那是小时候生病没钱医治留下的后遗症。每逢阴天下雨、气候变化便痛得汗流满面。阿切加姆多么需要一条狗皮褥子!哎哎,黑眼睛的阿切加姆,为什么不应当有一条狗皮褥子呢?就这样,在他领着田玲去帐篷巡回治病的时候,当那只牛犊般粗壮、凶狠的藏狗,挣断铁链扑来的时候,我们的蔡日洛一枪把它打死了。当时,他心里该有多高兴!为草原带来光明、替藏胞治疗疾病的阿切加姆,将会得到一条去湿暖腿的狗皮褥子!为这,蔡日洛挨两鞭子又有什么?哪想到,一件小事,引起这样严重的后果。

"唉!阿切加姆啦,蔡日洛头一次跟你出诊,便干出了这种蠢事,给你丢脸——"。蔡日洛沮丧地想着。这时,却又听到索德说:"龙木切草原的牧民常讲,好藏狗是牧民手中的一杆枪。田玲啦,你们打死的是一条护圈藏狗,失掉的却是党的群众观点,我们鱼水相共的人民群众!"听到这里,蔡日洛不禁心头一震!只听得田玲说:"为了挽回损失和影响,除了向牧民赔礼道歉,我还要买一条好藏狗给牧民。索德书记,下周的支部生活会上,我作深刻检查——"

蔡日洛听不下去了。只觉得天旋地转,头晕目眩。仿佛索德、田玲从他身边漂浮开来,随着脚下的土地在悄悄滑走。他再也没有勇气看田玲的脸色,便转身跑去……

清晨,人们才发现蔡日洛不见了。在焦急的寻找声中,却见他迎着渐渐东升的朝阳,同一位年老的牧民共骑一匹滚瓜流油的大黑马,疾风似的卷了回来。"曼巴啦①!"老牧民矫健地跳下马背,紧握住田玲纤细的小手,激动得老泪纵横,声音颤抖:"曼巴啦!你们不该把班麻多杰当外人,咱们是骨头连筋的亲人呀!狗打死了,再喂一条就是,你们却买一条赔我。头人尼洛索乎那恶狼,有次经过我家帐房门口,狗叫声惊了他的马。他打死我唯一的看门狗不说,还狠狠抽我一顿鞭

---

① 曼巴:藏语,医生。

子。"索德明白了事情的经过，在大会上表扬了蔡日洛。可是仿佛长大了的蔡日洛，仍然自我检查说："队长啊，你说得对。革命不是为了图报个人的恩怨，而是为了阶级的翻身解放。虽然，我刚刚入伍，却办了这件损害群众利益，损害我们党和群众关系的错事，我感到羞愧啊！"

不过，就在这时，一件意料中的事发生了，工作队撤回区委不久，尼路索乎听到蔡日洛的行踪，竟悄悄带领一帮人，乘索德书记去县上开会的时候，贼头贼脑地闯进区委会大院，声称要找蔡日洛算账！他哪里知道，这阵儿，蔡日洛已经穿着一套干净棉衣，坐上了开往首都北京的快车。党送他去中央民族学院学习去了。他的身边，放着小小的行李包，包着一件二毛皮大衣和一双毛皮鞋。它们是一股巨大的精神力量，时刻都在鼓舞他前进！

（二）山林风险

清晨，蔡日洛派人从牧业队送来一封信，打听新来的索乎曼巴（兽医）是否到社，如已到社，要田玲陪同，带上足够的药品下去。说羊群需要医生和药品，人也需要医生和药品呢。真好，刚来就参加上了火热的抗灾保畜战斗。中午时分，我便同美图卓麻母女踏上去牧业队的道路。我多么想知道，从首都学习归来的蔡日洛，又怎样在草原广阔的天地里展翅的呢？

和我并辔而行的田玲，伸手指着前方郁郁葱葱的山林说："雪山外面还有蓝天，革命的道路永无止境啊！从反封建斗争到现在，十几个年头过去了，蔡日洛的脚步可没有停过。一句话，雄鹰矫健的翅膀，是在革命的暴风雨中飞出来的！"

她极目眺望着远方的山峰、密林，紧蹙双眉，伸手指着那山峦叠峰、密林蔽月的地方说："就在那里，蔡日洛跟尼洛索乎进行过惊心动魄的斗争呢！"她看了我一眼，兴致勃勃地讲起雄鹰搏击长空的动人事迹。

信　念

　　一眨眼，四个年头过去了。龙木切草原发生了天翻地覆的变化。当反封建斗争的疾风暴雨席卷龙木切草原时，共产党员蔡日洛已经是党的一名工作队队长了。大头人尼洛索乎作为历史的罪人，在斗争大会上向翻身奴隶低了头认了罪；反封建斗争胜利了，奴隶们的腰板挺起来了。鲜红的太阳，照亮了龙木切草原。

　　就在庆祝胜利的皮鼓声、唢呐声中，传来尼洛索乎外逃的消息，接着又传来尼洛索乎追随达赖叛国集团的消息，以及这群审匪复仇的枪声。一时，明朗的草原天空，阴风嗖嗖，乌云翻卷，闹得人心惶惶，牛羊不宁。接着，又不知从哪儿传出的风声，说蔡日洛和他带领的工作队要走了！

　　这时蔡日洛这个奴隶的后代，第一次感到自己肩上担子的分量。要是索德书记在这儿，那该多好啊！眼下，工作队员们只有靠自己定主意了。他想起索德书记常对他讲过的那句话：骏马是英雄的翅膀，群众是首领的眼睛。他迈开双脚，到牧民群众中去，倾听他们的呼声。当他了解到，他们害怕工作队真的走了，尼洛索乎又会回来时，蔡日洛爽朗地哈哈一笑，把拳头一挥，宣誓般对乡亲们说："我们工作队不仅要在这里扎根，还要开花、结果，和大家一起建设美丽富饶的草原呢！"

　　一块块草皮，垒成了高大的院墙。一根根木料，架起了牢实的房屋。新屋落成这天，牧民们在草滩上摔跤、赛马、射箭、载歌载舞。蔡日洛放开歌喉，第一次深情地唱出了动人的歌子：

　　　　"如今的喜事啊，

　　　　比天上的星星还多；

　　　　往昔的眼泪啊，

　　　　却淌满了大江大河！"

　　　　……

夜深了，当银子一般清亮的月亮，无声地朝克钦山那边隐去的时候，蔡日洛屋里的灯光，尚在昏黑的草原上闪烁。夜风阵阵，带着夏季草原的芳香，带着潮湿的夹杂着腥味的泥土气息，从窗隙门缝挤进来。时而拂动主人肩披的制服衣角，时而掀起主人正细细阅读的书页。烛光摇曳，蔡日洛全神贯注。

"民族问题，说到底是一个阶级斗争问题——"当这行金光闪闪的大字投入眼帘的时候，他不禁喜上眉梢，心里更亮堂了。是呵，眼前和尼洛索乎这一小撮民族败类的斗争，不正是一场极其严峻的阶级斗争吗！

就在这时，只听得"哒哒哒"一阵马蹄响，区委老交通员班麻多杰老人风尘仆仆地跨进屋来。他带来索德书记的一封亲笔信，告诉蔡日洛一个非常重要的情报。

猎　物

草原的晨曦，是美丽的，激动人心的。眼前，遍地牧草如茵，繁花似锦。艳红的达玛，瓦兰的山葱，锋紫的帮锦，米黄的鞭麻，各色小花朵争妍斗娇，点缀得山林妖娆如画。

山林，对蔡日洛并不陌生。出现在他眼前的每一座山崖，每一条小道，每一棵树木，或是每一块石头，每一簇山花，都能激起他对祖国山河的热爱。现在，比豺狼还狠毒的叛匪们，竟然要玷污这美丽的草原，啊，还有什么比这更能燃起蔡日洛满腔怒火的呢？他紧锁双眉，以敏锐、明亮的猎人眼睛，严峻地检查着脚下的每一寸土地。

蔡日洛在一条无草的红土坡小径上发现了牲畜粪尿，又在附近发现了火堆灰烬、藏靴的足迹。于是，他跟踪追击，接连紧走几个时辰，来到一座巨大的山岗上。举目朝前望去，迎面又是一道山岗。两山之间是一条深深的峡谷，乱石林立。一股清泉从石缝间迸出，闪着清亮的水花，直朝谷底流去。蔡日洛的目光追逐着水流，一直朝下望去。

蓦然，在一片山峦的阳坡上，他发现二十来匹马静静地啃着青草。离马群不远，还有一大群牦牛。午后热辣辣的阳光，斜照在马和牦牛的屁股上，反射出明亮的光泽。当他的目光再度回到飞泉喷吐的地方，一个意外的发现，不由地使他睁大了眼睛。

原来，就在山泉涌流的地方，还有一个巨大的岩洞。这时，从山洞前的巨石后面，猛乍乍冒出几个人来。一个个满头肮脏的长发，油污的赤裸裸的臂膀和胸脯，展露在烂皮袍外面。此刻，他们正把大块大块血红的牛肉，挂在一株粗大的树干上。

从他们说话的口音相貌、衣饰装扮，蔡日洛断定，他们就是那股从西藏流窜来的叛匪。可是，尼洛索乎在哪里？这股匪徒有多少？他分析着，判断着，也在思考着对策。昨天夜里，听了班麻多杰老人报告的线索，为了不致打草惊蛇，在一切布置妥当之后，他才只身闯进了山林。现在，他只要扣响手里的二十响，那勇如猛虎的民兵战士，就会从他身后的山林里利箭般射出来。但是，情况不明，他不能这样做。当他再度抬起头来，朝崖坎下巡视时，那几个匪徒已经不见了。他极目四望，原来他们溜到马群里去了。一个个撅起屁股，伸长两臂，"嘟嘟"叫着抓马呢！

这时，从山洞深处又滚爬出一群黑不溜秋的怪物，就像放开铁链的藏狗，"呜哩哇啦"地乱叫着，惊慌失措地四处张望。在一块深褐色的巨石后边，蔡日洛忽然看见尼洛索乎那颗"狗尿苔"似的脑袋正朝四面观望哩。就在这短暂的时刻，蔡日洛点清了数目，不慌不忙地记在小本上。

尼洛索乎第二次探出头来，凶狠的目光直勾勾地盯着崖坎。仇人相见，分外眼红。一声清脆的枪响，带着深仇大恨的子弹，贴耳边擦过。尼洛索乎在地上一滚，又爬起来，像负伤的野兽，疯狂地咆哮起来："冲上去！圣地来的英雄们，准是蔡日洛的探子，抓住他剥皮抽筋。"

就在这时，山林里马蹄哒哒，枪声四起。原来，按照蔡日洛临走时的部署，民兵们听到枪声后，分三路利箭般地插进了山林。那些千百年来饱受奴役的牧民，手舞磨得飞快的宰牛长刀，端着擦得锃亮的火枪，紧跟民兵健儿，齐声呐喊着，漫山遍野地逼近了匪窝。只见匪徒们惊慌失措，一个个丧家狗般，夹着尾巴四处奔逃。突然，蔡日洛发现，尼洛索乎连滚带爬，正朝小马群奔去！他瞄准那颗"狗尿苔"，甩手就是一枪。可是距离过远，子弹没有打到。他奋起直追，眼睛死死地咬住目标。不料这时一颗子弹打中他的左臂。一眨眼的工夫，尼洛索乎不见了！

匕　首

一个朝霞满天的清晨，从东方的蓝色天幕上，飞出一片艳红的云锦。不久，彩霞万朵，染红半个天空。阳光如万支金箭，射穿层层密林，沉沉雾幔，给千万株葱郁的劲松披上了霞光。

跟踪追击两天一夜的蔡日洛，舔着干燥的嘴唇，贪婪地吸着山林里清新的甜滋滋的空气，迈开疲惫的双腿，吃力地朝前搜寻着。蓦地，在一株巨大的枯树附近，他意外地发现一片鲜活的蘑菇。大概出土不久，淡黄的颜色，小小圆圆的顶儿，朝阳里发出琥珀般的晶莹光泽。他赶紧蹲下身，采起两颗丢进嘴里嚼着。嘿！又鲜又嫩。可不是，已经两天没有吃东西了。这时，几只觅食的铁嘴老鹫，在他头顶盘旋了一阵，猛地俯冲下来，又扇动翅膀，"呱呱"叫几声，向海阔天空扶摇直上。蔡日洛厌恶地一拍手，正想起身走开，猛地眼前一道亮光，只听得"嗖"的一声响，一把锋利的匕首端端插在方才采蘑菇的地方。就在这一瞬间，从枯树里猛乍乍跳出一个人来，拔腿就跑。

像发现野性的猎人，顿时，蔡日洛浑身精神抖擞，两眼清爽明亮了！那种走失了猎物的恼丧情绪全飞到九霄云外去了。说时迟，那时快，就在尼洛索乎跳出树洞、拔腿奔逃的时刻，蔡日洛从草地上拔起匕首，贴身擦一擦，便瞅准尼洛索乎的背心，拼尽全身力气掷过去！只听得一声哀号，尼洛索乎像头笨重的瞎熊猛然扑倒在地。由于用力过猛，加上伤痛饥饿，蔡日洛一脚站立不住，栽倒在枯树边昏迷过去。但他很快苏醒过来，极力睁开双眼朝前看时，尼洛索乎哀鸣着还在挣扎。他抛去的那把锋利的匕首，正插在大头人的尻蛋上，连刀把都入肉三分呢！

在医院的病床上，蔡日洛见到了新任县委书记索德。书记含着亲切的微笑，满怀深情地望着这个阶级兄弟，用一双温暖的大手轻轻地抚摸着他的臂伤，开口的第一句话是："龙木切草原勇敢的'霞果'，欢迎你胜利归来！"

一年之后，人民公社的鲜红旗帜，在龙木切草原高高飘扬了！作为达卡人民公社的第一任党委书记，蔡日洛又回到曾经战斗过的地方。在两年前垒起的草皮院墙门口，他亲手挂起了人民公社的鲜亮漆牌。

崭新的生活，也从这儿开始了！

（三）蔡日洛

暴风雪后的牧场，到处是一片繁忙的战斗景象。从一位来找"曼巴"的牧民口里，我们听到蔡日洛在帐圈帮助接羔育幼的消息。为了让我尽早去报到，以便接受战斗任务，田玲决定留下来，为当地的一位老人治病，让美图卓麻和我同去。因为没听完她的讲述，我心里有些抱憾。田玲看透了我的心思，微笑地说："别轻看帐房杆子上的小麻雀，对高飞的大鹰，她倒真有点了解呢！在牧业机械化运动中，尼洛索乎这只恶狼又跳出来捣乱了。关于这，就让她给你讲吧！"

和田玲分手之后，我和英图卓麻踏上去帐圈的道路。一个重重的疑团在心里打转：尼洛索乎这只恶狼，屁股挨那么狠的一刀，怎么还没死？他是死有余辜哇！

"你这个人真怪！没死就没死呗，还要问个怎么还没死。狼还在，心不死，牧民才不忘手里的猎枪嘛！"大概，尼洛索乎这个名字，引起了依姆的无比愤怒，她挥着马鞭，狠狠抽了一下马屁股。那马被激怒，"咴咴"嘶叫几声，沿平坦的茸茸草地扬蹄飞奔起来，溅起一溜雪粉土尘。

在走过的队里，虽听到有关蔡日洛的消息，但跑去找他时，他刚处理完那儿的事朝前走了。上午，有人见他在山上推雪，下午，有人见他背石垒圈；晚上，有人说他还参加一个队的生产经验交流会。按照人们的指点，我老远骑马赶去，可全跑空了。于是，老人们劝起我来。"索乎曼巴啦！蔡日洛身子忙，行踪没定点，你不要瞎奔了！"年轻人冲我开玩笑："索乎曼巴啦！你凭四条马腿，怎么能追得上'霞果'矫健的翅膀呢？"

聪明的美图卓麻，倒是出了个好点子："哎哎，阿切仁曾拉姆，依我说，咱们干脆不找他。只需写上'索乎曼巴在顿木错阿奶家'几个字，随便交给哪个队干部，不过两天，阿爸蔡日洛准会来的。"不等我同意，她便照此办理了！

夜来人

一天夜里，微弱的酥油灯下，我围着被窝读书。不知不觉地夜深了，美图卓麻和帐篷的主人——班麻多杰的老伴顿木错阿奶，早已熟睡。就在这时，听得帐房外面传进一声叫唤："索乎曼巴！"随着洪亮的声音，帐房帘子一动，迎门走进一位中年牧民来。他手握一支马鞭，身背一杆步枪，显得风尘仆仆。那魁梧的身躯，几乎顶破帐篷。一身白板藏袍，翻着豹皮领。按照藏族人的特有习惯，右手臂展露在外面，映出贴身的海蓝衬衣和毛背心。他站在锅灶边的帐房杆子跟前，狐帽下红光满面的脸上带着焦急不安的神气。两眼朝我打量片刻，很快走到铺前来，热情地伸出了右手："哦哦，你就是新来的索乎曼巴？我们盼了好久，总算把你盼来啦！怎么不是呢？一个十五万牲畜的大社，还没个像样的畜牧兽医站！何况现在又遇到一场暴风雪，你来得正是时候啊！"他讲得热情、恳切，每句话都一团火似的，暖着我的心。

显然，他心里有事。谈了几句见面话，那炯炯有神的目光一忽闪，便抱歉地告诉我，一个羊群发生肺丝虫病，民间兽医感到有点棘手，所以才来找我："你看，多不凑巧！第一次见面，正该多谈谈，偏碰到这事。索乎曼巴同志，你看，能不能马上去一趟？"

这还用问吗？我赶紧拿起药箱，跪在铺上检查、整理药品。这时，美图卓麻轻轻翻个身，又熟睡了！静谧的草原的夜晚，流经帐篷前的冬不结冰的山间小河淌水，声音总是分外清脆、悦耳。起身时，我把美图卓麻身上的皮袍盖好，见她睡得如此香、如此甜，我不想唤醒她。哎哎，天亮以后她会找到我的。这小活宝！

来人似乎领略了我们的友情，而且仿佛受到感动。他看看我，又看看美图卓麻，目光格外亮了起来，带着亲切的微笑说："如果我的估计不错，那么，你们已经成为好朋友了，对吗？这巧嘴利舌的小八哥，一定给你讲了许多公社的情况吧？"

我点点头，望着他笑了！天哪！他的话语这样柔和，笑脸又如此亲切，多像自己的亲人！我不禁心里一动，冒昧地开口问他："您就是这位小美图引以为豪的'霞果'阿爸吗？哎哎，能见到你，真高兴，这还亏了小美图的巧点子呢！"

来人耸耸肩膀，开怀爽朗地笑了，"蔡日洛，一个平平常常的老人！索乎曼巴啦，要是没有毛主席，没有共产党的搭救，他的尸骨早喂天鹰了。"他伸出温暖的一双大手，再一次跟我握手。大概，是为我跟小美图的友谊，也为新同志对他表示的信赖而高兴吧！就在我们重新握手的片刻，当我的目光落在他的手上，望见那红润而强劲的左手腕上一条长长的伤疤时，我完全呆住了！啊！几天来的种种猜想，难道证实了吗？二十多年来嘴里念叨、心里牵挂的阿吾蔡日洛，难道找到了吗？记得，阿祥索热告诉我，阿吾蔡日洛十岁那年，为给阿爸和阿妈报仇，一个人悄悄摸进尼洛索乎家的牛圈，捉住一头牦牛的尾巴，举刀要砍的时候，受惊的牦牛猛地一窜，刀便砍在自己的手腕，留下一道标记奴隶对牧主刻骨仇恨的伤疤……像翻滚的玛曲河水，我的心情再也不能平静了。盈眶的热泪，顿时模糊了我的眼睛。

蔡日洛怔住了！他站在我的面前，轻声地、温和地问我："索乎曼巴啦，你……你怎么啦？"

"没……没什么……见你手腕的伤痕，我……哦，我们走吧！"我嗫嚅着，赶紧背起了药箱。就这样，我们骑马出发了。

夜幕沉沉，草原分外宁静。小河的淌水声渐渐远去，变成了低低的呜咽声。回忆着过去，我的心潮，此刻如翻江倒海一般。我仿佛看到，一脸泪痕、满头白发的阿祥索热，正用颤抖的双手从死去的阿爸身上，剥下那件千补百连的哈拉皮藏袍，穿在两眼饱含泪水的阿吾蔡日洛身上，嘴里喃喃地说："孩子，穿上它吧！要到远处去了，总不能精肚梁上路啊！"

"啊……蔡日洛同志，讲讲有关伤疤的事吧！"我终于提出了请求。

蔡日洛点头答应了。也许，在回忆，在思索吧。他在马背上点燃一支烟卷。猛吸着，许久才开口讲起来："索乎曼巴同志，难忘记啊！那个花不开、草不长的黑暗社会，给我们奴隶的心头埋下过多少苦痛，多少眼泪，多少仇恨！我的家住在龙木切草原，索合日麻部落。阿爸叫龙德黑，有着高大的身躯，宽厚的肩膀，力气能顶过一头牛。可在黑暗的部落统治下，要力大干什么呢？嫌为牧主头人出的力小吗？那世道，就是克钦山变成酥油，我们能吃几块？玛曲水变成鲜奶。我们能喝几口？按理说，我们家的生活要算全部落最苦的了。我们没有够吃三顿的糌粑，没有能睡三人的帐篷。除了我和年幼的妹妹有权享受帐篷的温暖，阿爸和阿妈不分春夏秋冬，雪雨寒暑，常年睡在牧主头人尼洛索乎的羊圈里。那年月，奴隶们受的苦，就像滴不完的玛曲河水，化不尽的克钦冰雪——

"阿爸和阿妈熬不过漫漫长夜，先后离开我们。记得，那是一个昏暗的夜晚。阿祥·索热背着妹妹，一手拖着我，一手拿打狗棒，我们离开了龙木切草原。在漫无边际的草原上，我们走啊走啊！不幸，又遇到尼路索乎跟相邻部落争夺草山。在混乱的枪刀格斗，在仓皇逃生的路上，我们全家失散了！当时，我疯了似的寻找、打听，但到底没有找到他们。更不幸的是，我重又落入尼洛索乎的魔掌，替狼崽子当'宣巴'——"

听到这里，我再也克制不住自己的感情，"哇"地哭出声来，"阿……阿吾蔡日洛，我是仁曾拉姆，你的妹妹仁曾拉姆呀！"

蔡日洛勒住马头，从马上伸过一只颤抖的手来，轻轻地抚摸着我的头发，许久许久没说一句话。半晌，才长长地吐了一口气无限深情地说："一切都过去了！仁曾啦，我们就是死三遭，也莫忘记党的恩情！为了让世界上所有受苦受难的阶级弟兄翻身解放，并肩战斗吧！"

从阿吾蔡日洛的口里，我才知道，当时带着那插进屁股的五寸匕首，尼洛索乎被民兵扔上牛背，死尸般地驮到了玛曲县人民医院的一间特殊病房。医生们本着人道主义精神，为他拔去匕首，经过一段时间治疗，伤口竟然好起来了！由于大夫们一时的大意，尼洛索乎再度逃跑。但是，终究没有逃脱覆灭的命运。

天亮了，曙光照耀大地。碧空万里，红霞似火。克钦山伸出健壮的双臂，托出一轮火红的朝阳。顿时，整个龙木切草原沐浴在一片金色的阳光中。我们怀着幸福激动的心情，快马加鞭地赶到目的地，立即着手检查，治疗病羊群。治疗刚告一段落，有人匆匆赶来把蔡日洛又叫走了，一件新的工作又急等着他去处理呢。我还要留下来继续治疗羊群。分手时，看着阿吾蔡日洛朝克钦山那边走去的时候，我看到了盘旋在雪峰顶上的苍鹰。那疾飞万里的翅膀何等有力，何等矫健！我衷心祝愿，龙木切草原的"霞果"啊，望你飞得更高，望得更远，快快飞向那光辉的2000年。

被冰封雪锁时

许长绿

　　1937 年暮春，茫茫祁连山别有一种料峭的寒意。冰凝虫僵，草偃泉枯，万物仍处在严冬的战栗之中。

　　夜漏更深，朔风在疯狂地跳踉嚎叫着，阴沉的天穹重云如盖，囹囚着天地间的一切，除了傲然不拔、英挺如昔的青松之外，似乎不存在任何生命。

　　突然，从康隆寺附近的山坡上，传来几声凄厉的枪响，随之而来的是一阵紧似一阵的嘈杂的犬吠声。

　　住在山脚下一个破窑洞里的扎西，从梦中惊醒，一骨碌从土炕上翻了起来。才新婚不久的媳妇尖措"啊——"尖叫一声，双手死死抱住扎西不放，浑身哆嗦，惊惧发滞的双眼瞪得鼓鼓圆。扎西抽出腰刀，紧紧攥在右手里，愤愤自语道："哼！狗日的们来吧！老子跟你们拼了！"

　　窑洞里没有点灯，扎西从糊着牛粪的篱笆缝隙里，警觉地向外窥探着。忽然，发现一个黑乎乎的大物，在向他的窑洞蠕动着……爬爬停停，停停看看，是偷食羊只的野兽，还是人们传说的从山林里跑下来的害人的魑魅呢？等不到扎西判别，那个古怪的大物已越来越近。啊，看清了，原来是个爬着向前挪动的人，还"呼哧呼哧"喘着粗气哩。

霎时，扎西的脑海里作出了这样的判断：近日，马步芳骑兵师师长韩其功扬言要把散落在祁连山里的红军斩尽杀绝。他像条疯狗似的，带着那些凶神恶煞的匪兵，不分昼夜到处"搜山"，所到之处，奸淫掳掠，伤生害命，鸡犬不宁。刚才的骚动，很可能是匪兵发现了红军，正在尾随追捕，那么朝自己窑洞爬来的这个人，也许就是一位受了重伤的红军战士。

"红军，大好人啊，不糟蹋老百姓，又是救过咱们一家的大恩人，能见死不救吗？！"想到这里，扎西紧攥腰刀的手松弛了，浑身有一股难抑的勇气在急剧膨胀，使他全然忘却了往日因兵乱而产生的惊恐与慌乱，一种报恩的强烈念头冲击着他。于是，他将腰刀插入刀鞘，准备将爬着的那个人背回窑洞。正欲开门出去时，蓦然又发现几个黑影蹑手蹑脚地围拢到爬着的那个人跟前，耳语了一阵，又猫着腰在黑暗中倏然消失了。扎西警觉地收住脚步，对自己刚才的猜测开始狐疑起来。正犹豫间，忽听那个爬着的人大声喊道："老乡，快开门，我是共产党，我是红军。腿子叫马家兵打伤了，他们要抓我，快积个阴德，行个好，救救我吧……"

真是不打自招，扎西一听这喊话的腔调，就已分辨出这是"狼学羊叫"，青海循化口音里生硬地掺杂着点儿四川腔。再说要真是受伤的红军，能这样大喊大叫？不怕暴露了自己吗？好阴险毒辣的家伙，还想拿圈套套人哩！扎西越想越气，"嚓——"锋利的腰刀又从刀鞘中抽了出来。

瞬间，三天前发生的一场悲剧，又清晰地浮现在他的眼前——

那天傍晚时分，一个马匪兵化装成讨饭的叫花子，来到扎西家的窑洞门口，贼头鬼脑，东张西望。当这个匪兵的目光转移到正在撕羊毛的漂亮的尖措脸上时，丢了魂似的死死盯住不动，只是"咕咕"地咽着贪馋的口水……

就在当天夜里，来了三个匪兵，说是搜捕红军的，还没等尖措穿好衣服，这些恶鬼就已破门而入，他们蓄意给扎西栽赃，说他私藏了红军。不容扎西分辩，"啪啪！"两记耳光，打得扎西晕头转向，眼冒金花。随即被五花大绑起来，胡乱塞上了满满一嘴羊毛，推出门去，捆在了离窑洞不远的一棵大松树上。

窑洞里传出了淫荡的狂笑和尖措的挣扎声、叫骂声……

两个恶鬼悻悻地从窑洞里钻出来，嘴里骂骂咧咧，晃晃悠悠地朝扎西的方向走来。

窑洞的灯熄灭了，尖措的叫骂声好像被什么柔软的东西捂住了。

扎西想挣挣不脱，想喊又喊不出，眼睁睁看着自己心爱的尖措任这些禽兽蹂躏糟蹋，直急得两眼喷火，心似刀扎。

就在那两个恶鬼快走到扎西跟前时，扎西又影影绰绰看见两个黑影闪进了窑洞。

窑洞内隐约传出一声刺耳的怪叫。

须臾，从窑洞里走出一个人来。这个人没有说话，只是示意性地干咳一声，向那两个恶鬼做了个快进洞去的手势。那两个恶鬼早就兽性大发、淫欲难忍，急得直转团团，一见手势，便像饿狼扑食一样，齐头冲进了窑洞。

做手势的人又紧紧尾随两个恶鬼进了窑洞。

窑洞内相继传出了两声短促、尖厉的嚎叫。

就在扎西迷惑不解的时候，只见一个人从窑洞出来，疾步来到扎西跟前，一面用刀迅速割断了捆绑着他的绳子，撕出了嘴里的羊毛，一面紧握住扎西的双手，操着一口细脆的四川口音，压低嗓门说："老乡，别害怕，我们是红军，那三个龟儿子我们已经打发他们回老家去了。"

扎西听罢，便"扑通"一声爬跪在地上磕起头来。遭劫逢生，这个自懂事以来就眼里喷火的硬汉子第一次打开泪水的闸门，他微微颤抖着声音说："红军……红军是大好人啊……阿弥陀佛，救了我们一家，要不……"他哽咽着说不下去了。

窑洞里的小酥油灯又亮了。扎西用毡片迅速遮拦住了透亮的篱笆门。灯光下，三具死尸斜三横四地倒卧在炕头下一滩滩肮脏的污血里。两个红军战士八角帽上的红五星在寒夜的昏暗窑洞里，闪耀着锃锃光亮。帽檐下，两张威武、英俊而又柔情的脸上，流露着爱与恨、悲与喜交织的复杂感情。尖措瘫软地斜倚着洞壁，过分的凌辱与苦痛挞灸了她纯贞的灵魂，使她一直处在模糊与昏迷之中。渐渐地，她那微闭而痴呆的双眼睁大了。直到这时，扎西两口才看清楚这两位"救命恩人"还是留着短剪发的女红军战士呢。尖措像备受委屈的女儿见到久别的妈妈，"哇"的一声，一头扑倒在一位女红军战士的怀里，亲亲地，响响地唤了一声"阿姐——"便泣不成声了。

雄鸡叫了，天快亮了。

令人恶心的醒酲腥臭的死尸，连同被污血染脏了的泥土，一起被摔下了悬崖旁一个无底的深洞。

东边天上灰白的曙色，映衬着山岗上两对挥泪握别的人影。

挥泪惜别情依依。临别时，两位女红军战士深情地对扎西两口说："老乡，别难过，马匪兵横行的日子不长了。我们回到延安，一定要把藏族人民遭受的苦难转告给党中央、毛主席。我们还会回来的！一定能回来！"

"我们盼望着你们早点儿来啊……"悲凉的哭声回荡在山谷，扎西两口在呼啸的寒风里久久地伫立着。

"阿喽，快开门，让我避一避。我是红军，不糟蹋老百姓，快开门吧，我给你们钱……"扎西的思路被这"狼学羊叫"的喊声打断了。

片刻的沉寂。

窑洞的篱笆门慢慢拉开了，一条结实的牛毛套绳"嗖"地从尖措手中飞撒出去，稳稳地套在了那个"哇哇"喊叫的家伙的脖颈上。还没等那家伙吱声，扎西两口一齐下手，使尽全力，像拖死猪般狠拉猛拽几把，就将那个冒名的"红军"拖至窑洞门口，随即，麻利的扎西将一把凝集着千仇万恨的锋利的尖刀狠狠插进了他的后心。这条狡猾凶险的恶狼，只踢踏了几下腿，便命归西天了。

此时，扎西又故意虚张声势地大喊大叫起来："抓红军啊，快来人啊……"随着喊声，附近出现了几支手电筒的光亮，一群马匪兵吱吱哇哇，慌乱地朝窑洞门口跑来。一个当官模样的家伙，像个老叫驴一样粗喉破嗓地号叫着："日奶奶要抓活的。要活的，不要弄死……"这些恶鬼跑到窑洞门口，照着手电光一看，都傻了眼。借着电光，扎西发现这条死猪身上裹着的还是一套我们红军战士的服装。

这群蠢驴万没料到害人的圈套反套住了自己，吃了这么大的哑巴亏，一个个蹙眉瞪眼，歪鼻斜嘴，像散了骨架的狗一样，光唉声叹气，好半天没有吭一声。

那个当官模样的家伙，面对这眼前可耻的惨局，恼羞成怒，对着扎西暴跳起来："日奶奶蕃子娃，叫抓活的，谁叫你弄死？！"此时，扎西心里乐得直想笑出声来，表面上却还是装作害怕的样子躬身回答道："是是是，报告长官大人，听说共产党红军到处杀人放火，尽干伤天害理欺压百姓的事，我思谋着杀掉一个就少一个祸害呗。没想到……""你想到个狗娃子的球哩！"这个粗野蛮横的家伙吃了闷亏，愤恨难消，抢过扎西的话头，悻悻地骂道。

扎西仍装作郑重其事的样子，继续说道："报告大人，往后若再碰上红军，你说该不该杀？"

那家伙满脸横肉痉挛，龇牙咧嘴，气得两股白雾雾的粗气从鼻孔里直冒，光打吭声，老半天才恶狠狠地憋了一句："脏娘哈的，以后碰见就……就……就给老子咔嚓掉。"

"是是是，长官大人。"扎西越发装得尊顺、唯诺起来。

……

事有凑巧。就在当晚天刚蒙蒙亮的时候，不远处"砰"一声枪响，寂静的山谷又是一阵骚动。扎西两口经受了两次"血"的考验，显得不像以往那么慌乱了。

"噔噔噔……"一串急促的脚步声。

"尖措妹妹，快开门，我是陈梅！"一个熟悉的女人的声音，贴着篱笆门缝，急切而又轻轻地呼唤着。

陈梅？噢，是她……尖措闻声，马上就反应过来了，赶紧一把拉开了篱笆门。来人一头钻进窑洞，呼呼地直喘着粗气。

小酥油灯下，尖措马上就认出了这正是那晚上杀了三个匪兵、救了他们一家的红军阿姐。一看陈梅上气不接下气的样子，就料定是匪兵在跟踪追捕她。

"陈梅阿姐，你……"随着叫声，尖措不由地猛扑上去，紧紧搂抱住了陈梅，仿佛这位好姐姐当即就会被恶狼一口吞掉。

山风在尖厉地吼叫着。

枪声、叫骂声、鸡犬声混作一团。

"用不着动枪动刀，要抓活的。""就一个共产婆，有个屁本事，她还能上天入地去！"敌人得意、狂妄的叫声越来越近。

陈梅轻轻推开尖措，毅然用牙齿咬下了自己八角帽上的那颗红五星，她噙着热泪深情地向尖措两口托嘱道："扎西哥、尖措妹妹，外面情况很危急，万一我出了事，红五星绝不能落在敌人的狗爪里。我请求你们把它一定要保存到革命胜利的那一天……"说罢，顺手将红五星揣入尖措怀中，转身开门就走，却被尖措猛一把抱住了。

"尖措妹妹，你快放我走吧，不能因为我连累了你们啊。"陈梅执拗地使劲挣扎着，极力想挣脱尖措阻拦。

"阿姐，你……你说的啥话呀，你是谁，我们是谁，你这样走出去，就会……"尖措焦急得哭出了声。

猝不及防，陈梅猛一下从尖措怀里挣脱了。可是，扎西抢先一步，用他那宽厚敦实的脊背将篱笆门紧紧堵住了。

"阿姐，我不能眼看着敌人把你抓去，要死死在一搭儿……阿姐……""簌簌"滚落的泪水打湿了扎西的衣襟。

不走又怎么办呢？三颗焦灼的心同时思虑着这样一个迫在眉睫的严重问题，突然，尖措拭干泪，扬起头，果断地对陈梅说："阿姐，快，我俩把衣裳换过。"接着又命令似的对扎西道："你快把羊毛剪子拿来！"

此时，陈梅、扎西什么都明白了。

陈梅再三拒绝也无济于事，被扎西俩强行换了装。

尖措散披在肩上的一束编织匀整而又乌亮的小辫被扎西剪下来了。

扎西凝神注视着一身红军装扮的尖措，仿佛觉得她比过去更精明更妩媚了。一对水灵灵的大眼睛里，闪射着从未有过的灼灼光亮，身躯也似乎显得比过去硬朗高大了许多。望着，望着，扎西感情的潮流在胸中急剧地翻滚起来，他对尖措的爱，已远远超越了一般夫妻的温情。

尖措无悲伤，不流泪，慢慢靠近扎西，她从头到脚，仔仔细细端详了一遍自己心爱的丈夫，然后以信任的口吻对扎西叮咛着："你别扯心我，等我把匪兵引开后，你一定要把陈梅阿姐尽快护送走。"扎西上前狠劲握住尖措的双手回答道："您放心走吧！"

陈梅实在不忍心让这个年轻又稚嫩的藏族同胞去为自己承担生命的风险。在她还没有完全领悟和懂得革命真理及最终目标的时候，她有什么理由让一个藏族妇女为自己付出这么巨大的代价？想到这里，陈梅滚烫的泪水大滴大滴地落在紧贴着自己胸口的尖措的面颊上。

尖措从容地取下热恋时扎西亲手套在她手指上的那颗绿宝石戒指，转套在了陈梅的左手中指上："阿姐，这件小东西送给你留个永久的纪念吧，见了它你就会想起我，想起我们这些受苦受难的藏家人。我什么都不牵挂，我只盼你早日回到延安，让毛主席知道我们藏家人多么想念他。"说完她掉转身跑出窑洞，飞也似的朝窑洞对面一个惹人注目的小山岗上奔去。

窑洞内泪纷纷，洞门外虎狼嗥。

"看，在那儿，快追！日奶奶一定要抓活的！""煮熟的野鸡飞不掉了……"马匪兵兴师动众，从四面八方朝小山岗围追上去。

尖措从小就跑惯了山路，熟悉这里的山形路径，她像头轻快的小鹿，转眼间便翻过了几道山梁，登上了一座高高的山峰，把敌人甩下了好大一截。

一个骑在马上的匪兵头目，见尖措越跑越远了，再看看那些像鸭子摇蛋、乌龟挪窝般懒懒散散的匪兵们，窝着一肚子火气厉声臭骂道："你们这些囊货！连个婆娘都撵球不上！快给老子追！抓不住活的老子要你们的垛螺①！"

尖措在更高的一座山巅上奋力奔跑着，很快就越过山头，隐入了那浩瀚无边的密林深处。

敌人着慌了，对这无辜善良的藏家女儿下了毒手。"砰！砰砰！"罪恶的子弹穿过了尖措的胸膛，在黎明的曙光里，她停住了脚步，慢慢倒下了……

严霜在地，晨寒袭人。山风卷着松涛，发出震耳的巨响，回荡在千山万壑。辽远的东方正涌起一片耀眼的金霞，火红的太阳将要升起，给冰封雪锁的茫茫祁连送来温暖。

---

①垛螺：青海方言，即脑袋。

雪白的鸽子

谢保和

好天气必然带来好心情，今天的天气很好，老昝的心情也很好。

看着早晨满天霞光，老昝深吸一口清新的空气，没有嗅到金色光芒的味道，倒是花香、绿草、泥土的混合气息充斥着喉咙，像是没有温热的青稞酩馏酒，稍稍在牙齿之间存有一丝丝香爽的凉意。

是的，高原初夏的清晨还没有被太阳照热。今天的出行老早就计划好了，要去杏儿村参加丹增的婚礼。老昝开着那辆陪伴了多年的车子，径直到一家饭馆门前停下。

老昝是这家饭馆的常客，走进门去，便说道："韩老板，一碗韭叶牛肉面，不要辣油，另加一个鸡蛋。"随便找了个空位坐了下来。

"好嘞，马上就好。"

随着应答声，一杯红枣桂圆枸杞茶端到了老昝的面前："昝主任今儿早呗！"

"噢，今儿走个亲戚。"老昝回答道。

一杯茶还没有喝完，牛肉面和鸡蛋已端了上来。老昝早上吃牛肉面不放辣油，也不倒醋，只喜欢清清爽爽原汁原味的感觉。虽说吃牛肉面要讲究"一清、二白、三红、四绿",但老昝说,放了辣油、倒了醋,那牛肉汤的味道就变了。他只喜欢那清淡的牛肉汤上面覆盖着的一层蒜苗和香菜弥漫的味道。

吃完了面,喝完了汤,老昝感觉浑身热了许多。老昝掏出手机,扫了下挂在墙上的农行聚合码付了款,顺口说了声"老板,钱扫给了,再见!"就匆匆出了饭馆门。

老昝吃了牛肉面就像汽车也吃了面一样,放起了轻快的音乐,油门一踩,狠劲直奔山沟里的杏儿村。

四年多来,这条路老昝不知道走过多少趟,说句喧话,老昝闭着眼睛也能走到村里头。哪里有一个土疙瘩,哪里有一道湾湾,哪里有一棵柳树,老昝都一清二楚,比回自己老家的路还清楚。

虽说去年年底考评验收了,但老昝今年还是多在村上。大年初一就去杏儿村给乡亲们拜了年。因为疫情,自打正月初三起,老昝再就没有休息过。三个多月后,老昝才休息了一段时间。疫情防控需要,入村的路口扎帐篷设卡子,村内消毒、巡逻宣传、登记检查,老昝都得和村干部一起操心。虽然村上没有一个被感染者,但丝毫不能放松,劝返走乡串亲人员,村上外出回村人员隔离,在全民防疫、全国防控时期,一点儿也不能马虎。

由于在三个自然村关卡奔波,老吃方便面,一段时间下来,病犯了,胃痛的老毛病时常困扰着他。疫情缓和后,他不得不回家调养。但他老是想念着杏儿村,以及村里的乡亲们。所以,丹增办喜事发来微信邀请,他是迫不及待地赶往那依恋的村庄。他想,如果不是这次疫情,丹增的婚礼可是定在正月里的。

起早赶路,老昝也是有想法的。他想,有一阵子没去村上,趁着初夏这大好的时光,山野清爽、花香四溢,好好欣赏一下大自然,拍几张风景照片,记录时代的变迁,感触那青山绿水的风韵,主要是拍那魂牵梦绕的杏儿村,每年拍每年都有新变化、新感觉。虽然很多次走过这条路，但老昝的心情从没有像此刻这么悠闲过。

一

早在 2016 年春的一天，老昝被单位选定为联点帮扶村杏儿村的第一书记。领导在谈话时说："老昝啊，根据中央关于坚决打赢脱贫攻坚战实现 2020 年前脱贫的要求，我们作为央企，作为农业银行，有义不容辞的社会责任，市组织部门下文，湟水县杏儿乡杏儿村作为我行的联点帮扶村。我们打算选派你为我行联点帮扶村的驻村第一书记，我们今天征求一下你的意见。主要考虑到你是复员军人、共产党员，工作扎实有魄力，又是本地人，熟悉农村情况，当过基层网点的信贷员、主任，有乡村工作经验，对农村有深厚的感情。我们班子几个人选来选去，也征求了其他方面和几个部门的意见，大家都认为你最合适，只有你才能担此重任，不知道你有啥想法。"

老昝是军人出身，虽早已转业到农行，但以服从命令为天职，一切行动听指挥的作风一直没有改变。老昝想，虽说是领导在征求意见，但领导话语里也透露出一种"非我莫属"的感觉。他知道精准扶贫第一书记责任重大，多年的农村工作经验告诉他，农村工作看似简单，但在利益相关下，鸡毛蒜皮的小事，也会搅翻天。老昝犹豫了，一时难以回答，是平稳过渡几年退休，还是在退休前再拼搏一把，万一干不好，如何交代，这才是老昝考虑的重点。

稳妥起见，老昝暂时没有答复，只是说："行长，我回去再想想，这毕竟不是一天两天，一月两月，这要四五年，我明天给你回话。"

老昝的考虑不无道理。自己虽生在农村，长在农村，在乡村工作过一段时间，但那都是十几年以前的事了。随着农村改革的不断深入，现在乡村变化很大，人们的思想观念也发生了很大变化，人的思想活了，想法多了，想啥的都有，不再是单纯的吃饱饭了晒阳洼，一天没事闲转悠的时候了。再说，精准扶贫啥样子也没搞过，只是光听宣传。老昝连夜上网搜了中央关于精准扶贫方面的文件，好像豁然开朗了。想起小时候过的苦日子，想起以前当信贷员时看到的农村，有些家庭因病、因残、因没有出路而过的贫穷日子，老昝心中的热血沸腾了。再回想起领导的谈话，一种舍我其谁的感觉油然而生。老昝想，我是本乡本土地地道道的农村娃，那里有我的父老乡亲。

心踏实了，睡觉是甜的，梦也是香的。

既然选择了就不会再后悔，老昝会坚定地往前走去，这也是老昝做人处事的风格。

二

初夏，乡村的风景很是怡人。远远望去，杏儿山上到处是杏花，一团团、一簇簇、一片片，红的像燃烧的火，白的像刚下的雪。川水地区早已凋谢的杏花，在湟水南山沟岔杏儿山上正在怒放。同杏花林对应的是阴坡里原来在农业学大寨时平整过的窄梯田上长势很繁盛的花椒林。一阴一阳两山的经济林为乡亲们带来了福气。

老昝停下车来，不时用照相机拍摄着。远拍、近拍、侧拍、横拍，像是孩童在摆弄着稀罕的玩具。一路上也有不少游客在观赏风景、拍摄留念。

杏儿山的这些杏树是老昝和杏儿村的乡亲们一起种的。那年移种这些杏树时可没少费劲儿。树苗没有还好说，老昝找县上当林业局局长的老战友帮忙，行里领导协调资金，争取经济林贷款，员工捐款。但没人出工，光凭老昝和几个村干部是栽不完的，发动村民，开大会小会动员了多少次，最后乡亲们看到杏儿村杏儿产业发展方案中说是每年能够分红，又有几个积极分子带了头，这才把杏树栽满山。老昝给村民说："我查了县志，杏儿村因杏儿得名，几百年前我们这山上有很多杏树。现在我们不能叫杏儿山没杏花，杏儿村没杏儿，我们春看杏花秋看果，要叫山村名副其实。"这是老昝到杏儿村当第一书记在核定建档立卡贫困户后唱的第一出戏。

"桃三杏四梨五年"，那是过去的说法，现在新嫁接品种，从移栽时的半大树苗子，变成经济林已经两年了。看来今年又能吃到黄澄澄香甜的大接杏了。

想到这里，老昝轻声吟了一首打油诗：

杏儿山上杏花开，

彩云边上栽一截。

往年秃岭去何处，

有信之人今朝来。

三

老昝以前当信贷员时就去过很多次杏儿村，但作为第一书记去时，又是一种心情。记得那年，也是一个艳阳天，当老昝把车停在村上那几间破草房前的空地上时，第一个看到的便是丹增，一个腿部伤残的复员军人。老昝前些年发放贷款时就认识他，由于同样是当过兵，老昝和丹增喧过。老昝看到是丹增，便说："哎，丹增，你好着吧？"

"我说是谁，原来是昝主任。这几年没见，光阴好呗！摩托车换成小汽车了呗。"

丹增穿着一件脑油棒棒的旧黄大衣，一瘸一拐地趿拉着一双不知道什么颜色的旅游鞋，挂着一根齐胸高的木棒当拐杖走了过来。

"丹增，这几年过着好着啥？"老昝又问道。

"再好啥哩，就这么凑合着呗。今天啥风把你大主任给吹来了？"丹增问道。

老昝说："有点事情找个村上的书记、主任。现在村上的书记、主任谁啊？"

丹增回答道："书记是中湾里的席多丰，主任是西湾里的梅尚洁，妇女主任是东湾里的贾花秀，村会计是中湾里的师老师，你认识不？"

"那村上干部在阿扎（哪里）办公着？"老昝问道。

丹增说："阿扎办公？以前大队时候的这几间房子变成了草房，就这几间（顺便用拐杖指着），后来村干部就在各家家里头，有事儿了大家就去找。你不知道了我领你去。"

"来，抽支烟。"老昝掏出香烟给丹增点上。

老昝随丹增慢慢边走边喧："好几年没来了，村里面变化不大啊！"

"有啥变化哩，还不是老样子。"丹增边走边介绍村上书记、主任、会计、妇女主任是谁，谁家的。老昝从记忆里努力翻找着相关信息，也知道了个大概。

走进巷道里，丹增用拐杖指着第二家大门说："这就是席书记家。"

大门虚掩着，丹增伸手去摇了摇门扣子，铁扣子发出"呛呛呛"的声音。丹增喊道："席书记在家吗？"他推门进去，在院子里又喊了起来："席书记，有客人来了。"

院里是五间北房，那挂着"幸福人家"门帘掀开处，一个四十多岁的男人走了出来，说："丹增，谁来了？"

"是农行的昝主任。"丹增回答道。

一听说是农行的，席多丰本来快速迎来的脚步不经意间放慢了许多。老昝打量着，席书记穿着深蓝色毛衣，单薄的身材，清瘦的面孔，像个文弱书生。老昝还是紧走几步迎了上去，握住席多丰的手说："席书记你好，我叫昝劲，是市农行……"

话还没有说完就被席多丰打断了："噢，我知道你，你是前几年走乡串村收贷款的昝主任，今儿又收贷款来了吗？"

"不是啊，我是给你当社员来了。"话说得让席多丰有些蒙。

"不知道席书记收到通知了没有，我们市农行和杏儿村是联点帮扶的对子，我是派到这里来扶贫的，不是收贷款的。从今儿起，我就是村里的一员。不知道席书记欢迎不欢迎。"

席多丰这才醒过神来："噢，原来你就是派来扶贫的第一书记，好，好，乡上昨天开了会，通知了我们，说是我们受市农行结对帮扶，好事情，好事情，欢迎，欢迎，走走走，昝主任，噢不，是昝书记，请房里进。"席多丰有些语无伦次。说着把老昝让进了房里，丹增也一同跟了进去。

一进房门，老昝便把手里提的两瓶青稞酒放到了柜上，说："席书记，给你没拿头，这两瓶酒你尝个。"

"昝书记你这么客气的干啥哩，来就来呗，还拿啥东西哩。"席多丰说。

"我是来认亲戚的，不能空着手，你可嫑嫌少啊！"

说着，席多丰便把老昝让上了炕。随后，席多丰也把几个村干部召唤了过来，互相介绍，慢慢喧了起来。

老昝在席书记家住了几天，通过几天的走访了解，对村上的情况也知道了个十之八九。但老昝想，住在书记家不是长久之计，他决定把自己安排在丹增家。丹增老光棍一个，他退伍后外出搞副业时不慎砸伤了腿，落下了残疾，一瘸一拐的，家境困难，后来父母相继过世，只剩下他一个人，到现在四十多岁了连个媳妇也没娶上。村上看他困难，又是残疾人，一个人日子不好过，就评了五保户。

丹增家里三间北房，一明两暗，丹增住在明房的一头，一头空着的，早先是丹增的屋，现在放些乱七八糟的破烂家具、农具；两间房摇摇欲坠，是原先的厨房连草房；院子里长满了杂草，东南角是大门，大门破烂不堪，一扇门下面还少了一角，倒是很方便野狗出入，西南角是个简易的厕所。

老昝把丹增家北房空着的一头收拾了一下，从席书记家借来了床，从小学抬了套当年的旧课桌、板凳，安顿了下来，开始了他的扶贫第一书记之路。

从此，老昝和丹增慢慢熟悉了起来，村上大大小小、男男女女的也知道从市农行来了个第一书记叫"攒劲书记"。自从老昝在社员大会上作过自我介绍说叫"昝劲"后，除了几个村干部、社长叫"昝书记"外，村民们都叫他"攒劲书记"，有的说他人长得攒劲，有的说他干事攒劲，有的说他说话攒劲，有的说他名字叫攒劲。如今回味起来，让老昝有一种莫名的欣慰。他知道，那是群众对他的信任。

四

老昝爬上窜下，一边寻找最佳的取景角度，一边回味着那辛酸又值得的岁月。

老昝从各处争取到了资金，通过行里村里逐级努力申报，杏儿村纳入了美丽乡村建设。原来空闲破败的草房和村民们晒草的空地上，修起了村"两委"办公楼，建起了村里的小广场，单位员工捐款为办公室配备了设施，配置了健身器材。小广场成了孩子们玩耍、老人们健身、集会搞活动、春节耍社火、搭台子唱大戏、演电影的好地方。后来由于丹增家的房屋修建，老昝也搬到了村委会的办公室。但老昝的吃饭问题一直不好解决。刚开始，在席书记家吃，他家上有老人下有学生，按时定点，老昝可按时不了，很不方便。丹增又是一个单身汉，也不会做饭。在别的村干部家也吃过几顿，后来老昝也是厚着脸皮，不管汉民家、土民家、藏民家，赶上谁家就在谁家蹭饭，有时别人叫一声，老昝也不推辞，好在乡亲们好客、朴实、憨厚，老昝也不讲究，焜锅馍馍、炒洋芋、焜洋芋、搅饭拌汤、巴洛昝巴、哈留雪买，有啥吃啥，虽然乡亲们说啥也不愿意收饭钱，但老昝还是会按顿留给乡亲。

"昝书记啊，你要是给饭钱，说啥也不会让你再吃饭了，你太见外了，不说你为我们村上办事，就是一个过路的人，渴了饿了，我们有一口吃的也会给他的。"

老昝说："阿吾啊，我们共产党的传统不能丢啊，虽然我和大家同吃、同住、同劳动，但我是个共产党员，我当过兵，我是个扶贫干部，我有工资，我每月还有伙食补贴，我不能占大家一丝一毫的便宜，不然，就丢失了为人民服务的本色，我也会犯错误的。"

乡亲们一听说会犯错误，怕连累昝书记，也只好收下了。但他们还是暗地里攒下来，最后还是花在下一次老昝来吃饭上。

吃饭问题是头等大事，俗话说："走遍天下，吃喝为大。"席书记也在考虑。本来席书记想，既然不在我家长期吃饭，村上那些人家条件都差不多，他便想到了村妇女主任贲花秀。贲花秀三十七八岁，带着一个上初中的小女孩，安排到她家吃饭，肯定可口，只是怕昝书记不去。

还真叫席书记说对了，真是一大忌讳。怎么能安排第一书记到一个妇女家长期吃饭呢？话说开了大家都知道，"寡妇门前是非多"。最后还是妇女主任开明，她说："昝书记是来帮助我们的，我们不能让他吃不上饭，饥一顿饱一顿，方便面一顿西北风一顿啊！干脆这样吧，昝书记既然住在丹增家，丹增也是个单身汉，那就你俩一块来吃饭吧，可要交伙食费哟。"说罢，老昝和席书记还没有来得及说一声感谢的话，一阵脆生生的笑声早已转过巷道那边去了。

老昝也不是没到妇女主任家吃过饭，但总有一种戒备的心理。老昝在县农行当信贷员时就认识贲花秀，她是农行代理发放贫困乡村小额信贷时的协调员，那时她还不是妇女主任。一个泼辣能干的女人，以前她自己就搞点小养殖，很适合农行代理的以贫困乡村妇女为主的家庭小规模种养殖小额贷款发放对象。她当协调员时没少对信贷项目给予支持，每次都是账平款对，收贷明细清楚，能及时组织村上贷户归还贷款及利息，无呆坏账，且每月定期来时，一切都准备得妥妥的，让信贷员省了不少事。那时她男人还在，听说后来男人出了车祸，丢下了贲花秀孤儿寡母。

有一天，老昝和丹增到贲花秀家吃饭时，贲花秀说："昝书记，你来了两年多，我们村也变了样，你看村'两委'办公楼也修起来了，小广场也建好了，村内道路也硬化了，路灯拉上着晚上走个哈亮得很。杏树、花椒树经济林也长大了，马上见效益了，还带动了乡村旅游，这日子越来越有个奔头了。那你也给我们妇女们出个主意，搞点儿啥。光养几头猪、几个鸡儿，规模上不去，大家脱贫虽没啥问题，但我们妇女们除了家庭养殖、种些庄稼、做个饭，还有的是时间，能不能再做些啥？"

"贲主任，你说的事儿，我也考虑的时间长了，就是你不说，我也要向你们征求意见哩。"

"你给我们考虑做啥哩，可外面是出不去。"

老昝说："不用到外面去，就在自己家里做。"

"家里做啥哩？"贲花秀问。

老昝指着挂在门上的门帘说："就那个，你们土族妇女做的盘绣啊！"

"那个成哩不？"

老昝说："成哩。我也打听过，还到一些地方去看过。盘绣是土族的非物质文化遗产，有一定的影响力，你们也有一定的传承技艺。我们把它搞成小规模化，把声势造起来，一步一步做，跟我们的乡村旅游、农家乐结合起来，互相带动，你看行不？"

"你说成哩我们就干，我们相信你。"贲花秀说。

"前几天我给席书记也喧了，他也同意，很支持。我们再开个村委扩大会，把意见统一一下，把今年的扶贫方案再充实一下。你先把阿姑们召集起来，把意图说清楚，再发动大家搜集、挖掘一些盘绣图案，然后我们再想办法请个学者、老师，给大家讲个、教个，定个计划。前几天我在行里汇报时行领导也非常关注，打算发放产业快农贷，这样资金有保障了。我们一步步搞起来，边搞边改进，行哩不？"老昝说。

"那就好啊！"贲花秀已经掩饰不住激动的心情了。

一旁的丹增看着大家都有了事情干，也着急了："那我干啥哩，给我也找给个差事呗。"

老昝说："你嫑急，我给你早就想好了，到时候给你再说。"

"石羊羔要吃个高山的草哩，就是缺少个领头的羊。"盘绣园风风火火地搞了起来。村上在村委会楼左边的空地上盖起了五间土架梁房子，围了个庄廓，请老师搞了几次培训，"七彩绣庄"有模有样地开始了。妇女们可以在家里绣，也可以统一在绣庄里绣，一时参观的人络绎不绝。

五

老昝看到南山大通道上车辆往来穿梭，杏儿村在山坡下安详地躺着，几缕袅袅炊烟安静地缓缓升上天空，一群鸽子"扑棱棱"回旋地飞进了村里。他想，那肯定是丹增家的，领头的肯定是白鸽子。他脑海中忽然想起了一首花儿：

左边的黄河嘛右边的崖，
雪白的鸽子嘛噜愣愣愣，
仓啷啷啷，扑噜噜噜，
拍啦啦啦地飞呀，
水面上飞来嘛噢哟……

对丹增的脱贫致富老昝时刻没有忘掉，扶贫路上不能落下一个人，只是等待时机成熟。

那是仲夏的一天傍晚，老旮回到丹增家里对丹增说："丹增，我俩今晚喝两盅，喧喧我给你找的差事如何！"

"好啊！"丹增在回答的同时问道，"那我俩就干喝里吗？"

"我买了二斤猪头肉，你在院子里拔上两个现成的水萝卜拌上，再掐上几个毛葱儿就行了。"

自从老旮住到丹增家后，丹增家的院子也变了样，杂草全部铲除了，院子里种上了蔬菜，一畦一畦，韭菜、葱、香菜、小油菜、芹菜、水萝卜、绿萝卜、蒜苗、大白菜，还有荷包花儿、芍药、大丽花、菊花，虽然几间房子破烂些，但整洁干净了，院子里一派生机，终于像个家了，丹增脸上的笑容也多了。

在丹增拔萝卜、摘香菜、掐葱的时候，房檐下面有一对白鸽子飞到窄梁子下面去了，还有个纸盒子窝，老旮便问道："丹增，家里啥时候坐鸽子了，你连窝都支给了？"

丹增说："有一段时间了。前几天，两个鸽子在房檐下鸽子墩上、窄梁子下面老来着，还住了两晚上，我看着就支给了个纸盒子当窝。打后，就天天来住了。"

"好事情啊！鸽燕来家，必定发达。"老旮说。

"发达的再没盼着，平平安安就行哩。"丹增说。

老旮说："你等着看，以后你的好日子肯定来哩，家业肯定兴旺哩。"

老旮知道，要给丹增鼓劲，才能调起他盼望好日子的兴头。

老旮和丹增边喝酒边喧。

"丹增，我给你找了个差事，你干不干？"

"啥呀？"

"有两个。"

"一个就行哩，还两个哩，两个干得了吗？"

"干得了。一个是在村委会上班。村医疗室旁边还有一间房子，拾掇拾掇，农行的人来了装给个智能支付通，打算设个惠农通服务点，你也有文化，就在那里负责给乡亲们取个现金、领个补助款、转个账。根据每月业务量大小，县农行按季会给你代办服务费。县农行的人会教你的，简单，一学就会。你看如何？"

"那取款的钱从哪里来哩？"丹增问道。

"本来我想把服务点设在贡主任的小卖部里，有现金流，可现在她那边忙，也顾不上。村医疗室杨大夫人家嫌麻烦又怕打搅人家看病治疗，再说那几个钱人家也看不上。所以我想到了你。至于现金嘛，我先想办法给你借上些，给你办个惠农卡，我家里有部旧的智能手机，我拿来给你用。好在取的都是小额的，也不是很多，你先慢慢周转着，会倒腾开的。你要把账登记好，可不能散掉啊！"

"我努力慢慢学吧。还有一件呢？"丹增问。

"你看现在村上道路也硬化了，太阳能路灯也拉上了，但村容村貌整洁也很重要。现在搞新农村美化，你就负责打扫卫生。这一块我们村上优先考虑五保户、贫困户，你们一共有三个人，各负责一段，每个月也有一千多元工资，对你来说也是不错的，你看行不？我是怕你架子拿不下来。"老昝说。

"没事的，我原来吃了上顿没下顿，一天只知道晒阳洼。现在日子过得好了，打扫个卫生简单，我有的是力气。只要给钱，再说啥哩，干就干呗。我保证打扫得干干净净。"丹增脸上露出笑容。

老昝说："这两件事情互相也没啥搅干，打扫卫生你光负责打扫，把垃圾放在垃圾箱里，有人会负责拉走。你早上、晚上、闲了随时可以打扫。扫罢了没事就到惠农通服务点上。就是你不在点上也没关系，人家需要取钱的给你打手机。没啥搅干。"

老昝继续说："慢慢干，存上几个钱，你再出上些，明年争取危房改造安居工程项目，把你的房子问题解决了，盖上三间新房子，过两年说不定会找上个媳妇哩。"

有活干了，能挣钱了，如果能找上个媳妇的话，那岂不是更好。

丹增的梦想也开始了。丹增像在大海中看到小舟、冰雪下看见绿草一样，一股希望的火焰在眼睛里跳动。关于媳妇的事情，丹增自从腿伤、父母去世后再也没想过。也怪，今年过来那念头像春天阳洼里的韭菜般偷偷萌发。老昝的话正说到了丹增的痒处。

自从老昝住进丹增家后，老昝和丹增也喝过好几次酒，但每次丹增都是闷闷不乐的。但今晚高兴了，不知不觉就喝大了。人一高兴，话也就多了起来。老昝发现，尤其今年过来，丹增的话逐渐多了起来。看来古人说的"人穷志短话少，马瘦毛长尿多"，一点儿也不错。

在酒精的催发下，丹增嚼道："我们丹家是格萨尔王的后代，叫丹玛吉如坚赞，是格萨尔王的第五位大将，原来是康巴石渠人，随着格萨尔王征战，来到了安多地区，就驻守在了北山根里。后来他的子孙有的住在华锐，有的住在卓仓，反正都是丹玛大将的后代。华锐就是英雄的部落，是白牦牛的故乡，我的祖先就是英雄。"

丹增颠三倒四地说着，老昝想，也许是吧，他对这方面没有考证过。

老昝说："既然你的先祖是大将，你是英雄部落里出来的，你也当过兵，就应该拿出英雄的气慨来好好干。"

"昝书记，你放心，我一定好好干，不给你丢脸，不拖精准扶贫的后腿。"丹增断断续续地说着。

丹增喝醉了。丹增醉了吗？

对于丹增的脱贫，老昝是动了脑筋的，丹增还是老昝的结对帮扶对象。在惠农通服务点的选点上，老昝是有私心的。他打了伏笔，他知道这个点迟早连人带点还是要归落到贲花秀及那个小卖部上的。

六

老昝喜欢喝两杯，到村上更是如此。再说村上土族、藏族、汉族都有自家酿酒的传统。老老少少、男男女女，都喜欢喝酒，喜事更是少不了，喝上点儿酒、唱个酒曲儿、跳个锅庄舞，那是家常便饭。喝点儿酒能打开人与人之间交流的阀门，便于更好地与乡亲们打成一片。老旮那点儿工资，灌点儿散酒是不成问题的，所以每次喝闲酒都是老旮买的。

老旮想发动村主任梅尚洁带头，筹建家庭酒坊，酿造青稞酩馏酒。

"梅主任，听说你们梅家是酿酒世家，能不能把你们家的那个手艺拿出来给大家见识个。"

老旮知道，对于酿酒这个话题，梅尚洁家是心有余悸的。他的爷爷原是附近寺院的管家，破四旧时，寺院砸了封了，人还了俗，就落户到杏儿村，入赘到梅家。后来和老丈人偷偷酿酒，被别人告发，说是连吃饭的粮食都没有，你们还拿粮食酿酒，是糟蹋粮食的封建寺院黑管家，是资本主义尾巴，没少挨批斗。这是梅尚洁家不愿揭的伤疤。

老旮劝道："梅主任，现在政策和经济发展形势越来越好，农民个人酿造酩馏酒的都富了起来。虽说我们现在起步晚了，但只要酿出来的酒好，我们就不怕没有销路。再说我们村上、附近庄子上，十里八村的都没有，这一块市场供应了，一年也销出去不少，酒香不怕巷子深嘛！"

梅尚洁说："旮书记，你说得对着哩，可是我们家多少年也没酿酒了，我也不会酿，成里不？"

老旮知道，梅尚洁其实早就有重开酒坊酿酒的想法，在每次灌来散酒和他喝酒时，老旮就试探性地说，这是那个县谁谁家的酩馏，那一个又是那个县谁谁家的酩馏，并每次还灌一小瓶带给梅尚洁的阿爷。喝酒时从梅尚洁口中不经意就会露出信息，听他阿爷说，这个酒里缺点啥，口感如何如何，那个酒里多了啥，后味如何如何，总之，弦外之音就是没有老梅家酿的酩馏酒好喝。

梅尚洁现在最需要的是一把梯子，只要人一搭一推，梅尚洁就会顺势爬梯子上房的。老旮就是要做这个搭梯子的人。

老皆说："梅主任啊，我也知道你不会酿。但有梅阿吾、阿卡他们会酿，听说你们家还有酒谱哩，有成功经验，成熟的技术，现成的传承人，还怕酿不出好酒吗？"

"皆书记，这酿酒的事我成哈不知道吾阿爷、吾阿爸答不答应，我得回去问问，起码也得动员动员。再说开酒坊现在啥也没有。"

"梅主任，这个你放心，启动资金、设备，我们想办法筹措，贷款里嘛、集资里嘛、入股里嘛，我们一定会置办全的。"

其实，老皆早就探过梅家阿卡的口风，梅家阿卡说："不能在我手里把梅家的酿酒技艺失传掉，有这么好的机会，那就做起来吧！"

响鼓不用重槌，瞌睡不论枕头。"梅家酩馏酒坊"在鞭炮声中开张不久就出酒了。从此，乡亲们改喝梅家酩馏酒，走亲访友也不再花大价钱买瓶装酒，酩馏酒成了一种新时尚。红白事中酩馏酒再也不会没有面子了。就连隔壁乡村也来灌，乡村旅游来的人也灌上几斤带回去尝尝。晚上三五个人喝上几盅，40多度的酩馏酒，喝时绵软口感好，后劲儿大，不知不觉就会醉，保你醉到第二天早上。

七

四年多了，老皆也到了退休的年龄，疫情结束后，村子里又恢复了往日的生机。几年来，扶贫方案中列出的几个脱贫项目计划，在老皆和村"两委"班子带领下一一实现了，杏子、花椒、盘绣产品，以及师老师牵头搞的洋芋粉条也都上了扶贫商城，几个村干部各负其责，搞得红红火火。想起来有过欢笑，也有过不少矛盾和争吵，记得争吵最凶的还是在贫困户的精准识别上，人都是有私心的。好在现在一切都好了，杏儿村终于走出了贫困的阴影，摘掉了穷帽子。村子人干这干那别提多忙碌了，老皆因去年丹增盖新房也搬了出来，住进了村委会办公楼。

准备离开的最后一段日子里，闲暇时老耆最喜欢满村子转转，从村中心的办公楼、小广场转起，要么先转到土族聚居的东湾，再转到西湾；要么先转到藏族聚居的西湾，再转到东湾，村上再也看不到晒阳洼的闲人了。老耆像巡察员一样走在村子里，硬化路通往家家户户。他在得意之中多了一些留恋。他知道自己的使命完成了，这是他一辈子工作生涯中最满意的一项工作。人生的两头都没有走错，初始参军当了兵，没有错；临退休，干了精准扶贫，没有错。帮扶还没有完，致富还在路上，也许还会有人接力。老耆要离开了，要走了，不知道啥时候再能够回来。

这不，才过去一个多月就回来了。端午时节的脑山，到处是马兰花。一簇簇、一丛丛、一墩墩，一大片一大片，雪青的花朵一个个带着鸢尾向蓝天飞去。

马兰花，马兰花，
风吹雨打都不怕，
勤劳的人儿在说话，
请你马上就开花。

老耆喜欢马兰花，村里的人喜欢马兰花，农村的人都喜欢马兰花。

从山腰的杏林边向山下望去，村庄里飘扬着国旗的村委会大楼很是醒目，红色的旗帜在初夏的微风中飘动，村民的土房子也变成了红瓦房、水泥盖板房，乡亲们再也不怕夏天漏雨，不用大冬天雪后的清晨上房扫雪了。

车开进村里，老耆习惯性地把车停在村委会办公楼前的小广场上。他没有进楼，只是看着楼门两边挂的形形色色、大大小小、各类名头的二十几块牌匾。老耆的眼睛模糊了，只有"中国共产党湟水县杏儿乡杏儿村委员会、湟水县杏儿乡杏儿村民委员会"的牌子像照片印进了老昝相纸般的心头。

他是来参加丹增和贲花秀的婚礼的。老昝从车子的后备厢里取出了礼物，径直往丹增家走去。庄子上早已有人看到了老昝，匆忙迎上来一边问候，一边接住了手中的东西，往丹增家迎导。

"昝书记，你来了，你好着啥？"村支书席多丰、村主任梅尚洁、师会计、监委刁主任和迎客的庄员七嘴八舌地问候，老昝一一握手。汉藏结合式的木大门，高昂着飞檐，大气庄重。丹增家大门上贴着大红的喜联：

老树开花全靠扶贫好政策；

新莲并蒂齐心致富艳康庄。

老昝说："今天是丹增和贲花秀的大喜日子，我要放个炮庆贺庆贺。"说着从手提包里掏出一大卷三千响烟花炮。

"昝书记，你的炮我帮你放。"一个小伙子接过炮说。

"好，那就劳驾你。不过，我要亲自点响哩。"

在老昝的心里，这炮不光是对丹增和贲花秀一对新人的祝贺，也是对杏儿村脱贫的庆贺，老昝这么想着，在欢腾的炮声中进了大门。丹增、贲花秀也满脸喜气地迎了出来。

丹增穿一身深蓝色藏袍，露出白绸子右臂，黑长筒皮靴，头戴黑色藏式礼帽，礼帽上插着一小束红色绢花，比平时帅气了许多，也比以前跛得轻了些。贲花秀穿着土族小领斜襟七彩袖长衫，头戴土族卷檐花边帽，前襟坠着两片六块太阳花盘绣。

真是走起路来摆三摆，蜜蜂蝴蝶赶不开。拂袖跳起安召舞，恰似彩虹下凡来。

一对民族不同的新人，各自穿着民族服饰，但心是相同的，喜气是相同的。

"昝书记你可来了。"丹增说着迎了上来和老昝握手,贲花秀失了往日的泼辣大方,带着少女般的羞怯,问道:"昝书记来了吗!"

老昝连忙说:"恭喜二位喜结连理,今天我给你俩贺喜来了。祝你俩白头到老,幸福百年!"便给一对新人献上了洁白的哈达。

丹增说:"昝书记,还得谢谢你,多亏了你,你是我俩的媒人啊!"大家把老昝让进了正房。

老昝醉了,是丹增的喜事高兴醉了,是青稞酩馏酒喝醉了,是和乡亲们锅庄舞跳醉了,或是酒不醉人人自醉了,反正醉了!

日上三竿,老昝在席书记家睡了个自然醒,吃了午间特意做的麦仁早饭,对席多丰说:"席书记,我要走了,谢谢你们的热情款待,你给他们几个打个招呼,说我要告辞了!"

席多丰一听:"昝书记,走着成里吗,你来了就多住几天,这里就是你的家。"话虽这样说,席多丰也知道老昝的性格,留是留不住的,一边说着,一边掏出手机在微信语音通话里喊道:"老梅,你快把他们几个叫过来,昝书记走里说。"

不一会儿,梅尚洁、丹增、贲花秀、师会计、刁主任几个赶了进来。梅尚洁提着一桶10斤重的酩馏酒,师会计拿着一袋铡得长短一致的洋芋粉条,丹增两口子拿着两个焜锅馍馍、一袋盘索,席多丰又从屋里提出来一桶青油,大家送到车边,一定要老昝带上。老昝知道,今天不拿是不行,掏出钱来想给,丹增急了:"昝书记,你在糊做里呗,给钱就生分了,你就像我们家里人一样,难道家里人外出拿点儿吃的还要给钱里吗!"

老昝也知道大家的心境,意味着什么。这里也是我的家,但也是不一样的家。只能把它藏在心底,永远。

这时,路过的几个村民也围了过来。老昝想,只好等以后有机会再来时买些东西补上。

贲花秀拿出一幅太阳花盘绣挂件说:"昝书记,这是我专门给你绣的,不是绣庄里的东西,你放心。吉祥如意的太阳花,你在家里挂上,也是一种念想。"

此刻,老昝口秃言短了,不会是因为昨天喝多了而今天脑子反应迟钝了吧。

丹增问道:"昝书记,你走哈再啥时候来哩?"

"我还来哩,我回去把退休手续办了后,到杏儿黄的时节,想来住几天,不知道欢迎不欢迎。"老昝这样承当着。

"那好啊,我们等着,经常微信联系,到时候我们通知你,你可一定要来啊!"

    进来大峡是小峡,

    石榴花,

    鹦哥儿搭了架了;

    千留万留的留不下,

    你去吧,

    再不说伤心的话了。

四年多了,老昝不知进进出出杏儿村多少回,也没有今天这样的感受,乡亲们同样也没有这样的感受。

夏日的太阳高照着,夏天的暖风劲吹着,老昝看到丹增和贲花秀眼眶里闪出了泪花,也不由自主地感到自己的眼睛里快要下雨了。老昝想,赶紧上车走吧,不要让感伤的泪水滴答在刚刚高兴的杏儿村的热土上。

    雪白的鸽子嘛噢哟,

    一对对飞来者噢哟,

    飞来时吉祥者噢哟,

飞去嘛向往者噢哟，

虚空里飞来嘛噢哟……

这时，一群带哨的白鸽子，在虚空里"仓啷啷"盘旋着，向远方飞去。

那个下午

蒲永彪

下午上班迟到了五分钟。

办公室的门开着，对桌的老李勾着头，捧着厚厚的一本杂志，把脸埋进去了。八小时的办公室里，他永远是这个姿势。

"来啦？"

"来了。"

算是打个招呼。

"有你的信，桌上。"

老李头也不抬，手中的杂志"哗啦"一页又翻过去了。

信搁在台历上。字体很熟。是张蛐蛐写来的。这家伙能折腾，从郊区调城里了，土鸡飞进了凤凰窝！

信中，张蛐蛐又在吹，说市里局长学校的校长是如何发现他这个人才，他又是如何不费吹灰之力到市里等等等等。好像校长七八顾茅庐比刘备还刘备，他才出山一样。

我暗自好笑，你张蛐蛐永远是条蛐蛐，难道变成龙变成凤不成？但我还是打心底里为他高兴。两口子分居了四五年了，再调不到一块儿准会出问题。

张蛐蛐其实是个老实人。在外面吃了一碗两块钱的拉面，回来保不准就会给你说：半斤卤牛肉把我吃坏了。虽然有些死要面子，爱吹牛，但人并不坏，特疼人，更不会在背后捣鼓人。

"啪嗒！"老李扔了一支烟过来，砸在台历上，然后顺着蓝宝石色玻璃板桌面滚到了我的衣袖下。

老李还看他的杂志，头埋得更低了，我只能看见他染过的寸头闪着乌黑的光泽。

我掏出火机点了香烟继续看张蛐蛐的来信。

"高定心老师住进了三医院，医生已经下了病危通知书，咱们约个时间去看一看吧，人都瘦成芦柴棒了。"

高定心是我和张蛐蛐大学四年的班主任。屈指数来，我和张蛐蛐离开哪所坐落在郊区的大学已经六年了。在所有的大学老师中，只有高定心给我留下了深深的印象。他的长相很奇特，怎么看怎么像影片中的坏蛋。记得一个大冬天的下午，我到系办公室找他，见他戴了一顶狐皮圆高帽，活脱脱一个栾平，我差点儿叫他一声栾老师。他的眼珠子是土黄色的，略有些小，他的面部皮肤粗糙而有些庸俗的肿胀，似乎每一个毛孔里无时不向外渗着污浊的油垢。

凭我的想象，他小时候一定是个苦孩子，一年到头吃不了两顿带腥味的饭菜，皮包骨头，长刀把脸，而且这种状况应该持续到了青年时期。后来生活好了，肠胃吸收得好，身体一个劲儿地发福，无奈骨架早已定型，只能长膘长肉，所以他的脸也只好庸俗地肿胀起来，吞进肚里的多余的油水也只好变成油垢从粗糙皮肤的毛孔里渗出来。

他为什么叫高定心，大学一年级下学期舍友们在一个无聊的夜晚曾讨论过。睡在我上铺的张蛐蛐说，在他们甘肃老家，给男娃娃起名字一定要有辈分字。他肯定地说班主任要么是定字辈，要么是心字辈。大家七嘴八舌，有的同意张蛐蛐的意见，有的则表示不一定非要这么起名。

睡在门口的刘大麻子说话一向很损，他问道："张蛐蛐，你是不是蛐字辈啊？"

此言一出，舍友们全被激笑了。

等笑够了，张蛐蛐才有机会发起反攻："老刘啊，你妈是不是黑芝麻吃多了？"宿舍里又是一阵哄堂大笑。

刘大麻子大名叫刘大虎，因为生了一脸的麻子，所以大家就叫他刘大麻子，对此他一向不在乎。对张蛐蛐的近乎人身攻击，他故意长叹道："我妈生我是多吃了点儿黑芝麻，等我毕业取了媳妇，打算生儿子时，一定吸取经验教训，坚决不让她吃一个蛐蛐。"

大家笑得连肚皮也痛了起来，一个个直叫"唉哟唉哟"。末了，素称理论家的左欣清了清嗓子，说道："舍友们、舍友们，请静一静，静一静！关于高定心老师的名字，我认为是这样来的。中国人几千年来，确切地说中国的父亲几千年来在对待儿子的问题上，倾注了太多的情感和意志。这一点深刻反映在姓名文化上。在这一点上外国人不如咱们，他们的名字过来过去无非就是杰克啦、约翰逊啦、乔治啦等等，名字也仅仅是个代号，没啥实际意义。中国人起名字很有意思。比如说生了个女儿就叫什么马连兄、牛跟兄、驴领兄等等，啥意思？不就是盼望再生下一个带把的！再比如说李承志、张继业等等，啥意思？不就是让儿子来继承自己未完成的事业和志向吗！我推测，高定心老师的父亲一定是生了不少桂花、梅花、兰花或者连兄、盼兄的，最后才生下一个男孩。父业传男不传女，生下个带把的，就等于后继有人了，这不就吃了定心丸吗？"

"理论家"的高论从来没有人能反驳什么，这一次也一样。

我想了想，也许是这样的，以后有机会问问，答案就有了。但不知怎么的，这事后来被大家淡忘了。

"叭嗒！"

老李又扔过来一支香烟。

高定心除了给我们当班主任外，还兼开了一学年的法律基础课。那时他常常跑我们宿舍，露出栾平式的笑容，跟我们蹭烟抽。通常开场白是这样的：我给大家发个烟，不过是老哈（哈德门）牌的，拿不出手啊！话音还没落，早有那么几个平时并不抽烟却买了好烟放在箱子里或者塞在枕头底下的下贱胚子主动送上来了。对这种行为舍友们从不讨论，彼此心照不宣。大学的老师，特别是班主任，评奖学金、入党、授学位、毕业分配哪一样能离得开他老人家？再说孝敬班主任的香烟你也抽着，吃人家的饼子咬人家孩子的事情连狗都不肯做，何况还舍友呢。四年同学是缘分，十年修得同舍住，做不成朋友也行，但不能做敌人。"理论家"左欣早就有名言贴于门上：同室而寝，理应相安无事，互助共济；同师而学，当求大异小同，拿张文凭。对仗虽不工整，却也实在是有道理。做人的路子是自己走的，蚂蚁把嘴贴在蜜虫的屁股上吃甜屎不过是一种生存方式，说蚂蚁的品格下贱纯属无稽之谈。

于是在烟天火海里，我们师生的关系就成了铁哥们关系。我们肆无忌惮地说："高老兄来一支。"他并不生气，接过烟点了，露出一个栾平式的笑容，末了，还挺幽默地说上一句"谢贤弟赏！"

高定心是个副教授，刚开学时他给我们拿来了两本他著的书，一本是《论以法治国》，另一本是《再论以法治国》，印刷装帧挺美。价格也不菲，一本二十二元八角，另一本二十八元八角。听别的老师说，他就是凭这两本书评上副教授的。

他其实是个法盲，连公安机关、检察院、法院三者之间的关系都搞不清楚，他甚至搞不清楚民事诉讼和刑事诉讼的区别，就像搞不清牙猪和奶猪、叫驴和草驴一样。

我常常不由自主地在课堂上叹息。这时同桌的雯就偷偷看我。雯是山东济南人，架一副高度近视眼镜，瘦弱的身躯像一根机器面条，不但不是山东大葱，连我老家的小葱也比她粗壮些。她父母50年代来青海，大概是生活的水土让她变种了吧，我这样想。日子久了，她对我的叹息便生出些林黛玉似的爱怜来。终于有一天，她写了一张纸条偷偷塞在我的书桌里：晚九点在草湖边的柳林里见。

原来如此！男人要赢得女人的芳心，那就在她面前装出十二分的忧伤样子，做出最深沉的叹息吧！贾宝玉早说过，女人是水做的骨肉。男人忧伤的样子和深沉的叹息就是洼地和湾子，只有洼地和湾子才能留得住水。雯是个不好不坏的女孩，我说不上喜欢不喜欢。家里六月份遭了水灾，房子、家具、口粮都没了。一切全靠民政救济，谈恋爱和搞总统选举一样，必须要有经济实力。临来学校前父亲说好的每个月二十元钱的伙食费已经有两个月不能确保，更重要的是我没有心情。心情是个怪东西。

去她的晚九点吧！去她的草湖边的柳林吧！

雯也许永远不会知道，我的叹息是冲着高定心的：人，放在什么位置都能站啊！谁说稻草当不成梁？刘阿斗照样当皇帝！

到现在我一直都认定高定心应该去上逻辑课或者是语法课。

他照本宣读也就罢了，可他不，他讲到一个名词就非得来点通俗阐述不行。神情自然是兴高采烈，手舞足蹈。

他经常这样讲：因为我昨天买了一台双缸洗衣机，坏的，所以拘留的概念是，那么你应该怎样去处理烂掉的那棵大白菜呢？而且辩护律师的权利就是，如果洗衣机是名牌的呢？那么被告一定要懂得上诉不加刑原则……

如果抽掉其中狗屁不通的内容，只剩下些因为所以那么而且如果那么……的话，那么高定心讲课的语法逻辑是再正确不过的了。所以他应该去上逻辑或者语法。他实在是逻辑学和语法学方面的人才，可惜我大学毕业时学校还没发现他这个人才，更谈不上量才适用了。

高定心上课从不点名，一进门，栾平眼珠子滴溜溜满教室一转，最多用不了五秒钟，就知道谁在旷课。末了在成绩簿的平时成绩栏上给你划上个圈圈。分数是我们的命根子，画一个圈圈就意味着给自己脖子上勒了一道绳子。他这种不点名的点名技能实在是高明，以至于我在一年中没敢逃过他的课，哪怕是一次。法律基础是打不了，只好拿他的课当语法课和逻辑课来听。一年下来由于我的满勤，这门课居然得了 98 分，全班 47 个同学成绩都在 85 分以上。我那时想，公检法机关应该将我们这个班特招才对。

洪水退去以后，全国各地的救灾物资又像洪水一样日夜不停地涌向我们村。我们家和全村其他农户一样，由政府出资盖起了一面一砖到顶的大瓦房。父亲来信说，现在吃的、穿的什么也不缺，做饭、刷牙用的都是矿泉水纯净水，擦屁股用的都是餐巾纸。庄子上有些上了岁数的老汉、阿奶三辈子也没见过这个阵势。

信中，父亲仍忘不了老三句：家里的事不必操心，好好学习，天天向上。

让我激动不已的是信中还夹寄了两张百元大钞！这两张大钞使我失眠了将近两个星期！但我没敢告诉班上的任何人。前一个月他们还给我捐款救灾呢。自此，我的日子好过了许多。奇怪的是昔日街头上那诱人的小吃再也引不出我的半点儿哈喇子。

也就是我老家发生洪灾的这一年十一月份，学校食堂发生了一起集体中毒事件。原因是有一个食堂管理员因为和对象搞吹了，想不通，便在饭菜里下了毒。我们班中毒学生最多，十三名。这十三名中，当属张蛐蛐最严重，在医院里昏睡了三天三夜才醒过来，活蛐蛐差点儿变成死蛐蛐。

中毒事件发生时，高定心正在北京开一个什么全国高校法律课教学研讨会。听到发生了中毒事件，他连夜乘飞机赶了回来。张蛐蛐昏睡了三天三夜，他趴在张蛐蛐的病床边睁眼睁了三天三夜，直到张蛐蛐跟死神握别，直到把他的栾平眼熬成了熊猫眼。

YUAN SHAN JIN SHUI
远山近水

事后，张蛐蛐感动得快要认高定心做干爹了。

又是一个周末的晚上。宿舍里照例只剩下我和张蛐蛐两个孤家寡人，其他舍友都在本市，每周必回。

洗脚，躺下灯就灭了。

窗外月光惨白惨白，满校园像下了霜一样。

我点着了一支烟，狠命地抽了一口，烟头发出了"啧啧"的炸响。

张蛐蛐说："给我也来一支。"

宿舍里又静了。这时候，窗外的月光已完全映亮了舍内的一切，依稀可以看见身边墙上马拉多纳亲吻世界杯的大幅照片，我伸手摸了摸他的耳朵。张蛐蛐说："高老师真好。"

我说："不就是守了你三天三夜吗？值得天天挂嘴上吗？舍友们都在背后说你了。"

张蛐蛐说："我不是说这个。高老师他媳妇下岗已经半年了，他还在资助咱们班三名特困生哩。"

我不再吱声。

我已经写好给张蛐蛐的回信，信末的一句是："星期天咱俩去看高老师，中午十二点在西门口一路车站等我，不见不散！"

"下班吧？"对桌的老李伸了一个懒腰。

"下班吧。"

抬腕看表，六点过五分了。

1992 年的苹果

马国福

一

七月的阳光给穿过雨润镇刘家村 109 国道边的果园披上了一层袈裟，金色的阳光落在一垄垄果树上，纵横交错的枝丫将阳光切割成网状，树上的果子你挤我、我挤你簇拥在一根根树枝上，树枝吊弯了腰，力不从心地弓起脊背，在果园里架起一道道小小的彩虹。微风吹来，如荡秋千的猴子。苹果脆亮飘红，有的通红如醉汉，有的红绿交错如即将发育成熟的少年，更多的不是时尚的那种红，也不是塞尚油画里静物那种凝重静穆的红，而是一种瓷器上油光可鉴鲜艳夺目的釉红，有一种钧窑出品的感觉。

很多果树枝丫上吊着一二十个和西北肉包子大小差不多的苹果，这种包子可不是南方婉约袖珍的小笼包，而是西北男人拳头大小的大蒸笼出来的包子。一道道弧线密布在果园里，风吹来，树枝微微摆动，果园里飘来湿润的青草的气息，成熟后自然掉落腐烂掉的苹果带有果酒的味道，果园水沟里淤泥的泥腥味，昆虫分泌在树叶草叶上清冽的腥味。这是味道的王国，各种味道在湟水河边的果园里融合然后在风中消失。

从 109 国道南边高高的坡上俯瞰，果园深陷于一种红色绿色橙色的调色板中。七月的阳光和风已经成为一个实力派油画家了，田野是她们的画板，果园是她们最为成熟的作品。

如果你走过果园旁边，你一定会忍不住把目光定格在靠近院墙的果树上，缀满苹果的树枝长到围墙外，苹果自带光芒，有点夸张炫耀，亦有一点儿挑逗和轻佻，苹果的诱惑，色彩的诱惑，气味的诱惑，组成一个渴望而不可即的部落。很惭愧，在那个物质匮乏的 80 年代末 90 年代初，对于苹果的诱惑我是没有丝毫招架之力的。

阻挡我向果园靠近的不是守护果园的人，而是一种鸟。在我们老家这种鸟叫大头雀儿，头顶带棕黄色，眼圈略红，肚子呈烟灰色，但很大，大腹便便如暴发户，翅膀棕黄色，黑黄交错的尾巴一翘一翘的傲慢样子，仿佛刚刚得到了主家赏赐的仆人在展示他过年的礼服。这种鸟天天厮守在果园里，从东飞到西，从西飞到东，"喳喳喳喳，喳喳喳喳"的叫声像机关枪，每当大头雀鸣叫时它的尾巴一上一下不停地抖动，仿佛扣动机关枪的人在用力扫射。尤其是当有人经过果园的围墙时，它们很警惕地站在果树的最高枝头，面朝路人，发射子弹一般不停地发出"喳喳喳喳"的聒噪声。这声音难听、刺耳，让人心烦，不由得加快脚步早点儿逃离果园。等人走远了，这鸟才停止鸣叫，飞到果园大门口的主人房子前邀功请赏。当然，这鸟不是主人家养的，是自然丛林里野生的。也许是时间长了，它和主人之间无形中形成了一种默契，达成了一种彼此依赖的契约。

有了这鸟，果园就有了一种天然的警报器，只要有陌生人经过或者闯入果园，大头雀儿的天眼就会立即启动它的警报系统，只要有一只鸟先叫了，别的鸟仿佛接到了最高长官的指令，争先恐后此起彼伏地叫，形成了一种声音攻势和抗议，抗议贸然的闯入。

二

少年的雨常常会下进中年的梦里。1992年仲夏的一场雨，直到今天，还一直下在我的梦里。那一年我13岁。那一场雨像一根册页的装订线，串起了我苦涩的少年记忆，更像一种成长仪式，让作为乡村少年的我对权势有了最初的启蒙认识。

每年七月，生产队果园里的苹果已经熟了，很多来不及采摘的苹果落下来，掉在果树下的坑里和杂草丛中，过不了一两天，被摔出伤疤的苹果就会成为软体动物和昆虫的宫殿和酒窖。它们爬在苹果上，由外而内吞噬着，仿佛吃苹果是一个盛大的节日和派对，不管蜗牛、蚂蚁还是蜜蜂，统统呼朋唤友，共享风吹落的果实，接受大自然的恩赐。有的苹果腐烂了，流出黏稠的果酱，果酱有一种淡淡的酒味。昆虫们爬在果酱流出来的口子上，再也不肯离开，一枚枚掉在地上的烂苹果，成为一座座奢华糜烂气息的宫殿和酒窖，这是小动物和昆虫们的酒池肉林，夏天是它们漫长而奢靡的盛大节日。

那段计划经济寿终正寝的年代，很少人自己家里有果树。全村所有的果树似乎都集中到了生产队的果园，由他的家人们负责管理。我们路过果园时，看到刚刚从树梢上被风吹落到地上的苹果，总是不由得咽口水，四下相望，趁无人之际，踮起脚尖，猛然用力一跳，双手撑在果园围墙上，把身体悬在墙上，然后膝盖和脚顶住果园的围墙，一点一点蹭到围墙顶上，用力够伸出墙外的苹果。

苹果是一道谜。它披着彩色的云锦绸缎，如植物界的帝王，高高在上，它的香气具有迷惑性，耀眼的金黄色光芒形成汹涌的洪流，裹挟着我生出一种年少而被压抑的欲望：偷苹果！偷苹果！一定要偷一次苹果，一定要寻机到果园里走一遭，尝遍每棵树上最大最好看最好吃的苹果。

现在想起来，这个念头并不可耻，这种心理如同三四岁的儿童面对糖果的诱惑所萌生的最本能而又天真的愿望。

清晰地记得那年七月的一个阴雨天的周末，大清早我在巷子里看到无聊瞎转悠的发小。我说我们去大队园子里偷苹果去吧，他很淡定地说反正没事干，那就一起去呀。走到铁路边时天下起了雨，我们开始犹豫了，到底要不要继续实施这个计划。去吧，天下起了雨，闯进果园有难度；不去吧，又抵挡不住苹果的诱惑。

最终我们一致判断，下雨天看守果园的村支书家人警惕性不高，再说看守果园的狗，怕淋到雨，静静地卧到窝里也不愿出来。我们就冒着雨顺着湟水河走到了果园后边。

园里飘着苹果的香味和雨水的清凉气息。雨滴在树叶上，发出"哒哒"的声音，落在苹果上，如同镜面上凝结的水汽。园子里除了雨声，静悄悄的，往日浮躁叫个不停的大头雀、蚂蚱、蛐蛐，不知躲哪里去了，雨让大自然平静，如同给果园划下了一个休止符，让聒噪的昆虫们收敛它们的浮躁与浅薄，躲起来检点自己往日的不安分。我们忐忑不安地走在果园的围墙外，裤脚早已被草叶上凝结的雨水打湿，但我们仍然决定一意孤行。我们沿着围墙侦察，选择了一堵有稍许豁口的围墙准备翻进去。

雨水早已渗透了围墙上面，围墙上面的夯土因为雨水的浸泡松软如发酵的酵面，凸起一块块泥包。我先将双手撑在墙头，然后踮起脚尖用力一跃，"哗啦"一声，墙头的泥掉了一块又一块。声音惊动了果园里的大头雀儿，它们轰炸机一样迅速叫了起来，仿佛接到了指令，"喳喳喳喳"到了墙头掉落的那一垄果园里。鸟叫声惊动了狗叫声，狗也开始吼叫起来，声如洪钟，在果园里散开来，抵达我们惊弓之鸟的心。我们俩的手上都沾满了红色的泥（青海的很多地方土壤是红色），怕村支书家人听到鸟叫声后发现我们。我们赶紧躲到河畔的柳树后面，等待大头鸟飞走。我们胡乱用手撸起一把把柳叶，很快，柳叶上的雨水清洗掉我们手上的泥，红土泥顺着柳叶往下流，我们一遍遍撸柳叶，三五下，手上的泥被柳叶洗净了。

果园里又恢复了平静。我俩蹑手蹑脚躲在柳树后面，心"怦怦"跳，急促，猛烈，撞击着我们的胸膛。我们面面相觑，不甘就此罢休，仍决定继续执行计划。果园就在咫尺，是做勇士还是懦夫胆小鬼？苹果的诱惑，早已让我们口水泛滥如海，口水一遍遍被咽下去，我们的喉咙抖动着，明显很紧张。我们继续选定从刚才泥墙脱落的豁口翻越过去，墙头的泥早已剥落，裸露出还没有被雨淋透的干墙。

进入果园前，为了获得更多的苹果，我们将旧的发白的 T 恤束进裤腰里，用裤带勒紧，并极其谨慎小心地如孙悟空踮着脚尖，轻轻翻进了围墙。选择好就近的苹果树，贪婪地将压弯树枝的苹果一手摘下来，不顾苹果上的雨水，一手揪起 T 恤的圆领，将苹果放进 T 恤里，冰凉的雨水触到肚子，丝丝凉意顿如触电一样，但是为了苹果，凉意和冷全然顾不上了。我们摘苹果的时候，精神高度集中，一边摘，一边环顾四周是否有人过来。很快几十个苹果被摘进 T 恤里，我们的肚子鼓鼓囊囊，如孕妇隆起的肚子，又如电视剧里的猪八戒一样。T 恤早已被苹果上的雨水湿透了，苹果吮吸着我们的体温，透心凉。我们摘的果子在 T 恤里已经堆到脖颈处了，正当我决定摘了树尖上最后一个果子就准备撤退时，由于用力过猛，树枝被折断了，发出"哗啦"的反弹声。狗警觉地叫了起来，我们仓皇逃离。刚刚爬上墙头，不远处就传来村支书歇斯底里的喊叫声：站住，站住！你往哪儿逃？给我站住！听见没有？我们越发慌乱，翻越墙头，从上往下跳，纵身一跃，脚还没有站稳，T 恤里的苹果接二连三从脖子的领口一个个飞了出来，滚落在草丛里，滚落进湟水河里。不幸的是，刚从院墙内跳出来，地上的草和泥一滑，我一屁股重重坐在地上，一只鞋子也掉了，支书的叫骂声越来越近，我顾不上屁股摔在地上的疼，将穿了几年已经有破洞的"回力"牌鞋随便套在脚上，连滚带爬两手摁在地上向前方泥泞的沿河路逃窜。

　　我们脸色蜡黄，一手扶着鼓鼓的肚子，一手压着后腰的简易皮带，防止剧烈跑动，衣服露出来，将里面的苹果全部撒出来，前功尽弃。

　　我俩抱头鼠窜，在沾满雨水的草丛里跑，边跑边慌乱地看着身后轰炸机一般飞奔而来的村支书。村支书嘴里骂着极其难听而又粗暴肮脏的土话。我们跑得满头大汗，雨水和汗水混合在一起顺着面颊流下来，耳边是风声，田里的麦穗被我们碰得发出"嗦嗦嗦嗦"的声音。我们跑得急，跨越溪沟时，不慎滑倒，重重地一屁股跌坐在溪水边，疼，眼看村支书一张愤怒变形的脸就要追上来了，我顾不上疼，连滚带爬起来，继续往大峡桥的方向逃，跑了一公里多，最后我们实在无路可逃，一个猛子跳进湟水河畔一块洼陷地下面的大坑里躲了起来。我们上气不接下气，头上的汗早已将衣服湿透了，身上都沾满了泥。

　　村支书气势汹汹地追了上来，他顺着被红泥践踏的草印子，找到了我们。这下他不着急了，因为我们已经无处可逃，成了瓮中之鳖。深坑下面就是湟水河，如果再跑，我们只能跳进河里，我和发小紧紧将身子贴在高高悬起来的田埂的立壁上，想要屏住呼吸，然而由于剧烈的奔跑，我们只能大口大口地喘气。村支书连珠炮似的粗暴地叫骂着，然后听到他疯狂地扑进油菜花田里。七月，老家的油菜花才凋谢，结起菜籽，油菜秆已经长硬朗结实了。我听到一阵疾风从头顶呼啸着刮下来，突然，一下又一下的沾满泥的油菜根重重地打在我们头皮上，瞬间疼痛不已。我们将双手抱在头顶，村支书用力顽固决绝地一下又一下用油菜秆的根击打我们，我们的头成了他打击乐的鼓面。我们的手上、头发上、脸上全是油菜秆子击打头部后抖落的泥沙、残零的油菜花斑、被打烂的油菜稞子和雨水污泥。

　　村支书气急败坏地站在田埂上，高高在上，一如他平时在村里挺着腰杆发号施令的做派。他不停地咒骂我们，命令我们立即爬上来接受惩罚。我们唯唯诺诺不敢上去，他又发动了新一轮的打击攻势，一会儿，我们的头皮被打出了几个大疙瘩。看我们还不上去，他再次发起了新一轮打击和咒骂。菜秆子打断了一根，他又气急败坏地从田里拔起一根接着打。他气急败坏，用力稳准狠，我俩被打得实在受不了了，只好如惊弓之鸟乖乖爬上去，接受他残酷的惩罚。

他命令我们在雨中站好，难听的话从他嘴里如机关枪的子弹一样射出来，射向我和发小。他让我们俩走在前面，他跟在后面，押解犯人一样。田野上空是他的咒骂声，我们耷拉着脑袋，屈辱的泪水喷涌而出，如决堤的河水。

雨停了，乌云慢慢退去，阳光撒下来解救我们。一路上他不停地数落我们，唾沫回旋堆在他嘴角，淤积起一层层唾沫星子。走到果园门口的时候，他也骂累了，坐在门口的木椅子上，跷起二郎腿，点上一根烟，眯起眼，深深地吸了一口，然后贪婪而又很享受地吐出来，脸上露出得意而狡黠的笑说："把果子统统给我放果园门口篮子里，下次再来偷果子，你给我小心点儿，老子要打断你们的狗腿。"

当时我们心里充满了怒火，敢怒不敢言，只安慰自己：君子报仇，十年不晚。一遍遍诅咒他，诅咒他如此狠毒地对待手无缚鸡之力的我们。

我们无比沮丧而又极不情愿地将苹果从 T 恤里掏出来放进了果园门口的篮子里。就这样，带着我们体温、见证我们屈辱的苹果和我们划清了界限，去安慰另一个世界的另一张嘴去了。

苹果没有善恶，而人有。一次惊心动魄的偷苹果以失败而告终，我们口干舌燥，嗓子里几乎要冒火，如战败的士兵，吞下屈辱，吞下难言的酸涩，一路无言，踩着泥泞回了家。那一段路，是那么漫长，仿佛一种命运，满心欢喜地去冒险了，到头来，收获的只是无奈落魄。

三

苹果花掉落，意味着苹果的发育成长，也意味着我们的蜕变和成长。

那段时间初中的校园里疯狂流行着郑智化的歌曲和席慕蓉的散文，有一段话我记得特别清楚，简直就是刻骨铭心，她是这样写的：生命原是要不断地受伤和不断地复原，世界仍然是一个在温柔地等待着我成熟的果园。天这样蓝，树这样绿，生活原来可以这样地安宁和美丽。这段话，像一道闪电，划开我苦闷的花季星空，原来文学竟然可以这么令人沉溺，这么慰藉人心。

郑智化沙哑的歌声在《水手》中唱道：他说风雨中这点痛算什么，擦干泪不要哭，至少我们还有梦。他说风雨中这点痛算什么，擦干泪不要问，为什么。

是啊，不要问为什么。一切总会在时间中找到答案，一切都会在岁月中得到和解，一切都会在衰老的光阴里得到谅解。

多年以后，我离开了故乡到江苏谋生定居。奇怪的是，我现在常常做梦，经常会梦见少年时村里的果园。梦醒以后，倍感惆怅。时间，让我懂得了和解。我没有了恨意，如果我是村支书，或许当初我也会像他那样，以暴力制服不好学上进的顽劣少年。

现在每年过年回家探亲，黄昏的时候，我喜欢一个人沿着湟水河散步。当初的果园，有一部分已经被公路扩建占用了。很多果树早已不知踪影。苹果花早已凋谢，果园已经衰败荒芜了，它致命的美业已风干为对往事的回忆了。有的老果树被连根拔起横七竖八地撂在长满杂草的地里，枯干的身躯如战场上阵亡的士兵，布满巨大裂纹的干树皮如一道道无法愈合的伤口，在湟水河岸边的凛冽寒风里诉说着往日的荣耀和繁花。荒草萋萋，占领着冬日没有一点儿绿色的高原，偶有鸟雀和野鸭飞过，给这寂寥枯竭的果园一丝波动。

果园已经成为一个空壳，一个空信封，所有的往事飘逝在风中，而这个地址如一个界碑，一直矗立在我的生命原野。

探亲的那段时间，我经常一个人走街串巷，看看曾经走过的路和田野。有时候大老远看见蹲在村口小卖部打扑克牌玩小赌博娱乐的村支书我就掏出好烟恭恭敬敬地发给他抽。他已经非常非常苍老了，两鬓生满白发，俨然一个近 70 岁的老人。

他不当支书也快 20 多年了。当他笑着接过我递给他香烟的那一刻，我想，他肯定忘了 20 多年前那个阴雨天的上午究竟发生了什么。

凋零的村庄

秀　禾

一

阴历八月刚来不久，早上起来，林岚就发现地上一层银白的霜，她穿过院子去东边的棚子拾掇柴火时发现脚下打滑，她的狗大黑，她唯一的伙伴寸步不离地跟着她。

发现地上的银霜后她对着自己的狗说："大黑，甭跟来，就站在屋檐下看我，我拿了生炉子的柴就回来啊，霜最伤手脚，踩踏了霜你的爪子会烂掉。"狗并没有听她的，依旧寸步不离地跟着她，她心疼地摸摸它的头说："你要是能懂我的话就好了，你就知道我说的是有道理的……"

她像对待孩子一样对待狗。她抬起头看了看天空，清晨的天瓦蓝一片，她知道，凡是有霜的日子天必定瓦蓝瓦蓝。

拾了柴火她回屋子生起了炉子，屋子里立刻有了暖意，阴历八月的天已经有了很沉的寒意，没有炉火就难以抵挡这份寒意，最重要的是炉火可以抵挡心底的凄凉和孤单。炉火熊熊燃烧，温暖从炉子周围渐渐向四周扩散。林岚烧了一壶水，然后就像过去的每个早晨一样，在一口小铁锅中撮一把米倒一勺水，不大一会儿，稀饭就熬成了，照例一半自己喝，一半是大黑的，再吃点饼子，这就是她和她的狗的早饭。墙上的钟表滴滴答答地唱着同一个调子，看看已经九点半了，她等的人还不来。林岚心里纳闷，"梅尔来不了她知道，可这雪花咋还不见人啊？"

她起身将屋子收拾一番，套上手套，找来背篓，去自家的地垄上拔萝卜。已经起霜了，菜地里就只剩下萝卜没收完，她要在最近几天将萝卜全部收进地窖。

菜地就在屋子后面，早晨的天气透着浓浓寒意，她下意识地掩掩衣襟，"冬天又快来了，日子不好过了，大黑啊，你甭在菜地里跑了，小心霜伤了你的爪子。"她还是不断地提醒狗。狗听不懂她的话，在菜地里乱跑乱跳，它高兴地撒欢呢。

她将萝卜拔下来，抖一抖带出的泥，拧下叶子，放在地垄上晾晒。这些萝卜在放进地窖之前一定要晒一晒，让萝卜表面的水分蒸发一些，这样放进地窖里保存的时间更长。中午的阳光还是很有力度，能将萝卜晒蔫。她要等两个年轻人来了再将萝卜背进家，放进地窖里去。

很快一个三十出头的女子来了，她穿玫红衣服褐色长裤，一双胶鞋，俊俏的脸上写满沧桑。见到林岚就问："婶子，雪花还没来吗？"

"她还没来，梅尔你妈妈咋样了？"林岚问

梅尔说："她前半晚上睡得安稳，后半夜就开始躺不住了，说是气喘不过，坐了好一会儿，才躺下，受活罪啊。"说完就长长地叹了口气。

林岚说："你就好好伺候，有事你就叫我和雪花。"梅尔再没出声，眼泪已经下来了。

林岚说："人活一辈子就这样,谁都有这一天。宝儿守着外奶奶啊。"

梅尔说："宝儿吃了早饭拿了书就在我妈旁边念，我说了，有啥不对就来这里喊我们。"

林岚问："那宝儿啥时去学校？"

梅尔说："今天是下午，老师上午在岭北学校。明天是早上来给他们上课。"

林岚说："我娃们那时候多好啊，谁家都有一大堆娃娃，学校的教室里都挤满了。现在就几个，学校里没娃娃们老师干啥啊？好端端的学校变成了教学点，你说这世道变的……"

梅尔说："现在还行，还有老师来教书，明年开春咋办啊？听说这个教学点也要撤了，娃娃们就跑到三十里之外去念书，三年级娃娃们就住校，小娃娃屎尿都没收拾住，怎么生活？让这么小的娃娃离开家放心不下，可我还能有啥办法。"

林岚问："宝儿不回他爸爸那边上学吗？他爸爸咋说？"

梅尔说："那个……，下了狠心了，不然咋会因为我在娘家照顾我妈就能在外面找个女人，我听那边的邻居说，他已经把那女人领到家里住了，再说就算能领回去，宝儿也离不开我啊？我在哪儿宝儿就在哪儿最好。要是没有宝儿，我的日子还咋活，有宝儿我才这样撑着……"

林岚说："也难怪啊，你妈妈病的也快两年了，是谁也熬不过这么长的日子。你一走就把自己的家给撇下了，让一个男人里里外外的也不容易。你要体谅，再说，千里的路上，常言说'传话变多，捎钱变少'，指不定是别人胡说八道，又不是你自己亲眼看见的。哎！你做姑娘时要能嫁到这周围就好了，就不会有这么多的事情，还有人帮帮你。"

这番话让梅尔哭了起来，那哭啼是压抑的情绪。她弯着腰，低着头，一手拽着萝卜秧子，一手捂着自己的嘴。抽泣地战栗尽管被压抑，还是传遍了整个全身。梅尔不能不这样哭啼，她是哭自己，也哭母亲，哭死去的哥哥和父亲。梅尔的父亲死得比较早，是因为肺癌，那时候梅尔小，并没有体会太多的悲伤，感觉中也只是家里少了一个人，况且，父亲在世的时候也是常年在外。哥哥是梅尔嫁人后的第二年打工时死的，是跌入河中淹死的。据工地上的人说是哥哥喝了酒，但有点感冒就去买药，他穿过工地附近的一座桥去药铺，药铺就在桥的那边，可是傍晚时分人们才发现他在桥下。据说是他的脸朝下，是浸在水中的。具体是什么情况谁也无法知道。由于没有子嗣，嫂子很快改嫁了。而那时梅尔正在生宝儿，来不了，消息也是孩子满月之后才告诉她的，再说，她嫁得太远了，她自己也不知道怎么就嫁到了内蒙古一个小县城。千里的路途，不是说想来就能来的。她的母亲的肺心病大概就源于这件事，从那时起梅尔最大的事情就是回娘家，后来她和丈夫一起回娘家居住，可是婆家也有老人，也有家务，她和丈夫就来来回回走动，但是两年前母亲查出肺心病之后，生活很难自理，生活的重心就全部落在了梅尔的肩上，梅尔只好带着孩子在娘家生活，再也没有时间回婆家看看，老太太的病一拖就是两年多，这让梅尔有点吃不消。都说久病床前无孝子，在梅尔的心里她真希望母亲早一点儿结束生命，这对于母亲是一种解脱，对自己也是。她知道母亲是她在这个世界的最后一个亲人，如果失去了就再也找不到了。作为女儿她也不该这样想，可是她还是希望早点儿结束，因为这种孤独地支撑更是煎熬，是生生将自己一刀切开的灵与肉的对立。

林岚说："别哭，别哭，哭解决不了问题，再大的麦子也要从磨眼里下，谁的日子都要这样过，好在有你哥哥的那些钱，不然日子更加难过。别哭，哭坏了自己又会苦了宝儿。"

是的，好在有哥哥的命钱，但是如果没有哥哥的命钱就一定会有哥哥在，梅尔真希望哥哥在身边，这样自己就不会这样孤立无援。

哭了很久梅尔终于不哭了，生活的忙碌会没收流泪的权利。她没办法为自己的心痛留下空闲时间痛哭，尽管她很想大哭一场，想发泄心中的压抑和悲伤，但她不能，她知道终有一天她会有机会大哭一场。

　　她们又一边聊天，一边拔萝卜，这种聊天，时而叹息，时而沉默。太阳升得老高，菜地里的萝卜快要拔完了，地垄上已经堆满了，需要背进去放在地窖里，也不知怎么就是不见雪花到来。

　　林岚说："这雪花平时最麻利，今儿咋不见人影。"

　　梅尔说："该不是有啥事吧？我打个电话。"梅尔掏出手机，拨通了雪花家的电话，可是电话长久地响着就是没人接听。"电话没人接，是不是出门了？"

　　林岚纳闷说："雪花是快心人，就是出门去岭北那边的娘家也会打电话说一声的。梅尔我觉得不对，我俩去看看，万一出了事咋办？"

　　她们将拔下来的萝卜摊开，放在阳光下晒晒。两个女人一路寒暄着去找雪花。

二

　　这是一个陡峭的山洼，林岚的家就在山洼的最低处，山洼里的人家，沿着山洼两侧从低处往高处东一家西一家星星点点地散开，密密麻麻，一层一层不规则地排开。梅尔的娘家几乎和林岚家是平行的，在山洼的另一侧，雪花的家在山顶。村庄的道路因为地势的高低而"之"字形展开，两个女人，一老一少，顺着"之"字形的路走到了雪花家里。路的两边是零星的人家院落。这样的住所别有一番情趣。然而就在这个有着三十几户人家的山洼里，就只剩下三个院子里还有人，这三家就是梅尔的娘家、林岚、雪花家。其他都是空壳。很多人都进城打工或者干脆在城市买了住房，全家迁走了，是一幅人去屋空的惨淡和荒凉。有几户人家已经将房子拆了买了，剩下一幅断壁残垣的破败景象。

　　林岚和梅尔到雪花家大门外时发现大门从里面紧紧拴着。她们站在门口大声地喊："雪花，开门，雪花，开门！"屋里没有回应。扒开门缝往里看，屋子的房门也紧闭着。梅尔掏出电话打着，从大门外就能听见屋子里电话的响声，可就是没有人接听。林岚说："八成出事了。"说这话的时候她的腿已经软了，声音也战战兢兢的。

雪花家的院落很高，想要让女人爬上去是有难度的。可是他们需要有人帮助的时候才发现这个村落很多都是空屋，年老的一代渐渐凋零，而年轻的一代随着时光的流失都进城了，这是形势所逼，也是无可奈何的选择。无论年老年少都没人了。

想来想去林岚想到了学校的老师，梅尔说："我知道李老师的电话。"电话很快打通了，李老师在岭北的学校，一听说是学生贵贵的妈妈有可能出事了，李老师说马上过来。

两个女人颤巍巍地站在雪花家大门外等着李老师的到来。雪花家原本是最完整的一家子，老人在山区放牛羊有二十年的时间了，他闲来无事就在山区靠水源的地方培育了一大片树林，靠着树林，靠着牛羊雪花的丈夫大志没有进城打过工，他留在家里一边帮媳妇种地，一边去照顾自己的老父亲和牛羊、树林。日子过得有滋有味。他们有一个八岁的男孩。前天雪花的丈夫带着儿子去山里看望爷爷。是爷爷说想念孙子，特意要求带孙子进山去的。

昨天上午三个女人还一起收拾了雪花家菜地里的萝卜，下午去梅尔家帮着梅尔拆洗了她娘家的被褥，晚饭是三个女人一起做一起吃的，吃过饭还说了好长时间的话，然后各回各家，也没有什么异常状况，可是现在……

李老师骑着摩托车很快就来了。这是个中年男子，身强力壮。他视察了一下情况，然后将摩托车靠在墙上，踩着车子爬上了院墙，然后纵身一跳就进了院子，他将大门打开。三个人就朝屋子走去，屋子的门也是紧闭着，窗帘也拉得严严实实。推一推房门发现是从里面闩上了，敲了一会儿里面仍然没有动静，李老师猛地一撞，里面的暗锁就被撞下来了。门开了。

隔着窗帘透进来的光芒，第一眼看到炕上侧身睡着的雪花，她穿着碎花背心，一只胳膊露在被子外面。

林岚一直颤悠悠地喊着，"雪花，你睡着了吗？雪花，你转过身来，出个声……"

床上的女人仍然没有动静。林岚年岁稍长，毕竟是经历过很多事情，她上前摸摸雪花的胳膊，胳膊冰冷冰冷。再将手放在她的鼻子上，鼻子里没有气息。这种结局在他们进来的时候已经预料到了，但林岚还是吓得大叫着缩回手。

雪花的姿态很安详，就跟睡着没什么两样。林岚再去摸的时候发现她的尸身还没有僵硬，撩开被子，发现她下身穿一件棉质短裤，身下床单上一片很大的水印……

三

为了弄清雪花的死因，她娘家人报了案。法医最后鉴定是脑溢血。大概是半夜里大声咳嗽或者猛烈翻身之类的动作导致血管突然爆裂，雪花大概也没有经历多大的痛苦。想到这些林岚的心里就堵得慌。从见到雪花在床上侧身躺着的那一刻起，她无时无刻不设想雪花在脑血管破裂那一时刻的反应。她总想雪花大概以为是平常的不适应就没有打电话求救？或者她根本来不及打电话就已经动弹不得？或者她干脆就是在睡梦中走了？她对那个场景想得再深入些，心里就一阵疼痛。

除了想雪花死亡时的感受，林岚还在脑子中一遍遍梳理雪花葬礼的整个过程。最让她震惊的是雪花的葬礼上居然没有人，以前村子里有个约定俗成的规定：白事全村人出动，红事就在族亲内操办。所谓的"白事""红事"就是礼仪的典型色彩。自然让人想到葬礼的白孝帽和白孝衫，婚礼的红色喜庆。

白事上无论是红过脸的，打过架的都来吊丧。乡亲之间如果不是犯下杀父之仇、做过断子绝孙丧尽天良的事情的都要来送送亡人，恩怨在亡人面前烟消云散。村子里最大最庄严的事情就是白事，白事也是乡邻人际关系的里程碑和标杆。要么从此恩断义绝，要么继续携手前行。最典型的就是村支书和李宽家的关系，李宽家的牛三更半夜缰绳断了，李宽以为是小偷偷了，其实李宽家的牛脱了缰绳溜溜达达进到了村支书家的麦地里，村支书扛着铁锹去地垄上干活，发现牛吃饱了卧在麦地中央反刍。看看一亩多的麦子几乎让牛攘蹋得不成样子。村支书就气不打一处来，也没考虑就用铁锹铲了牛。结果可想而知，牛浑身伤痕，还有一条腿折了。李宽知道后不干了，他家的牛是干活的主力，牛伤了就不行，他将村支书告上了法庭。论起事情的前因后果两家都有理。法庭调解完之后，以为两家从此结下仇怨。可是村支书母亲的葬礼上，李宽居然冰释前嫌，来了。村里人无不夸耀李宽的厚道和宽容。这也成为老人教导年轻人的一段佳话。

所以葬礼除了是人际关系的分水岭之外，也是对活着的人心理上的一种抚慰。人活着本身就很不易，活着时无论贵贱只要葬礼上能得到这么多人地祭奠，能让全村男女老少都来送最后一程，高抬深埋，轰轰烈烈，活着的人心里是温暖，是安全。

可是雪花的葬礼完全不同，人去屋空的村庄凑起来老弱病残就十来个人。抬棺打墓都要劳力，大志只好请了城里的丧葬公司来操办丧事，那敲锣的敲锣，打鼓的打鼓，那一行人马把个葬礼操办成庆典，悲哀的气氛稀薄，说不出的阴阳怪气。据说大志还花了一大笔钱。这让林岚心里很不是滋味。看着雪花的葬礼林岚第一个想到的是自己的葬礼。想到自己的葬礼她就为村庄的空旷感到悲哀。

葬礼结束的那天晚上林岚怎么也睡不着，翻来覆去地在炕上烙饼，屋里的灯不开黑暗中她感到害怕；屋里的灯亮着她害怕屋外的人轻易看到她孤单的身影，其实她家庄廓周围三里能见到她的人除了梅尔和宝儿母子就剩梅尔的妈妈了。老太太比自己大五岁，现在她的命就像毛线上吊着的斧头，随时会砍下来。何况夜半三更哪会有人在她家庄廓周围看着她？可是屋子里的电灯一亮她就感觉无数的眼睛盯着自己，虽然她的眼睛看不到，可是她感觉那些人的眼睛就在盯着她看。那些人就是无数死去的祖先。这样想的时候她的头发都要竖起来了。灯开了几次就关了几次，最后她只好下炕，将睡在地上的大黑狗抱上了炕。黑暗中她流着泪，抱着黑狗的脖子痛哭，好像看到了自己的末日。

村庄里的人陆陆续续离开的时候林岚就已经有了危机感，她害怕有一天人们丢下她孤婆子一个人活着，这一天似乎已经来了。当然她不是无处可去，她也有儿有女，儿女都在湖南什么县城，是儿子先去的，后来让女儿下去，说是那里的水土好、养人。

村子里的人们陆续离开的期间儿子也接她去他们打工的地方生活，儿子是汽车修理工，娶了当地的媳妇，女儿嫁的也是湖南人，她去了，可是那里空气潮湿、雾蒙蒙地炎热、拥挤的住所都令她难以适从，最重要的是周围没有说话的人，当地的方言她听不懂。

儿媳妇也不像青海的儿媳妇，女婿也不像青海的女婿，婆媳关系更不像青海的婆媳关系。她像是外星人一下子落在了另外一群外星人的圈子里。夏天的时候她浑身长满痱子，好了长、长了好反反复复发作，最后她决定暂时回来，等过了年再回去。儿女同意了。回到青海痱子就不长了，没吃药打针一个星期就好了。她熬着过完了冬天，说是过完了年回去。过完了年开春了她改变了注意，想在自己家的地里再种一茬庄稼，儿女打电话劝说，她说这是这辈子最后一次在自家的地里种庄稼，如果再离开就是一辈子回不来，说着她哭了。儿女不再劝，他们打电话托亲戚朋友定期送来吃的喝的。也打电话让亲戚定期来帮忙干活，说好了开工钱……

回想以前，林岚总想到初嫁到这个村庄时的情形，那个时候日子虽然艰难但总比现在好。就因为有邻里，有吵闹，有争执，觉得很美。她原以为活一辈子，福分在后面等着，没想到自己以前就活在老天爷恩赐的福泽里，回头望时她才恍然大悟。年轻时候以为福分就是经济条件宽裕，生活条件改善。现在看来福泽花样繁多，在没有理解透彻时，老天爷就已经给了。比如四肢健全、神智正常；比如周围人的陪伴、邻里的关怀等等，这些都是福泽，是人活着时候的福泽和恩惠。

四

梅尔家的房后有一块菜园，菜园里种的是甜菜。三天后林岚和梅尔一起挖甜菜根——糖萝卜。这是这个秋天庄稼地里的最后一点儿活。在林岚看来这是她这辈子在地里劳作的最后一点儿记忆，所以她格外珍惜。

糖萝卜很粗很甜，以前家里人多时夏天没菜吃就用甜菜叶子做下饭菜。梅尔妈妈种的甜菜叶子肥硕，周围人家都爱去她家摘菜。甜菜根可以晒干当零食，也可以包包子，味道很好。今年开春时梅尔妈妈还能下地，种菜园时她特意要亲自去园子里种甜菜。梅尔劝她不要种，说没人吃，她不肯，她说什么都要种上甜菜，她要最后看一看一园子肥硕的甜菜，梅尔拗不过就种了。梅尔说，无论怎样都要满足母亲最后的心愿。无论吃与不吃都要挖出来收藏在地窖里。可是挖了一半的时候梅尔抱着肚子，说是胃疼，后来说是背部都扯着疼。看她头上的汗珠往下淌，还要坚持挖，林岚看不下去就扶着她去炕上躺一会儿，又找了几片消化不良的药片让她吃了。可是半天不见好转，见梅尔缩成一团，林岚只好让宝儿去叫大志，大志很快来了。有了雪花突然去世的先例，对梅尔的病就不敢耽搁。大志有一辆摩托车，林岚和大志好不容易用大棉衣裹着梅尔用绳子将梅尔绑在大志的背上，让他送到医院去。摩托车启动时林岚看到梅尔煞白的脸。林岚心里一惊，她真担心梅尔也像雪花一样突然走了。发现自己想得惨烈，就赶紧掐了一下大腿，又用力打了自己一个嘴巴，怪自己诅咒梅尔。再看看挖出来的半园子糖萝卜，林岚的心里不是滋味。好在有宝儿和贵贵两个小家伙帮忙，她才将地里的糖萝卜背回梅尔家的屋檐下。

这个秋天的事情格外蹊跷，像预示着什么。林岚不得不这样想。她自己拔萝卜的时候雪花死了，梅尔家挖甜菜根时梅尔病了。这岭南村就三户人家，也没人帮忙，孤零零的，怎么活啊。这地里的农活似乎就是不让做完，做完了就完蛋了一样。

晚饭的时候，林岚烧了一锅面条，喂梅尔的母亲吃，梅尔的母亲有气无力地围着棉被坐在炕根，一边垫着枕头，一边靠着炕桌。林岚喂她了几口饭她吃得气喘吁吁，满头大汗。两个年少不更事的孩子吃完了饭就在院子里大闹，笑声震天，他们的世界中没有悲伤，失去妈妈的贵贵也没有太多悲伤，也许他以为妈妈在跟他玩捉迷藏，只是暂时藏起来了，总有一天会出现。

林岚吃饭时惦记着家里的大黑，自己吃过就端了饭去喂狗。大黑很尽忠，即使林岚离开家它也一定会在自家庄廓周围打转不敢贪玩离开。一年前林岚去儿子那儿的时候，曾把它给了亲戚。亲戚家用铁链拴着，有两次它自己挣脱铁链跑了，结果它跑回了家。林岚是从电话里听到这件事情的，她当时流泪了，还难过了好一阵子。这狗是她养大的，狗回家也可能是找她。她从湖南一回来就把大黑接回来了。狗似乎饱尝了离别之苦，跟林岚寸步不离。看家护院比以前更加忠诚，生怕再次送人一样。

林岚端着饭碗往家里走的时候看到路边破窑洞里一个白色的东西晃动了一下，林岚心里一惊。以为看到了什么不干净的东西，可是越是这样想，眼睛就越是看。再一看，发现是雪花家唯一的一只母鸡。雪花活着的时候说过这只母鸡她不杀，就专门等着它下蛋，然后抱一窝小鸡，然后再养再抱，她要养一群土鸡。眼前的这只母鸡是雪花家的没错，也许是没人管到处跑遭到了夜猫的偷袭，背上的一大片毛已经掉了，露出光秃秃的肉。没人喂食，它也哆嗦着缩成一团。大志也顾不了，因为一个人没了，家庭原来的计划都打乱了，他哪有心情找丢失的一只鸡。林岚心里一沉眼泪就下来了，心想人没了畜生也跟着遭罪。她放下饭碗，伸出手，母鸡没有躲闪，林岚将鸡抱回家里，放在屋子炕沿下给它喂食，还嘱咐大黑不能吃了鸡，要好好照看这只鸡。

五

照顾孩子睡觉之后，林岚就将梅尔的母亲扶着躺下。躺了一会儿她又说不舒服让林岚扶起来靠在墙上。林岚将棉被披在她身上，生怕她不舒服又将一张老式的长条炕桌放在她的一侧供她支撑。

梅尔的母亲靠在墙上微闭着眼睛，一边大口喘气，一边努力咳出卡在咽喉处的痰，她满是褶皱的蜡黄的脸上一双深陷的眼睛空洞无神。似乎脸上就只剩下一层皮包裹着骨头，她每咳嗽一下，堆满肉的松弛的长脖子就蠕动一下。看那样子，林岚心里一惊，那是一种死人的模样，是一具喘气的尸体。

隔着炕桌一边是两个孩子，孩子的睡姿很随意舒适，因为累了睡得很香。他们的皮肤饱满圆润，充满生机。

"她四婶，……你说，我梅尔会不会死在前头……"因为林岚的丈夫排行老四，村里人都这么叫她。

"二嫂，你霎胡思乱想，梅尔只是一点儿小病。"林岚说。

"我这命苦啊，要是早……死掉就好了。"她没有表情地说。

"比起别人你命好着，梅尔在跟前伺候你，多好啊。"林岚安慰道。

"好是好，总有个人为我收尸，我知足。……可是梅尔的家快散了。女婿不来，婆家离得太远。……当初就不该嫁那么远……"

"你就别瞎想，你要好好吃饭，要赶紧好了。"

"我好不了，我的病我知道，……前天我梦见梅尔他大和哥哥，他们开着车来接我了，我可能快了……雪花死得太早了，这孩子可怜啊，'能死个当官的爹，不死要饭的娘'，娃娃遭罪。……她四婶，你说大志咋活？"

远山近水 YUAN SHAN JIN SHUI

"等雪花的五期过了，大志说要买了牛羊，在县城买房子，让爷爷照看贵贵，他外出打工，日子也就这样一天天地过了。说不定还会遇上好心人，还会再娶，一个人没法活到老。"林岚叹着气说，"要是梅尔离婚了，和大志也是很合适，我今儿个就这么想。"

"今儿大志捎着梅尔去看病了，是帮了我们的忙，梅尔跟了大志不行。"

"雪花跟她丈夫真过不下去了，和大志还是挺不错的。"

"这年月，事情太多，梅尔的问题是梅尔的，大志的问题是大志的，眼下我只考虑我的梅尔后半辈子在哪里过。她跟了大志也不是个事儿。"她叹口气，"你也快走了吧？"

"儿子女儿打电话说，年根了来接，我说是过完年再来接。他们忙他们的，过完年就跟他们去生活。死了也回不来了，恐怕尸骨都要丢在外地了。不想离开，心里难过。二嫂，你说一辈子咋就这么难，年轻时担心没吃没喝，现在有吃有喝也难。"

......

她们聊了很久，林岚看梅尔的母亲不停地咳嗽就给她灌了一些水，扶她躺下，看她慢慢闭上眼睛，她也上炕和衣躺下，也不敢睡实，一边听梅尔母亲的动静，一边听门外黑暗中有没有摩托车的声音。

梅尔和大志第二天下午才回来，梅尔得了急性胆囊炎，胆囊中有颗结石。打了消炎针，买了一些药。梅尔的精神已经好多了。林岚做了晚饭，吃过饭，林岚和大志一起出门回各自的家。路上大志说着梅尔的辛苦，话里话外都是想要和梅尔一起过的想法。他还嘱咐林岚如果有机会就撮合一下，希望两家合为一家。林岚想只要梅尔同意是迟早的问题。对她这何尝不是最后的希望，有他们在一两年内她可能会一直安稳地在这里生活。

六

对于岭南村的居民来说，冬天来临时的头等大事就是储水。

大志雇了一辆拖拉机从红土坡拉了一整车的红土，分别倒在了梅尔家的、林岚家的和自家的水窖口。他要把这几口水窖的裂缝用软硬适宜的红泥筑一遍，这是每年水窖蓄水前必做的活。

以前村里的老大难问题就是吃水问题，几乎每家每户都挖了几口水窖将年头下第一场雨开始到秋天的最后一场雨，都尽量收集储藏在水窖中，甚至早春的融雪水都是必须要收集的。后来村里有了自来水，自来水是从离村子几十里地的深山里引来的，水质相当好，堪称矿泉水。可是方圆几十里的村庄都用这自来水，一年当中每个村庄这儿几天哪儿几天供水的时间有限，最后还得将自来水放进水窖保存。但是这自来水也是为了储水，每家每户都要挖好几口水窖，每一口水窖都是几丈甚至十几丈深不等，水窖越深水质保持得越好。以前没有水泥，挖出的水窖因为各种土质的原因会出现裂缝，储存的水顺着裂缝流失了。为了让水窖百分百地将收集的水储藏，老一辈的人用牛车马车去很远的地方拉红土，然后在窖底和窖壁抹上一层红土泥巴，因为红土的黏度很大，窖里的水很难漏掉。但是有红土的地方离村子很远，需要花一定的人力和物力才能做到。有了水泥很多人家为了省事就用水泥做成水窖，储水量明显比传统的水窖要多，而且取水也比较方便，但是水泥做的蓄水池离地面浅，水很容易变质。发现这个问题之后，刚储水时一般人家都人畜共用，一旦发现水质变了就用来洗衣、浇地之类，所以各家各户在水泥蓄水池的基础上也保留一两口传统的水窖，以备不时之需。

大志是被滑轮上的粗麻绳吊入水窖底，麻绳的一头绕着他的大腿屁股好似一张软椅，这让他悬着半空筑水窖时能舒适地干活。麻绳的另一头也在他的身上，拴成了一个可以滑动的活扣，大志能自行控制。

水窖口悬了一个瓦数很大的灯泡，另外大志帽檐上也绑了一只手电筒，就像是矿灯一样，以备不适之用。大志的腰里还绑着一个小布袋，里面是筑墙缝用的工具。梅尔了解筑水窖红泥的软硬，她将调和好的红泥用一个小桶慢慢吊入水窖，大志抓到吊下来的小桶，然后将小桶上特意绑的小挂钩挂在身上，这样筑裂缝的时候方便。

水窖的上半段是直筒状的，工作比较好开展，到了底部，水窖就变成大肚形的，工作起来就有难度，大志一般都是找一根很长的木棍，将木棍的一端戳在窖底，另一端窝在手中，作为自己在斜面的窖壁上工作时的支撑，这个办法简单又实用。

筑水窖的活一干就是十天，大志干活的时候，梅尔在窖口回应，他们一来一回的呼应，配合默契。两个孩子吃住在一起，一块上学，放学后又一块嬉笑打闹，或者就围着水窖口帮梅尔的忙。梅尔感觉俩孩子就像亲兄弟一样。梅尔还能感觉到大志对她的态度的变化。那种温顺和体贴是她很久没有体会的，她不傻，她知道其中的深意。

坐在窖口等大志传话的空当儿，梅尔就回味他们一来一回的呼应。雪花在时她从来没注意过大志，她也没觉得对不起雪花。怪只怪雪花走得快，怪只怪这个没人的环境，她觉得大志比她自己还要艰难，他们都处在艰难时刻，需要彼此依赖，这是天意。也许是因为生活中出现了男性，梅尔觉得母亲的病不再那样让她害怕担忧，她心里的焦虑减轻了一些，她觉得一切都会顺其自然地发生。掰指头算算至少有六个月她没有接到过丈夫的电话，他们之间起先是她不停地给对方打电话，从开始的聊天到后来无话可说。梅尔赌气不再打电话，可是她不打，他也不打，这样一赌气，等到她想打时那边总是占线或者干脆就无人接听，夫妻两人的关系陷入僵局。

这天风和日丽，大志又下井去修补缝隙，梅尔在井口守候。恰巧梅尔的母亲也精神一点儿，她要林岚把她放在架子车上，推她出去转转。林岚将一床半新的被褥铺在车厢里，将久病的人儿搀扶上去坐稳，又用一条毛毯盖住她的腿。她们在院子的阳光中停留一会儿，病人就要求到外面去。

"没准这是我最后一次出门看看生活了几十年的庄子，以后我会被埋在地下，再也看不到太阳了。"

"到最后谁都会入土的，迟早罢了。"林岚说。

"昨晚我梦见了雪花，和以前一样，有说有笑。"

"我也前天梦到了，和过去一样。人，活着就是一场梦啊，到头来都是空的。"

"是空的。"

林岚推着架子车在大门外转悠，路过大志作业的水窖，他们停了下来。

大志井下作业半天感到口渴，他要求上地面来喝口水歇歇。梅尔将他拉上来，将准备好的毛巾递给他，他擦了脸和手将毛巾还回来，梅尔接住，又将水杯递给他，他接过去就喝，水温不冷不热刚刚好。

这平常的动作不仅被梅尔的母亲看在了眼里，也看在了心里。她突然想到她嫁来这个村子之后的种种不宜。吃水、看病、孩子上学等等不一而足。假如她去了，梅尔跟了大志日子并不会好过到哪里去。留在这个只剩三五个人的地方的孤独和恐慌她自己承受过一次，她不希望女儿再去承受。这样想的时候她发现自己的心态跟前几天不一样了，她打心底不愿意女儿再经历颠沛流离的恐慌。她觉得梅尔跟了大志绝非明智之举。

她明白大志是梅尔的退路，是万般无奈中的选择，多半的原因是她这个病人。一旦她离开，再过十年八年梅尔的日子可能还不如今天的自己，她好歹有梅尔的照顾，可梅尔呢，除了一个乳臭未干的孩子几乎一无所有，假如孩子出去念书或者被夫家带走了，那又会是什么模样？想都不用想就知道结果。她决定阻止梅尔与大志的可能性，假如她一直活着她也不同意他们在一起。梅尔嫁过去的那地方靠近县城，到处都是人，何况孩子的父亲是亲生的，骨肉亲情是什么也替代不了的，再看女婿犯点儿错误那也不算什么，比起生死一切都是小事。

七

三天后的傍晚，他们要吃晚饭时，一个黑脸膛、身材高大魁梧的男人风尘仆仆推门进来。朝门坐着的宝儿第一个看见，一看到进来的人，惊呼着"爸爸"朝男人的怀里扑去。男人也一把抱起儿子几乎将他举过头顶。梅尔一愣，她没想到男人会来。当然她并不知道是她母亲背着她拼尽力气才将她婆家的电话打通，和对方的老人联系上了。一番寒暄之后她说出了自己对宝儿的担忧，果然，事情按她想的发展。

最先坐不住的是大志，饭碗一撂下就起身离开，离开时他并没忘记带走儿子贵贵。从妻子雪花离开后儿子贵贵就一直托付在梅尔那里，因为有宝儿，两个孩子在一起，贵贵的情绪也很平稳，这样他也好腾出时间处理烦琐的事情。可今天他发现他们父子那么多余，像一只山羊误入绵羊群。回家安顿孩子睡了之后他独自坐在桌边拿出一瓶酒自酌自饮。自打妻子离开之后，他从最初的震惊中醒来没顾上伤心就投入到生活的忙乱中，忙着战胜孤独和恐慌，忙着计划未来。他原以为梅尔是那个救命稻草，可她不是。

几杯酒下肚他开始哭泣，流着泪端着酒杯，心中对妻子除了思念又多了一些怨恨，恨她不该丢下自己和年幼的孩子。她难道不知道没了她日子有多艰难？孤独有多难耐？独自抚养幼子有多不易？他真希望有个地方可以申冤，有个地方可以找到亡灵，如果有那样的地方他定要问问雪花：为什么抛下他们父子早早离开？这是怎么的缘分？

是那个到来的男人粉碎了他心底的一线希望。那微软的在绝望的生活边缘看到的亮光，他再也找不到生活的方向。大志几乎一夜未眠。坐在桌边暗暗重新规划了一番未来的生活。

梅尔的母亲也并没有因为女婿大半年之后终于来家里而睡个踏实觉。等到孩子睡着了，西厢房中传来梅尔和她丈夫的吵架声，一阵高一阵低。梅尔母亲爬起来靠着窗棂侧耳听西厢房里的动静，尽管那边将声音压得很低，她还是听得清清楚楚。

"看我妈快不行了，你来请功了吗？看你这女婿有多孝顺是吗？"

"梅尔，我说清楚，我不是来吵架的，我是来看妈的，再说，我也不想吵。"

"怕是心虚了吧？"

"我人正不怕影子斜，有什么心虚的？"

"你自己心里清楚，你巴不得我离开了吧？"

"梅尔，你想想，你这边伺候你妈，我也在家没闲着，里里外外都是我，你一走，我得一人把家撑起来不是？你这边只是娘家，等妈妈过世了，你会在这里生活一辈子吗？我知道你给隔壁的王林媳妇打电话，她那人嘴里除了挑拨我们夫妻关系的话之外就没一句好话。我最讨厌你假装关心我一样让别人盯梢。"

"看把你辛苦得，里里外外辛苦坏了吧？"

"你别挖苦，我们的问题就是我们两家离得太远。再说，当初你妈查出病来之后也劝过让他跟着我们一起生活，我会像儿子一样尽孝，可她不行，非要回这里。"

"难道病是我妈愿意得的？还是我妈死也要死在自己家里的愿望错了？"

"都没错，错在我不该娶你，你不该嫁我，当初你就应该找个邻居嫁了，这样你的问题就不是问题。"

"后悔了吧？你真是没良心，想想当初你父亲住院时我是怎么伺候的？"

"别说这些，你也想想，你哥哥没了时，还不是我前前后后料理的。其实你妈回这里，怕是我们一家花了她的钱。别以为我想来，若不是你妈打电话求爷爷告奶奶，若不是看在宝儿的面子上我才不会来。听着，大半夜你也别吵，你不愿意看到我，明天我带着我儿子走就是了。"

"你简直是畜生，能说出这样的话。我母亲是我在这世上最后的亲人，我们相依为命，你不帮我，反而……"那边开始呜咽。

"睡觉……"

……

吵架没好嘴，打架没好手，夫妻俩吵架将能说的不能说的都往外说。梅尔母亲听得心里泛酸。她怪自己当初执拗硬要回家等死。她以为自己最后的愿望就是回到这个生活了几十年的家，躺在自家炕上死去就是幸福，可她没想到会给女儿带来这么多不便，她的执拗也让女儿女婿之间生了嫌隙。她老泪纵横，开始怨天怨地，怨恨儿子死得太早。若不是儿子早她离去，今天守在旁边的是儿子。她心里无比愧疚，想即刻死去，这样就省出不少麻烦，也许女儿以后的日子会好过许多。那一番话让病人心如刀割，死亡对于别人来得那么容易，比如雪花，对她却如此艰难。这一分一秒流淌的时间对她不仅是肉体上的折磨，更是精神上的负担。

她悄悄穿衣、下地扶着墙踉踉跄跄摸索着往大门外走，她不知道出门要到哪里去，只知道她活着就是负担。

屋外漆黑一片，苍穹下的村庄显得异常鬼魅，一弯窄如银刀的玄月在天边悬着，她出门向右，那边有一棵大碗粗的榆树，她扶着树解下围巾，几次将围巾的一端抛上最低的枝丫，几次都失败了。她一头一脸的汗。她想做的莫过于把自己挂在树枝上，可这需要多少力气，她不得不承认自己真的不行了。她想到了投水窖，那是最容易不过的死法，一头扎进去再也没有痛苦和烦恼。她踉跄向大门左边的水窖走去，可是水窖的盖子很重，她试了半天没揭开，只累得浑身大汗，只好一屁股坐在水窖边的土台子上，抹泪。

她迫不及待地要死，仿佛迟一步有迟一步的损失一般。她坐在那里良久，想到了梅尔见到她投水窖的情形，梅尔会一辈子难以释怀，会把她的这种死法归咎于自己，一辈子自责。想到这些她的脑子有点清醒，她对自己说：没几天活了，好好等死。说完她踉跄朝林岚的家走去。

林岚并没有睡着，回到家，她看到蹲在炕前的那只母鸡依偎在大黑的身边取暖。原本彼此没有交际的畜生在远离人群的孤独中彼此相依。她唏嘘着流下眼泪。拨通女儿和儿子的电话，她希望即刻离开，心底的孤独和绝望几乎淹没了她苍老的心。她知道过不了多久这村子再没有人生活，留下一排排空屋，空空的壳子。她闭着眼睛翻来覆去想这想那。忽然听到大门外拍打门板的声音。她以为拍门的一定是梅尔，可是打开门她看到梅尔的母亲纸片一样单薄地贴在门板上，门一开她轰然倒下。她便明白小两口吵架了。

林岚费了九牛二虎之力才将她搀扶进屋子。梅尔的母亲一直在哭，等把病人安顿好，林岚也哭了。

"你跑出来干啥，你应该好好在家里躺着。"

"我出来寻死，想上吊，围巾拴不到树枝丫上；投水窖，揭不开水窖盖子。"她喘着气说，"四婶，我应该早点儿死掉，不然，到时候抬埋尸骨的人都没有。"

"你胡说什么呢？梅尔伺候你两年多，你这话让她听到会伤心的，临了失了姑娘的心。"

"临了临了才知道当初不该回来，应该在女婿家养病，死了他们会想办法埋了我的，我犟着脾气硬要回自己家，快把姑娘拖垮了，我死了，她连家都保不住就是我的罪过。"

"千修万修死的一条路难修。谁都有这一关，你死了事小，梅尔背一辈子骂名事大。越老越糊涂。"

她们都抹泪，各自哭着自己的伤心事。似乎又不全是哭自己，似乎在哭这日渐凋零的村庄，她们的眼泪是村庄最后的挽歌。

这一夜注定不安稳，很快梅尔和她丈夫找来了。一家人哭哭啼啼大半夜。吵过架梅尔去看护母亲，发现人不见了，她急忙喊起丈夫，寻找病人。他们没想到他们夫妻间的争吵让老太太有了寻短见的心思。林岚劝慰几句，俩人再不敢吵架，客客气气回家去。病人和林岚住了一宿。

有林岚在身边，梅尔母亲的焦虑渐渐少了。一番折腾之后她筋疲力尽，精神折磨过后身体的疼痛一下子恢复，比以往任何时候都疼得厉害。她眯着眼，忍耐着一阵阵袭来的疼痛，心底渴望死亡早些来临。想想刚得病那会儿，她恐惧死亡，害怕自己被埋在土里。每每想到自己的肉体被埋掉时，她有种透不过气的感觉。可是经过漫长的折磨之后她反而渴望赶紧死去，好舒坦平稳地躺在泥土里。

那天之后，梅尔母亲的病渐渐加重。一是因为那夜她着凉了，二是她自心底产生的对生命的心灰意冷，也就是说她已经没有了求生的愿望，她对生命极度厌倦。她不再吃饭，不再喝水。梅尔找来大夫，大夫看过后让她们准备后事。梅尔跪在母亲身旁希望她还能吃点喝点。可她不，她已经不需要食物的给养。多数时间她在昏睡，一旦清醒就将女儿女婿叫到身旁一再叮嘱她死后要一同回家去，叮嘱丧礼简化，埋了就行。有时她会突然想起往事，说某一年家里的窘迫与困境，说着儿子死去时的绝望，更多的时候她一直说庄子里的人家一户一户搬离是她心里的孤单和无助。

林岚一直守在她旁边，看她的眼睛深陷，脸色变得灰白，渐渐染上土的颜色。在弥留之际她说了一句惊世骇俗的真理："四婶，以后这庄子是死人的庄子，能回来的都是死尸，活着的人再也不会回来！"

老太太的丧礼极其简单，丧葬公司的人照例将丧事办得有点喜庆的味道。那味道与村庄的没落格格不入，这是岭南村的最后一场葬礼，以后也许会有死尸运回来埋葬在此地，但吹吹打打的葬礼就此终结。

八

冬天还没结束岭南村最先搬走的是大志，按他原先的计划，变卖牛羊、树林，先在城里租了一间房子，下一步要着手买房，打算将家永久地搬离岭南村。他按照自己的计划一步步行事。

接着梅尔也等着她母亲的七期将满，届时她将离开，她情绪有点失落，但即将崩溃的婚姻也似乎已经挽回。离开的前几天她告诉林岚自己已经怀孕。她在养老送终的路上功德圆满，且带着另一份收获自信满满地回去。经此磨难，她的婚姻在以后的十年八年里会很稳定。

林岚以为最后的五六人还能一起过完最后一个年才会搬家，可眼下他们"呼啦啦"烟云般散去，只留下林岚。这原本荒凉的年关比想象中更荒凉，她曾极力让儿子过完年再来接她，儿子改变了行程她却孤零零一人。

小年的一天，她特地祭拜了灶神。腊月二十四亲戚送来了年货，吃穿用度样样俱全，其中还有一小捆烟花爆竹。腊月二十五、二十六她将家里里外外打扫一遍。腊月二十八她应邀去岭北的远房亲戚家，这家亲戚相对比较远，是同姓的姑姑的后裔。以前岭北有百十来户人家，如今也一一搬迁，只剩下七八户，也是一片人际凋零的衰败景象。亲戚家也不过四个人，父母、两个刚刚成年的儿子，很快他们要步入成家立业的阶段，也打算过完年搬走。林岚在那里住了一宿。一家人聚在一起话里话外都是搬迁事宜。林岚看得清楚，老年人都眷恋故土，一副热土难离的凄惨表情。年轻人却憧憬未来，一心想着离开，对这出身的地方有几分鄙夷，说起来总要说"这鸟都不愿拉屎的地方"，或者"这上甘岭"以此替代它的缺水，全然不顾如今的村庄处处有自来水，除了冬天稍微不方便之外，缺水的状况已经改善。

也许打算离开的青年一代需要的就是没心没肺的冷漠心肠，或者就是对家乡的鄙夷、恨意，他们在与外界的对比中看到了它的太多不足，没有了留恋和爱意，走得义无反顾，走得潇潇洒洒，他们离开的背影是坚毅的，时代需要的也是他们这一代具有拓荒者一般的顽强毅力。

林岚始终不明白为什么人都要离开，这里的土地肥沃，却要成片成片地荒废，人要在高楼林立的城市赚一点儿钱，用赚来的钱买粮食吃。如果世上人人都不种田都想要买粮食吃，那何来粮食？为什么那么多人唾弃土地，不愿意待在土地上？似乎人人都想摒弃自己的出身一样摒弃土地逃逸出去，认为在土地里吃饭就是不光彩的，或者离开土地就能赚大钱。尤其年轻的一代更是喜欢城市的奢华与便利，总将目光盯着远方，忘记了脚下站立的地方。林岚不得不承认自己老了，她墨守成规，害怕改变，她已习惯这种朴素的生活方式，改变带来的不安全感令她难以适应，何况要离开这个沉淀了她一生记忆的村庄和家，要从头开始，何等艰难。

腊月二十九早上林岚决意要回自己家，她曾想过和亲戚一家一起吃年夜饭，可现在，她觉得亲戚家的气氛比自己家还糟，几人惆怅，几人欢喜。那不是她想要的年关的味道。

从岭北转过弯就到岭南村，第一站她就站到了雪花家门前，想起那个睡梦中死去的年轻女人，她的音容笑貌还在眼前。假如她不死去岭南村可能还剩三家，梅尔的母亲也许还活着。也是因为她的死打破了原本维持的现状，让人们急急忙忙改变想法搬离。站在高处俯瞰村庄的模样，她不由发狠地大声说："离开是对的，都应该离开，这破地方有啥好！"可是她这话也只能说给自己听，没人听见她的牢骚。

大年三十，林岚包了饺子，包完饺子天色还早，她去上坟。祖坟就在家对面的山坡上，烧完纸钱她坐在丈夫的坟堆旁看着寂静的村庄。雀巢一般的住所，一层层排开在灰色的阳光下显得那样诡异。她突然放声痛哭，她痛恨自己是最后一个离开的人，两年前离去就不该再回来，她应该抛开对故土的眷恋，跟子女好好生活，学会适应。儿子女儿选中的地方山清水秀，他们的下一代在氧气充足的地方成长，这有什么过错？她劝说儿子过完年再来接她，无非是拖延时间，将占据故乡的时间拖过一天是一天的心态。她甚至痛恨丈夫的早逝，若不是他早早离去，他们至今相互陪伴，她也就不可能一个人承担一个村庄的悲哀。尤其是年关，远处不时传来零星的放爆竹的"噼啪"声。林岚沉浸在自己的悲伤中难以自拔。

她慢腾腾迈步回家，贴了对联，然后煮了一锅饺子，吃饺子时她发现雪花的那只母鸡不见了。它不知所踪，火炉边的纸箱是空的。

她到处找，西厢房的门半开着，她进去发现它躺在地上已经死了，肚子鼓起，脖子松弛。它的上面是那副棺材，是丈夫去世那年给自己备下的。这是这里的习俗，老年人过六十就开始让儿女备下装殓的棺材。她想起来了，去年因为老鼠的骚扰她将一包鼠药放在了棺材底下各个墙角。

"乖乖，我给你备的饭不吃，你来吃这耗子药吗？"她俯下身疼惜地捡起死鸡。

她无限疼惜，心想：这鸡的命也贱，不吃备下的饭，跑西厢房吃这害命毒药。她叹口气捡起鸡出了西厢房，想找个地方埋了死鸡，可天寒地冻，地皮都冻住了，挖不了深坑，挖得太浅保不准大黑会找到，或者别的流浪猫狗刨出来吃了就是害命。她只好将死鸡放在院子里那棵杏树的枝丫间。

吃过饺子，她看电视消磨时间，能收到的节目有限，而且收视效果不佳，几年了，也曾想过收拾收拾好好看看电视节目，可总觉得不久就要离开，凑合着看一看就行。她翻找好看的节目时，突然一则报道以画面的形式展现开来，吸引了她的眼睛，在一个崎岖的山村，一位年老的父母做着年夜饭，念叨着回不了家的儿女。那个场景就像她自己。画面外另一个镜头是难以回家的儿女，垂着泪叙说着对母亲的想念，诉说着对家的怀念。回不了家，无处可去是这个时代的主题。

林岚垂着泪，用一块手绢蒙着双眼悲悯地哀号。突然，她的脑海中闪过一个可怕的念头，她被那突如其来的念头吓了一跳，眼泪一下子没有了。过了一会儿她又重新审视刚刚产生的念头，说实在的，这个念头她曾无数次地有过，那就是死。雪花的葬礼上她想过，梅尔母亲去世时她就在身旁，她甚至羡慕过，现在她想到了并且有了周密的计划，而且这个计划完美得没有瑕疵，足以以假乱真。有那么一刻她眼睛盯着电视，心里想是不是自己疯了，为什么如此想死。过了很久她知道她对生命已经厌倦，是这无人的境地，是这空落落的村庄，是不愿离去的心境，一切统统涌来。她试问自己会不会后悔死去，但事实是她愿意死去，并且快乐地死去。她决定立刻实施，她下炕烧旺炉火，然后热了一大锅水，将挂在树上的鸡拿了回来。水开了，她开始烫鸡毛，将它开膛破肚。等收拾干净，她将鸡煮了。

做这一切的时候她一直劝慰自己好好活着，并且希望在鸡煮熟之前自己能改变主意。期间她穿上了新衣，并且拿了手电筒去西厢房看看为自己准备的棺材。撩开上面的布帘，她看到上面的彩绘，虽然历经岁月的风尘却依然鲜艳。摸着那棺材板时，它散发着前所未有的亲切感。就在此时她还是希望自己能改变主意，能留有充分的时间回想过去，也希望在回想的过程中找到活下去的理由。火炉上的锅里鸡差不多已经煮熟，散发着诱人的香味。她洗了头发，然后将头发晾干，团成一个髻。之后她开始洗脚，找了一双崭新的袜子穿上。她看到大黑趴在地上一副哀痛的样子。

"黑子，待会我俩一起吃，我把你也带走，免得孤单地活着。"她过去俯身拍着它的脑袋。它无力地哀号着，仿佛了解即将发生的一切。

她准备好了一切。她扫视了周围一圈，然后看到了那一捆烟花爆竹。她想这是一个喜庆的结局，该好好庆祝一下。她起身拿起爆竹，然后走到院子中央，像孩子一样燃起爆竹。爆竹"噼啪"作响，大黑突然来了精神，在院落中快活地追逐着一闪而过的火花。

林岚的眼泪又流下来了，她又一次对自己大声说："醒来吧，快快醒来。"

仿佛要将迷失的灵魂唤醒一般。火炉上锅里的鸡散发着诱人的香味，那香味盖过烟花的火药味到处弥漫。

"醒来吧，快快醒来！"林岚对着自己一遍遍大声说着。

小小说

晨光曲

巨克一

天还没亮，德山老汉就一轱辘爬起身下炕了，又扯喉扒嗓地叫喊着要全家老小都起来。要是往常或别的啥事，他咋也不会这样做的。问题是今天的事儿太重大了。昨晚，他几乎一夜未眨眼，激动、兴奋的心情就像一个孩子在大年三十晚上急不可耐地盼望着天亮一样。他眼巴巴地等待着那具有历史意义的重大时刻。

德山老汉起床以后，风动草响地又是套车又是找麻袋，忙碌了一阵之后见儿子大保还未起来，心里很气，他走到儿子的窗户跟前又叫开了："大保，咋还没起来，快要娶媳妇的人了，还让我一遍一遍地喊呐？"

这时德山的老伴一边套着衣裳袖子，一边嘴里嘟囔着走出北房门。

"老不死的，清早八辰像夜猫子般的喊叫啥？谁不知道你长个舌头。"说着，她瞅了一眼老头，没好气地又问道，"啥事，这么早弄得全家都不得安宁？"

德山老汉看了一眼老伴，喜形于色地说："你甭管，一会儿你知道了，恐怕比我还高兴哩。"说着，他走到马车前套起车来。

大保揉着惺忪的眼窝走出房门。德山老汉瞅了瞅儿子嘴里叨叨着：

"年轻轻的，不知道勤快，干啥都磨磨蹭蹭的……"

"还没睡醒，就把人吵喝起来……"大保噘着嘴巴嘟哝着。

"啥，睡了一晚还没睡醒，老子昨晚连眼皮都没闭，那咋说？"

"这么早套车做啥去？"

"做啥，干大事，干一桩我们家从没干过的大事。走，装粮去。"德山老汉说完，拿起麻袋朝粮仓走去。

大保跟在父亲的后面很是纳闷。他今天又套车又装粮，葫芦里到底卖的啥药。父亲有个怪脾气，他不愿出口的话，你再问也是白搭。所以，只好装闷儿听父亲的。

这爷俩一装起粮食，老伴也感到莫名其妙。她急忙跑过来问道："死老头子，你闲得没事干到炕上躺着去，装粮食干啥？"

"你知道个屁，我今天就是要亮一亮宝，不蒸馍，也要争这口气。"

"你显个啥能，怕别人不知道就你有几颗粮食？"老伴说着瞪了一眼喜滋滋的老头子，转身走了。

德山老汉和儿子大保"吭哧吭哧"地装了整整五麻袋粮食，又吭死八活地把麻袋装上了车。这时候，天还没有大亮。虽然东方的天际已经露出了微弱的白光，但是灰蒙蒙的天空里稀稀拉拉的星星仍然吃力地眨巴着眼睛。大保拴好了车上的最后一道绳子，对父亲说："爹，收拾好了，走吧。"

这会儿，德山老汉却又不急不慌了。他一边掏出烟袋打着旱烟锅子，一边漫不经心地说："不要急，等一会儿再走。"

大保心里想，刚才父亲风急火燎，急得像身后狼追一样。现在车备好了，他倒不急，又一趟一趟跑到大门口去不知道张望个啥。唉，人老了，这脾性就是古怪。

德山老汉又一次朝大门走去。这是他不到吃一顿饭的工夫里，第三次到门外去张望。

村里还是静悄悄的，灰白的路上不见一个人影，只有几只早起的麻雀已经蹲在树丫上开始叽叽喳喳地叫了，天上稀疏的星星也逐渐隐去。天就要亮了。

"爹，哪里去，还不走等啥？"大保又一次催促着父亲。

"急啥，还没到时候呢。"德山老汉说着轻轻地走到整装待发的马车跟前。他绕着车子慢慢地转了一圈之后，瞅着那头前不久才买的杂毛，心里说，你今天可得给我争气呵，走在路上头要抬得高高的，最好是在人多的地方大声地叫它几声，显显你的威风。"嘿嘿！"德山老汉想着想着不禁开怀地笑了。当他的目光又一次落在杂毛骒身上的时候不知是脑海里出现了新的念头，还是那头牲口黑白间杂的漂亮外表给了他启示，他低头打量了一下自己身上的衣着。嗨！这像个啥，今天是往人前头去的，还穿着上了补丁的衣裳，走在路上，丢人现眼的，人们还不小看了我。想到这里，德山老汉急忙叫嚷着，让老伴把那身压在箱底的只有逢年过节走亲戚才穿的衣裤找出来，套在了身上，又对一旁的大保说："去，把顶新的衣装穿上，别给我丢脸了。"

"不过年走亲戚，换个啥衣裳？"大保对父亲今天的举动本来就感到莫名其妙，现在又要叫他换衣裳，心里很不情愿。

"过年算个啥，今儿是吉庆日子。去，把新的换上。"

大保只好依着父亲，顺从地去换衣裳了。

自从实行责任田以后，社员们都已经有了出早工的习惯。每天早上到太阳冒影儿的时候男男女女扛着各种农具涌向田野。

"驾！"德山老汉乘着这当儿赶着满载粮袋的马车出了大门，杂毛脖颈底下的铜铃撒下了一清脆的响声。穿戴一新的德山老汉显得很精神，脸上的皱纹舒展了许多。他招呼了一声大保，腾地一屁股坐上了车辕，又"叭叭叭"甩了三个响鞭，神气十足地上路了。

"楞啥，还不快上车。"

德山老汉坐在车辕上，一边高声吆喝着牲口，一边在心里想：我老汉穷了大半辈子，没想到也有个出头的日子呵！以前担惊受怕地过日子实在太寒酸了。前几年,自己由于穷,在村上名声很大,人们总是看我不顺眼。尤其是郭大头这个狗东西,看不起我老汉不算,还千方百计地找茬儿整我。唉!人就是这样,鸭子瘦了,麻雀儿也想叼两口。今天我老汉腰板子硬朗了,老子显显威风,叫你们看看我的阵势。

德山老汉边想着,边用两只昏花的老眼扫视着村道上的人们。他总觉得人们都死死地盯着他,那眼神有惊疑赞叹的,也有羡慕敬服的。就是车过去以后,他也仿佛觉得背后的人们还在啧啧地说着各种赞扬他的话。

"德山叔,干啥去?""卖粮去!"德山老汉回答的声音既洪亮又干脆。

此刻,坐在车上的大保才明白父亲今天是去卖余粮。他感到有点好笑。还不就是卖几斤余粮吗,风动草响地折腾了一个早上。卖粮的又不是我们一家,有啥稀罕的。老人们的心思就是难揣摩。想到这儿,他脑子一转,不对,到县城卖粮应该朝东走,父亲怎么赶着车向西去?

"爹,你咋糊涂了,该往东走!"

"就你知道,我等了老半天,图个啥?"德山老汉说着,眯缝着细长的眼睛,回头神秘地瞅了儿子一眼,又打了个响鞭。

大保一下子明白了父亲的意图。他是想要显露一下自己的富裕,宁愿绕圈子走弯路,也要叫全村的人们都知道他卖余粮这码子事。这老头子真拿他没治。

转眼间,德山老汉的粮车到了村子西头,前面就是郭大头家的门了。老汉挺了挺胸膛,掏出烟袋,装了一锅子烟叼在嘴上,显得越发神气了。他又扬起手中的鞭子,使劲地甩落下来,像要把心中的愤怒都发泄在鞭梢上。

那一年春播刚下籽儿,家里就没粮食吃了。德山老汉跑到大队主任郭大头家里去批储备粮,没想到郭大头不但不给批条子,反而指着德山老汉说:"你家咋搞的,是不是故意装穷,叫大伙来养活你们一家?"

"屁,你手拍着胸想想,到底是谁养活谁?你整天不摸一下铁把,走西家串东家，油汤辣水往肚里灌，我们吃的是啥？要是你们这些土皇帝不搞歪门邪道，正儿八经地务庄稼，每年多分点口粮，我们还稀罕你们那几斤粮？"德山老汉说完，一甩胳膊，气冲冲地走了。

德山老汉跨在车辕上，背靠着身后的粮袋，架起二郎腿，脑袋仰得高高的，一本正经而又自得。

父子俩赶着大车路经郭家大门时，郭家的大门突然开了，郭大头背着背篼走了出来。他看见门前的情形，德山老汉那神气劲，心里早明白了三分。他想，自己前几年确实做了些对不起乡亲们的事。尤其是对面前的德山老汉，更做得有些过分，是对不住他。事情都过去了，现在叫我咋办呢？今天，这忠厚老汉的心情是可以理解的。人嘛，谁都是一样的。

德山老汉早先是憋足了气的。他想一等郭大头闪面，就狠狠地奚落他几句，解一解心头气。可是，当郭大头走出门来的时候，他的舌头像短了半截，反而不知道该怎么下口。愣怔间，他突然又冒出这样的想法，我何必这样呢？老虎也有打盹的时候，人谁还没有个差错呢？何况那年头，像他这样的人也不只一个。听人们说，还有比他厉害的呢。我为啥老拧着他不放？唉！我这个人，真是老没出息。过去了的事，就算了，我出这口气，又不多活两岁。眼下叫我该怎么办呢？"老汉家，你爷俩这身打扮是进城去？""是……是想……要进城了，看你有没有啥东西捎的。"德山老汉支支吾吾，半天才编了这样一个谎。

"没啥捎的，你老人家费心了。"郭大头走到粮车前，绺了捆粮袋的绳子又说，"绳子要扎紧呵，坑坑窝窝的，别把粮袋给掉下来。"

德山老汉听着郭大头的话，刚才的威风和架势全然没有了，心里反而坦然多了。他举起鞭子轻轻地吆喝了一声牲口，上路了。

随着车轮的滚动，晨曦的帷幕已全部拉开，朝霞像火焰一样地燃烧着把东方的天际烧得通红。转眼间一轮火红的旭日悄悄地爬上了山巅，露出它那滚圆的笑脸。它给人们带来了温暖，带来了希望。德山老汉连同他的粮车，披着金色的朝霞，迎着灿烂的太阳，愉快地驶出了村口。

买　票

茹孝宏

　　姐夫要去一趟西安老家。他知道我在暑假一直闲着，便托我给他买张火车票。

　　9月24日下午3时许，我去县上的火车站买票。走进候车室，只见几张长条椅上稀稀拉拉地坐着几个人，售票窗口虚掩着，推开窗口探头往里一望，不见人，紧接着里面的电话铃接连响了两次，也不见有人来接听。于是闭上窗口，去火车站出口处的值班室询问情况。这里的值班人员指着在里面铁路上捡拾东西的一位身穿铁路服的女子说，售票员在那里，你去问她吧。我走进去，对正在弯腰往塑料袋里捡拾空饮料瓶、纸团之类的售票员说："师傅，请给我买张票吧。"

　　售票员停止捡拾，站直身子说："现在我忙着，买票要等到6点。"

　　"卖张票用不了几分钟，你卖完票再干也行啊。"我说。

　　"我们站长让我干活儿，我也没办法。"她脸上一副不高兴的样子。接着她朝东面看了一下说，"那你找站长去吧。"

　　我朝东一看，只见东面不远处的站长办公室前，有个身穿铁路服、头戴大盖帽的大个儿男子一边溜达，一边朝这边张望着。我估计他就是站长，于是走过去说："站长，你让售票员给我买张票吧。"

"买哪里的？"站长问。

"去西安的。西宁——郑州那趟车的。"我说。

"再等十几分钟吧，售票员的活儿快干完了。"站长说，"你最好到西宁去买，早早从西宁坐车。最近是暑运高峰期，这里上车的人很多，很拥挤。"停了片刻，他又说，"即使买票上了车，座位被别人占去不让也没办法。"

"有了票咋不得座位？可以找乘务员或乘警帮助哇。"我对他说的话感到不可思议。

他的头略微一仰，两只眼睛眨了几下，一本正经地说："火车开动前乘务员或乘警可以帮助乘客找座位，火车开动后谁都不管了，这是铁路上的新规定。"

对他说的话我将信将疑。回到家里，我给西宁火车站有关办公室拨通了电话，询问所谓的"铁路上的新规定"到底有没有。接电话的一位男子说："没有这样的规定。只要有票，就有座位。"

第二天上午10时许，我又去县上的火车站想买30号的票，那个女售票员说提前五天卖票，只能明天来买。我问她明天最早何时卖票，能否买上那趟车的票。她说："早上六点开始卖，票有没有就不好说，有时有，有时没有。"回家后我又拨通了西宁火车站的电话，询问西宁——郑州那趟车的票在这家火车站能否买上。回答是能买上。这样我还是决定在这家火车站买30日的票，不去西宁跑冤枉路花冤枉钱了。

第三天，也就是8月26日凌晨5时30分手机闹钟铃声一响，我就一骨碌爬起来，一路小跑，于5时58分跑到了火车站，并抢先排在了最前面，接着有十来个人陆陆续续排在了我后面。大约等了十几分钟，售票窗口一直没开，里面也听不见一丝响动，大家便自然散开，或坐在长条椅上说话，或在候车室溜达。我也坐在离售票窗口最近的一张长条椅上，同一位西南民族学院的在读硕士研究生聊起天来，他是给去郑州的亲戚买票的。

大约 7 时许，售票室内有了响动，我又抢先排在了最前面。从窗缝里可以窥见，里面的电脑已打开了。过了几分钟，售票窗口打开了，就是那位女售票员。我赶紧将钱递进去："买张去西安的票，30 号的，郑州车的。"

"我看看有没有。"售票员右手握着鼠标在电脑上点击起来。她点击了一会儿，抬起右手指着电脑屏幕说："看，郑州车的票没有。"

"今天是前五天，我又是第一个来买票，咋会没有呢？"我感到诧异。

"说是每趟车的票都会给下面的车站留几张，咋一张也没有呢？"排在我后面的那位在读硕士研究生也感到不可思议。

无奈之下，我赶紧跑出车站，拦车回家，匆匆吃过早餐，乘班车去西宁火车站排队买回了票。

30 日上午，我终于把姐夫送上了火车，火车开动后，我长长地吁了一口气。

党家湾沟滩的杨树林

朵辉云

"今早雨下得大，你多睡一会儿。我饭做熟了把你叫，你再……"一大早就下炕要打扫院落的王家阿奶看到倾盆大雨，推开上房门进来，对睡在炕上仰望天花板的老伴——王老汉两句话还没说完，就被他"啥"的猛一声高八度问话打断，着实把阿奶吓了一跳。好像她没说清，他没听清一样，王老汉一个"啥"字后，一骨碌坐起来……

阿奶不做声了。看来阿爷没领情。

"啥？"王老汉似乎确实没听清或没听上一样，一边穿衣裳，一边又低声问道。

阿奶仍不做声，瞥了一眼，转身出门，向厨房走去。

王老汉穿好衣裳，屁股往前一蹭一窜，坐在炕沿上伸出脚，用脚尖挑起他的棕色皮鞋穿。

一下两下，王老汉穿好鞋，出门一看，雨确实大，廊檐水也开始在漏洼槽尖上滴淌了。于是，他疾步跨过台沿，进入西房，心急火燎地从门背后金柱上拿下挂着的雨衣，抖开穿上，拉起雨衣帽戴好，又拿过立在门背后金柱边立放的一双高腰雨靴，脱掉皮鞋换上，继而又走进角落房，捞起一张圆头铁锨，急匆匆出了大门，一直朝沟滩走去。

去沟滩的路本来是一个弯弯曲曲的陡坡路。加之大雨，滑得王老汉一边走，一边用铁锨插在地上支撑着身子，侧身慢慢下滑前行。冷不防还有小石子绊脚打滑，不由地打了几个趔趄，几次差点儿摔倒。就这样，冒着大雨，不到一里长的陡坡路，王老汉费了九牛二虎之力才来到地势平缓的沟滩里。这时，身上出汗了，腿也困了。他站在沟滩的一个树林边，喘着粗气拄着铁锨歇缓。刚歇缓了才一会儿，他抬起左手揩了揩额头上的汗水和雨水，换过锨把，向右手心吐了口吐沫，冒雨挥舞起铁锨，把早已挖好的水沟又重新开挖起来，引雨水到树林里……

原来，沟滩里有一片杨树林。这是邻居党家在土地责任制落实时承包的生产队杨树林。当时的树木总共也就一百来棵。大一点儿的椽材、檩材承包前队里早就盖羊牲口圈房用完了，剩下的这五六十棵是还未成材的小树木。十多年前，党家的儿子大学毕业后到新疆工作，不久就把全家接走了。临走时党家托付王老汉照看一下林子。要是长大了能卖掉，多半收入归他。就这样，党家湾沟滩的这几十棵杨树林的管护事宜就落在了王老汉肩上。

从此，王老汉就把这片杨树林当作自家的一样，一有空闲，时不时到林子里转一转，看一看，挖一挖。每年春秋两季的栽树季节到来，扛着长把柴镰从小树上砍下一二百棵小树枝当树栽，在沟滩边的泉水沟里堵起小涝池浸泡。等到树栽根部密密麻麻凸起浸泡后的小泡时，不失时机地一抱抱拿到沟滩里，一根根全部栽植上。就这样，这一片稀稀拉拉才有几十棵树木的白杨树林，被王老汉十多年年年植树不停闲，不仅长成了有三千多棵树木的大林子不说，而且一行行树木的左方尽头和右方尽头都有了转向树坑的连锁浇水沟，相互衔接在了一起。水沟下方也叠起一绺绺堵挡流水走失的沟沿埂。更叫人佩服的是林子周围垒起高约一米、长五六百米的护林石墙……

党家湾是坐落在湟水河北岸脑山里半山腰的一个大湾，由于最早住的是党家人，因而也就有了这个地名。现在，只剩下他王老汉一家。加之后来的改革开放，他的两个儿女都成家立业不说，儿子还在县城买了楼房。他搬过去住了两个多月，根本不习惯，仍然和老伴回到党家湾，把自家的十多亩耕地留下离家门最近的一两亩，种点洋芋、油菜籽，点些白菜、萝卜什么的来推日子。其余的全流转了。因而，王老汉闲暇的时间也就多了。为了不寂寞，好打发日子，为土地奔波了一生而总是闲不住的他，也就想找点事干。恰好可遇不可求，他的心就系在了这片林子里。

说实话，王老汉一心要管好栽好这片树林的心思，说穿了，只有他一人知道，连他恩爱了一辈子的老伴也无从知晓。他的这个心思就是感恩的心思。因为，十多年前，也就是党家搬走后的两三年间，公家实施农网改造，光王老汉他们这个单门独户的偏僻人家，就从村里栽了19根水泥电杆拉通了电。他家是全乡唯一一个拉电栽杆子最多的人家。这在他的一生中是一个连做梦都不敢想的天大喜事。这样的"幸福梦"实现在他头上，能不高兴吗？他一心要栽树的心思不是想着党家那几十棵树长大卖掉后，能分给多半钱的事，也不是他要使用或卖掉自己栽植的这些树木后，打算发个财的事。而是他要回报社会，感谢党和政府给他们拉电送来光明的关爱之心。这么好的社会他不要说经过，就是祖上也没听说过。真是祖坟上冒了青烟。现在国家不需要上粮拿草，还倒给种地的补贴，太幸福了！作为一个农民，拿什么回报社会，感谢党和政府呢？思来想去，他还是想以管好栽好这片杨树林来报答，算是对得起自己的良心。因而，他把这个心思一直埋在心底，在这片树林上下苦功了。至今，细细算来，已整整十九个年头了。这些树木陆陆续续长大了，有的已碗口粗细成椽材了，有的已七八寸碟子口大，成檩材了……他早思谋过，等他老得操不动心了，就要把这片林子不计分文报酬地无偿交给村里……

"吃饭来！"听到老伴的呼唤声，王老汉这才知道自己还没吃早饭。抬头一看，雨也小多了，只是稀稀拉拉地漏着，变成了毛毛雨。原来早上的这场大雨是没有雷声的"哑过雨"。他提拉着铁锨，拖着裹满泥土的沉重靴子，慢步向老伴走去。

"连早饭也不吃，就跑到沟滩里来了。老叫人扯心。家里的事你也不管，光想的是你的林子。你不把个人挣死才怪哩！"

"家里就那一点儿地，我俩也没苦着，累着。你一天在家里还扫哩抹哩的有个事干。我一天闲着也没干头，不栽个树，不浇个水，干啥哩？"王老汉平心静气地回答。

"你栽树浇水，我没说头，也没说（反对）过你。可你按时吃上饭了再干也不迟。十几年了，我拦挡过你吗？忙没在紧上，一步跑不到岭上。忙也没在这一时半会儿上。七十多的人了，还蹦跶个不停。连老命也不顾了，图个啥哩？再说，这些树你也使不上！唉！"阿奶一声长叹……

听到阿奶的数落，王老汉满脸堆笑地说："你把我甭骂啥，我也知道鸡叫狗咬，个人是啥时候的人了。栽树浇水不就是熬个心嘛……"

王老汉想把后半句话说完整，可他还是咽了回去。因为，这是他的心里话，谁也不说，只有自己给自己说："啥时候也甭忘掉，你还是个（共产）党员哩！"

黎　晓

赵建设

宽敞明亮的候车室里，一股人流向进站口涌去，开往兰州方面的火车就要进站了。

吴广福随着人流向前挪动，蓦然间，幸运之神从天而降，他发现身旁的一位中年旅客，从上衣右兜掏车票时，带出了一叠十元钱，眼看就要掉下来，那蓝灰色立刻吸引了他，看来至少有五十元哩！他心里揣摩着，趁拥挤之势靠了过去。

"各位旅客，请不要拥挤，按先后顺序进站，以免发生意外。"

"各位旅客，请检查一下自己随身携带的行李物品，以免拿错或丢失！"

"各位旅客……"。

一个衣着入时、秀眉明眸、手持扩音机的女子走了过来。

人流开始平缓下来。那位中年旅客似乎得到了提醒，摸了摸衣兜，把窜出一截的钱塞进去，扣上了纽扣。

倒霉！好一个丧门星，眼看着到手的肥肉不翼而飞了。吴广福不禁懊恼起来，呸！一口浓痰吐在光洁可鉴的地面上，莫不是黑色幽默？

YUAN SHAN JIN SHUI 远山近水

287

唉！幸运之神竟这样无声无息地溜走了。去年春节那次多带劲！一个十足的马大哈，在掏上衣下面的口袋时，将五十元钱掉在地上，啊！老天爷真长眼，五十元钱垂手而得，下车站刚到，公共汽车还未停稳，他"哧溜"一下跳出车门。

橘子汁掺进了咖啡茶。吴广福的舌头在品尝一种莫名其妙的滋味，是甜？是苦？是香？是涩？他的脚步沉重起来。

"大娘，慢走，包袱我帮你背。"这位女子赶上前来挽扶一位老太太。吴广福使使劲吸了一口"青海湖"，不动声色准确无误朝她那崭新的裤子烫去。

"呜——"列车开动了。

吴广福坐在舒适的人造革座位上，望着那端庄女子的背影消失在车站里，仿佛得到了一种满足。"哐当哐当"列车的行驶声也变得柔和起来，就像一首和谐的乐曲。路基两边挺拔的白杨树不时地向后移去，煦风带着它们那特有的气味迎面而来。蔚蓝色的远空，悠闲地飘浮着几抹松软的白云，看着看着，他惬意地半眯缝起双眼，薄薄的嘴唇间露出一丝幸灾乐祸的微笑。

吴广福是1989年市立技校的毕业生。毕业考试时，他的文化课成绩一般，但是实际操作得分是班级第一名，本来是可以留在西宁市的，他所实习的工厂厂长点名要留下他，那年正赶上"6.4"风波，无奈，市劳动局减少了西宁市的分配名额，他只好去远离西宁的偏僻山沟中的一家工厂当车工。进厂后，他那耍聪明、出风头的习气进一步得到发展，"露一手"的恶作剧时有发生，按地方方言，大伙都叫他"谝子"。

车工组的小马是厂劳资科长的大丫头，她爱整洁，重仪表，加之家庭生活较富裕，穿着打扮上也就爱赶时髦。吴广福很是妒忌，背后叫她：马大小姐。有一天，吴广福向她借一百元钱，她没同意，于是他就装作和她聊天，凑上前悄悄地用烟头把她的衣服烫了个洞。翌日，小马责问他，他不承认。他还振振有词地反驳：那是高速挑螺纹时铁屑烫的，再说，这几天我戒烟了，不信，你可以搜嘛！看我带烟没有。

是呀！你又没抓住人家的手。小马啼笑皆非，吃个哑巴亏。后来，有段时间，小马长了一脸粉刺，他顿时幸灾乐祸，称之为"青春美丽豆"，又随即起绰号"疙瘩密斯"四处宣扬。

他们组长是位老实巴交的老工人，爱人在互助农村，经济上比较紧张，平时生活很俭朴。组长对工作一丝不苟，劳动纪律抓得很紧，班组管理井井有条。吴广福常迟到而受组长的批评，为此心怀不满，愤愤不平。年初，一次派活时，组长给他铸铁件毛坯活，他嫌又脏又累不干，结果组长告状到车间主任那里，主任严肃批评了他，并扣发奖金三十元。第二天，组长唯一的一件西服上破了个洞。

一天，大伙都在洗手，准备下班。吴广福的同伴恰巧来还气枪，他接过气枪，鬼点子出来了："大组长！给你一枪，站好，咱哥们指鼻子不打眼。"

"你敢？一天到晚不学好。"

"不敢？打一赌，五块钱糖，大伙吃！"

"打！打！怕啥。"几个刚进厂的青工一哄而起，情绪分明激动起来。组长是个直脾气，一看这情况，干脆果断地说："打就打！"

"你可是一组之长，又是车间数得着的老师傅，君子一言驷马难追哟！"吴广福在使激将法。

"老夫开口，决无嬉言！"

"啪"的一声枪响，大伙急忙围过来，先是惊呆了，接着啧啧称赞起来："好枪法，难怪他自称到俄罗斯当保镖呢！"

"没想到谝子赢了！"

子弹把组长的工作服打了个小洞洞，碰到皮带上了。组长只得掏出五块钱。

"好了，好了，闹着玩嘛，何必当真。"吴广福顿时忘形，油腔滑调。

"得了，得了，少来这一套！"组长把五块钱往他工具箱上使劲一扔，扭头走出车间。

"既然如此，哥们就咪西咪西。"他瞟着组长的背影，耸耸肩膀，摊开双手。

为此，组长心疼好几天，但又拿他没办法。

遗憾的是地球太小了……

啊！是她？当天，吴广福从厂劳资科消过假，来到车间，发现和自己为邻的车床边，一个秀眉明眸的女子在全神贯注地操作，车床灯照在她那工作帽前整齐的刘海上，泛着柔和的金光。

天车从头顶"隆隆"而过，仿佛震落了记忆的尘土。吴广福想起了三十天前去老家探家时，在火车站那次不可言传的邂逅，激起心弦阵阵颤抖，啊！是她。

吴广福很快就打听清楚了。她叫黎晓，原在车辆厂干车工，快十年工龄了。她爱人是厂技术科的工艺员，在一次现场技术指导中，脚被砸伤，为了解决他俩生活上的困难，组织上把她调来汽修厂工作。她上班的第二天，车间主任让她担任车工组的技术安全员，她满口答应了。要知道在某些人奉行实惠，追求到多少条"脚"（豪华家具）之后，又在为多少个"插头"（家用电器）而奔向小康的今天，全厂不少班组的技术安全员都空缺，没人愿意干这出力不讨好的差事。可是她竟答应了，吴广福向她那端庄的背影投过一束疑惑的目光。

三天后，车工组开会，两个内容：先总结十月份工作，再讨论是否推荐吴广福参加全省技术比武。当进行到第二个议程时，会场异常地静谧起来，青灰色的烟雾不时袅袅地向窗口飘去。吴广福如坐针毡，忐忑不安，一个劲儿地盯着窗外那棵在晚风的吹拂下，懒洋洋地摇曳的柳树。糟糕！不是不报，时候未到，他想起了这句老话，也想起了组长往日对他的谆谆告诫。晚了，一切都晚了！代表工厂参加全省的技术比武，这是多么风光的事，还有三百元奖金呢！他多么盼望有一个赞同的声音出现，哪怕像蚊子一样微弱。

显然，那几个和他合得来的青工发言是无足轻重的，德高望重的组长，难道能抹去那当众的嘲弄，除非他患了急性健忘症。至于小马这几个年轻的师傅，还不是听组长的。

"我来说几句。"黎晓红着脸发言了。

难道她知道了我的底细，吴广福低下头。

"今天讨论吴广福的参赛问题，这对于小组工作和他本人都是一件大事，我来的时间不长，抛砖引玉说几句。吴广福是存在一些缺点，这些我也有所感觉，如爱出风头，捉弄人，不尊重老师傅。但是他技术较好，从进厂以来各项指标都达到了考核水平，这是主要方面，我认为应该上报车间。"

"去年冬天，你丈夫来咱小组讲授《公差与配合》课目，他当众表演'两条青龙'，你丈夫没给你讲？"小马悄悄地说。

"知道，我还没调来时，他就给我讲过，那天，真把他气坏了.不过，吴广福还年轻，会认识到不对的。他还给你的衣服烫过洞，是吧，其实，我对这些恶作剧很反感。临调来之前，有一天，我妹妹病了，我到火车站送假条，谁知她们组长也病了，我就临时帮着维持站内秩序。火车发出后，经别人指点，我才发现裤筒上被烫了个洞。这是我刚从青百商城买的裤子，气得我骂了半天，这些缺德货……"黎晓不禁咬牙切齿了。

"就是，现在这些年轻人有文化，又机灵，如果把心劲都使到干活上，那比我这半截入土的人要强百倍。"组长说。

讨论热闹起来，几位青工讲到如何尊重师傅，小马等人也谈到要全面看待青工，最后，大家一致同意上报吴广福。

散会后，大家三三两两地走出车间。吴广福步履蹒跚。"黎师傅！"他不知道这叫声是下意识的，还是有意识的。

"啥事？"

"我……"他一个劲儿地搓手，不敢正视她，那白皙的鹅蛋形脸上，镶着一双清澈的眼睛，清得晶莹，深得无底。

"噢……如果有事，请随后到我家来，我得赶快接孩子，去晚了，幼儿园阿姨要着急的。"她急促地走了。

晚上，吴广福几次想去黎晓家，终于没有去，终于入睡了，他掉进个很深很深的洞里，他拼命地想要出来……

升　迁

郭守先

　　"瘦镇"调任县财政局长，兼任地税局局长的消息传遍了小镇的街头巷尾。这个消息如果对瘦镇是一场喜出望外的及时雨，对王会则是一场预料之外的冰雹。瘦镇姓张，也许在人们的眼里，当官者都应该是肥头大耳、虎背熊腰的胖子，突然冒出一个瘦子来，人们一时还难以接受，不知是出于区别还是出于小视，都戏称"瘦镇"。十二时，税务所的同志们在老所长的率领下，抬一幅两平方米的巨匾，提一件豪华的拉色尔毛毯，去镇政府食堂欢送瘦镇，王会则借参加注册会计师资格考试，躲开了这场尴尬的聚会，在地区方圆宾馆，他打开参考书，想再复习一会儿，但小镇上的猜拳声、酒杯碰撞声、道喜声，仍然使他久久不能平静，书上闪现的是瘦镇那张瘦脸和那双深不可测的眼睛。

　　今年三月，王会从这个宾馆出发，过五关斩六将，以地区第二名的成绩考进了县地税局分配到距县城十五公里的镇税务所工作，从此结束了山区营业员的历史，穿上了深蓝色的税服，成了一名人人羡慕的税官，从而圆了自己戴大盖帽的梦，但不久脸上的喜悦就被小镇的风吹干净了。几名饮食个体户联名举报政府食堂承包经营，不纳税的问题，并且威胁说："政府'食堂'不纳税，他们也拒绝缴纳。"王会和高明经过几天的明察暗访，确认镇政府食堂自去年三月开始由原厨师承包对外经营，年承包费2万元，月平均营业额为6千元，税务所不知是被"政府食堂"的牌匾挡住了视线，还是迫于与地方部门的关系，没有纳入管理。王会决定要管，高明说："算了，我们不能因小失大，处理抗税户还要请镇派出所协助，抓零散税收我们还要借镇政府的车辆。"王会说，"我们在山区满山满凹，一角一分地收那些农民兄弟的小税，而放走了眼皮底下的大税于情于理都说不过去，这哪里叫依法办事、依率计征，这分明是欺软怕硬！"王会平时沉默寡言，但一说起话来就激动，同志们都说他书生意气，不谙世事，高明继续劝说道："过去你之所以只当了一个月的会计，就被贬为营业员，为什么？不就是因为你太认真吗！你不要好了伤疤忘了痛啊！"王会不声不响拿出举报信，往桌子上一搁说："问题已摆在桌面上了，我们怎么向举报人交代？如果我们不能把问题解决在萌芽状态，如果他们向上一级地税机关反映，怎么办？"高明无语。

当初地税局招聘时，王会走进考场，看到许多穿制服的助征员在迎考，他心里就凉了，当时他还认为是地税局在挂羊头、卖狗肉，但从试题的水准、考场的纪律来看，地税局确实在"招贤纳士"。后来接到面试通知，朋友们又说"税务干部面什么试？又不是招公关小姐，这可能是为走后门而打的幌子"，王会并不气馁，他依然出现在面试现场，考官问了一些有关税收财会业务知识后，又接着问："营业员常常微笑服务，而税官的微笑常常被纳税人理解为软弱，你怎样认识这个问题？""当税官不仅要微笑，还要凛然，敢于碰硬、暴啸是对法治的恐惧，而微笑是对法治的自信。"地区局主考官暗暗叫绝，接过话题又问："假如你不幸落聘，你作何感想？""我已尽力，如果落聘——对地税局和我本人都是遗憾。"这温文尔雅、不亢不卑的回答使各位考官惊叹不已，掌声从考官席上响起，将王会淹没了，王会深深地鞠了一躬，与其说是对考官的感谢，还不如说是对对面墙上那句喊了十几年的"公平、竞争、择优"条幅的敬服。

人不能只做口头上的巨人，而成为行动的矮子。在王会的坚持下，他们立即核定了政府'食堂'的税款，并且对镇经费收支进行了检查，查出了偷漏税款两仟八百余元。次日，瘦镇来所里问原由，王会从偷税实事到处理依据一一作了解答，这时老所长递给瘦镇一支香烟，回头对王会说："小王，房产税和白条罚款就算了，只补征政府'食堂'营业税金，今后，我们的工作还离不开镇政府的支持。"王会沉默了片刻说："我们是为镇财政收入查缺补漏，如果所长和镇长要干预我的工作，请重新安排我的工作！"所长的脸顿时红了，瘦镇深深地吸了一口刚点燃的香烟，笑了笑说："我不干预，税款下午就缴，"同时站起来拍了拍王会的肩膀说："我们就缺少这样踏实肯干的干部。"随后扬长而去。谁知才三个月，瘦镇摇身一变，成了自己的顶头上司，王会至今还猜不透，瘦镇那句话是褒扬还是反讽。

记忆像一锅翻腾的粥，扰得王会无法静心复习，他干脆合上书，走出方圆宾馆。天很冷，他竖起衣领在街道上漫无目的地信步，落光了叶子的树木在风中哆嗦。他心里想，乔木的荣枯是自然现象，人生的成败也只不过是社会现象而已，大不了重回山乡当营业员，有何惧哉？当一个人有了最坏的准备时，生命反而会变得坚强沉稳。考完试后他毅然按照自己的准则干自己分内的工作。一个冬天平安无事，过完了春节，忽得一调令：兹有你所干部王会，三月十五日前到县局人事监察科报到。高明说："王会，看来你也要'升迁'了，说不定要到峡门征收组当组长去，看你以后板筋再翚。"峡门是离县城最远的一个山区乡，县城关所在那里设了一个征收组，常常被干部们视为贬谪区。过了几天王会成了县局稽查局的一名稽查队员，瘦镇说："会计师干个体专管员是人才的浪费。"高明的估计再一次错了。

春暖花开，小城的太阳与小镇的太阳一样温暖，但王会的步法更矫健。

尝 试

铁生玉

太阳轻轻地舒展了身子，在东边的山头露出了笑脸，慢慢地划向了天空。

我像往日一样又坐在了包着铁皮的长方形桌子的工作台前，快节奏地将上一年的活有条不紊、整整齐齐地摆在了案台上。这时，晓冬也干完活过来跟我聊天；

"哎，眼看厂里不行了怎么办？咱们也得想个法子干点儿什么混口饭吃啊。"

我叹了口气回答说："愁啊，一闲下来就想这事。想干点儿什么吧，孩子在上学，这家还得操心，根本不成啊。"

她说："你比我强，丈夫可以养你。我呢，上有老，下有小，里外都是一个人，更别想干点儿什么事。"她的确是难，半晌我才安慰似的说："做一天和尚撞一天钟吧。"

沉默了好长时间，晓冬又想起了什么，对我说："听说上个星期度假村的生意火得很，咱俩干脆休息时去卖烤洋芋吧？"

我想了想回答：

"可以，今天是星期五，明天就去，不为别的，去锻炼一下，为以后的下调再就业做好准备工作。"俩人说干就干，中午出去买了一袋洋芋，下午下班后去集上将调料、塑料袋等都买了回来，又腌了两瓶咸韭菜。

吃过晚饭，到她家洗好洋芋，生着火炉子，就放在高压锅里煮。由于洋芋长得好，煮得时间长，开锅后，俩人傻眼了，上面的全开了花，中间只有三分之一能烤。第二锅时间短点儿，散开的还不多，凉了以后切成一指厚的片放在盆里，一切准备就绪后，已十二点了，回到家躺在床上倦倦地睡去。

清晨，广播声吵醒了我，打开阳台的窗户一望，呵！真是个好天，晴空万里。我对夫君说："今天度假村游客一定多。"

他笑了笑："放着家里的福不享，非要跑到山上去折腾。你俩是白效劳，不信了你看着。"其实我明白，他不乐意我去的原因，一是替我着想让我多休息，二是他爱面子怕别人笑话。

我回敬道："这年头不是改革开放吗？谁有本事谁赚钱，我并不想发什么财，是想试试自己到底有没有这个能力，再说吃点儿苦也未必是坏事，万一哪天真的下岗了怎么办？"尔后又风趣地加了句，"就算是去练个摊吧。你别管我，这年头有谁会笑话，闲着还不是闲着吗，出去看一下外面的世界是否很精彩。"

他拗不过，摇摇头说："那你就去尝试一下吧。"

不到七点半，南园门口的车已停了不少，不一会儿，一辆接一辆顺着弯路欢快地开了上去。夫君也帮忙给我俩把炉子、柴火、锅盆、桌凳等搬上了南园。最好的地点摊位被常住户占完了，烤洋芋摊位有好几个，怎么办？最后只好选定一块以树荫作伴且有几块大青石能当凳子的被游客不太注意的地方"安营扎寨"了。

晓冬在生炉子，因炉子只有进风口而无出风口，火苗起不来，一坐上锅就冒青烟，只好用木棒支起，就这样火还是不旺，把我俩呛得直流眼泪。她父亲已七十多岁了，在山上拾来木棒树枝再用石头砸成一截一截的劈柴，看着老人那么辛苦，我真不好意思再让他帮忙。

锅好不容易烧热了，我开始抹青油，把洋芋一片一片放进去，撒上辣子面、盐、花椒粉等，烤好后再翻过来烤另一面，香喷喷的气味一阵阵飘散开来，晓冬抽了抽鼻子扮个鬼脸，"嗯，好香。"

我笑着说："香是香，不知能不能卖出去？"

她问我："昨晚上做好梦了没？我反正没做。"

"我？一觉睡到大天亮，有什么好梦能让我做，就这穷酸命。"说完几个人哈哈地笑了起来。

不一会儿，眼巴巴地瞅着斜对面的洋芋摊好不热闹，"锅巴洋芋！""锅巴洋芋！""快来买哟！"一声声地高低起伏着，笑声不绝，吸引了众多的游客前往品尝，而我俩坐在这边羞说喊，客人来了都不会招呼，只会说："要点洋芋吗。"客人们看看就走了。怪？这可如何是好？晓冬急了，到其他摊位看了看回来说：

"哎，洋芋颜色不好看，没有感染力，引不来顾客。人家只烤一面，红是红、黄是黄、最好看，我们两面都烤，红辣子面烤成黑色了，既费油还少水分，怨不得客人一看就走。"

听了她的话，我赶紧换了烤法，然而整整3个小时过去了，一片洋芋也没卖出去。此时，晓冬看出我心已凉了大半了，怪声怪调地逗我："没关系，卖不出去咱俩美美地吃一顿。"惹得我"扑哧"地笑了起来。

正午的太阳毒辣辣地烤得胳膊和脸火辣辣地疼，还是没有一位顾客光临此处，锅里的洋芋烤得很干，没多少水分了，俩人依然耐着性子等候。过一会儿互望一下，并不言语，低头看着一只小青蛙一蹦一跳地窜入草丛里，心里好难受。

"姑娘，烤洋芋多少钱一斤？"我俩先是一愣，好半天才回过神来高兴地赶紧回答：

"阿姨，两元钱一斤。"说完急忙补充道，"比其他的便宜伍角钱。""好，来两斤。"

晓冬热情地招呼着："阿姨，这儿凉快您请坐。"让老人坐在了树荫底下，我赶紧挑最好的洋芋放在秤盘里称好，端到桌子上，笑着说：

"阿姨，再给您来点儿咸韭菜吧？"

"行"。她夹起洋芋边吃边和我们聊天，

"你俩是头一次出来做生意吧？"

"是的，您怎么知道？"我这才仔细地端详她，五十多岁，鬓角已花白，富态的脸庞上布有几丝浅浅的抬头纹和鱼尾纹，五官长得很不错，中等个头儿，大概年轻时一定很美，看上去当年的风韵依存，是个极精明能干的人。

她笑着说："你俩笨手笨脚的，一看就知道，我也是个做生意的，我们一家子都做生意。你这秤太大，下次换个小的。"

我俩忙问："这称大小与做生意有啥关系？"她说："关系多着呢，以后你们就会知道。"

尔后她又给我俩指点了几招，并鼓劲说："今儿你俩能在这儿站下来，已经很不错了，一般的人是不行的，要不怎说万事开头难呢？！"

我打心底里感激她，"阿姨，您是我们的第一个客人。"晓冬说着又在炉子里添了把柴火。

这时老人站起来说："我姑娘和儿子也来啦，同车的还有伙伴呢，我去给你招来几位客人。"

工夫不大，老人领来了好几位客人说："她俩的洋芋烤得黄、干，价钱又适中，味道还挺香的。"于是，我们的生意也热闹了起来，添火、抹油，撒盐、辣子面、花椒粉等，烤好的洋芋上面红红的油滋滋的，下面黄黄的，咬一口脆又酥，香喷喷、辣嘘嘘的，味道极佳，顾客们吃得津津有味，我俩的脸上又绽开了欣慰的笑。

"锅巴洋芋！""锅巴洋芋！"，对面的声音又响了起来。

我俩鼓起勇气跟着他们喊起来："锅巴洋芋""锅巴洋芋！"他们新奇地说："嗯，你俩终于喊出来啦！"惹得大伙儿又一阵笑声。自己也很惊讶。

夕阳的余晖斜倚在西边的天际时，我俩也抬着全部的家当，禁不住的激动往回撤——初尝成功的喜悦，冲淡了一天的劳累，虽然目前我并不富有，但我会努力去争取的。

飘香饺子

李　炜

"小张又哭了。"就在我正准备下班关电脑时，小李偷偷走过来跟我说。

我知道他话里的意思，能不能帮帮小张，完成发放征地拆迁款的工作。小张是单位里的新人，很像年轻时的我，阳光快乐，每年新员工分进来的时候，我都有种莫名的开心，看到他们就好像看到了那时候的我，为新工作感到新奇兴奋，也会为工作开展得不好而感到有压力和无助。今天又是发放征地拆迁款的日子，海东市在发生日新月异的变化，老百姓的房子被拆迁了，都在等着这笔款项去安家，去生活，这笔款项今晚非发出去不可，作为师傅之前我教了小张两次，她学得很认真，但是掌握得就是不好，我知道这其中的原因，她那个岗位只有她一个人，人在独处的时候，往往会容易慌张，想得很多，会有很多情绪，导致无法信任自己能够完成好工作。

加班还是回家呢，一时间我心里很犹豫。妻子最近对我有些看法，我的工作比以前还要忙还要琐碎，每次加完班回家已经八九点了，进家门前我每次都要在楼下吸上一根烟，我不知道怎么回去跟妻子解释。以前可不是这样的，大学毕业我就认识了妻子芳，那时候我们都刚参加工作，两个人相见恨晚，一见钟情，那时候我还是个柜员，每天恨不得早早地接完库，一到点儿我就冲出去跑到妻子的单位门口，给她打电话等她下来，两个人卿卿我我，一起在夜间闹市吃饭，逛超市。想起昨晚刚进家门，妻跟我说，孩子生病，今天没去学校，她带着孩子去医院打针了。妻对我的眼神有点变化，我知道上班的时候她找不到我，我也出不来，我是这个家里的男人，应该照顾好家庭，多陪伴家人，不知道从何时开始，我的工作让我分身乏术，对待年迈的父母，辛勤的妻子，还有上幼儿园的儿子，我都有着浓浓的负罪感。

今晚我想早点儿回家，给儿子做顿晚饭，看了下表，已经六点十分了，我心意已决，当即从椅子上站起来，临出门却鬼使神差地朝大厅看了一眼，我看见小张坐在电脑前，忧伤地看着窗外。外面的新鲜空气，还有车水马龙，以及这电脑前的无奈，一时间形成鲜明对比。

"小张，还没有做完吗？"我无法让自己无视这一切，我边朝小张走边说。

"你看，这一步是这么做。"

"没事，你嫂子她吃过了，待会儿发放完征地款，我带你去吃飘香饺子。"

夜晚十一点的海东市，从行里出来，空气中全是飘香饺子的味道，妻子一定还没睡，等我回去，儿子应该睡着了，不知道今天在幼儿园里学了什么东西，我觉得心里突然很踏实、很暖，也很想流一滴眼泪。走过万家灯火，已不见年少时的灯火阑珊。我心里想，这条街，又或者旁边的民宿里住着的人，明天就能拿到征地拆迁款了，海东市的蓬勃发展，民众对银行的信任，一定有我的一份力量！

附录

源远流长　花繁叶茂

——乐都文学概述

茹孝宏

乐都历史悠久，人文底蕴深厚，文学源远流长。

距今 4000 多年前，乐都柳湾先民创造的以精美彩陶为代表的史前文明，于 20 世纪 70 年代惊艳于世。柳湾出土的石磬、陶埙等古老乐器证明，那时的柳湾先民就有音乐活动，而在诗、舞、乐合为一体的原始社会，有音乐活动，就必定伴有诗歌及舞蹈活动。可见，那时乐都的柳湾先民就有以诗歌抒情娱乐的艺术活动。

汉武帝元鼎六年（前 111 年），汉军进驻湟水流域。汉宣帝神爵元年（前 61 年），后将军赵充国进军湟水流域实行屯田。神爵二年（前 60 年），汉王朝在今乐都设浩门、破羌两县，其中浩门县治所在今乐都东北境内，辖境大体包括今乐都东部和甘肃省永登县八宝川一带，破羌县治所在今乐都城区西，辖境为今乐都中西部地区，两县均属金城郡（治所在今甘肃省兰州西古城）。乐都被正式纳入大汉王朝版图后，就不断受到汉文化影响。据 1940 年出土于乐都高庙镇白崖子村的《三老赵掾之碑》记载，曾扎根乐都、被浩门县县令兰芳拜授为三老（掌管教化的地方官员）的赵充国六世孙赵宽，在乐都东部地区兴办教育，传播儒学。他的学生有百余人"皆成俊艾，仕入州府"。这百余学生中，肯定有擅诗善文者，只是史料匮乏，其作品无从查找。该碑没有镌刻撰书文和立碑者。撰书文和立碑者也许是赵宽的后人，也许是赵宽的学生，不论是谁，该碑碑文可谓难得的汉代时期的散文佳作，也是乐都乃至青海地区最早的文学作品。

东晋十六国时期，南凉国以乐都为首都，开馆延士，兴办儒学，大力吸收汉文化来发展自己的文化，使汉文化在乐都再次复兴，自然也培养出许多文学俊才。据史料记载，南凉王秃发傉檀之子秃发明德归13岁时奉父亲之命作《昌高殿赋》，他敏思善文，"援笔即成"，才惊百官，可惜其作品没有流传下来。南凉太府主簿宗敞年轻时撰写的散文《理王尚疏》文辞优美，"文义甚佳"，后来成为文坛大家。

唐代在西部设陇右道（治鄯州，今乐都），为全国十道之一。陇右道以鄯州为中心，共辖21州府59县。地域包括今甘肃省、青海省以及新疆维吾尔自治区的大部分地区。后又设陇右节度使。陇右节度使辖区驻军达7.5万，仅次于范阳节度使辖区的驻军规模，军事战略地位十分重要。这种情况自然带来人口增多，经贸昌盛，"天下富庶者无如陇右"（《资治通鉴》），自然也会促进文化的繁荣和发展。

这样一个鄯州府所在地、陇右节度使驻节地，当为中国西部政治、文化、经济中心和军事重镇。在这里，官员及其幕僚、掾属众多，文人雅士云集。在崇尚诗词、诗歌艺术高度发达的当时，这里自然会产生大量的诗歌作品，正如一位研究陇右唐诗之路的专家所说："鄯州是陇右节度使驻节地，也是唐代诗人创作诗歌作品最多的地方。"尽管文献资料匮乏，他们的作品大都被湮没在历史的烟尘中，但今天我们仍能看到遗留下来的许多作品。如哥舒翰任陇右节度使期间，大诗人高适就在哥舒翰幕府任过掌书记等官职，他的许多诗的写作地点就在乐都，如《九曲词（三首）》《登陇》等。其中《九曲词（三首）》第二首写道："万骑争歌杨柳春，千场对舞绣骐驎。到处尽逢欢洽事，相看总是太平人。"这首诗表现了哥舒翰收复九曲后乐都的人们舞狮欢庆胜利的盛大场面。再如唐代诗人钱起的《陇右送韦三还京》："春风起东道，握手望京关。柳色从乡至，莺声送客还。嘶骖顾近驿，归路出他山。举目情难尽，羁离失志间。"作者在陇右（今乐都）送别朋友，用旅途景色来预测朋友的前景，同时也寄托了自己的思乡之情。再如唐代诗人柳中庸的《凉州词》："关山万里远征人，一望关山泪满巾。青海城头空有月，黄少碛里本无春。"这首诗描绘了驻扎于鄯州（今乐都）的大唐将士内心的真实感受。唐代诗人在乐都一带写的诗，或以乐都情况为题材写的诗，还有崔融的《西征军行遇风》、岑参的《胡笳歌颂颜真卿使赴河陇》、杜甫的《奉送郭中丞兼太仆卿充陇右节度使十三韵》、刘方平的《寄陇右严判官》、长孙佐辅的《陇右行》、周朴的《塞上曲二首》第二首等。

宋元明清时期，乐都皆为"军政要地"。明代先后设碾伯卫，西宁卫碾伯右千户所，清雍正年间设碾伯县。

作为"军政要地"的乐都，宋元时期到过这里的文人学士也不少，受战乱等影响，虽然保存下来的文学作品不多，但至少能找到一些内容涉及乐都的诗歌作品，如宋代梅尧臣的《送王景彝学士使虏》、文同的《收复河湟故地》、岳珂的《下诏复河湟》，元代马常祖的《河湟书事》（二首）第二首等。

明清以降，到过乐都的文人学士则更多，他们创作了不少描绘乐都山川风物或感事抒怀或应景应时的文学作品。其中诗歌作品如明代嘉靖二十二年（1543 年）进士胡彦的《碾伯道中》："塞外不受暑，入秋风飒然。日高犹长绤，雨过却装绵。绝巘霏幽磴，悬崖吼瀑泉。哪知尘世里，别有一山川。"这是作者任御史期间来青海视察茶马事务，途经碾伯（今乐都）境内时所作，诗中描写了秋季乐都的自然风光和风情民俗，表达了对这里"别有一山川"的感叹和赞美之情。再如明代万历四十一年（1613 年）进士蒲秉权的《阅边宿瞿昙寺》："香刹庄严甲鄯州,湟西净土此堪游。烟笼宝箓蟠蝌蚪,风动旛幢醒钵虬。贝叶朝翻云满阁,部笳宵吹月当楼。好将一滴杨枝水,洒濯边尘慰杞忧。"这首诗是作者任西宁兵备道时巡边到乐都,游览瞿昙寺并夜宿于此而作。诗中形象地描绘了瞿昙寺庄严华美的建筑风格,并表达了祈盼西陲安宁的情怀。再如清雍正六年(1728年)任碾伯县令的张恩的《南楼远景》:"谁言荒僻是边陲?酷爱南城会景楼。远岫孤标晴亦雪,长桥稳渡陆如舟。浪浮燕麦川平面,烟簇蜗庐柳罩头。一幅画图看不尽,雄文碑版吊千秋。"这首诗形象地描绘了从会景楼(即南楼)上看到的景色及张仲录的碑文。再如清乾隆年间任西宁道按察司金事的杨应琚的《乐都山村》:"巨石斜横碧水涯,石边松下有人家。春风不早来空谷,四月深山见杏花。"这首诗以疏笔淡墨描写了乐都山村的田园风光,清新优美,妙手天成,广为称颂。

散文作品如明代兵备副使范瑟所撰《创建定西门记》、明代进士陈仲录所撰《碾伯会景楼记》、明代举人李完所撰《重修城隍庙碑记》、清代杨应琚所撰《重修碾伯县文庙碑记》、清代碾伯县知县冯曦所撰《凤山书院碑记》等,都是优秀的散文作品。

其间客居乐都或过境文人学士留下歌咏乐都作品的还有明代的何孟春、包节、冯如京、姜廷瑶,清代的寂讷、斌良、张宪镕、何泽著、贾勋、来维礼等。

如前所述,乐都办学时间早,所以到清代时除大量的私塾、社学、义学等教育形式外,也有了很正规的书院教育,在多种形式的教育培养下,这里耕读传家蔚然成风,加之受客居和过境文人学士的影响,清乾隆年间至民国时期,乐都的一批本土作家已成长起来,他们依次是吴栻、傅咏、钱茂才、唐世懋、谢善述、赵得璋、李生香、萌竹、谢铭、李绳武、陈希夷、李宜晴、段生珍等,他们卓有成效的创作刷新了乐都文学的历史,撑起了乐都本土文学的一片天空。在这些本土作家中,以吴栻、谢善述的创作成就为最高。

吴栻（1740—1803，字敬亭，号对山、怡云道人、洗心道人，清碾伯县即今乐都人）于清乾隆、嘉庆年间，与狄道（今临洮）吴镇、秦安（今天水）吴登诗文齐名，故将他们三人并称"甘肃（当时青海属甘肃省）三吴"。他在仕途上不得志，大半生奔走于河湟地区，就馆教书，以馆谷养家。终因病愁困顿而死。吴栻存世的诗文，由其玄孙吴景周于 2000 年整理、校订、注释、标点，并加上他撰写的《吴栻传略》和《吴栻年谱》，集结为《吴敬亭诗文集》。

吴栻存世的诗文，数量之多，内容之丰，在历代河湟文人中绝无仅有。《吴敬亭诗文集》中的大部分作品或谈禅悟道，或演绎易理，或描景状物，或模山范水，就在这云诡波谲之中，寄托着对社会的认识，对人生的感悟，对美好生活的憧憬和希望。

《青海骏马行》是吴栻诗歌中传颂最广的诗篇，这首诗用赋、比、兴的手法，敷陈其事，寓言写物，因物抒怀，讴歌了青海骏马英姿非凡、踏云荡霞的神奇形象，借以抒发纵横驰骋的抱负，怀才不遇、壮志难酬的情结。这首诗想象奇特丰富，音调徐疾有度，铿锵有节，在整个清代诗歌中也是"卓然称大家"的。

吴栻的部分诗歌具有鲜明的地方特色。诗人出生于乐都，大半生生活于乐都，对乐都的山水人文有着深厚的感情，他的许多诗赋形象生动地描绘了乐都的山川形胜和人文景观，如《碾伯八景》《翠山赋》等。

吴栻继承了中国传统诗论中"诗言志""诗缘情"之说，主张"夫诗以言志，志之所在，发言为诗"（《自勖录后序》），"兴之所至，随意成章，以舒其情致斯耳"（《云庵琐语》）。他的诗歌多为抒写心志、兴之所至之作。吴栻的四首诗曾入选《清诗全集》。

吴栻散文中的一些应时应景之作，如寿文、祭文等，更是辞采灼灼，洋洋大观，脍炙人口。

谢善述（1862—1926，字子元，清碾伯县即今乐都人）自小苦读萤窗，16 岁时应县试、府试均名列前茅，23 岁即举拔贡。大半生从事教育工作。早先在民和官亭教授私塾，后任泾州（今甘肃泾川）学正（学官名）、宁夏府宁灵厅教授（学官名）、碾伯高等小学教师等。

谢善述今存其侄谢才华整理的《补拙斋文集》五卷，《梦草山房诗稿》二卷和章回体小说《梦幻记》一卷（二十回）。谢善述生活在清代末期民国初年，他的诗文反映了当时的官场腐败、吏治混乱和人民疾苦。他深谙当地的风土民情，因而为后世留下了许多翔实而又生动的史料。因此，他的诗文具有详史之略、续史之无的作用。

谢善述的创作深受"五四"新文化运动的影响，因而在创作中有意识地吸收乐都南山一带的方言俚语，创作了一批反映人民疾苦、宣扬中华民族传统美德、鞭挞社会恶习的《荒年歌》《劝孝敬父母歌》《戒赌博》等白话诗。这些群众喜闻乐见的作品，至今仍在乐都南山一带传唱。

谢善述于民国二十年（1923年）创作的章回体小说《梦幻记》，反映了人民的疾苦，鞭笞了官吏的专横凶暴。这篇小说用白话写成，不仅是乐都的第一部白话小说，也是青海的第一部白话小说。鲁迅于1918年发表在《新青年》杂志上的白话小说《狂人日记》是中国现代文学史上的第一部白话小说，而谢善述的白话小说《梦幻记》的创作时间比《狂人日记》的发表时间仅晚5年。

谢善述的诗文在当时深受好评，至今乐都还流传着"谢善述的文章赵廷选的字，李兰谷的对联王长生的戏"这样的评说。其中说到的赵廷选、李兰谷、王长生均为清代末期民国初年乐都人，分别在书法、对联和戏曲方面很有造诣。

从吴栻、谢善述留存于世的作品来看，他们的创作也代表了当时青海文坛的最高水平，吴栻可谓当时青海文坛浪漫主义文学的代表人物，谢善述可谓现实主义文学的代表人物，他们就像两颗耀眼的星，闪烁在青海文学历史的天空。

这一时期除吴栻、谢善述外，还有一位重要作家也值得一说，他就是民国中后期在青海文坛闪亮登场的萌竹。

萌竹（1921—1953，本名逯登泰，号尹湟，乐都高店河滩寨人）20 世纪 40 年代就读于上海复旦大学期间，结识"七月诗派"的贾植芳、胡风、路翎等人，并受其影响，创作出了一批诗歌、小说、散文和评论作品，发表在《希望》《西北通讯》等报刊，其中小说《青驴》《大青骡》《炒面的故事》发表于《希望》杂志。

1949 年后，乐都的文学事业得到空前发展，一代代作家和文学爱好者不断成长，各类体裁的文学作品不断涌现。萌竹、陈希夷、逯有章、辛存文、李生才、铁进元、许长绿、赵宪和是新中国成立后乐都作家第一梯队的代表人物，他们虽然没有在同一时间段形成庞大的创作阵容，但各自在不同的时间段，以突出的创作实绩赢得青海文坛的关注和认可。

萌竹在 1949 年前创作一批文学作品的基础上，于新中国成立初期又创作发表了小说《血红的草原》。萌竹的创作成果在乐都乃至青海的文学史上留下了非常珍贵的资料。他在 1949 年前后创作的小说均受到青海文坛好评。"在当时的青海作家群中，萌竹小说的成就已达到了很高的水平"（《青海当代文学 50 年》）。

陈希夷（1918—2013，乐都碾伯下寨人）是新中国成立后成长起来的一位本土作家，以创作旧体诗见长。他的《咏青诗稿》（三册）于 2002 年出版，收入诗、词、曲、赋 3000 多首。《咏青诗稿》对青海的人文、历史、地理风光等做了详细阐释和尽情描绘，对唤起人们爱祖国、爱家乡的情感具有积极意义。

逯有章（1933—2018，乐都高店河滩寨人）在工作之余坚持文学创作，终有收获。出版有长篇小说《河湟风云》《王府恩仇记》。

长篇小说《河湟风云》以河湟地区的生活为背景，以陆、巨、王、黄四姓人家 40 多年的经历为主线，反映了青海东部地区的社会历史变迁，揭示了发生在这里的历史悲剧的根源。小说具有曲折复杂的故事情节，质朴、善良、勇敢的高原人形象跃然纸上。《王府恩仇记》

以西部生活为背景，通过描写骆驼客的高原生活与悲惨身世，折射出复杂动荡的社会面貌。小说故事情节跌宕起伏，展示了一幅具有悲壮传奇色彩的西部生活图景。

辛存文（1934—2017，乐都蒲台乡寺沟脑村人）多年在《青海日报》工作，他结合自己的新闻工作，创作的大量报告文学、纪实散文等作品，发表在《人民日报》《甘肃日报》《青海日报》《青海青年报》《中国土族》《民族经济与社会发展》等报刊。出版有纪实散文集《西宁土楼山访古采今录》。

辛存文的创作以报告文学成就为最高，他创作的一批报告文学作品为改革鼓与呼，为时代画像留影，作品所总结介绍的先进典型和先进经验，被省委、省政府在全省推广学习。

李生才于 1938 年出生于乐都岗沟哈家村，毕业于青海师范学院中文系。曾在《诗刊》《青海湖》《西藏文学》《文汇报》《上海文学报》《青海日报》《厦门日报》《瀚海潮》等报刊发表诗歌、散文、评论和小说作品。他在果洛草原工作生活 20 多年，他的作品大多反映涉藏地区风情和藏族群众的生活。20 世纪 80 年代初期，李生才的小说创作风生水起，佳作不断，创作发表中短篇小说 20 余（篇）部，其中中篇小说《靴子梦》获青海省政府首届文学艺术奖。

李生才创作的长篇小说《含泪的云》发表于 1981 年第 10 期、11 期《青海湖》杂志，1982 年 11 月由青海人民出版社出版单行本。这部小说反映了龙木切草原上藏族群众迈上光明大道、告别黑暗社会的曲折历程，刻画了一位善良、正直而又极力拥护共产党民主改革政策的上层头人形象，故事悬念迭生，情节感人。

许长绿 1938 年出生于乐都岗沟七里店村。20 世纪 50 年代后期，他创作的一批诗歌、短篇小说、小小说在《青海日报》《青海湖》《牧笛》《工人日报》发表。后因历史原因，创作中断。1984 年后，他的创作又进入一个活跃期，创作的短篇小说、小小说、散文在《青海群众艺术》《西宁晚报》《青海青年报》《青海日报》《少年文艺》《青海广播电视报》《西部发展报》《西海都市报》等报刊发表。出版有诗文集《长路》。曾获《青海广播电视报》征文一等奖。

赵宪和（1940—2020，笔名赵禛，乐都马营人）数十年坚持对旧体诗的学习、研究和写作，在《西海都市报》《中华诗词》《诗词百家》《诗词国际》《诗词世界》《中国诗赋》《诗词之友》等报刊发表大量诗词作品。出版诗词集《南凉清韵》《晚晴吟草》《赵禛诗词选》《赵禛诗文集》等。

1949年后乐都作家第一梯队中还有蒲文成、谢佐、毛文斌、吴景周、周璋武、林中厚、李养峰、辛存祥、谢培等，他们均发表了一定数量的作品。其中吴景周发表多篇（部）戏剧、曲艺作品。周璋武、林中厚均发表较多民俗类散文。毛文斌出版诗、书、摄影集《海东风光》，书内收入旧体诗80多首。李养峰出版长篇小说《见证沧桑》等。辛存祥发表较多旧体诗。谢培创作的短篇小说《除夕》发表于1972年5月2日《青海日报》，1974年被青海省文联《征文》杂志转载，并被选入当时青海省初中二年级语文教材，在当时的青海文坛和教育界均产生很大影响。《除夕》褒扬了集体主义精神，塑造了一位大公无私的老农形象，在今天仍有积极意义；语言也较有特色，尤其是大量拟声词的恰当运用，增加了作品的审美趣味。

党的十一届三中全会后，不仅第一梯队的作家焕发了创作生机，而且一批新的文学青年在创作上跃跃欲试，并崭露头角，他们是巨克一、高建国、蒲生奎、朵辉云、钟有龙、赵建设等，他们构成了乐都作家的第二梯队。他们除在乐都文化馆编印的内部杂志《乐苑》上发表作品外，也在省、市（地）级报刊上发表作品。其中巨克一在《青海日报》《青海湖》《青海青年报》《瀚海潮》发表了散文、小小说作品；高建国在《青海日报》等报刊发表了散文作品；蒲生奎在《青海群众艺术》《青海文化》等报刊发表了散文、曲艺作品；朵辉云在《青海日报》

《青海湖》《青海青年报》《青海群众艺术》《群文天地》《西海都市报》等报刊发表了散文、小小说作品；钟有龙在《青海日报》《西海都市报》等报刊发表了诗歌、散文作品；赵建设在《青海日报》《青海湖》《青海群众艺术》发表了短篇小说作品。其中，朵辉云的纪实散文《为了幼苗茁壮成长》入选第二辑《青海，我的家园》，出版文集《细雨润秋》《细雨润秋》修订本，曾两获青海广播电视文艺奖；钟有龙出版诗集《乡间歇晌》；蒲生奎除创作一些散文、曲艺作品外，还经常写一些应时应景的寿文、祭文、碑铭等，语言典雅，辞采飞扬；巨克一时有新作品问世，并获奖。

时序进入 20 世纪后期，除第一、第二梯队的部分作家继续在文学的田野上耕耘外，一大批中青年作家如雨后春笋般不断涌现，他们在省内外报刊发表大量作品，出版多部文学作品，获得多个重要文学（文艺）奖项。因有他们的创作，乐都文苑呈现出花繁叶茂果飘香的瑰丽景象。他们的创作代表了当代乐都文学的最高水平。他们构成了乐都作家的第三梯队。现对其中创作成绩突出或比较突出的作家分述如下：

王建民是乐都作家第三梯队中最有天分的一位。早在西北政法大学求学期间，就已经在诗歌创作上初露峥嵘，还荣获《飞天》杂志"大学生诗苑奖"。大学毕业参加工作不久，即告别"铁饭碗"，"下海"打拼。非稳定的工作和非规律的生活，使他很少有静心写作的时间和环境，但他终究没有放弃文学，没有放弃写作。多年间在《青海日报》《西海都市报》《海东日报》《青海湖》《飞天》《当代青年》《星星诗刊》《诗选刊》《安徽文学》等报刊发表诗歌、小说和评论作品。作品入选《青年诗选（1987—1988 年度）》《你见过大海——当代陕西先锋诗选》《放牧的多罗姆女神——青海当代诗歌 36 家》《2009—2018 青海文学十年精选·诗歌卷》《江河源文存·诗歌卷》《江河源文存·小说卷》《江河源文存·评论卷》。其中的《青年诗选》是每两年从全球华人青年诗人中遴选 50 余位的诗作编辑而成的；《你见过大海——当代陕西先锋诗选》主编沈奇教授在选本序言中说："建民的诗是至今仍不失为前卫或曰先锋的、真正西部味的西部诗，现代意识加古歌情味，那一种反常合道、务虚于实的诡异劲道，如新开封的老酒，啥时喝来啥时为之一醉。"

王建民的诗集《太阳的青盐》入选浙江工商大学出版社"21世纪诗与诗学典藏文库第一辑"。这部诗集以汉字独特的时空架构能力，追索人类文化母题中诗质的人本部分，进行真正的现代考量。王建民以其对汉字的独特理解，在汉语新诗修辞上表现出一种难得的干净和清醒，从而抵达形而上的自由。

关于王建民的理论建设性文章《河湟文学论》，《青海新文学史论》评价说："王建民的理论主张对青海文坛有着深远的意义。他最先提出了'河湟文学'的概念，1989年2月他的长文《河湟文学论》在《青海湖》发表，从理论上比较完整地讨论了'河湟文学'的内洽性与实践的可能性，显示了一种青海文坛上少有的理论的自觉意识。"

近些年，王建民以清末至新中国成立前唐蕃古道、丝绸南路的重要节点之"丹噶尔—西宁"商业圈为叙事时空，进行了系列小说创作，已发表中篇小说《那花姐》、长篇小说《天尽头》等。长篇小说《天尽头》从工匠的银子、商家的银子两套系统考量钱的内涵和外延，似家园叙事，实为"丹噶尔—西宁"商业圈的白银资本历史；历史大背景据实呈现，叙述举重若轻，从而关注人本身，以及在文化碰撞交融之地商业的重要性。在非农非牧的生存境遇中，小说人物的确是一群不一样的男女。至于故事，青海的读者阅读时，故事就在他的文化记忆中；外地的读者阅读时，故事就在他的"远方"里。

马国福是第三梯队中一位年轻而有实力，且在省内外具有一定影响的作家。刚过不惑之年的马国福在《北京文学》《上海文学》《星星诗刊》《青年作家》《雨花》《诗歌月刊》《扬子江诗刊》《散文百家》《散文选刊》《青春》《青海湖》《美文》《黄河文学》等省内外百余家报刊发表散文随笔、诗歌等体裁的作品，其中以散文随笔创作成就为最高。

系《读者》杂志首批签约作家。大量文章被《读者》《青年文摘》等知名报刊转载，多篇文章被选为上海市、天津市、武汉市等多个城市中、高考作文训练题（试题）。作品入选《2017年度散文选》。

马国福已出版散文随笔集《赢自己一把》《给心灵取暖》《我很重要》《给生命一个完美备份》《无限乡愁到高原》《听心底花开的声音》《在尘世的烦恼里开怀》《你所谓的安逸不过是在浪费生命》等8部。曾获孙犁散文奖（两次）、江苏省首届十大职工艺术明星、江苏省年度文学工作先进个人等荣誉。

马国福的多数散文随笔堪称美文，"美文如清风，佳句似佳茗"，在通俗的叙事说理中给人以启示，于精巧的描景状物中显出智慧。他更以一种博雅风范和悲悯情怀，体恤着芸芸众生，也温暖感动着读者。

余聪（1979—2013，城台人，本名海显澄，又有笔名夜梦，毕业于北京科技大学）是第三梯队中一位在省内鲜为人知，而在首都北京具有一定影响的作家，属于典型的"墙外开花墙外香"。他除在天涯社区等网站发表大量散文、杂谈和三部长篇小说外，还在《人之初》《北京青年报》《河北青年报》《新快报》《大学生参考》《涉世之初》《今晚报》《祝你幸福》《中国美食报》《中国电力报》《打工妹》《楚天都市报》《江淮晨报》《湘声报》等报刊发表百万文字。出版有长篇文化散文《一生要领悟的易经与道德经智慧》《孔子智慧全集》，长篇小说《丫头，你怎么又睡着了呢》《你的灵魂嫁给了谁》。

余聪的长篇小说深受北京青年读者的青睐。

长篇小说《丫头，你怎么又睡着了呢》在天涯社区网站连载后，"点击突破130万，回帖12000多条"。该小说纸质文本的"内容简介"中说，这是"一部让千万'丫头'潸然泪下的温暖感动之作"。

长篇小说《你的灵魂嫁给了谁》在天涯社区网站连载期间，也受到读者好评。该小说出版时的"编辑推荐"说，这部小说"具有相当的文学价值。从行文到结构，从语言到寓意，从环境到背景，都是特立独行、标新立异的。文章不拘泥于男女之间的感情纠葛，也不流于事情发展的肤浅表面，而是通过细致描写医院这个社会大环境下的小环境，从而淋漓尽致、入木三分地表现人物特征和社会现象"。

余聪的第三部长篇小说《北京，爱》在天涯社区网站连载时，同样受到好评，正如一位评论家所说："作者以现实主义手法，深刻揭示了当代青年的成长历程、心路历程。当现实的残酷和人性的光芒猛烈碰撞的一瞬，所发出的炫目色彩，成为这部巨著的独特魅力。"

就是这样一位风华正茂的天才作家，因消化道出血等疾病，医治无效，于2013年5月6日撒手人寰，年仅34岁。

周存云很年轻时就跻身青海文坛，20世纪80年代后期，他才二十几岁，创作就已进入活跃期，其后一直笔耕不辍，常有收获。曾在《青海日报》《西宁晚报》《青海湖》《瀚海潮》《飞天》《红豆》《绿风》《绿洲》《黄河诗报》《诗江南》《群文天地》等报刊发表诗歌、散文作品。作品入选《建国50周年青海文学作品选·诗歌卷》《中国散文诗精选》《高大陆上的吟唱》《诗青海·2010年鉴》《江河源文存·诗歌卷》《青海美文选》《2013—2014青海美文双年选》《2015—2016青海美文双年选》《2017—2018青海美文双年选》。诗歌《静坐的日子》被当代作家代表作陈列馆收藏。

周存云已出版诗集《无云的天空》《远峰上的雪》、诗歌二人合集《风向》、散文集《高地星光》《河湟笔记》，其中《高地星光》入选青海省作协编选的第五辑《青海青》文学丛书。诗集《远峰上的雪》获第二届青海青年文学奖、青海省政府第五届文学艺术奖。

周存云的诗简洁凝练，清新俊逸，意境深远。他的抒情散文含蓄蕴藉，贮满诗意；他的历史文化散文既有学者的风范，又有文学的构思和运笔，恢宏大气，洋洋大观。

李永新是一位非常勤奋的作家，他政务繁忙，手中的笔却从未停歇，他尝试诗歌、散文、评论等多种文体的写作，且均有收获。曾在《海东日报》《青海湖》《中国土族》等报刊发表作品。已出版诗歌摄影集《彩虹记忆》《江山如此多娇》《河湟寻梦》《白草台文丛》《李永新文丛》及文图集《极地门户行》。

评论家刘晓林在谈到李永新的创作时说："李永新的出身、教养、阅历，无一不与河湟地区的山川土地根脉相连，这决定了他泥土般质朴、坚实、执着的气质和心寄乡土的情感方式，同时也决定他思考的方向与文字书写的旨趣。"

李永新在担任海东市委宣传部常务副部长、市文联主席期间，创办海东市文学季刊《湟水河》，组织出版了由他主编的《海东情文艺丛书》《海东情文艺丛书2》《海东情文艺丛书3》《海东文学丛书》《海东文学丛书2》。以上几套丛书各卷本收录了海东籍作家、作者以及外籍作家、作者情系海东、抒怀海东的各种体裁的文学作品。

李明华于20世纪80年代后期步入青海文坛，创作发表了散文诗、散文、小说和报告文学作品，已出版散文诗集《家园之梦》，散文随笔集《坐卧南凉》，中短篇小说集《平常日子》，长篇小说《默默的河》《马兰花》，另有长篇小说《颇烦》发表。李明华以小说创作见长。

长篇小说《默默的河》第一章《党支书与地主女儿的爱情》被2001年第12期《青海湖》选载。根据《默默的河》修改而成的长篇小说《夜》，于2009年由《读者》出版集团敦煌文艺出版社出版，并被纳入西北五省（区）农家书屋工程。《夜》通过一个农村党支部书记一夜之间对自己一生经历的回忆，反映了社会变革给农民造成的心理失衡以及由不适应到适应的心路历程，是一部河湟农人的生存史，也是中国农村人生存史的缩影。可以说这部小说是李明华长篇小说的代表作。

长篇小说《颇烦》通过叙写社会转型期农民遭遇的无奈、尴尬和疼痛，给农民这个弱势群体以深度的人文关怀，表达了对一些社会问题的思索和拷问。

长篇小说《马兰花》塑造了一个命运多舛却具有吃苦耐劳、坚忍不拔、忍辱负重精神的河湟女人的形象。她的形象就像绽放在河湟大地上的马兰花,散发着淡淡的幽香。

李明华的作品入选 2010 年《小说月报》"报刊小说选目"及《新中国建立 60 周年青海文学作品选·散文卷》《江河源文存·散文卷》。曾获青海新闻奖报纸副刊作品二、三等奖。

周尚俊自 20 世纪 90 年代前期开始文学创作以来,一直勤奋有加,未曾懈怠。曾在《青海日报》《青海青年报》《光明日报》《青海湖》《民族经济与社会发展》《文学港》《浙江作家》《延安文学》《西部散文家》《群文天地》等报刊发表散文、报告文学作品。作品入选《2017—2018 青海美文双年选》。已出版长篇报告文学《北山大行动》、长篇纪实散文《乐都人文印象》等。

长达 20 多万字的长篇报告文学《北山大行动》架构宏大,气势恢宏,具有一定的历史纵深感和历史责任感;是真实和真情的融会,是报告与文学的交响,是一部能真正体现报告文学文体特点的长篇报告文学,也是乐都报告文学的代表性作品。

评论家王建民在谈到周尚俊的散文创作时说:"我发觉,不遗余力地记录乡村的人文德行,建构一种过往乡村的人文景观,正是周尚俊的创作追求……所以他怀揣笔墨,肩挂摄像器材,不断地上山下乡,还不时组织或掺和进乡间村社的戏班子、社火队、红白喜事、田间地头,去捡拾、临验、体悟那些乡村人文博物馆所需的一情一景,俨然一个古道热肠的老文人的做派。"

周尚俊曾获第四届青海省"德艺双馨"文艺工作者称号、第六届"中国梦·青海故事"征文鼓励奖等荣誉。

郭守先在乐都第二中学读高中时就发起并组织成立了"湟水文学社",创办《湟水滨》油印杂志,正值青春年少、多梦季节的他和十来个爱好文学的高中同学相聚湟水之滨,以酒酹地,立誓要追念鲁翁,自彼时即踏上一条不归的文学之路,并对追求文学梦想葆有持之以恒的顽制精神和宗教徒般的虔诚。30多年来,在《文艺报》《作家报》《中国税务报》《青海日报》《贵州日报》《青海青年报》《西宁晚报》《海东日报》《西海都市报》《河南工人日报》《雪莲》《牡丹》《椰城》《诗神》《奔流》《黄河》《诗江南》《青海湖》《群文天地》《中国土族》《诗歌周刊》《加华文苑》《中国汉诗》《侨乡文学》《时代文学》《文学自由谈》等报刊发表诗歌、评论、随笔等体裁的作品。作品入选《废墟上的花朵——玉树抗震诗歌作品选》《新中国建立60周年青海文学作品选·诗歌卷》《江河源文存·诗歌卷》《2009—2018青海文学十年精选·诗歌卷》《2009—2018青海文学十年精选·评论卷》《开创文艺评论新风——中国文联第六届文艺评论家高研班评论作品选》《青海当代文艺评论集》等。

郭守先已出版诗集《翼风》《天堂之外》,文集《税旅人文》,评论集《士人脉象》,随笔集《鲁院日记》,文论专著《剑胆诗魂》。曾获全国税收诗词展评二、三等奖,第四届青海青年文学奖、青海文艺评论奖三等奖,第三届全国专家博客笔会优秀奖,《中国税务报》征文二等奖等。

郭守先在诗歌创作、文艺评论及文艺理论研究方面均有建树,尊崇人本主义,倡导锐语写作,作品以思辨性、批评性见长。他的创作极少受流行观念的浸染,既没有无病呻吟的矫揉,也没有追风跟俗的敷衍。他的评论直面文本的妍媸得失,褒贬分明,明快爽利。曾赢得牛学智、李一鸣、刘晓林、郭艳、刘大伟等省内外评论家的高度赞赏。

茹孝宏的文学创作起步较晚,他在《青海日报》文艺副刊《江河源》发表第一篇散文《核桃树》时,已年届不惑,不过其后写作发表都比较顺利。在《青海日报》《内蒙古日报》《中国教育报》《中国教师报》《西海都市报》《青海青年报》《西宁晚报》《青海广播电视报》《环渤海作家》《江海晚报》《鄂尔多斯日报》《海东日报》《青海湖》《黄河文学》《四川文学》《文学港》《华夏散文》《散文选刊·原创版》《中华诗词》《中国汉诗》《天涯诗刊》《文学教育》《金城》《千高原》《东方散文》《文坛瞭望》《群文天地》《诗城文艺》《东北风》等报刊发表散文、评论、纪实文学、旧体诗等作品。作品入选《生命之灯——全国首届"杏坛杯"校园文学大赛获奖作品集》《新中国建立 60 周年青海文学作品选·散文卷》《〈青海湖〉500 期作品精选》《青海美文选》《2013—2014 青海美文双年选》《2015—2016 青海美文双年选》《2017—2018 青海美文双年选》《江河源文存·散文卷》《2009—2018 青海文学十年精选·散文卷》《青海生态文学作品选》《中国梦·青海故事》等选本。

茹孝宏已出版散文集《生命本色》《凤凰坐骑》，文化专著《乐都文化艺术述略》等，其中《凤凰坐骑》入选青海省作协编选的第四辑《青海青》文学丛书。曾获全省"三育人"征文三等奖、全国首届"杏坛杯"校园文学大赛三等奖、青海省政府第五次哲学社会科学优秀成果三等奖、青海省政府第六届文艺创作奖、青海新闻奖报纸副刊作品一等奖、中国散文华表奖最佳作品奖、青海省"四个一批"人才、首届"化泉春杯"全国散文大赛优秀奖、《中华诗词》优秀作品奖等荣誉。

关于茹孝宏的散文创作，王建民评价说："在茹孝宏的散文中，我读出个体生命之善之美之慧的传承，哪怕这些传承曾经处于一个人文困顿、令人不安的时代，同时也读出了河湟地域的厚道和贫瘠。从作家的角度说，茹孝宏的散文提出了一种'回去'的方式，一种质朴的方式。带着一颗厚道的心回到从前，你会发现，你待过的时空并非那么不堪，否则，人类怎么能活过昨天。茹孝宏告诉我们：不论世事如何，人性的坚强总会以他的方式散放辉光。"

蔺荣孝在散文创作上专注深情，并有所建树。在《中国教育报》《青海日报》《青海青年报》《青海广播电视报》《散文百家》《延安文学》《散文诗》《青海湖》《粤海散文》《环渤海作家》《青海作家》《雪莲》《中国土族》《华夏散文》等报刊发表作品。作品入选《新中国建立 60 周年青海文学作品选·散文卷》《青海美文选》《中国西部散文精选·第三卷》《2006 年中国散文诗精选》。

蔺荣孝已出版散文集《流淌的记忆》《湟水夜话》。曾获青海新闻奖报纸副刊作品三等奖、全国散文作家论坛征文一等奖。

蔺荣孝的散文含蓄蕴藉、空灵飘逸、语言典雅、辞采灼灼、耐人寻味。

陈华民一直善于学习，手不释卷，韦编三绝，尤其对地方历史文化谙熟于胸。中年以后博观而约取，厚积而薄发，勤奋创作，硕果累累，尤以长篇历史小说创作见长。自出版第一部长篇小说《大山的囚徒》以来，便激情奔涌，一发而不可收，连续创作出版了长篇历史小说三部曲《河湟巨擘》《南凉悲风》《瞿昙疑云》和《鄯州春秋》。

长篇小说《河湟巨擘》以汉代河湟地区汉羌之间"和战"形势为背景，以赵宽曲折而充满传奇色彩的一生为主线，塑造了赵宽深谙韬略、文思敏捷，并由一名武艺出众、勇冠三军的战将，转而成为博贯史略、通晓六艺的硕儒名士的形象。《南凉悲歌》以历史事件为基础，辅之以传说，演义了南凉王国从建立到覆灭的全过程；表现了南凉秃发氏三兄弟深谙韬略、擐甲执戈的英雄气概，以及他们顽韧的战斗精神。《瞿昙疑云》以明代第二个皇帝——建文帝逊国后的历史传说为主线，穿插一些史料创作而成。小说虽然不以倾心塑造人物形象见长，但主人公朱允炆生性柔弱、优柔寡断、刚愎自用、用人失察而导致逊国出逃、客死他乡的充满悲情色彩的形象清晰可辨。《鄯州春秋》以河湟历史为背景，以鄯州为中心，描绘了隋唐时期河湟大地波澜壮阔的战争场面，叙写了文成公主等几位李唐皇室公主和亲吐蕃与吐谷浑的民族和解事件，也描绘了当时河湟地区纷繁复杂的社会状况、唐蕃关系和人物群相。

谢彭臻是一位学者型作家，善于学习，手不释卷，学习之余偶有所感，则欣然命笔，抒怀论道。曾在《青海青年报》《西宁晚报》《青海湖》《群文天地》等报刊发表评论、旧体诗、散文随笔、短篇小说等。在多个文体写作中，以文艺评论写作见长。丰厚的国学功底，娴熟而高超的语言驾驭能力，使他在文艺评论写作中如庖丁解牛，游刃有余。不仅擅长文学评论的写作，还擅长书画评论的写作。他的评论笔锋老辣，潇洒大气。

索南才旦是第三梯队中唯一一位在青海文坛有影响的藏族作家，以诗歌、散文诗创作为主。曾在《西藏文学》《西藏日报》《西藏法制报》《青海日报》《工人作家报》《长江诗歌报》《西海都市报》《青海经济报》《艺报》《中国土族》等报刊发表作品。出版诗集《桑烟升起的地方》《同行三江源》。

索南才旦的诗歌植根于青藏高原的广袤大地和独特的民族风情，有着深厚的生活积累，精神饱满，内涵丰盈，散发着青藏高原原生态气息。阅读他的诗歌，就像伴随着他的咏唱，领略着青藏高原的奇丽风光，体验着浓郁的民族风情。

许正大以诗歌创作为主，也曾尝试过其他文体的写作，但以诗歌创作成绩为最突出。在《青海日报》《青海青年报》《西海都市报》《诗词报》《青海湖》《雪莲》《农民文摘》《中国土族》等报刊发表作品。作品入选文集《青稞与酒的记忆》《2009—2018青海文学十年精选·诗歌卷》、诗歌合集《俄日朵雪峰之侧》。已出版诗集《蓝色的梦》《心灵花朵》。曾获九三学社中央委员会征文优秀奖。

许正大的诗朴素晓畅、真切自然，他眼前的普通事物都能构成诗歌意象，看似随口道来，无雕琢之痕迹，却意蕴丰厚，耐人咀嚼。

李积霖作为书画家，结合书画创作与研究，书画评论写得风生水起，活色生香。偶尔也写散文。已在《青海日报》《海东日报》《群文天地》《文坛瞭望》《邯郸文学》《海淀文学》及青海《党的生活》等报刊发表评论、散文作品10万多字。

徐存秀（笔名秀禾）是乐都女性写作群体中的佼佼者，多年间在文学的田野上默默耕耘，专心致志，心无旁骛。在《青海税报》《青海湖》等报刊发表小说、散文等作品，以小说创作成绩为最突出。她发表的中篇小说《斑斓的夏季》(《青海湖》杂志 2009 年第 7 期），受到青海文坛关注。已出版中短篇小说集《斑斓的夏季》、散文集《长发情愫》。

李天华以散文随笔创作为主，也写诗歌，部分作品与本职工作语文教学有密切联系。在《西部散文家》《中国土族》等报刊发表作品。已出版教研随笔集《品读经典》、散文随笔集《人文探究》、诗集《故乡与远方》。曾获全省"师德、师风、师品"征文一等奖。

李天华的教研随笔集《品读经典》是对经典课文思想意蕴、精神内涵和审美价值的解读和诠释，是一本具有教研价值的随笔创作，也是一本富有随笔情趣的教研成果。

应小青是第三梯队中一个特别的存在。出生于 1985 年的她少年失聪，从乐都六中（现海东市凤山中学）高二退学后，辗转至青海省特殊教育学校就读美术中专班。为感谢南京爱德基金会捐赠助听器，她写的一封感情真挚的感谢信被记者发现后，整版刊登在《西海都市报》上，感动了许多人。此后的二十多年间，应小青笔耕不辍，先后在《西海都市报》《海东日报》《知音》《知音·海外版》《好日子》《博爱》《家庭百事通》《莫愁·智慧女性》等报刊发表了近百万字的纪实特稿和散文，其中多篇散文堪称美文。

应小青 24 岁如愿加入青海省作家协会，28 岁被中国红十字会旗下的《博爱》杂志聘为特约作者，被《知音》杂志陈清贫写作文化培训学校聘为指导教师，线上授课。她创作的歌词《何不快乐》荣获全国音乐少儿大赛金奖；散文《借你耳朵听世界》荣获中国政法大学征文比赛三等奖，该文被数十家报刊转载。

应小青作为青海省优秀的青年作家，于 2021 年被推荐参加了由中国残联和中国作协在上海举办的第二期全国身障人士文学研修班，她用智能电子设备聆听知名作家潘向黎、王蒙之子王山、《青年文学》杂志主编张菁等老师的精彩授课，并受到中国残联吕世明副主席的亲切接见和勉励。

以上这些第三梯队的骨干作家显示出了强劲的创作势头，并形成了以王建民、周存云、郭守先、李永新、索南才旦、许正大为代表的诗歌创作中坚力量，以马国福、余聪、周存云、周尚俊、茹孝宏、蔺荣孝、李天华、应小青为代表的散文创作中坚力量，以王建民、余聪、李明华、陈华民、徐存秀为代表的小说创作中坚力量，以郭守先、王建民、谢彭臻、茹孝宏、李积霖为代表的文艺评论创作中坚力量，以周尚俊、李明华、应小青为代表的纪实文学创作中坚力量。他们在青海文坛都占有一席之地，并产生相应影响，在乐都文学发展史册上也写下了光辉的篇章。

第三梯队中除以上这些骨干作家外，在公开报刊发表作品较多的还有徐文衍、李积祥、张永鹤、蒲永彪、王宝业、辛元戎、祁万强、巨月秀、陈芝振、董英武、熊国学、赵显清、权文珍、辛秉文、谢保和、林倩倩等。其中徐文衍出版文集《心灵霁光》，曾获青海日报"回眸二十年"征文三等奖；李积祥出版诗词集《河湟涛声》，曾获青海诗词大赛一等奖、《今古传奇》征稿优秀奖；张永鹤曾获全省"师德、师风、师品"征文二等奖；陈芝振出版汉碑碑文（散文）研究专著《〈三老赵掾之碑〉释》；董英武出版文集《文明的追寻》；熊国学获青海日报周末版头题征文三等奖；辛秉文出版《青海舞蹈史研究》；谢保和出版诗集《乡间行吟》；林倩倩出版散文集《水落在远方》。还有张银德、马英梅、李万菊、铁生玉、权永龙、范宗保、熊国谦、盛国俊、李天林、郭常礼、王以贵、熊增良、马忠麟、巨月秀等也坚持写作，并发表了不少作品。他们为乐都文学百花园增添了更加多样的色彩。

另外，在全国新文艺群体崛起和发展势头锐不可当的大背景下，除上文说过的余聪外，乐都的一大批网络写作者也应运而生、渐渐成长。他们年龄多在50岁以下，其成员主要有朱丹青、李巧玲、张长俊、赵玉莲、李桂兰、李炜、贾洪梅、袁有辉、杨春兰、应小娟、盛兆寿等。他们中的大多数先在一些网络平台发表作品，磨砺笔锋，然后再向纸质媒体投稿，如朱丹青、李巧玲、张长俊、赵玉莲、李桂兰、李炜、袁有辉、贾洪梅、杨春兰时有作品见诸报刊。

朱丹青（本名朱琴玲，女）是乐都网络写作者中最突出的一位。她除在《青海日报》《青海湖》等报刊发表多篇散文作品外，于 2016 年 12 月创办微信公众号《青海四月天》，并担任该公众号主笔。已在《青海四月天》发表散文《消失了的年味》系列、《那片长满荆芥的故土》、《〈方四娘〉——一首流传在河湟地区的悲情绝唱》、《哭冤家——一场永无应答的对话》、《青海人的大月饼》等原创散文 400 余篇，共计 50 多万字。20 万字的长篇小说《邻家有二凤》于 2003 年在全球华人网上家园《天涯论坛》连载。20 多万字的长篇小说《湟水河边流走的光阴》正在《青海四月天》连载。

李巧玲（网名远方，女）也是乐都网络写作者中成绩突出的一位。他在乡村耕作之余从事散文创作，除在《海东日报》《中国土族》《群文天地》《瀚海潮》等报刊发表作品外，在《青海读书》《西海人文地理》《香落尘外》《昆仑文学》等公众号发表作品。已出版散文集《樱桃花开》。曾获《青海读书》2020 年十佳"好作者奖"、《青海读书》2021 年十佳"新锐奖"。

从时段上说，乐都的网络写作者群体也可看作乐都作家的第四梯队。但除朱丹青、李巧玲外，第四梯队中尚未出现其他代表性的作家和比较厚重的作品。欲承第三梯队文学创作之成就，开拓乐都文学事业美好之未来，第四梯队写作者任重而道远。

综上所述，乐都数千年文脉绵延不辍，不仅源远流长，且具有独特的边塞风骨和地域特色。尤其是 1949 年以来，乐都本土作家层出不穷，不断取得新的创作成果，虽不敢言说硕果累累，但可谓果实甘饴，回味无穷……

2022 年 3 月 29 日

后记

　　《乐都文学丛书》的诞生，动议于 2020 年终岁尾。那是 12 月的某一日，我在乐都作协年会上，向区文联提出编纂出版《乐都文学丛书》的建议，区文联李积霖主席态度爽快，说这是一件大好事，定当勠力同心促成之。2021 年春节过后，即以区文联与作协的名义给区政府、区委宣传部分别呈送了编纂出版《乐都文学丛书》的报告，领导们研究同意后，在区委宣传部领导的指导下，即于当年 6 月正式启动编纂工作。

　　先是制订编辑方案，确定诗歌、散文、小说、纪实、评论各分卷编辑，然后进入组稿和编选环节。

　　这是乐都历史上第一次以选集的形式编纂出版文学丛书，因此发出的《征稿通知》中对应征稿件的时间范围自然放宽了一些，即编选"改革开放以来，尤其是近十年以来在公开报刊上发表过的作品"。为力争体现收选作者作品的全面性，避免缺漏和遗珠之憾，既编选乐都籍作者的作品，也编选外籍作者书写乐都、情系乐都的作品。

　　起初，拟对一些散文大家的作品多编选一些，并在向他们约稿时说明了此意。这源于我已经掌握有三位外籍散文大家均发表过两篇书写乐都的散文，乐都籍的散文大家发表书写乐都的散文则更多。结果特地约稿的几位大家大多只来稿一两篇，而其他多数应征作者的来稿都在两篇以上，有的多达四五篇，来稿总量之多，令我惊讶、惊喜。但受客观条件所限，该丛书的总字数必须控制在 170 万左右。据此，最终决定散文卷每位作者只入编一篇，并保持着优中选优、佳中选佳的态度，面对大量来稿，着实做了一番披沙拣金、掇菁撷华的工作。

鉴于乐都评论作者较少，征稿时未限定篇数。结果来稿量也很大，且作者多为省内评论大家，只是作者数量相对较少，倘若每位作者只入编一篇，显然不足一本书的体量。全部入编，评论卷体量过大。最终每位作者的来稿或删减一二，或删减二三，多数稿件则予以保留。因此该丛书中，评论卷体量稍大一些。小说卷中，每位作者的来稿或入编一篇，或入编两篇；诗歌卷中，多数作者的来稿入编若干首，少数作者的来稿只入编一二；纪实卷中，来稿多则入编得多，来稿少则入编得少。总之，各卷的选稿在注重文本品质的前提下，还综合考虑了多方因素。之后，除评论卷按被评论的体裁、诗歌卷兼顾体裁和内容分设若干栏目外，其他三卷均按内容分群归类，分设若干栏目。各卷均以其中蕴含该卷综合审美价值的某篇篇名作为书名。我们做完这些初步的编选工作后，根据青海人民出版社的三审意见，两次对各卷的少量稿件又进行了删减或替换。

该丛书编纂过程中，虽有劳心劳力之苦，但也屡屡唤起我们的敬意和感动，并在这种敬意和感动中不断汲取力量砥砺前行，不断增强做好此项工作的责任感和使命感。这除了源于我们阅读到广大应征作家或文字锦绣、或内蕴深邃、或视角独特、或情感丰沛、或书写真诚的各种体裁的作品外（当然许多作家的作品兼具多种优点），还源于广大作家的大力支持和热情配合。省垣作家王文泸、马钧、刘晓林、葛建中、唐涓、邢永贵、刘大伟、李万华、阿甲、张翔、冯晓燕，海东作家张臻卓、张扬、雪归，乐都籍作家王建民、周存云、李永新、马国福等均在第一时间发来大作。其中马钧先生某日凌晨4时起床，于6时左右将一篇曾发表过的评论稿改定后发到我邮箱里，然后匆匆盥洗用早膳后，驱车赴乐都采访该区的书法之乡活动开展情况。葛建中先生赴外地出差期间，背着笔记本电脑在所下榻的酒店里秉烛通宵，整理、修改完曾发表过的数篇稿件发到了我的微信。我向乐都籍老作家李生才电话约稿后，李生才先生花一两天时间翻箱倒柜，找出40年前发表他小说的数本《青海湖》杂志，当我和区文联李积霖主席赴西宁他的家里取那几本样刊时，他和老伴以耄耋之身准备了一桌子丰盛的菜肴，盛情款待我俩。凡此种种，不再一一列举。

编纂该丛书的初衷是回顾、梳理和展示改革开放以来，尤其是近十年以来乐都文学的创作成果，以使读者约略洞见乐都文学创作状况，触摸文学队伍薪火相传、新老交替的脉搏，了解乐都写作队伍的现状。另外，为使读者更好地了解乐都文学的发展脉络和乐都文学的方方面面，丛书中还特地收编了笔者撰写的《源远流长 花繁叶茂——乐都文学概述》一文。我们诚望乐都本土的文学写作者和文学工作者也能窥见自身的不足和隐忧，从而补足短板，强化弱项，开启乐都文学更加美好的明天。

五卷本《乐都文学丛书》，洋洋170多万言，可谓卷帙浩繁；编纂出版这样一套丛书，可谓工程浩大。当完成全部流程，即将付梓之际，终于如释重负了。

特别感谢青海省文联党组成员、副主席，省作协主席梅卓拨冗作序！

特别感谢乐都区委、区政府领导的大力支持！

特别感谢海东市文体旅游广电局的大力支持！

特别感谢乐都区委常委、宣传部部长丁生文花费大量心血并作序！

特别感谢乐都区文联主席李积霖花费大量心血！

特别感谢青海东方全力房地产开发有限公司董事长俞涛慷慨解囊！

感谢青海人民出版社总编辑王绍玉精心谋划，以及编辑二部编辑们付出的辛勤劳动！感谢青海德隆文化创意有限责任公司总经理张芳平的倾情助力！感谢乐都作协编辑同仁们的鼎力襄助！感谢所有支持、关心这套丛书出版的领导和朋友们！

如前所说，有几位知名作家应约投来两篇或两篇以上散文作品，因体量所限，只入编了一篇；有的作家、作者投来的某种体裁的作品，因特殊原因而未能入编。对此，只能举揖致歉了！

茹孝宏

于壬寅虎年孟秋